对外经济贸易大学中央高校基本科研业务费专项资金资助（批准号 18CB05）
Supported by "the Fundamental Research Funds for the Central Universities" in UIBE（批准号 18CB05）

新时期以来小说叙事策略的演变

The Evolution of Novel Narrative Strategy since the New Era

张晓峰　著

中国戏剧出版社

图书在版编目（CIP）数据

新时期以来小说叙事策略的演变 / 张晓峰著. — 北京：中国戏剧出版社, 2020.11
ISBN 978-7-104-04835-0

Ⅰ. ①新… Ⅱ. ①张… Ⅲ. ①小说研究–中国–当代 Ⅳ. ①I207.42

中国版本图书馆CIP数据核字（2019）第149653号

新时期以来小说叙事策略的演变

责任编辑：曹　静
责任印制：冯志强

出版发行：中国戏剧出版社
出 版 人：樊国宾
社　　址：北京市西城区天宁寺前街2号国家音乐产业基地L座
邮　　编：100055
网　　址：www.theatrebook.cn
电　　话：010-63385980（总编室）
传　　真：010-63383910（发行部）

读者服务：010-63381560
邮购地址：北京市西城区天宁寺前街2号国家音乐产业基地L座

印　　刷：北京九州迅驰传媒文化有限公司
开　　本：787mm×1092mm　1/16
印　　张：16.75
字　　数：272千字
版　　次：2020年11月　北京第1版第1次印刷
书　　号：ISBN 978-7-104-04835-0
定　　价：98.00元

序

小说是一门令人着迷的艺术。对于普通读者而言，他们大多醉心于故事情节与作品用意。而在专业的文学批评与文学研究者那里，其学术视野显然更为广阔和复杂，这是长处，但亦有可能是缺憾。我们已经不止一次面对这种情形：学术研究与文学审美之间的隔膜有时几乎到了各自为政、互不相干的地步，即使它们分析的是同一部作品。针对这些现象，刘纳就提醒学界不仅应该去分析在主题、内容与材料上的"写什么"、以及艺术理念与方法上的"怎样写"，而且应该回答到底"写得怎样"这样一个基本问题[①]。而一部作品究竟"写得怎样"，虽然有时不可避免地会出现争议，但在大多数人心目中会形成一个较为统一的判断。例如路遥的《平凡的世界》，它在问世之后的至少十年内，无论是文学刊物还是文学批评都对其反应冷淡，但是读者罕见的热情与推崇，最终改变了学界的态度。那么，我们在分析一部作品到底好不好、为什么好（或者不好）的时候，有哪些因素可以作为有效的切入点呢？在回答这一问题时，不妨先回到常识，即小说是由人（作者）来完成的，它是一个主客观相互融合的过程。在这个过程当中，时代背景、文化思潮、故事材料等当然很重要，但作者的天赋才华、他（她）的艺术理念与处理方式对作品的影响同样是巨大的，有时甚至是决定性的。热切表现农业合作化道路的《创业史》，在人民公社早已解体后的今天，依然拥有持久的艺术魅力，这来源于柳青深厚强大、无法拘囿的艺术才华和本能。在分析作品时，我们首先需要明确的是，每一部作品都

① 刘纳：《写得怎样：关于作品的文学评价——重读〈创业史〉并以其为例》，《文学评论》2005 年第 4 期。

不同程度地包含着作者的主体性。1950至1970年代的小说，作者的主体性往往是克制的，而进入文学新时期之后，则逐渐得到了释放和张扬。文学创作作为社会文化和复杂精神生活的产物，它绝非坦荡如平原、一览无余，而是其中充满了思考、权衡与取舍。在每一部作品的字里行间，都有着叙事策略的存在。

归根到底，写作也是一项生产劳动，用通俗的话来讲，如何将产品做得出色，除了自身技艺精湛之外，也需要运用曲折幽微的匠心。1996年高晓声曾经对冯士彦这样谈到他对小说的理解与处理："写小说，有时只能模糊一点，评论也是如此，某些地方只能模糊一点。虽然是正面阐发，但点清点明了会戳眼睛，尽管现今民主空气还好，但下面基层的有些领导会不舒服，意见很大。丑恶的东西你给它包包扎扎，然后戳上一个洞，让臭气透出来，别人闻得到，知道里面是臭东西，效果是一样的。点明反而不如模糊些好"①。这里的"包包扎扎"和"戳上一个洞"其实就是高晓声经过深思熟虑之后所采取的独特的叙事策略。当代文学在进入新时期之后，随着外来思想文化、艺术观念的纷沓而至，以及作家主体性的解放，对叙事策略的讲究和运用，越来越成为一个至关重要的因素。此处我们为什么不说是叙事艺术，而要强调它们是叙事策略呢？这里举一个简单的例子即可以说明。1986年，余华读到了卡夫卡的《乡村医生》，"我印象中最深的就是马的描写，那匹马非常自由，省去了很多铺垫。我们所受的小说的传统教育就是一个字接一个字往下铺垫，这种写法在很大程度上就像枷锁一样。当一个人走出门，你首先要走下楼，走下楼以后可能还要面对一条胡同，或者面对一条大街。卡夫卡是怎么写的？这个人走出门以后，下一段他就在广场上了。谁来跟你玩这一套'铺垫'"②。余华当年醍醐灌顶般的感悟，在今天的很多写作者和读者那里都已成为很寻常的写作技巧。我们从作家这段难忘的回忆中能够非常强烈地明白两件事：第一，在1986年对于大多数写作者而言，他们"所受的小说的传统教育"是什么。即使小说的思想得到了初步的解放，但在基本技艺上还是非常陈旧滞重的，其中之一包括"一个

① 冯士彦：《高晓声的肺腑之言》，《翠苑》2012年第3期。

② 余华，张清华：《一个时代的写作访问者》，《经济观察报》2007年1月22日。

字接一个字往下铺垫，这种写法在很大程度上就像枷锁一样”。这不是余华一个人的感受。我们在莫言、贾平凹、陈忠实等人的创作谈中，都能发现他们对建国之后传统的写作教条的挣脱。现在人们也能更深切地明白为什么余华将当年“先锋文学”的作用和功绩极其直接地表达为就是为那个时代“血管99%被堵住了”的中国文学“装了几个支架而已”。从“写什么”到“怎么写”，先锋小说家最初的发现似乎并不奇崛惊人，完全没有人变成甲虫或者鬼魂在故乡照常生活那样的深刻与创造性，但对于当时的中国作家而言，“那匹马非常自由，省去了很多铺垫”对他们关于写作的认知，都具有革命性的意义。这样的文学启蒙远远超过理论的作用。后世看来可能是平淡无奇、本该如此的，但对于受惠的作家们而言则可能是石破天惊的。这就是最初的“先锋性”。没有它，就没有后来被称为“无边的挑战”的先锋小说的“叙事转换”“语言经验”“叙事变奏”等等。这些就是当代小说革命中的叙事艺术。如何运用这些艺术技巧、如何避开险阻并彰显自己的艺术目的，则是叙事策略。

我们可以在1980年代中后期以来那些重要作家的创作活动中，鲜明地看到叙事策略的存在。例如莫言的成名作《透明的红萝卜》，作家在写这部作品时虽然基于童年时期的一段记忆、或者成年后的一段梦境，但他自己具体要表达的到底是什么，可能未必如批评家所分析的那样清晰。那么他依靠什么来组织作品呢？除了强烈的艺术直觉和潜意识，我以为作家运用最多的，是他当时的艺术感悟，比如乡土文化、心理冲突、感官意念等等，其中也包括他在观看西方现代派画册时、那些突出的色块给他留下的深刻印象。莫言对它们的理解与运用，构成了叙事策略的一部分。同样，余华成名后的大部分作品也是如此。无论是早期的短篇《世事如烟》《往事与刑罚》《现实一种》等，还是20世纪90年代以来的长篇《活着》《许三观卖血记》《兄弟》、以及近期的《第七天》，在这些作品里“死人如麻”是一大特征，大大小小有二百多人。余华在小说中醉心于“暴力”与“死亡”，这是人所共知、也被理论文章分析到汗牛充栋的。那么，余华为什么要反反复复、乐此不疲般地书写呢？除了他的童年和青少年时期的记忆、以及他对历史与人性的认知，还有没有一部分原因是因为“暴力”与“死亡”书写所产生的特殊文学效应呢？当评论家们惊呼余华的“血管里都是冰碴子”、并纷纷试图阐释其中的文学、社会学、历史以及哲学因素时，“暴力”与“死亡”已经成为余华文学世界的一个标签。这个标签不仅特征鲜明，而且会带来丰富的文化内容。在这种情形下，一个作家是很难轻易对其放弃或者改变的。在叙事策略中，一旦随着时间而在其中包含了叙事套路，那么很可能成也萧何、败也萧何。余华的新作屡遭诟病，其症结可能也部分源于此。

最后一点也是众所周知的是，新时期以来小说叙事策略的形成与作者所处的政治经济文化环境密切相关。譬如“先锋文学”在20世纪90年代初的退潮，就与商品经济的崛起有着直接的关系。当文学不再成为大众的关注对象，很多作家对奇思妙技的琢磨也随之失去了动力。当年的先锋作家一路坚持到如今也只有格非、李洱等人。但这同样是一种叙事策略，作家认为这对于他和他的作品是最为合适的。

本书以小说的叙事策略为着眼点，在纵向上选取了新时期以来当代小说发展的不同历史阶段，在横向上则选择了几个有代表性的书写领域（如“乡村叙事”“女性叙事”等），同时以一些重要作家作为分析个案，争取能对当代小说的艺术世界进行较为客观而有见地的解析。

是为序。

张晓峰

2020年10月25日

目录

第一章 “现实主义”的裂变

——中国小说叙事方式在1980年代的转变

第一节 新中国成立后现实主义的历史渊源与审美基础

与“五四”新文化运动以来直至新中国成立前的中国现代文学相比，仅就艺术表达方式的多样性而言，中国当代文学在前三十年间是颇为单一的，其中小说的表达方式主要围绕着“现实主义”而进行，这些“现实主义”在各个历史时期有着不同的称谓。新中国成立前夕，在1949年7月召开的中华全国文学艺术工作者代表大会上，毛泽东《在延安文艺座谈会上的讲话》被确立为指导新中国文艺的总方针。周扬认为它“规定了新中国的文艺的方向，解放区文艺工作者自觉地、坚决地实践了这个方向，并以自己的全部经验证明了这个方向的完全正确，深信除此之外再没有第二个方向了，如果有，那就是错误的方向”。[①] 如何为具有新中国思想文化特色的艺术创作命名，冯雪峰、周扬等人先后提出了“无产阶级现实主义”[②]“社会主义现实主义”[③] 等称谓。在1953年

---

① 周扬:《新的人民的文艺》,《文学运动史料选》(第五册), 上海教育出版社1979年版。

② 冯雪峰:《中国文学从古典现实主义到无产阶级现实主义的发展的一个轮廓》,《文艺报》1952年第17期。该文收入《雪峰文集》时,“无产阶级现实主义”均改为“社会主义现实主义”。冯雪峰认为:“毛泽东同志也很早就以无产阶级现实主义指示我们，用不到解释，无产阶级现实主义就是社会主义现实主义。”(《为克服文艺的落后现象，高度地反映伟大的现实》,《文艺报》社论1953年第1期。) 以上转引自黄曼君主编,《中国二十世纪文学理论批评史》，中国文联出版社2002年版，第638页。

③ 周扬:《社会主义现实主义——中国文学前进的道路》,《人民日报》1953年1月11日。

9月召开的第二次全国文代会上，明确规定了“以社会主义现实主义作为我们文艺界创作和批评的最高准则”[①]。到1958年“大跃进”时期，毛泽东又提出了“革命的现实主义同革命的浪漫主义相结合”。这些前面有着不同修饰定语的概念，显示出不同时代的意识形态特色，但无一例外地都围绕着“现实主义”这一核心词汇，虽然它们能否称得上真正的“现实主义”还需要进行叩问。1950—1970年代文艺界有过数次影响较大的论争，比如秦兆阳的《现实主义——广阔的道路》、周勃的《论现实主义及其在社会主义时代的发展》以及邵荃麟等人提出的“现实主义深化”“写中间人物”[②]等，一切思辨仍然是围绕着如何对“现实主义”进行正确理解。

这不仅是文艺思潮上的体现，这期间的小说创作无论作品的思想性如何，它们在小说的叙事方式上表现出高度的一致，几乎总是包含如下要素：时代、“典型环境”、人物、“典型性格”“矛盾”“冲突”、感受（“领悟”“觉悟”），以及有始有终的叙述（“民族风格”“民族形式”）。如果用“现实主义”来对其进行命名，不仅是困难的，而且失之严谨。无论是作为一种艺术精神还是作为一种创作方法，“现实主义”这四个字在我国相当长的历史时期内不是独立存在的，它前面有限定和说明。这样的叙事方式甚至一直延续到“文革”结束，即使是在1979年10月召开第四次文代会以后，在文艺的指导方针上进行了“拨乱反正”，当代小说的艺术表现方式一度并没有改变。从1978年至1980年代初发生的“伤痕文学”“反思文学”以及“改革文学”，无论它们在主题思想上与之前的文学创作有何种差异，对于“文革文学”来说这种差异甚至是两极的，但在小说的艺术表达上，这些“新时代”的“新作品”沿

① 周恩来：《为总路线而奋斗的文艺工作者的任务》，《周恩来论文艺》，人民文学出版社1979年版，第50页。

② 邵荃麟提出“现实主义深化，在这个基础上产生强大的革命浪漫主义，从这里去寻求两结合的道路”。在关于人物形象的塑造上，他认为应该“反映出人物性格的复杂性”，“英雄人物与落后人物是两头，中间状态是大多数”。《在大连“农村题材短篇小说创作座谈会”上的讲话》，《邵荃麟评论选集》（上），人民文学出版社1981年版，第389页。

用的依然是1950年代以来作家和读者都无比熟悉的叙事方式。那些赢得了广大读者共鸣的经典之作如《伤痕》《许茂和他的女儿们》《班主任》《芙蓉镇》《乔厂长上任记》《沉重的翅膀》等都具有相似的表现方式：重视时代背景、环境描写与气氛渲染，重视人物形象的塑造与刻画，叙事从发生——发展——高潮——结束有一个相对完整的过程。这一时期激烈争辩的文艺思潮也可以作为有力的辅证，随着“伤痕文学”以及一系列“有争议的作品”的产生，理论界引起热议的中心问题主要集中在“真实性”①“写本质”②“倾向性”③“典型性”④等问题上。而这些无疑都属于新中国成立以来人们所熟悉的“现实

① 在由“伤痕文学”等作品引发的对于现实主义重新认识的讨论中，依次涉及到了很多文艺的基本问题。对这些问题的重新思考，在很大程度上消除了意识形态对于文艺创作的钳制和扭曲，帮助人们对文艺的基本认识回到正常的轨道。首先引起关注的是“真实性”的问题，洁泯认为“文学只要离开了现实的真实性，也就失去了现实主义”。见洁泯：《文学是真实的领域》，《文学评论》1979年第1期；程代熙认为“没有真实，就没有现实主义”。见程代熙：《现实主义的真实和作家的同情》，《文艺报》1980年第5期。

② 较早对“写本质”提出质疑源于对“写英雄人物”理论的反思，王春元认为“‘写本质’论对创作的直接损害，就是要作家按照某些‘社会本质’的概念和定义去图解一种号称‘英雄人物’的空洞抽象，这是对艺术特征的最粗暴的破坏”。他在当时相当勇敢地指出：所谓“写本质”，“那就是要在‘写本质’的名义下，粉饰生活，掩盖矛盾，用虚张声势代替真情实感，用连篇空话代替真实描写”。见王春元：《关于写英雄人物理论问题的探讨》，《文学评论》1979年第5期。

③ 彭立勋认为现实主义的创作方法“完全可以而且应该按照文艺反映现实的特点和规律，通过真实地描写现实生活体现出来，不需要在真实地描写现实之外，添加某种抽象的思想观点来表明倾向”。见彭立勋：《论文艺的真实性与倾向性》，《文学评论》1981年第4期。

④ 徐俊西在《一个值得重新探讨的定义——关于典型环境和典型人物关系的疑义》以及《一种必须破除的公式——再谈典型环境和典型人物》中认为，恩格斯对哈克奈斯《城市姑娘》的批评“是欠准确和公正的”，因为“作为反映生活真实的文艺作品，描写这些‘消极群众的形象’为什么就不可能是典型和正确的呢？”“不能以为只有表现正面力量和生活主流的文艺作品才能揭示社会生活的本质，才具有典型意义；而描写消极现象和生活支流的作品就不能揭示社会生活的本质，因而就不具有典型意义”。他甚至认为“恩格斯这封信的主要目的是对一个作家的具体创作发表自己的意见”，“他并不是在为现实主义下一个严格的定义”，因此不应该把恩格斯的论述“变成衡量一切文艺作品的唯一标准”。以上两篇文章分别见《上海文学》1981年第1期、第8期。

主义”理论范畴。

同样可以作为力证的是1978年至1985年间文学期刊的蓬勃发展，1980年代也被后来的人们称为文学的“黄金时代”，人们谈论文学、关心文学，如同关心国家时事和周遭以及自己的生活。当时的文学期刊从厚重的《收获》《当代》到省级的文学刊物都受到读者的热烈欢迎，很多普通家庭自己订阅文学刊物，《人民文学》的发行量当时高达100多万份①。这其中的原因除了1950年至1970年代人们文化生活的普遍单调与枯燥之外，更与进入“新时期”以后文学努力真实而生动地反映当代历史和现实生活有关。人们热衷于看到对历史现实的再现与思考，而这些往往是建立在讲述一个个曲折动人的故事的基础上的，人们首先是被叙述吸引，在阅读的过程中对作者的讲述和思考感同身受。然而，文学期刊订数在20世纪80年代中期以后逐步下滑，以《小说月报》为例，“20世纪80年代初，这份刊物一度据说发行逾百万，但到了20世纪80年代末却下滑至十万稍多——其他各大刊物，《当代》《十月》《收获》，都呈同样走势”②。除了商品经济的发展、电影电视的崛起，小说在表现方法上对大部分读者失去了吸引力应该是一个重要原因。以1987年《收获》第5期为例，它集中发表了一批“先锋作家”的作品，虽然余华在给编辑的信中不无兴奋地写道：“我的一些朋友们认为是整个当代文学史上最出色的一期”，他也不得不提道：“我听说你们的5期使《收获》发行数下降了几万……尽管我很难相信这个数字，但我觉得自己以后应该写一篇更可读的小说给你们……”③关于20世纪80年代中期以后小说创作与文学刊物对读者的疏离，李洁非有更为慎重具体的回顾与分析：

> 当1985—1986年中国一部分年轻的作家开始脱离半个多世纪以来一直居于主流的写实风格和技巧，转而求变时，“看不懂”的问题也就发生

① 朱伟：《我与八十年代》，《三联生活周刊》2013年11月28日。

② 李洁非：《实验和先锋小说（1985—1988）》，《当代作家评论》1996年第5期。

③ 程永新：《一个人的文学史（1983—2007）》，天津人民出版社2007年版，第44页。

> 了。当然，类似的信号早在20世纪80年代初王蒙单枪匹马尝试他的准意识流小说时便已经发出，一些热爱《组织部新来的年轻人》《青春万岁》，并对《说客盈门》《悠悠寸草心》的写法继续感到舒适的读者，很痛心地投书报纸，希望王蒙不要在远离普通读者的道路上走下去；只不过当时这仅仅是一种个别现象，并不非常引人注目。到了1986年以后，情况截然不同了。新锐的“现代派”作家在文坛内部迅速崛起，他们有一大批风头正健十分活跃的青年批评家做后援，整个舆论形势对他们绝对有利，而试图压抑和阻止他们的声音则弱不禁风（虽然这种声音表面上用词颇为激烈吓人），完全不是对手。可以说，在那几年，就文学界自身而言，反叛写实传统乃大势所趋。这意味着，在文坛与读者之间出现了普遍的对峙——当然是无言的，因为后者没有能力也没有多少机会像支持“现代派”的批评家那样滔滔发表自己的宏论，实际上，他们是用行动来表示自己同文坛的分歧的。可惜的是，中国包括文学在内各方面的统计调查工作无人去做，今天我们便无法通过数字准确地表达这一对峙和分歧的后果。但是，显而易见，正是自进入实验小说阶段后，文学刊物的发行量和作品集的印数大大降低了。①

无论是余华希望写一些“更可读的小说”来对《收获》读者的流失表示歉意和弥补，还是李洁非谈到的“1985—1986年中国一部分年轻的作家开始脱离半个多世纪以来一直居于主流的写实风格和技巧，转而求变”，都从另一个角度证明了在1980年代中期以前，中国当代小说虽然已经摆脱了“社会主义现实主义”“革命的现实主义”等标签，但其在小说的艺术表达上仍然以“写实风格和技巧”为总体特征，这种“写实风格和技巧”具有较强的“可读性”。

不仅读者非常认同这样的“写实风格和技巧”，在相当一部分具有较高文学造诣和鉴赏水平的专业人士那里，对于小说的叙事方式业已形成了一套较为固定的艺术理念和审美习惯。汪曾祺的短篇小说《异禀》和《受戒》在问世之

① 李洁非:《实验和先锋小说（1985—1988）》,《当代作家评论》1996年第5期。

初都有过一番波折。《雨花》当时的主编叶志诚和作家高晓声虽然都同意发表《异禀》，但“编辑部里却一时通不过。理由是，如果发表《异禀》，好像我们没有小说可发了”。[①] 编辑部并非认为《异禀》的艺术质量差，而是这篇充分散文化、如叙家常般闲适、讲究生活的情调与趣味的作品与三十年来人们对小说的理解完全两样。它的最终发表是在《受戒》先发表于《北京文学》并引起了轰动之后。而《受戒》写成后最初是在北京京剧团内部流传，《杜鹃山》的导演张滨江曾听汪曾祺讲过《受戒》中的故事，创作室的梁清濂“读了《受戒》初稿后，惊讶地说，小说还能这么写？她给杨毓珉看：‘我不懂，你看能发表吗？’杨毓珉在一次会上介绍《受戒》的内容，引起在场的《北京文学》编辑部负责人李清泉的注意，就沿着线索索取《受戒》发表”。[②] 李清泉在编发这篇作品时也采取了特殊的方式，“违反编辑部的工作程序，不通过三审，由他直接签发，减少中间环节，免得再生差错”[③]。《受戒》的与众不同除了写的是“小和尚恋爱的故事”，没有在当时看来明确积极的思想意义，小说的诗化、抒情性是一个重要的原因。

第二节　1980 年代初期：裂变与坚守

虽然很难对 1950 年代至 1970 年代的“现实主义”进行定义，正如上文所言，这期间的绝大多数作品是否符合严谨的“写实”、真实地反映了时代的矛盾和人民的生活以及情感，答案可能是否定的，但我们能够确认的是，这些作品在叙事方式上用了某些现实主义的手法，并且在广大读者和相当一部分从事文学艺术工作的人那里形成了一套对于文学创作的基本观念和框架。

① 陆建华：《汪曾祺的春夏秋冬》，河南人民出版社 2005 年版，第 163 页。

② 陈徒手：《汪曾祺的“文革”十年》，《读书》1988 年第 11 期。

③ 何镇邦：《〈受戒〉发表的前前后后》，见新浪网汪曾祺之友的博客，http://blog.sina.com.cn/skbkig-5b1077250100ahxt.html。

这种文学观念一直到20世纪80年代初期都拥有强大的群众基础，而且对于很多作家而言是根深蒂固的。1985年被称为文化和文学革新的“方法年”，各种层出不穷的“新思想”和“艺术实验”“各领风骚三五天”。就在这年秋天，路遥开始了《平凡的世界》第一部的创作。他在经过再三思索与权衡之后，坚持用“现实主义手法结构这部作品”。如果我们对他所陈述的主要理由进行仔细的分析，会有非常有意思的发现。首先，他否认“当时所谓的‘现实主义过时论’”，“也许现实主义有一天会过时，但在现有的历史范畴和以后相当长的时代里，现实主义仍然会有蓬勃的生命力。即使有一天现实主义真的‘过时’，更伟大的‘主义’君临我们的头顶，现实主义作为一定历史范畴的文学现象，它的辉煌也是永远的”。这段话使人印象深刻的不是路遥对“现实主义”命运的论断，而是他对它的深厚感情。这种无法轻易动摇的信念和情感从何而来?答案必须从作家的文学传统里寻找。与赵树理等人相比，路遥小说的语言是相当欧化的，他所承传的“现实主义”显然不是冯雪峰曾经总结过的“古典现实主义”，在艺术手法上它更接近19世纪西方的“批判现实主义”作家。路遥表明自己“我并不排斥现代派作品。我十分留心阅读和思考现实主义以外的各种流派。其间许多大师的作品我十分崇敬。我的精神常如火如荼地沉浸于从陀思妥耶夫斯基和卡夫卡开始直至欧美及伟大的拉丁美洲当代文学之中，他们都极其深刻地影响了我”。是否“如火如荼地沉浸”过、是否“极其深刻地影响了我”，从他完成的作品里我们很难找到这样的痕迹。他紧接着陈述的应该才是他的肺腑之言：“当然，我承认，眼下，也许列夫·托尔斯泰、巴尔扎克、司汤达、曹雪芹等现实主义大师对我的影响要更深一些。”从《平凡的世界》中主人公经常提到的书我们也能看到作家的文学渊源，这些书籍包括：《钢铁是怎样炼成的》《卓雅和舒拉的故事》《热妮亚·鲁勉采娃》《复活》《苦难的历程》《红与黑》《牛虻》《艰难时事》《简·爱》《马丁·伊登》《欧也妮·葛朗台》《创业史》《红岩》等。从以上书目中可以清晰地看到作家精神成长的轨迹和文学滋养的主要来源。正是这些培养了作家对“现实主义”文学传统深厚的感情。路遥坚持“现实主义”创作方法的第二个缘由是追问“现实主义在我国当代文学中是不是已经发展到类似19世纪俄国和法国现实主义文学那样伟大的程度，以致我们必须寻找新的前进途径”？他认为“现实主义文学在反映我国当代社会生活乃至我们不间断的五千年文明史方面，都还没有令人十分信服的表现。虽然现实主义一直号称是我们当代文学的主流，但和新近兴起的现代主义一样处于发展阶段，根本没有成熟到可以不再需要的地步”。接着路遥借批评当代“许多所谓用现实主义方法创作的作品”，表达了他对理想的、真正的“现实主义”的憧憬：“许多标榜‘现实主义’的文学，实际上对现实生活做了根本性的歪曲”，“这种假冒现实主义一直侵害着我们的文学，其根系至今仍未绝断”。他特别提到了“新时期”以来的文学创作，他认为只是“具备现实主义品格的作品逐渐出现了一些，但根本谈不到总体意义上的成熟，更没有多少容量巨大的作品。尤其是初期一些轰动社会的作品，虽然力图真实地反映出社会生活的面貌，可是仍然存在简单化的倾向……和真正现实主义要求对人和人与人关系的深刻揭示相去甚远”。路遥的判断和判断的标准都不无道理，当时尽管也出现了一些具有现实主义深度的作品，比如《芙蓉镇》《人到中年》《邢老汉和狗的故事》《人生》《方舟》等，但毕竟还是少数，像《古船》这样优秀的“容量巨大的作品”要到1986年才出现。路遥“决定用现实主义手法”来结构即将动笔的巨著，还缘于他认识到“这样一部以青春和生命作抵押的作品，是不能用‘实验’的态度投入的，它必须在自己认为是较可靠的、能够把握的条件下进行”。“现实主义方法”对于当时的很多作家而言，确实是更为熟悉、也更为得心应手的。路遥最后的考虑来自读者大众。“一般情况下，读者仍然接受和欢迎的东西，就说明它有理由继续存在”，“何况大多数读者群更容易接受这种文学样式。现代派作品的读者群小，这在当前的中国是事实；这种文学样式应该存在和发展，这也毋庸置疑；只是我们不能因此而不负责任地弃大多数读者不顾，只满足少数人”[①]。《平凡的世界》问世二十多年来，成为最

① 以上均出自路遥：《早晨从中午开始》，北京十月文艺出版社2012年版，第13—19页。

受读者欢迎的“长销书”[①]，除了故事情节的吸引力、精神和情感较强的感染力，作品朴素而通俗的“现实主义”也是一个重要原因。路遥当初对读者阅读习惯和审美传统的分析是准确的，这一准确判断甚至在今天都尚未过时。

第三节 “两结合”内质犹存

2015年春，随着电视剧《平凡的世界》在观众中引起较为普遍的反响，文学批评界对小说原著和作家路遥的态度都发生了鲜明的变化。先不必说一直为路遥的文学成就鼓与呼的李建军先生，他以扬眉吐气般的激情写下了《路遥在2015年3月》[②]，其中的判断并不令人奇怪，因为他在2013年已发文断言《他是最伟大的当代作家》[③]。但引人注目的是，几位举足轻重的学者都在此时发表了肯定性的意见：李陀先生认为“忽视路遥与《平凡的世界》，评论界应该检讨”[④]，张颐武先生肯定“平凡世界里的不凡故事”[⑤]，郜元宝先生认为对《平凡的世界》，“致敬可惜太迟，诵读永远不晚。”[⑥]尤其是李、郜二人的文章，他们素以理性、思辨与洞见享誉批评界，而且两篇文章都在积极肯定的同时兼有深刻自省的意味，这使得文章的分量更重。难道，相对于这之前评论界与学

---

① 据北京开卷信息技术有限公司“全国图书零售市场观测系统”显示，自1998年以来，共有78种《平凡的世界》进入开卷观测系统，其中仅2009年1月至2012年12月的图书销量，便是1998年至2008年间11年销量的1.65倍，高达三卷230万册，创下了历史新高。1998年开卷“全国图书零售市场观测系统”建立以来，路遥《平凡的世界》的监控销量逐年攀升，仅2012年1—11月，《平凡的世界》监控销量已达到1998年销量的39.7倍，三卷共九十余万册。《路遥身后二十年热捧共冷落同在》，《北京日报》2012年12月27日。

② 李建军：《路遥在2015年3月》，《文学自由谈》2015年第3期。

③ 李建军：《他是最伟大的当代作家》，《黄河文学》2013年第5期。

④ 刘净植：《忽视路遥评论界应该检讨》，《北京青年报》2015年3月13日。

⑤ 张颐武：《平凡世界里的不凡故事》，《渤海早报》2015年4月25日。

⑥ 郜元宝：《致敬可惜太迟，诵读永远不晚》，《文学报》2015年4月9日。

术界的普遍冷漠[①]，今天的局面真的要反转、需要学界进行“检讨”吗？

首先，我们必须承认路遥的作品在这近三十年间对于读者的巨大吸引力，从读者的数量和热情度而言，路遥无疑执中国当代作家之牛耳，获得诺奖的莫言先生恐怕也无法企及。李陀在分析路遥的作品何以拥有众多读者时，认为其中“不能忽视的一个方面是路遥小说写作的通俗性”。“正是由于路遥小说的通俗性才会有那么多的文化水平不太高的读者非常喜欢，而精英们不太爱看。”很多人都已经注意到《平凡的世界》的通俗性或者大众化，它与20世纪80年代中期以后的文坛显出了另类。李陀将这一文学大众化的追求挖掘得更深，他看出路遥小说的通俗性与张欣、严歌苓、郭敬明、六六、海岩等人商业写作的通俗性是完全不同的，它来自另外一个谱系，“路遥小说通俗性的来源就是‘革命通俗文学’。路遥的写作与‘革命通俗文学’的理念、特征、技巧有直接的关系，甚至可以说他是在‘八十年代’唯一的直接继承‘革命通俗文学’写作的作家”[②]。“革命通俗文学”是一个非常形象的概括，但事实上在中国早期的文艺理论中它有其他更为宏大、更为规范的名称，比如“社会主义现实主义”。

---

① 2012年12月1日，在纪念路遥逝世20周年的大会上，路遥生前好友白描先生回忆，“在北京举行的作品研讨会，评论家们对《平凡的世界》几乎是进行了全盘的否定，有些人说得很难听，说真难想象《平凡的世界》是出自《人生》的作者之手。我记得非常清楚，当时正面肯定《平凡的世界》的只有两位中国社科院资深评论家，一位是朱寨老先生，他也去了天国，另一位是蔡葵先生，只有他们两个人理直气壮地肯定了《平凡的世界》。”“刚刚完成一部，迎头打来这么一棒，把路遥打懵了”（《平凡的世界曝出艰难出版内幕》，《中国青年报》2015年7月9日）。秦客则批评了当代文学史的撰写者们对于路遥的冷落，他在《路遥的遗产——写在路遥逝世十九周年之际》中写道：“那些被称为重要的文学史拒绝或远离了‘路遥’。作为‘重写文学史’重大研究成果之一的陈思和主编的《中国当代文学史教程》（复旦大学出版社1999年版），提到《平凡的世界》只有一句话；华中师范大学组织编写的《中国当代文学》（上海文艺出版社1983年版）、洪子诚的《中国当代文学史》（北京大学出版社1999年版）、朱栋霖主编的《中国现代文学史》（高等教育出版社）等均未涉及路遥。文学史的态度与读者对路遥作品的接受状况与反应构成巨大反差。”（秦客：《路遥的遗产——写在路遥逝世十九周年之际》，《延安文学》2012年第3期。）

② 张书群整理：《“80年代”文学：历史对话的可能性——“路遥与‘80年代’文学的展开”国际学术研讨会纪要》，《文艺争鸣》2011年第10期。

这一命名最早来自苏联，是《苏联作家协会章程》的基本内容之一。1953年在中国第二次文代会期间，社会主义现实主义被确立为“我们文艺界创作和批评的最高准则”①。这一“最高准则”也随着时代而更新变化，在“大跃进”时期的1958年，在中国共产党八大二次会议的讲话中，毛泽东提出了“无产阶级的文学艺术应该采用革命的现实主义与革命的浪漫主义相结合的创作方法”，这就是著名的“两结合”。本文以为，与“革命通俗文学”相比较而言，“革命的现实主义与革命的浪漫主义”能更为有力与全面地剖析路遥小说的创作方法与艺术魅力。

路遥生前在阐述自己的小说美学时，经常谈到的是“现实主义”“中国的现实”等等，从改革开放以后他所主张的“现实主义”之前很难再看到“革命”二字，他推崇的是“托尔斯泰、巴尔扎克、司汤达、曹雪芹等现实主义的大师”。尽管路遥再三强调他的艺术追求中的“现实主义品格”，但仍然有一个疑问：路遥的文学创作是现实主义的吗？众所周知，现实主义可以基本分为两个方面：现实主义的原则和现实主义的艺术表现方法，后者包括客观地再现社会现实、细节的生动、叙述的有序和完整、“典型”理论等等。路遥的中短篇和长篇小说的创作，从艺术手法上讲都是毫无疑义的传统现实主义，或者至少符合作家本人和一般读者对现实主义的理解。但本文想要追问的是，路遥的创作确实具有现实主义的精神吗？也就是说作家是否具有一种追求真实性的态度？包括社会生活的真实和作家内心思想的真实。这大概是一种很高的要求，甚至接近苛求。无论作者在真实性上达到了哪一种层面，我们都无法把真实的对立面算作不完美或不完全的现实主义。

“农村青年的城市理想与拼搏”是路遥小说中最具特色的主题。《人生》中大起大落、最终回到乡村的情节设计，除了追求故事的戏剧性、主题的复杂性之外，也隐藏着作者的矛盾——如何在文学作品中“正确”地表达这一敏感主题？它至少包括这样几个方面：有知识有才华的农村青年该不该“一辈子扎根

① 朱寨主编：《中国当代文学思潮史》（第三章），《社会主义现实主义思潮的高扬》，人民文学出版社1987年版，第106页。

农村”？农村是否是人们生活和奋斗的理想环境？是否应该鼓励有抱负的青年离开农村、离开“质朴的大地和劳动人民”、到繁华的城市去大有作为？对这些问题的回答在今天可能是不言而喻的，但在20世纪80年代初的政治文化环境里，却是石破天惊的，有悖于主流意识形态长期的倡导与宣传。

路遥最初解决这些问题是从传统的道德层面入手，在中篇《人生》写作之前，路遥已经就类似故事发表了数个短篇，其中《姐姐》鞭挞了回城读大学的男友对农村恋人的抛弃，《风雪蜡梅》则歌颂了为坚守自身的品格而拒绝城市“转正”的诱惑、坚决回到农村去的高贵品格。结合路遥当年被“招工”后的初恋女友背弃的惨痛经历，人们很容易理解路遥在写作此类作品时的强烈爱憎。但奇怪的是，这两篇“明志”之作都显得悲壮亢劲有余而底气不足，尤其是《风雪蜡梅》的结尾。当“康庄哥”退出了与所长儿子的爱情争夺战，从而端上了“铁饭碗”“再也不怕遭年馑了”，冯玉琴却在唾弃这种行为的同时，毅然辞去了招待所的工作。最后她在“齐膝深的厚雪里”，“捏着一枝金灿灿的蜡梅”回家了。她把蜡梅花“凑到鼻子上闻一闻”或者“亲昵地在脸蛋上偎一偎”。这种极具抒情性的想象和描写使读者感到画面里已经不是一个普通的陕北农村姑娘，而是唯美的文艺青年。从对“姐姐”的安慰——“土地是不会嫌弃我们的。是的，我们将在这亲爱的土地上，用劳动和汗水创造我们自己的幸福”，到放弃城市“回家去呀”的“风雪蜡梅”，即使有道德因素的强力支撑，路遥对“土地”和“回归土地”的赞美已经显示出了矫枉过正，并因此削弱了作品的真实感，更不必说经得起时间的检验。

这样的局面是如何造成的呢？首先，它违背了作家内心的真实。路遥尽管在《风雪蜡梅》这样的作品中讴歌“贫贱不能移，富贵不能淫，威武不能屈”的坚贞，但是就“进城”的现实合理性与迫切性，现实生活中的路遥是积极肯定的。无论是对于他自己、家人还是朋友，他强烈主张有才能有抱负的青年不能“在农村‘沤’一辈子”“死到农村”[①]，为此他在现实生活中付出过艰辛全面的努力。在委托朋友为自己的弟弟找工作时，路遥这样叮嘱道：

> 据说县农机局局长是冯致胜，请你通过艳阳给她爸做点工作，请多关照他（路遥的弟弟四锤），不要半途打发了。（可对艳阳说，不要对她爸说：我认为她爸是个出色的政治家；我本人很佩服他；或者我对他希望他具有政治家的风度，不必为过去的派性而影响——这点不一定明说。我出去一直说冯致胜的好话。）……

路遥也坦承，“这一切太庸俗了，可为了生存，现实社会往往把人逼得在某些事上无耻起来。这是社会的悲剧，你自己也许体会更深”[②]。在写作《人生》时，路遥对于社会等级制度和农村青年的命运其实已有着深刻的认识，他在小说中以高加林的内心世界表达着对这一问题的痛苦、愤怒、绝望和挣扎。高加林进城后竭尽全力的奋斗，既有大展才华的激情和骄傲，又始终带着一种“报复”的快感和仇恨。这些都是作者内心的真实流露。这种流露是下意识的，尽管有批评家读出了“《人生》展现的矛盾，是很不单纯的”[③]，但路遥无论是在当时还是数年后写作《平凡的世界》时，他从不会明白无误地站在社会的对立面，并将问题的根源和批判的矛头直接而有力地指向社会的不公正。在《人生》这部作品题旨的揭示上，作者充分体现出了他的暧昧与复杂性。高加林被揭发“走后门”重新回到农村后，作者在小说将近结尾的时候进行了他认为非

---

① 在给曹谷溪等人的书信中，路遥屡次提到他为了不让几个弟弟“在农村‘沤’一辈子”，千方百计托人找工作解决“农转非”的问题。（梁向阳：《新近发现的路遥1980年前后致谷溪的六封信》，《新文学史料》2013年第3期）在海波撰写的《我所认识的路遥（中）——兄弟情深》“路遥帮我找工作”一节里，作者也回忆了路遥几次给他帮忙的经历，以避免“死到农村”的命运。（海波：《我所认识的路遥》，长江文艺出版社2014年版）

② 路遥：《致海波》，《路遥全集：早晨从中午开始（散文、随笔、书信）》，广州出版社、太白文艺出版社2000年版，第320页。

③ 王愚，路遥：《关于〈人生〉的对话》，路遥：《早晨从中午开始》，北京出版集团公司、北京十月文艺出版社2012年版，第186页。

常有必要的总结和说明：他首先认为，“社会也不能回避自己的责任。我们应该真正廓清生活中无数不合理的东西，让阳光照亮生活的每一个角落；使那些正徘徊在生活十字路口的年轻人走向正轨，让他们的才能得到充分的发展”；同时又郑重告诫：“作为青年人自己来说，重要的是正确对待理想和现实生活。哪怕你的追求是正当的，也不能通过歪门邪道去实现啊！”①这样，作者在力求主题深刻的同时，也尽量确保了它在意识形态领域内的正确性。

写作《人生》时，路遥终于将这种矛盾的情感释放了出来，虽然他依然不能明确给出他心目中的答案。因为小说中情深义重的巧珍不单单是一份真情，更是关于“土地”和“劳动人民”的象征。因此这种“离去”或者“背叛”在当时的文化语境中就显得更为可怖。

路遥不仅具有当时体制内作家的本能，而且在“写什么”以及“怎样写”的选择上具有非常高的政治眼光。路遥对政治一向有浓厚的兴趣，甚至在他病危的时候，仍然牵挂着省作协的工作动向②。贾平凹称他是“一个有大抱负的人”，“一个出色的政治家”③。路遥生前好友海波这样回忆《惊心动魄的一幕》的写作与发表：20 世纪 80 年代初，当文坛在持续写作控诉“文革”的“伤痕文学”时，引起了一些人的不快，“路遥认为，高层会想办法扭转这种局面，而扭转的最好办法就是鼓励一些正面歌颂共产党人的作品，进而起到引导作用”。《惊心动魄的一幕》在连遭退稿的坎坷后，后被《当代》文学杂志的主编秦兆阳先生赏识，并获得包括第一届全国中篇小说奖等三个奖项。海波认为，“《惊心动魄的一幕》的发表和获奖，可以说在总体上规定了他创作的取向。这种取向可以这样概括：站在政治家的高度选择主题，首先取得高层的认识，然后向民间‘倒灌’”。海波当年是很反对这种“投机心理”的，并与路遥“争

① 路遥：《人生》，《路遥中篇小说名作选》，陕西人民出版社 1993 年版，第 159 页。

② 孔保尔：《和路遥交往的日子》，《延河》文学月刊 2007 年第 9 期。

③ 贾平凹：《他是夸父，倒在干渴的路上》，凤凰网文化综合 2012 年 11 月 16 日。

论过很多次”①。无论是政治敏锐性，抑或是“投机心理”，它们和作品的“革命的现实主义”与“革命的浪漫主义”之间都有着某种无法回避的隐秘联系。

第四节 “传统现实主义”的光华
——以路遥的小说为例

在已故作家路遥身上，到今天仍然存在着许多值得人们深入思索的东西。作为陕军的一员，他有着陕西作家的一个突出特征：即作品的厚重和作家本人的刻苦勤勉。从柳青到贾平凹、陈忠实，无不以这种风格彪炳于文坛。但相对于贾、陈二氏，文坛对于路遥的评价就要复杂、含蓄得多。早在路遥耗尽巨大的体力和心血完成《平凡的世界》时，创作界就有这样的议论，认为路遥以不算成熟的艺术方式，来呕心沥血完成这样一部多卷本的巨著，事实上是一件欠考虑的事情。不久，这样的议论以公开的形式，出现在贺雄飞等人编著的《亵渎偶像》一书中。文章以更尖刻的言辞指出，在当时整个文坛都在积极地向西方先进的艺术形式学习和借鉴的时候，路遥却仍然固守着相当传统的写作方式，不能不说是一种极端保守的态度②。

从作品来看，《平凡的世界》的确采用了一种相当传统、甚至是古老的叙事方式，从人物刻画到情节结构，再到叙述语言，都更接近盛行于 19 世纪的现实主义文学传统。而作家的写作方式，比如积累素材时逐年逐月逐日查阅《人民日报》《光明日报》，亲自下到矿山、机关去“体验生活”，等等；这都是人们久违了的、相当朴拙的投入写作的方式。按路遥自己的话说，使用的是

---

① 在路遥去世二十年后，海波转变了当年的看法，认为路遥“文以载道”的做法“基本上是正确的”。因为“文艺作品要有影响，就必须‘载道’；只有‘载道’，才能让作品站在同一起跑线上，才能形成比较，显出高下。至于能不能引起读者共鸣，主题上‘载道’与否不是最重要的，人物形象的塑造才是最重要的。”（海波：《我所认识的路遥》，《十月》2012 年第 4 期。）

② 贺雄飞等：《亵渎偶像》，中华工商联合出版社 1999 年版，第 8 页。

"本世纪（20 世纪）以前的旧车"[①]，这与批评者们的指责是相吻合的。

但是，问题出在这里——这部小说的命运并不因其叙述方式的落后而沉入谷底，在此所要表明的并非是提醒人们它曾经获得过"茅盾文学奖"的殊荣。如果回首那些得奖作品，真正能经得起时间考验的也为数不多。在此所要指出的是这样一个事实，即以相对落后的方式所写作的《平凡的世界》，为什么却能受到读者的青睐？关于读者的取舍，图书市场是最公正的反映。《平凡的世界》从 1986 年问世到 2000 年间，在十五年内至少被重印过四次，即 1986 年中国文联出版公司、1993 年陕西人民出版社、1998 年华夏出版社、2000 年的广州出版社及太白文艺出版社。其中还不包括书市、书摊上的各种盗版。这部完成于 20 世纪 80 年代中后期的作品，其生命力已远远超出了同时期的许多精心之作。

我们该如何解释这中间的矛盾？如何解释其作品仍然富有的吸引力，并做出较为客观的分析和评价？

路遥的名字被众多的读者所熟悉和喜爱是在 1981 年。就是在这一年，他发表了中篇小说《人生》。20 世纪 80 年代初尚属文学的新时期阶段，小说《人生》所用的创作方法，与当时整个文坛所普遍采用的表现手法是同一的，也是和谐的。《人生》的出众和它巨大的感染力在于，他第一次在社会主义的中国，提出了一个有才华、有抱负的青年如何竭尽全力向社会的上层挣扎的问题。也就是说，并不是只有在尔虞我诈、弱肉强食的资本主义社会，才会有于连、拉斯蒂涅、杜洛瓦这样的青年。作为社会秩序中的人，不平等是事实上存在的，而那些被压抑在底层的人，总要不甘心地向上抬起头来。路遥的这一意识，在刚刚结束拨乱反正后的中国，在呼吁主人翁们紧密团结起来，为国家的四化贡献自己的全部力量的形势下，逆向而驰，具有强烈的个人真实性。比起同时期的《我爱每一片绿叶》等发出的人道主义呼唤，高加林的呐喊和挣扎，更具不加掩饰的强烈的个人要求，直逼自我最深处的欲望，高加林的出现，打破了每一个公民都是社会主义国家机器上的、平等而无怨的螺丝钉的神话。比起同时

① 路遥：《早晨从中午开始》，北京十月文艺出版社 2012 年版，第 13 页。

期的《本次列车终点》《南方的岸》等描画的回城的青年又义无反顾地回到农村的广阔天地里去，高加林拼得鲜血淋漓的进城梦，更具一种震撼人心的真实和魄力。这就是《人生》最能激荡人心的地方。陈忠实在谈到当年《人生》带给他的巨大冲击时说，“我感觉到路遥的《人生》一下子就把他和我拉得很远”，“为什么？因为《人生》发表前后，新时期文学我是整个经历过来的。像我当时正困惑着怎样从图解政策、图解政治这种痛苦中摆脱出来还不得要领的时候，《人生》一步就蹬地多高的”，“我感觉到了什么是表层的艺术，什么是深层的艺术。在这一点上我感觉到路遥在《人生》上的突破不是他个人的突破，而是文学回归文学本身”①。

《平凡的世界》从主题上来说，是中篇《人生》的一次扩充和拓展。尽管作者力图全方位地展示1975—1985年间中国西部广阔的社会生活画卷，但实际上，贯穿并支撑起全书的，仍然是高加林式的雄心勃勃的个人奋斗的灵魂。但《人生》中那被理想折磨得躁动不安、痛苦不堪的精神冲撞，在《平凡的世界》里已经平和了很多。这固然有岁月对作者进行打磨和沉淀的缘故，从对文本的分析中，人们更能看到意识形态对作者的影响力。当年针对《人生》中轻视土地和劳动人民的倾向所引出的一系列批评，对路遥发生了实质性的作用。作者为了解决神圣土地——个人理想之间的矛盾，最后采取了折衷的方式，将原来被激情折磨得不顾一切的高加林分裂成了两个，即留在土地上（照样能）发家致富的孙少安，和带着梦想远走高飞的孙少平。面对承载着男主人公精神寄托的女性，作者亦做了缓冲的分裂式处理，即城市的田晓霞、乡村的惠英嫂和亦城亦乡的金秀。在这种参差的、逐层过渡的处理中，《人生》中那些尖锐对立的矛盾和痛苦，无疑都变得平和了。孙少平最后的归宿虽然由农民终于变成了工人，但却是把根扎在大地深处的煤矿工人。而煤矿本身在地理和文化上都是亦城亦乡的。这种滴水不漏、能圆能方的处理，显示了意识形态对作家的改造，并在一定程度上削弱了作品的独立性和锋芒。但在主题上，《平凡的世界》具有和《人生》相当一致的精神。

---

① 陈忠实：《有关写作的三个话题》，《延河》2001年第1期。

任何一个脱颖而出的作家，都必然有他能与其他作家区别开来的特质，对路遥来说，就是他念念难忘、无法停止的小人物向上拼搏的人生传奇。如果我们在主题领域里寻找，会发现，在现当代文学中，像这样赤裸裸地、热情地表现个人抱负和雄心（野心）的作品，寥寥可数。即便有，不是鞭挞、嘲讽这种自私狭隘的渴望成名成家的思想（如《青春之歌》中的余永泽），就是指出个人主义者的悲凉结局（如曾经刻苦要强的骆驼祥子）。更多的情形是将个人的发展及其命运，同拯救、改造整个社会相联系，个人主义者的孤军奋战总是免不了苦闷和彷徨。至于20世纪50—70年代出现的那些社会主义新人和"高大全"式的英雄，都是集体的化身，人们绝对不会发现他们有为个人利益苦恼的时候，他们所担心的只是自己思想上的进展、群众工作开展得好坏等等，并以近乎自虐的方式克己奉公。到了新时期，对个人命运的思考，也总是和对国家、民族命运的思考紧密深切地联系在一起。像高加林（孙少平）那样，为了个人的出路而痛苦、而殚精竭虑地挣扎、向上拼搏，具有抛开道德教化、深入人心的真实。这也就是陈忠实所说的，是一部"完全回到文学本意上"的作品。

当代文学很少将自我奋斗作为表现的主题，但在世界文学的范围内，这却是一个一直贯穿的精神传统，从《拉摩的侄儿》《红与黑》《高老头》《欧也妮·葛朗台》到《俊友》《约翰·克利斯朵夫》，都一直倾诉着生生不息的自我发展的梦想。中国文化一向重集体而轻个人，尚谦和而忌轻狂，只有极少数的狂涓之士敢于直率地说出"不信我无万古名""我辈岂是蓬蒿人"。这种宣言之所以使人痛快淋漓、振奋快慰，就在于其实在相当多的人心目中，都潜伏着一个名不见经传的个体将要征服世界的梦想。略萨在《谎言中的真实》中早已指出，"小说之所以写出来让人看，为的是人们能拥有他们不甘心过不上的生活"，"希望与现状不同一直是人类杰出的理想，小说也是从这一理想中诞生的"①。

除了小说在主题上所具有的对人类精神的感召力，《平凡的世界》在艺术形式上，仍然有许多可以琢磨的地方。

不妨先回到当时的历史语境中去，做具体的考察。上文已经说过，路遥在

① ［秘鲁］略萨：《谎言中的真实》，云南人民出版社1997年版，第73—79页。

写作《人生》时，所采用的创作方法与当时整个创作界是同步的，也是和谐的。但到了1985年他着手准备《平凡的世界》时，周围的文学环境正在发生着深刻的变化。1985年被称为“文学革新年”，西方各种文学思潮、流派都纷纷涌入国门，可谓日新月异，令人目不暇接。当代中国作家几乎在同一时刻混杂地领略了现代主义和后现代主义，第三世界作家马尔克斯成为诺贝尔文学奖得主，又使带着地域文化特色的魔幻现实主义风靡一时。在这一年，有两个创作潮流引人注目：一是以阿城、韩少功等人为代表的文学的“寻根”；二是以刘索拉、徐星等为代表的中国“现代派文学”，但后者很快被马原、余华、格非等人的先锋派写作所取代。对于这两种如火如荼的创作潮流，路遥显然都持了慎重观望的态度。他后来所写的依然是以反映乡土为主的小说，但他没有像他的乡党贾平凹、陈忠实一样，将特异的地方景物、风土人情，作为作品内容和抒情的一部分，并氤氲般地化为作品的文化底蕴和哲学内涵，也没有融入民间传奇、占卜神怪。我们在《平凡的世界》里都找不到这些，路遥对乡村生活所进行的仍然是细致如实的描摹。作家莫言当年在寻求艺术上的突破和进展时，曾经仔细反思过自己早期的作品，对于自己的作品为何打不开局面，他的领悟是“太老实,把真实误解为生活的原样照搬”。陈忠实1986年准备写《白鹿原》时，在思考书中的性描写时，他斟酌再三，决定“撕开写”①。这种“撕开写”的勇气其实就是针对“太老实”的。

路遥和这些作家的根本分歧，在于对现实主义这样一种创作手法的认识态度上。当路遥在小说的准备阶段连续七次阅读《创业史》时，陈忠实却正在思考这样一个问题：“我对原先忠诚的现实主义原则，起码可以说不再完全忠诚。我觉得现实主义原有的模式或范本，不应该框死后来的作家。现实主义必须以一种新的叙事形式来展示作家所能意识到的历史内容和现实内容。”② 并且提出在方法和语言上，都要走出老师柳青的影子和模式。作家们为什么会对现实主义的表现方式“不再完全忠诚”，也许贾平凹点明了其中的症结所在。也是在

① 陈忠实：《白鹿原创作漫谈》，《当代作家评论》1993年第3期。

② 陈忠实：《白鹿原创作漫谈》，《当代作家评论》1993年第3期。

1986 年，他在写作《浮躁》的过程中，逐渐意识到“我再也不要以这种框架来构写我的作品了，换句话说，这种流行的似乎严格写实的方法对我来讲将有些不那么适宜，甚至大有了那么一种束缚”[①]。无论是作家求新求变的艺术尝试，还是那种严格的写实手法所使作家感到的拘束，现实主义作为一种创作方法都面临着极大的挑战。

路遥对于传统的现实主义的坚持，首先是基于对正在威胁着现实主义的“现代主义”表示怀疑。他认为“理论界和批评界过分夸大了当时中国此类作品的实际价值”，“理论批评界首先有责任分清什么是创造，什么是模仿甚至变相照抄，然后才可能估价其真正的成绩”[②]。路遥直言不讳的这番话，不啻于是对当时正处于潮头浪尖上的先锋小说以毫不留情的一击。虽然未免有失偏颇，却也部分点中了其要害。路遥的这番思考大约是在 1986 年左右，在这期间马原已经发表了《拉萨河的女神》《虚构》等作品，并反复以“我就是那个叫马原的汉人”“我得说下面的故事是杜撰的”等恶作剧般的手段，来撕开小说（故事）讲述过程中神秘的面纱，置小说于万分窘迫和尴尬的境地，从根本上革（要）了小说的命。同时期的格非则把小说变成编码的迷宫，让人们想到《小径交叉的花园》所开启的智力和哲学上的玄妙游戏。这一切显然都不是中国作家们自己的原创，他们反复玩味和演绎的，是国外的大师们对艺术和世界独特的理解和表现。在忙着熟悉和练习的阶段，属于中国作家自己的东西并不多，如果有，只能是马原笔下西藏异域的神奇、格非迷离的抒情、余华对人本质冷酷和血腥的认识，而在小说的艺术形式上，从构思到语言，路遥认为他们“模仿”和“变相照抄”不是完全没有根据的。1991 年马原在小心翼翼地提到博尔赫斯对自己的启迪时，抱怨道：“我甚至不敢给任何人推荐博尔赫斯……原因自不待说，对方马上就会认定：你马原终于承认你在模仿博尔赫斯啦！”[③]

路遥同时注意到了读者对这些新的艺术形式的反应，“读者已渐渐开始淡

① 贾平凹：《〈浮躁〉序言之二》，作家出版社 1993 年版。

② 路遥：《早晨从中午开始》，北京十月文艺出版社 2012 年版，第 15 页。

③ 马原：《作家与书或我的书目》，《外国文学评论》1991 年第 1 期。

漠甚至是远离这些高深理论和主要作品”[①]。路遥所说的情况并没有夸大，余华有两本书都曾经只印一千册[②]，余华认识到“在国内卖不好的书，在国外也卖不好”[③]。先锋作家窘境的改变，要到1995年余华以现代写实的手法创作《活着》，这本书以20万册的销量使昔日孤军奋战的先锋作家进入了畅销书作家的行列。但这一切发生在1995年以后，先锋文学一步步告别了学习和模仿的阶段，出现了属于自己的转机，但路遥本人并没有能够看到。

在表示了对现代主义（后现代主义）的怀疑之后，路遥又回到了他情有独钟的现实主义。他首先对现实主义有一种近乎理想的追求："如果考察一下，现实主义在我国当代文学中是不是已经发展到了类似19世纪俄国和法国现实主义文学那样伟大的程度？以致我们必须寻找新的创作途径？”他认为“虽然现实主义在我国一直号称是我们当代文学的主流，但和新近兴起的现代主义一样处于发展阶段，根本没有成熟到可以不再需要的地步”[④]。应该说路遥对于现实主义的期望值是很高的，认为只有现实主义才能创作出《战争与和平》《人间喜剧》这样的恢宏巨著。而当代中国还没有这样的作品，因此现实主义仍然处于发展阶段。路遥的这一观点有一个大前提，即每一种创作精神和方法，只有臻于完美之境、造就了顶峰的辉煌，才能称之为完成，才有资格放弃，奔向下一个目标。最后路遥也承认对于他来说，现实主义是一种比较适合他的方式，“自己认为是较可靠的，能够把握的”[⑤]。这无疑是真实的情形。

这种与文学改革浪潮的隔膜和对传统方式的留连信任，使路遥“在中国当前的文学运动中陷入孤立境地”。但他的作品对读者却仍能具有相当的吸引力，其中令人深思的原因，除了小说主题所传达的独特魅力，作者对故事和情节的重视，是另一个重要的因素。

---

① 路遥：《早晨从中午开始》，北京十月文艺出版社2012年版，第15页。

② 余华，杨绍斌：《我只要写作就是回家》，《当代文学评论》1999年第1期。

③ 余华，张英：《文学不衰的秘密》，《大家》2001年第1期。

④ 路遥：《早晨从中午开始》，北京十月文艺出版社2012年版，第17页。

⑤ 路遥：《早晨从中午开始》，北京十月文艺出版社2012年版，第19页。

从小说的发展史来看，在很长一段历史时期，“小说”这个概念在人们的意识中一向总是与“讲一个故事”联系在一起的，提到“小说”，人们就会想到“故事”。这一古老的观念早已受到了挑战，故事和情节的权威性在契诃夫的《草原》和屠格涅夫的《猎人笔记》那里已经开始受到冷落。随着罗伯·格里耶和伍尔芙等人的不断发难，在现代小说观念里，故事和情节都已不再是构成小说的必要因素。从“淡化情节”到“反情节”，对故事及其讲述进行种种拆解，作家们以令人赞赏的革新精神，在艺术探索和实践的路上越走越远。在他们的努力下，小说的艺术观念和表达方式，都获得了一个更为宽广、自由的空间。

但是同时也出现了这样一个事实，以新的艺术观念创作的小说，从问世起，就赶走了一些习惯于传统思维的读者。随着人们对那些新小说不再感到陌生，逐渐滋生出一种阅读的疲倦。因为那些在新的文学变革中形成的小说叙事，它需要读者阅读作品时乐于辛苦，乐于以自己的能力“解读”，甚至以自己想象中的写作来最后“完成”作家的作品。李陀在谈到20世纪90年代以来愈演愈烈的“纯文学”危机时指出，眼下这样的写作和阅读已经不再受读者欢迎。他特别向作家们点明，“20世纪现代派创造的另外一套小说修辞学系统，其中包括乔伊斯、普鲁斯特、卡夫卡等人的种种尝试和贡献，但毕竟都是小说修辞的一个分支，没准还是一种极端的特例。如果这种修辞传统成为今天中国纯文学的普遍倾向，那么无疑会是文学的灾难”①。他提醒并呼吁作家们应当重新重视、学习那些“讲故事”的基本技巧，其中包括向中国古典文学的叙事传统汲取营养，包括向欧美小说家那样，从通俗小说和侦探小说中学习一技之长。

一些敏感的作家也早已注意到这个问题，陈忠实在准备创作《白鹿原》时，认为“可读性是我认真考虑过的几个最重要的问题中的一个”。“现实的情况是文学作品已经开始出现滞销的不景气的现象”，“我可以有毅力、有耐心写完这部四五十万字的长篇，读者如果没有耐心，也没有兴趣读完，这将是我的悲剧”。时至今日，人们已经意识到，像以往那样将故事、情节视为小说艺术的唯一支

① 李陀，李静：《漫说“纯文学”——李陀访谈录》，《上海文学》2001年第3期。

柱固然是错误的，但是试图结束故事和情节在小说中的历史使命也是片面专断的，注定要受到惩罚，因为它与人类的天性相违背。相当一部分人读小说，同样是怀着对他人命运的好奇来读的。

那些不需要读者、声称只自己写作的艺术家存不存在呢？莫里亚克直接称他们为“吹牛家，不是在欺人，就是在自欺”①。没有人会真心希望自己的作品读的人越少越好，因为事实上没有一位作家会因为自己的读者太多而苦恼。对于李陀给中国当代作家们的提醒，余华是极为赞赏的：“我们中国作家还在认为：一个作家把书写得好不好看是一个技巧问题，其实这是一个时代的选择的问题。当你一部一部的书被时代抛弃，你就只能去写一本好看的书。”②

《平凡的世界》就是这样一部“好看”的书。它可能手法过时，醇厚亲切有余，思想深度不够，但对于读者来说，仍然有相当广泛的人深深偏爱它，不断地阅读它。在它自身，必定有着某些特殊的东西，正是这些特质与文学的根本属性相一致，从而使它跨越自身的藩篱和不足，闪耀出独特的魅力之光。

---

① 周大新：《漫谈故事》，《文学评论》1992 年第 2 期。

② 余华，张英：《文学不衰的秘密》，《大家》2001 年第 1 期。

第二章　当代文学的方向选择

倘若没有对外国文学的借鉴，新时期以来中国当代文学的发展与变化，便无从谈起。诚然，“文革”结束后，随着第四次文代会的召开，文艺政策与文学观念都逐步发生了显著的变化，产生了一大批在当时有着广泛影响的作品，20 世纪 80 年代也因此被称之为文学的黄金时代。但新时期文学在经历了“伤痕”“反思”“改革”文学的热闹之后，似乎陷入了瓶颈状态。今天，当人们反观这三个阶段时，它们的文学成就可能并不高，思想肤浅、形式粗糙是大多数作品的通病。而到了 1985“方法年”之后，文学的面貌骤然间完全不同了。文学陶醉在“方法论”中，陶醉在对文学自身的新的发现与理解之中。

当时在中国作家当中引起了最大震动的，是以马尔克斯的《百年孤独》为代表的拉美文学。拉美文学的最大吸引力一是魔幻现实主义的手法；二是对民族传统文化的展现。从这时起,当代作家对于文学作品内涵与表现方法的认识，发生了根本的变化。文学从表现内容与形式上都进入了一个丰富多元的时代，它可能没有告别肤浅，但是它肯定告别了单纯。在后来向现代主义、后现代主义学习的过程中，当代作家在经历了模仿、炫技、化生硬抽象为自然具体之后，当代作家的写作技艺已越来越纯熟。20 世纪 90 年代，当被称之为“转型”的余华用训练有素的文笔写下至少在形式上并不复杂的《活着》《许三观卖血记》时，我们已经不能想象在 20 世纪 80 年代初这两个故事会有怎样的面貌。

新时期以来当代文学的发展，绝对是得力于外来文化的滋养的。如果仅仅靠传统文化的浸润、民间文化的启发，包括作家自身的文化修养和感悟，当代文学会不会有今天这样的成绩，不便妄言，但它很可能是另外一番面貌。对当代汉语写作贡献极大的汪曾祺、王朔等人，本着自己对文化和语言的理解进行创作，但这样的作家毕竟是少数。事实表明，当代文坛上那些重要作家，他们大多有两位“乳母”，一位带来了异域的文明与目光，另一位是知晓唐传奇、宋笔记和明清小说的。一些作家试图将这两种养分的优长结合在一起，比如贾平凹和格非，但从群体的表现来看，外来文学的影响显然更大一些。

受外来文化影响最直接也是最深的，是“先锋”小说家们。他们对外来文化的认识和选择，具有很强的目的性与倾向性。

第一节 “我们的‘根’就在西方”

2004年在中法文化年的一次演讲中，提到对中国文学传统的再认识问题，残雪指责格非“原来很激进，现在就变得很保守了”，她声明：“我们文学的‘根’在哪里？我们的‘根’就在西方，不在中国。”虽然语惊四座，“欧洲人也不理解：中国人的‘根’怎么能在我们欧洲呢？”[①]但残雪道出的，可能是一个实情。

没有对外国文学一度的依赖，就不会有“先锋文学”，当代文学也不会是今天的面貌。虽然马原再三请人们注意在他的小说观念中西藏文化对他的启发，但从他所认定的“小说最本质的东西”是“作家的方法论”[②]，人们不难看出博尔赫斯等人对他的决定性影响。而川端康成、卡夫卡之于余华、福克纳之于莫言，甚至阿加莎·克里斯蒂之于王安忆，都是无可否认的文学事实。大多数的情形是，一位卓有见识的外国作家影响了一批作家，而一个颖悟的后来者可能从数个前辈那里汲取了不同的营养。比如在余华那里，既有卡夫卡这样的文学大师，也有并不广为人知的曼斯菲尔德，甚至还有《圣经》和马勒的音乐。余华堪称是当代最重要的作家之一，他的文学背景具有足够的

---

① 格非，李建立：《文学史研究视野中的先锋小说》，《南方文坛》2007年第1期。

② 马原，王尧：《小说的本质是“方法论”》，王尧：《在汉语中出生入死》，春风文艺出版社2005年版，第302页。

代表性。即便是深受中国传统文化影响的贾平凹，在主张“形式上用本民族的东西”时，在兹念兹的仍是“精神境界吸收外来的东西”[①]。所以，当马原说出“实际上我们绝大多数的小说家，他们写作的背景是从西方来的，我也是”时，他道出的是大实话。随后，他解释了这一文学事实，“因为现在的这种小说形态确实就是从西方过来的”。[②]

但这一解释是否是问题的根本理由？不错，从“五四”新文学以来的小说形态确实是“从西方过来的”，章回体、笔记小说、以诗词入文，已成为颇为少见的形式，但小说作为精神世界的呈现，一定有它根本的属性，一定不是外在的东方或西方的“形态”与“形式”所能左右的。这种外来文学一边倒的影响力只可能在一种情形下发生，即本土作家认为外来文化更为先进和有效，足以弥补本土资源的空白与薄弱。而外来文化的先进和有效又体现在两个方面：一是思想上理论上的建树；二是方法上的先进和实用。它们大到和人类的根本困境相联系，小到可以是文学表达的独特理念与方式。虽然像路遥这样的作家嘀咕着：“我不相信全世界都成了澳大利亚羊”[③]，但新时期的大多数作家显然认为西方文学、拉美文学在精神探索和表现形式上都走到了前端。只有极少数的作家，对此保持了冷静，提出了自己的质疑。李锐在《〈厚土〉自语》中谈到，当东方认为能带来社会进步的法宝在西方，而西方认为解决人类的根本困境在于从古老的东方文明中汲取智慧，他在拔剑四顾中感到了深刻的悲哀：“人类总是希冀着获得拯救，而事实上这拯救本是一个无，本是无所谓有也无所谓无。”但更多的当代作家从外来文化中看中的，并不是对于现实的针对性，而是作为方法论的哲学。在经历了20世纪50至70年代文化的畸形与贫乏之后，当代作家对于外来文化成果的补课，是积极而勤勉的，这使得相当一批作家在

① 贾平凹，王尧：《我的血管里面没有贵族的血统》，王尧：《在汉语中出生入死》，春风文艺出版社2005年版，第183页。

② 马原，王尧：《小说的本质是“方法论”》，王尧：《在汉语中出生入死》，春风文艺出版社2005年版，第298页。

③ 陈忠实：《寻找属于自己的句子——〈白鹿原〉写作手记》，《小说评论》2007年第6期。

不到十年的时间里，就掌握了从现代主义到后现代主义、从后殖民到新历史等等足够多的理念与技巧，很快缩短了与国外同行的差距，甚至可以认为“比起西方的比较重要的四十岁左右的那些作家”，“我们中国的作家其实很不错了”[①]。

对于外来文化的吸收，确实使当代文学在不长的时间里迅速走向成熟，也在一定程度上帮助了一些作家的成长和成功。这段经历不仅是文化观念的更新与丰富，也是必要的写作训练。但当人们审视这段成长之路时，会产生这样一个深刻的印象：中国当代的“先锋作家”对于外来文学的吸收与借鉴，是实用性大于精神性的，这一过程的实用性和选择性都极强。

第二节　当代作家对外来文化的倾向性

1985“方法年”中，小说是什么，怎样写好小说，成为作家们思考得最多的问题。他们不仅如饥似渴地领会现代文学艺术的成就和精髓，在茅塞顿开之后积极地以新的叙事方法来摹写本土经验，当代那些重要作家还在读书之余写下了他们的艺术感悟。著名的如余华的《虚伪的作品》、格非的《塞壬的歌声》、马原的《阅读大师》、王安忆的《心灵世界》等。那些深深启发了当代小说创作的文学先行者既有传统现实主义的托尔斯泰、罗曼·罗兰，自然主义的福楼拜，具有现代气质的霍桑，也有被大众所欢迎的阿加莎·克里斯蒂等。当代作家的榜样大都是文学史上的经典作家，这样的选择和喜爱无疑是颇具眼光的。而且作家越成熟，他从研究对象身上所看到的，就越是在写作上本质的东西，是作家和作品根本的质地以及真正使他们不同凡响之处。但是，当人们沉浸于这些作家深刻的发现时，人们也同时感受到这样一个事实：对当代作家产生了点化功能的，常常是来自于写作上的启示，而不是灵魂对灵魂的撞击。在

① 余华，王尧：《一个人的记忆决定了它的写作方向》，王尧：《在汉语中出生入死》，春风文艺出版社 2005 年版，第 145 页。

与大师们的文学世界交流之后，他们如同醍醐灌顶，在某一方面变得更明确更轻灵，文字间是发现的欣喜，几乎没有人变得更为痛苦和复杂。因此，可以肯定地说，在面对大师和前辈的时候，他们极为本能地将之视为文学的世界，而不是精神的世界，他们渴望探求的是其中的路径和钥匙，是奥秘，而不是体会其中令人敬畏的精神世界。

新时期以来作家汲取外来经验的实用性，还体现在他们对外来文化的选择上。从 20 世纪 80 年代中期以来，成为中国作家学习对象的外国作家主要集中在西方和拉美，此外日本有芥川龙之介、川端康成、大江健三郎，捷克有米兰·昆德拉、哈谢克，近年来又有南非的库切、土耳其的帕穆克等人，大体不出这个范围。其中的一些经典作家同时受到一批中国作家的钟爱。当人们浏览这样一份影响和接受的名单时，无法不注意到这样一个现象：曾经深刻影响了中国现当代文学的前苏联文学并不在其中。无论是帕斯捷尔纳克、索尔仁尼琴，还是阿赫玛托娃、维茨塔耶娃，他（她）们及其作品很少能进入当代中国作家的视野，成为他们念念不忘、研究再三的对象。虽然艾赫玛托夫可能影响了像张承志、红柯这样的作家，作家们谈论《日瓦戈医生》《古拉格群岛》以及《白轮船》的声音也不是没有，但比起卡夫卡、马尔克斯、胡安·鲁尔福，这些影响和声音要有限得多。这种明白无疑的偏爱以及忽视是令人吃惊的。

从文学渊源来说，苏联文学应该是最有可能和新时期文学发生关联的，且不论俄苏文学对于中国现代文学的深刻影响，以及“社会主义现实主义”“革命的现实主义与革命的浪漫主义”等创作原则对 20 世纪 50 至 70 年代中国文学的规范，以及很久以来俄罗斯文化对于相当一批中国作家和诗人的滋养，就两国特殊的历史背景、民族和国家的命运而言，这两个国度都有感同身受的交合点，应该是最能够相互理解和体会的。从文学的角度说，布尔加科夫等人在艺术上有目共睹的成就、所赢得的巨大的尊敬，难道不足以成为可以借鉴的财富，对中国作家来说虽不能至，心向往之。但从整个向外学习的过程中，人们看不到来自这方面的热情。

由此，人们可以形成这样一个基本判断：新时期以来的中国文学在如海绵吸水般汲取外来经验时，它有如饥似渴的热情，但从来没有过一丝一毫的盲目，不是饥不择食、夹到碗里都是菜，它有非常明确的需要和喜好。

为什么俄苏文学不能入当时中国作家的法眼？如果我们从民族性格、精神传统、文学资源等方面来分析，可能会找到各种各样的不同与隔膜。但在民族文化、精神传统等方面，我们与西方和拉美又有多少共同点？即使是与一衣带水的日本，又有多大范围内的共鸣？要找到问题的真正答案，只能从俄苏文学本身入手，即它的特质、它的独一无二的魅力在哪里，而这些特殊性很可能是不被中国当代作家所喜欢或者所需要的。

每一个国家都会有它自己的文学传统，尽管就其中有代表性的作家而言，他们的才华和气质可能是各具特色的，但他们的作品往往会体现出总体上的某些共同点。就俄苏文学来说，从著名的普希金、契诃夫、托尔斯泰、陀斯妥耶夫斯基，再到苏联时期的肖洛霍夫、雷巴科夫，甚至不那么名声显赫的蒲宁、叶赛宁，他们的作品风格各异，但都体现出鲜明的思想性和抒情性。在他们的作品中表达着“强烈的人道主义精神，博大而深沉的爱，浓郁的苦难意识”。没有一个国家的文学能像俄罗斯文学那样，体现出整体的磅礴、壮阔和深沉。他们对问题的思考方式又是那么深邃而优美。那里的天空、大地似乎是无可比拟的，而比天空和大地更辽阔的，是人的心灵。他们不仅暴露所处的现实，一些似乎不成问题的基本概念，比如善与恶、生与死，在俄苏作家那里都能引起巨大的心灵波澜，引起持久而彻底的追问。俄罗斯文学是立足于深厚现实的精神的世界和道德的世界，既复杂又明晰（作家们在表达困惑时，大多又表现出明确而坚定的立场选择），既沉重又优美（他们永远具有一种内心抒情的气质，仿佛天生来自草原与河流）。即使是面对苦难，他们的观察和表达空间都表现出审美的气质和尊严。这种“强大的俄罗斯文学的传统”，不仅支持了几代作家的创作，甚至“对斯大林、日丹诺夫这样的人也未尝没有丝毫影响”[①]。这种源于群山、江河与草原的精神思辨的力量具有开阔性和震撼性，它令人神往又肃然起敬。

① 王彬彬：《全维罗纳响起了晚祷的钟声——由〈乌托邦与反乌托邦：对峙与嬗变〉想到的》，《文艺争鸣》2007 年第 8 期。

以上我们分析了俄苏文学所具有的思想性和抒情性，在20世纪80年代中期，这仍然是苏联文学最重要的属性，是它有别于其他国家文学的主要特征。但当时的中国作家对此表现出普遍的冷淡。具体地说，在对外来文化的“拿来”中，“先锋作家”的选择体现出这样的倾向：在对世界和人的处境的哲学认识上，他们倾心于卡夫卡的“城堡”和“甲虫”，而非陀斯妥耶夫斯基多声部的内心挣扎；在借鉴魔幻现实主义时，他们赞赏马尔克斯那个著名的包含了过去、现在和未来的句子，聚焦于冰块、家族的猪尾巴，而对布尔加科夫的魔鬼撒旦、玛格丽特为大师的痛快复仇不感兴趣；在发掘地域文学资源时，他们倾向于表现“邮票般大小故乡”的福克纳，而很少留意肖洛霍夫“静静的顿河”。从这三组对比中，人们不难发现，在前者身上更多地体现出哲学观念和创作方法，具有确定性，而后者则更多地属于思想认识，具有令人不安的个性和不确定性。明确性、可把握性以及可操作性，大体成为中国“先锋作家”的选择标准。事实上，像卡夫卡这样的作家，他对世界和人的理解既有基本的观点，其间又充满了质询和矛盾，他的哲学观念是被后世的“卡夫卡学”所整理和归纳出来的。那些喜欢上卡夫卡的作家，他们对他思想中的深渊和疑云可能并不深究，但对他基本的哲学观念和感知世界的方式却颇多领会。他们可能并不具有卡夫卡那样森冷的内心，但却可以拥有卡夫卡那样的感觉和文笔。

1985年左右，在对外来文化的吸纳上，“先锋文学”表现出了明显的倾向性，其中的原因是多方面的。第一，从当时的历史事实看，“两结合”“社会主义现实主义”等创作方法形成了20世纪50至70年代文学的基本格局，20世纪70年代末80年代初的“伤痕”与“反思”使文学基本回到了朴素的现实主义。当时人们对历史问题的追究与探讨，其兴趣远远大于对艺术形式的在意。随着国门的打开，多元文化的纷沓而至，国人在眼花缭乱之际骤然发现了自己在哲学认识上的严重滞后，以及与此相关联的艺术表现形式的简单与贫乏。应该说，这是当时整个思想文化界的现状。如饥似渴地吸纳，实质上是一种补课，一种对空白和差距的积极弥补。可以说，这种补课，具有相当明确的实用性。这样的实用性，在现当代文学史上并不是第一次。在20世纪，至少发生过两次大的对外来文化的学习，一次是“五四”新文化运动，另一次是在20

世纪 80 年代中期左右。就文学主张和实践而言，“五四”新文学所提倡的“国家的文学”“为人生诸问题”“铁屋子”中的“呐喊”，具有思想启蒙的现实意义。而 20 世纪 80 年代中期文学对外来文化的匆忙吸收，并不在于和当时的现实生活发生直接的联系，使其具有现实针对性。他们更注重的，是哲学观念、技巧以及与此相关的艺术形式本身，注重的是形成文本的方式和技术上的实用性。20 世纪 80 年代初，在历史审视与艺术经验同时贫乏的情况下，先锋文学选择了后者，并投入了持久的兴趣和精力。当代文学也果然在较短的时间内，迅速走向成熟。同国外同行相比，至少在艺术形式上，其精巧、丰富与圆熟已毫不逊色。或者，我们可以宽容地说一句，作为批判性力量的作家，他们首先更新了批判的武器。其二，相对于那些复杂深沉的思想，哲学观念和技术层面的学习，应该是相对容易的，并且能在较短的时间内迅速改变文本的构成和面貌，因而成为作家们的首选。其三，从更深层面的文化传统和民族性格来说，中国人所崇尚的“温柔敦厚”“怨而不怒”“思无邪”等，是境界的平和超逸大于对抗性的辨析的。境界虽然也是一种哲学追求，但更强调感悟，是“此中有真意，欲辩已忘言”。因此在中国的文学传统中，如果想找出思想体系上的逻辑性、思辨性和针对性，应该是不多见的。正像格非所分析的那样，“西方的叙事中有很多很基本的问题，在我们中国人看来根本不是问题”，那么中国人对什么分外敏感呢？他们更为关注的，“不是这个外部世界，而是内心、感觉，是人情”①，是“木犹如此，人何以堪”的天地苍茫。在中国的诗文小说中，重情志的抒发、哲理的意味以及人情世态的描摹，远远大于对一件事物的追问，并由此形成了中国文学特殊的审美追求。或者，我们可以形成这样的认知：思辨性不是中国文学的主要追求，也因此不是它的强项。所以，期望新时期文学在思想性上的用力和突破，是不符合中国的文学传统的。诚然，鲁迅先生是伟大的思想家，但是像他那样无所依傍、具有远见卓识的作家，到目前为止，也毕竟只有一个。

---

① 格非：《中国小说与叙事传统》，王尧，林建法主编：《我为什么写作——当代著名作家讲演集》，郑州大学出版社 2005 年版，第 255 页。

第三节 “文胜质则史”

当代先锋作家在吸收外来文化时，是实用性大于精神性的，他们更偏重于哲学观念、技巧和形式的借鉴，而非思想的启迪与丰富。与此同时，从现实补课、文学传统等方面分析了作家做出如此选择的原因。那么，这种选择的倾向性是否实际影响了新时期以来当代小说的创作，或者反过来说，这三十年来当代文学的面貌和实绩，是否体现出了当初选择的倾向性。

如果人们冷静地审视一下这一时期的当代小说，它们在小说理念、形式探索上的成绩，的确使人印象更深。且不论马原等先锋作家改变了人们对小说和创作的传统理解，来自于西方的文化和哲学观念，也使新时期以来的当代文学产生了一批独特的经典，如《小鲍庄》《灵旗》《迷舟》等。当然，在小说的艺术探索过程中，不可避免地经历了模仿、游戏和故弄玄虚的阶段，以致余华“担心刚刚出现的先锋小说会在一批庸俗的批评家和一些不成熟的先锋作家的努力下走向一个莫名其妙的地方”[①]。但这一生涩又故作老练的阶段并没有持续太久，当一些作家“感知到这块土地的昨天和今天，似乎没有人变甲虫的传闻却盛传鬼神”，确信那些“从生活体验进入生命体验之作，这是谁都无法模仿的，模仿的结果只会是表层的形式的东西”，有了这种清醒和独立，才有可能产生不做作不夸张的、具有本土生命体验的小说形式。1988 年，陈忠实在创作《白鹿原》时，他对小说结构和表达的认识，是这一时期小说形式探索中最重要的收获之一，“不是先有结构，或者说不是作家别出心裁弄出一个新颖骇俗的结构来，而是首先要有人物的深刻体验，寻找到能够充分表叙人物独特的生活和生命体验的恰当途径，结构方式就出现了。”[②] 作家们已经意识到，每一个故事，每一篇小说，都有它最能恰如其分的表达形式，作者不是去刻意地打造它，而是要致力于发现内容与形式之间的必然性。进入 20 世纪 90 年代，余

① 程永新：《一个人的文学史（1983—2007）》，天津人民出版社 2007 年版，第 45 页。

② 陈忠实：《寻找属于自己的句子（连载三）——〈白鹿原〉写作手记》，《小说评论》2007 年第 6 期。

华的《活着》《许三观卖血记》成为当代文学中形式与内容完美结合的典范。这两部小说对生活本质的揭示是一针见血的，但更令人称道的，是作者采取了如此精巧又有力的艺术形式。余华可能发现了生活中的事实，这些事实是本身就存在的，而形式却是作者凭借艺术经验和智慧创造出来的。尤其是在《许三观卖血记》中，对话、重复、旋律感、想象，这些手法的运用令人耳目一新，也早已超出了对现代、后现代的生硬模仿，而成为作者在艺术感悟上的触类旁通、出神入化。像《许三观卖血记》这样的作品，它在艺术上的成功，在于它对技巧的运用完全是创造性的，新颖然而妥帖、巧妙而又深刻。一些作家还将自己的个性融进了小说的表达，如莫言的《红高粱》《丰乳肥臀》《檀香刑》，这些小说是作家解放了自己的感官、意志，站在民间大地上的畅快呼吸，如此澎湃又如此绚烂。我们还不应该忘记贾平凹、格非、李锐等人在体现中国小说与叙事传统、彰显汉语主体性上的努力。贾平凹从"卧虎"那里体会到的"内向而不呆滞，寂静而有力量"，这"东方的味"几乎贯穿了他的全部创作[①]；而格非在现代汉语表达上的精美、纯粹，以及优美的意境、抒情的气质，充分显示了汉语书写的独特魅力。因此张清华先生会认为："20世纪90年代出现了重要的文本，近乎伟大的长篇小说，其形式方面的成长和贡献是尤其值得我们研究的"，"如何评价过去近三十年文学的成就，杰出的小说文本以及非常经典的小说形式，是第一个不可忽略的角度"[②]。

人们已经充分肯定了当代小说在艺术形式上的成绩，那么，在小说的思想认识领域又成就了怎样的风景。像《古船》《九月寓言》《废都》《尘埃落定》《马桥词典》《坚硬如水》《长恨歌》这样的作品，人们几乎能够忽略它们的形式，而首先想起它们特别的内容。这些作品在对事实的挖掘上，达到了震撼人心的深度，而在对生活的审视上，发现了未曾被注意到的领域。当代那些重要的作家，已经以他们的认真和努力，显示了思想的锋芒和质量。但是，也存在

① 贾平凹：《"卧虎"说——文外谈文之二》，雷达主编：《贾平凹研究资料》，山东文艺出版社2006年版，第8页。

② 张清华：《肯定近三十年文学的理由》，《上海文学》2008年第6期。

着这样的事实：无论是读者还是批评家，他们对于当代文学最大的不满，往往集中在小说的思想性上，人们很少指责某部作品表达得不够精美，而是通常认为它在对现实的观察和理解上肤浅、有所偏差，表达得不够准确，或是力所不能及的无法深入。贾平凹所言的“我把浓茶倒在宜兴瓷碗里会不会被人看作是清水呢？”[①] 这种因为包装的朴素而忧虑读者不识货的担心是不必要的。对于那些能够精彩地尽显生活本质的作品，读者是心悦诚服的。作为一个纯文学作家，余华在20世纪90年代即能深入人心，就是一个最好的例子。读者和大多数批评家一起，他们关注的一定是小说的根本品质，而这也是小说最容易露出破绽、出现问题的地方。

能够决定一部作品根本品质的，其实是作家对于生活和世界的认识，其中包括作家的敏感性、洞察力、见识和胸襟。这些因素影响了作家对整个世界的认知。当代小说通常在两个方面不能尽如人意，其一，是大于现实的丰富性，即因为渗进了作家对现实的感受和理解，从而在基本事实的基础上，赋予现实以别样的风貌和意味。但是大量的作品都是满足于捕捉并反映生活中的现象的，对社会生活、社会矛盾是否反映得及时，甚至成为一种文学道德。“底层叙事”因此而受到一部分文学批评的肯定，他们呼吁作家要“贴着地面行走”，这被认为是文学责任心的体现。而事实上，如果不能适当拉开与现实的距离，不能有所鉴别、有所分析，从而打造出比现象本身更复杂、更多况味的现实，文学创作就根本谈不上创造与进步。这种拘泥并满足于现实的弊病，并不是“底层叙事”才有的。王安忆在谈及自己的创作理想时，一再表明她渴望“发现日常生活的审美性质”[②]，也就是从日常生活的细节和变化中，发现生活在某些方面的本质、特点，发现心灵、物质世界的构成及其运动的秘密。应该说，这样的文学努力是值得钦佩的，因为它需要特别的吃苦耐劳和实事求是的钻研精神。毛泽东关于“实事求是”的定义最能概括这样一种文学追求，“‘实事’，

① 贾平凹：《故乡啊，从此失去记忆——〈秦腔〉后记》，《收获》2005年第2期。

② 王安忆，周新民：《好的故事本身就是好的形式——王安忆访谈录》，《小说评论》2003年第3期。

就是客观存在的一切事物，‘是’就是事物之间的联系，‘求’就是让我们去寻求。”客观事物之间的联系当然是值得去探究的，因为我们还不能充分认识自己所处的世界。但是，在这样一种对世界无数奥秘的寻找和定位中，作为主体性的人其实是被动的，无数个奥秘就是无数个答案，而你为什么不能奉献出你自己的那一个，哪怕是蚌病成珠。很少有当代作家能做到这一点，即使是才能出众的余华。他的笔能透过纷纭的现象而切中几近残酷的本质，这使他能出类拔萃。但是，他所抓住的那些，仍然是本身就存在于现实生活中的，它们最多高度吻合于生活，而不可能大于生活。人们看完他的世纪新作《兄弟》，至多承认：“对，这就是我们的时代，我们的生活。”但除此之外，作品还能提供什么呢？有一种评论意见将这种反映生活的方式称之为“内在于时代”[①]，这一命名让人想起“内在于”铁扇公主腹内的孙行者，那么，所见所识，无非是五脏六腑。这难道是我们需要文学的根本理由？还有一种认识是值得讨论的，余华曾再三谈到美国作家辛格的哥哥说过的一句话，即“看法总会过时的，而事实不会”。但是，当作家们因此而专注于表现事实的客观性和必然性时，是否应该追问一句：什么样的看法容易过时，或终究会过时。奥斯汀对于家长里短、世俗人心的理解，并没有过时；张爱玲对金钱和利益的不掩饰的计较，没有过时；甚至托尔斯泰关于理想生活的天真设想也没有过时。正是这些“看法”，丰富了现实生活的复杂性和可能性，使它宽广而深瀚。

在思想认识上，当代小说的第二个问题，是关于区别于现实的独特性。这种独特性可能比“大于现实的丰富性”有更大的难度。说到底，作品所显示出的内涵的丰富性，是最后整体的景观，而从中透射出的独特性或者独创性却是一种能力。因为对世界观察和感受的不同，才能写出在现实中显得异样的人生。这与刻意的标新立异、力争要引人注目不同，而完全来自于个人对生命的独特体验。它往往是在世界僻静的一隅，而不是热闹的中心。与现代作家相比，当代那些知名作家的作品在艺术效果上可能更均衡更稳重，有些见解也不

① 张新颖，刘志荣：《“内在于”时代的实感经验及其“冒犯性”——谈〈兄弟〉触及的一些基本问题》，《文艺争鸣》2007年第2期。

乏深刻，但往往缺少对人的冲击力，缺少生命对生命的感动。萧红的文笔是粗砺的，她的表达有时孩子般的稚气，但她的文字为什么却能使人有“雷电穿身”的感觉[①]。鲁迅先生当年在《萧红作〈生死场〉序》中除了称赞作品表现了“对于生的坚强，对于死的挣扎”，又特别指出其描述“已经力透纸背”，是缘于“女性作家的细致的观察和越轨的笔致”。这一洞见颇具鲁迅一贯的犀利，萧红的超凡脱俗的确是因为她有一副“越轨的笔致”。她不仅有打破成规的见识和勇气，主张“有各式各样的小说”，更重要的原因在于生命中的那些痛，赋予了她别样的眼光和感受，而她又能在沉思中直抒胸臆。个人生命的体验，是任何先进的理论以及文化观念都无法替代的，甚至是无法与之相比的。有独一无二的心灵的世界，才会有独一无二的文学的世界。这似乎又回到了上文的阐述，即文学的观念和技巧大都是可学的，而心灵的深度与独特却是可望不可及的。这也使伟大的作品能和一般的作品区别开来，帕穆克发现，“在读到那么一本特别的小说之前，我们已经对人生有了自己的看法——这些看法得到一般小说的支持——但是在一部伟大的小说里，作者会给我们带来理解人生的新方式。”[②]就是这样。对于这一艺术规律，当代作家并非不知道，但同现代文学时期相比，当代无论是文学环境还是生存环境，都已经发生了很大的变化。当代作家在用自己的心灵表现世界时，已经不知不觉揉进了各种因素、各种考虑和权衡，因而面目未免显得有些模糊。直率的批评家这样说：“我能大致触摸到一些现代作家——比如鲁迅、周作人、郁达夫、徐志摩、老舍、沈从文、钱钟书、张爱玲——的心，却很难理解和我面对面的某个当代作家的心。”[③]

以上，我们分析了中国当代文学近三十年来的创作特点，形式的精巧成熟与内容的相对薄弱。而这一特征在先锋文学对外来文化进行有选择、有目的的借鉴时，就已经初露端倪。并且，随着先锋文学影响的扩大和对写作方式的渗透与改变，当代文学的面貌也体现出相应的特点。

---

① 红柯：《在萧红的城市旅行》，《人民文学》2008 年第 6 期。

② ［土耳其］帕穆克：《书与读书》，杨卫东，宗笑飞译，《世界文学》，2008 年第 3 期。

③ 郜元宝：《三十年：进化与退化》，《上海文学》2008 年第 6 期。

第三章　先锋文学的出场：历史或者真实

今天的人们再回顾20世纪80年代中期“先锋小说”的出场时，有两个问题已经有了较为充分的讨论，其一是先锋小说的起源，比如格非认为朦胧诗和汪曾祺的作品是先锋小说真正的源头[①]，此外人们认为还应该包括王朔的小说、崔健的摇滚，甚至再往前包括可能受到“星星画派”在内现代绘画的影响。其二是先锋小说的命名，格非认为当时“‘先锋’的概念是非常混乱的”[②]。程光炜则在对“新潮小说”“探索小说”“现代派小说”等进行了社会历史的综合梳理之后，认为“‘先锋小说’（当时叫‘先锋派文学’）的名称可能最早出现在《文学评论》和《钟山》编辑部一九八八年十月召开的一次现实主义与先锋文学的研讨会上”[③]。在探讨了这两个基本问题之后，本文认为还有一个问题或许被普遍地忽视了：即“先锋小说”最初的面貌何如？最早登上当代文学的历史舞台又是在什么地方？等等。对这些问题的观察和理解，有助于更全面、更客观地认识中国的“先锋小说”。

---

① 格非，李建立：《文学史研究视野中的先锋文学》，《南方文坛》2007年第1期。

② 格非，舒晋瑜：《先锋概念已经解体》，《中华读书报》2013年1月30日。

③ 程光炜认为：“‘先锋小说’从繁杂多元的‘探索小说’‘新潮小说’中被分离出来过程，正是20世纪80年代中期中国社会各个阶层、社会观念开始‘分化’的过程”，“‘形式’‘语言’正是从‘社会内容’中被‘净化’出来的文学观念，它距离‘社会’越远，越能阻断文学与社会的历史联系，是使文学真正获得‘自主性’的重要保证。”程光炜：《如何理解“先锋小说”》，《当代作家评论》2009年第2期。

第一节 先锋文学崛起的特殊地域

程光炜先生较早地以独特的地域视角对“先锋小说”进行追本溯源。他首先注意到“‘先锋小说’与上海”之间的关系，从1985年至1987年间，不包括《收获》，仅在《上海文学》就发表了三十多篇“先锋小说”。另外，“‘新潮批评家’一半多出自上海”①。他更借作家王安忆的话来说明上海因为经济发达所具有的优势；“灯光将街市照成白昼，再有霓虹灯在其间穿行，光和色都是溅出来的”，“你看那红男绿女，就像水底的鱼一样，徜徉在夜晚的街市。他们进出于饭店、酒楼、咖啡座、保龄球馆、歌舞厅，以及各种专卖店，或是在街头磁卡电话亭里谈笑风生，这才是海上繁华梦的开场”②。在转述了上海当年的繁华之后，程光炜先生紧接着比较出“而当时北京和大多数内地城市，各大商场夜晚七点钟前已经熄灯关门，很多地方还是‘黑灯瞎火’的情形”。他由以上方面总结出“无论从杂志、批评家还是作为现代大都市生活标志的生活氛围，上海在推动和培育先锋小说的区位优势上，要比其他城市处在更领先的位置。这些简单材料让人知道，即使在20世纪80年代，上海的文化特色仍然是西洋文化、市场文化与本土市民文化的复杂混合体，消费文化不仅构成这座城市的处世哲学和文化心理，也渗透到文学领域，使其具有了先锋性的历史面孔”③。

在这段分析当中，上海的“新潮批评家”和文学杂志对于“先锋小说”的兴起确实功不可没，但“繁华”的都市生活以及“消费文化”是否与“先锋性的历史面孔”之间有直接或必然的关系，这是需要商榷的。文学艺术上的“先锋”不总是来自巴黎、伦敦或者纽约，它也有可能来自捷克（卡夫卡）、俄罗斯（陀思妥耶夫斯基）。中国先锋作家受益最多的是博尔赫斯和马尔克斯，他们来自阿根廷和哥伦比亚。我们首先需要辨别清楚的是，1985年前后的“先

---

① 程光炜：《如何理解“先锋小说”》，《当代作家评论》2009年第2期。

② 王安忆：《海上繁华梦》，《接近世纪初》，浙江文艺出版社1998年版，第53、54页。

③ 程光炜：《如何理解“先锋小说”》，《当代作家评论》2009年第2期。

锋小说”不同于20世纪30年代的“新感觉派”以及20世纪40年代的“现代派”，它与现代都市关系不大，却与封闭、蛮荒、不可思议的事件和传奇密切相关，马尔克斯看到卡夫卡的那只大甲虫，产生的不是哲学上的景仰，而是惊呼“我奶奶就是这么讲故事的”①。

我们甚至可以说，先锋小说中的魔幻现实主义是从卡夫卡的那只“大甲虫”开始的。对于这只“甲虫”，在卡夫卡那里是人的根本处境，是现代社会中人的被压抑和被异化，而在马尔克斯那里，他首先被触发的是存在于民间的讲故事的方式和日常经验。这是两种完全不同的出发点。日常生活中的鬼怪与神奇，特别适合书写古老神秘的民间，在传奇中有历史，在历史中有传奇。魔幻现实主义为什么在拉美、而不是在欧美发展得蔚为壮观，其中不是没有原因的。

同样，我们很少看到中国作家在城市文学中运用魔幻现实主义，倒是在乡土传奇中将之运用得炉火纯青、乐此不疲。2012年底，在授予莫言诺贝尔文学奖的颁奖词中，瑞典文学院认为他“将魔幻现实主义与民间故事、历史与当代社会融合在一起”。作为一种表现手法，魔幻现实主义无论是出现在“寻根文学”还是“先锋文学”中，或者在司空见惯后不再被贴上“先锋”之类的标签，它都是一种最适合表现民间文化和民族历史的方式。

在1985年前后，上海等地的文学期刊、“新潮批评家”可能在接触和吸纳外来文化上有明显的优势，但如果想将文学理论运用到创作实践中去，还需要找到与之相适应的表现领域。人们不应该忘记，当刘索拉的《你别无选择》、徐星的《无主题变奏》问世之后，在喝彩声中也广受质疑，被称为“伪现代派”，认为它们所表现的人的尴尬处境超出了“中国普通老百姓的生活状况和心理要求”②。但是，当马原和扎西达娃充满神秘感和不可知、不可解的小说问世后，评论界一片叫好。其中的原因可能有很多，比如作家高超的文学表现

① 史国强：《读依兰斯塔文思的〈马尔克斯的早年生活〉》，《当代作家评论》2012年第2期。

② 黄子平：《关于“伪现代派”及其批评》，《北京文学》1988年第2期。

技巧等等，但至关重要的一点在于，这两位作家选择了西藏作为小说的故事背景。对于读者来说，“西藏本身就足够深厚和神奇，连带着陌生感和间离效应，而对于它的想象，或者说它能够提供的想象又远大于它自身”，不了解西藏文化传统和生活的读者，对于有关西藏的文学书写，更多的是好奇地接受。

最能说明“先锋小说”出场的地域问题的，其实就是文学史实。在20世纪80年代中期，有两位作家在艺术探索上的创新与成绩是走在同时代的作家前列的，其一是扎西达娃，张清华先生认为他“堪称是一九八五年中最重要的作家”，“他的写作‘难度’和作品的思想含量，以及把思想和艺术从深层完整地‘化开’和融为一体的能力，无疑都是这个年份最强的”[①]。与他同时，在早期为那些具有实验和探索性质的小说赢得声誉的汉族作家，是马原。1984到1985年，《冈底斯的诱惑》《拉萨河女神》这样的作品甫一问世，就以结构的奇特、主题的多义与不确定性引起人们的普遍关注和尽力解读，“马原的叙事圈套”也几乎成为小说创作与文学批评的一个术语。马原不仅是后来被称为“先锋作家”的先行者，他的成名作与代表作发表时间大都早于余华、格非等人[②]，而且成绩卓著，被同行认为“当年首屈一指的是马原”[③]。从这些文学史实来看，马原、扎西达娃成名之早、艺术形式之纯熟或精湛，使我们能否得出这样的结论：中国真正意义上的“先锋小说”既不是诞生于上

① 张清华先生在《从这个人开始——追论一九八五年的扎西达娃》(《南方文坛》2004年第2期）中指出，扎西达娃“在大多数新潮作家仅仅把小说的艺术变革看作由‘写什么’到‘怎么写’的转变、看作是技术实验的时候，他却使得两者变成了一个问题。所以一切似乎是从这个人开始的——扎西达娃，他堪称是一九八五年中最重要的作家。”张清华:《天堂的哀歌》，山东文艺出版社2004年版，第69—70页。

② 马原有广泛影响的代表作发表时间大都早于余华、格非、苏童等人。如《拉萨河女神》发表于《西藏文学》1984年第8期、《冈底斯的诱惑》发表于1985年《西藏文学》第2期、《虚构》发表于《收获》1986年第5期；余华的《十八岁出门远行》发表于《北京文学》1987年第1期；格非的《追忆乌攸先生》发表于《中国》1986年第1期；苏童的《桑园留念》发表于《北京文学》1987年第2期、《妻妾成群》发表于《收获》1989年第6期。从创作实践以及作品影响，我们都不难判断出马原是“先锋小说”的开路先锋，对后来的作家具有一定的启示与引导作用。

③ 格非:《先锋概念已经解体》,《中华读书报》2013年1月30日。

海，也并非北京，而是诞生于对汉族读者而言相对神秘不可解的西藏。

第二节　从“西藏”到先锋文学的中心

不管1985年的小说革命是“从这个人（扎西达娃）开始”，还是本文着重要论述的同时期“那个叫马原的汉人”，这两位崛起于西藏的开路先锋都有一个共同点：他们都以西藏这片神奇的土地为写作背景，讲述了这片土地上的人和故事。

程光炜先生在将马原的创作归类为“西藏”“先锋小说”时认为，“他虽不单是为旅游者写作,但起码是为‘上海’这个20世纪80年代中国‘先锋文学’的‘制造地’而写作的。‘西藏的人文地理’正好与‘上海’先锋文学批评和先锋小说本身的‘艺术形式的探索’发生了秘密的历史接轨”[①]。这几句稍显繁复的话完全可以概括为：马原笔下“西藏的人文地理”是为“先锋文学”而构建的，不管这个“先锋文学”是上海的还是北京的。本文认为这才是“西藏的人文地理”同“先锋文学”之间隐秘的联系。

这里的西藏，一方面是指作者当时生活、创作的地域、环境，同时也是指“文学西藏”。因为很显然，至少马原为我们描绘的西藏并不等同于地理概念上真实的西藏。很多地域虽然首先是个地理概念，但它们同时还具有文化和文学上的特殊意义，正如同人们提到“江南”，后者所意味的文化氛围和文化底蕴是闻者即能体会的。西藏在中国当代文学史上所具有的文化和文学的功用却隐秘也要被忽略得多。

因为地域的文化特点而催生出当地别具一格的文学书写，这在文学史上也并不罕见。例如，上海作为开埠港口的繁华和精细自足的市民生活，产生了从《海上花列传》到张爱玲、甚至再到王安忆的“海派文学”（王德威将之形象地称为“落地的麦子不死”）；而古都北平，因为学者文人的雅集而产生了沈从

① 程光炜：《如何理解“先锋小说”》,《当代作家评论》2009年第2期。

文、萧乾直到邓友梅等人的“京派小说”。这两者当年虽然被鲁迅先生嘲谑为“帮闲”和“帮忙”，但地域的文化特点对于文学表现内容和风格的影响却可见一斑。如果人们将目光从繁华之地转向偏远而神奇的西藏，会有一个耐人寻味的发现——西藏特殊的文化对于当代文学史的影响，不是诞生了相应的西藏文学，而是它对新时期以来最重要的两次文学思潮（“寻根文学”和“先锋文学”）都产生了激发、促进的作用。

自从西藏和平解放以来，在内地人的心目中只有两个西藏，一个是农奴主时代的“雪山泪”，一个是“翻身农奴把歌唱”之后的建设新西藏。但从20世纪80年代初开始，一些文学艺术界的人士忽然发现了西藏特殊的文化价值和意义，也用他们的笔（画笔或者钢笔）为人们呈现出了一个别具风格的西藏。较早的是陈丹青的《西藏组画》，然后是龚巧明、马丽华、皮皮（原名冯丽）等一批进藏作家的文学作品。1985年，西藏本土作家扎西达娃发表了短篇小说《西藏，系在皮绳扣上的魂》，“第一次，西藏以神奇的形象进入汉语文学。在更广泛的意义上，正是通过这篇小说，中国人发现了感受西藏的另一种取向：西藏不再被置于进步——落后的客观历史逻辑之中，西藏与灵魂有关，它不再是等待改造的对象，而是昭示着神秘浩瀚的可能性。”[①] 几乎与此同时，来到西藏的马原以“我就是那个叫马原的汉人”的“元小说”形式，开始了他狂欢和梦游般的“叙述圈套”：作者在小说叙述的过程中，兴之所至地随时进入叙述现场，把正要入戏的读者拉出来，告诉读者这是一个虚构的故事，这个故事有N种写法、N种结局，所以你永远也找不到真凶或者真相，这只是作者的思维直觉和快感狼奔豕突般挥洒而就的篇章，是一座“叙事迷宫”。李敬泽在新世纪之初回顾20世纪80年代中期的文学盛景时简要地概括道：“与其说我们通过小说‘发现’了西藏，不如说我们发现在西藏便于施用某种文学想象和

---

① 李敬泽：《山上宁静的积雪，多么令我神往！——台湾版〈走过西藏系列〉序》，《读无尽岁月》，百花文艺出版社2004年版，第146页。

修辞。”[1]

这正是本节所要探讨的问题，即西藏怎样被作为一种奇异的文学资源进入到当代文学思潮当中，并和“寻根文学”“先锋文学”发生了隐秘而深刻的联系。西藏，在这里已经不是一个单纯的地理或者文化的概念，而是一个被艺术创作者当成资源进行挖掘和表现、是一个被异化的概念，本文称之为“文学西藏”。李敬泽在推荐马丽华的《藏北游历》等著作时，指出它们的特点是“把西藏从宏大叙事和形而上学的玄想中释放出来，她恢复了、准确地说是建立了一种对西藏的经验视野，她带领我们看西藏，看没有被各种叙述所伤害、所遮蔽的西藏”[2]。那么，什么是“被各种叙述所伤害、所遮蔽的西藏”？是否就是人们在作品中看到的那些与众不同、也迥异于从前的文学世界？作者借发现和重新表达西藏，建构起了他所想要追寻的文学图景。也就是说，在某些作家那里，西藏以其强烈的异域特色、以其神秘和不可解，不仅提供了新的素材、新的主题，而且具有一种文学创作方法论上的意义——作家可以怎样做小说，通过什么方法追寻和表达小说的哲学主题。

第三节 彼时的“寻根”与“先锋”：内在连续性

人们提到马原、扎西达娃的小说，常常会很自然地将它们归入“先锋小说”的行列，这种“自然”之举，一方面是源于文学史书写的影响；另一方面与这些作品对现代性以及后现代性理念与技法的突出运用是分不开的。但是，如果我们审视一下在阅读作品之后所得到的那些奇异故事、异域风情，那些文化观念和宗教信仰，它们鲜明而强烈。例如扎西达娃《西藏，隐秘岁月》这部

---

① 李敬泽：《山上宁静的积雪，多么令我神往！——台湾版〈走过西藏系列〉序》，《读无尽岁月》，百花文艺出版社 2004 年版，第 147 页。

② 李敬泽：《山上宁静的积雪，多么令我神往！——台湾版〈走过西藏系列〉序》，《读无尽岁月》，百花文艺出版社 2004 年版，第 147 页。

中篇，以传奇和寓言的方式表现了廓康村在整个20世纪的历史，人们看到在山洞里修行了几代的大师、供奉他一直到七十岁的察香和次仁吉姆；小次仁吉姆在沙地上踩下的是“西藏早已失传的格鲁金刚神舞”，她“原来是瑜伽空行母的化身”；失意的达朗抢了正要被处以死刑的“妖女”、被他救了的马帮商人为达朗的三个儿子送来了一个女人；20世纪80年代人们发现了大师隐居的山洞，伸手触摸却受到电击；还有那些奇异的图案古怪的石头；当最后一个次仁吉姆看见空中掉下的一串佛珠，想要拒绝冥冥中的召唤却下意识地回答了它。这些细节和情节不仅很容易让人想起郑万隆的“异乡异闻”系列，而且与韩少功《爸爸爸》中的迷奇诡谲非常相似。

与之相比，作为外来者的马原在对西藏文化的表现和理解上虽然逊色不少，但《冈底斯的诱惑》中对天葬、对喜马拉雅雪人、对琼布打猎生活的描写，都可以看出作者有意识地对地域文化特色的选取。再比如读完《大师》，读者们印象最深的也许是“唐卡”的瑰丽与神秘，以及大师和“女儿”之间古怪的生活，正如《虚构》中玛曲村的“哑巴”和那条“母狗”。传奇也好，虚构也罢，读者会将之视为当地特殊的文化与生活。但扎西达娃显然走得更深更为坚实，“从这个人开始”，扎西达娃不仅是西藏先锋文学的主创，而且最早为中国的先锋文学带来了实质性和本土性的内容。扎西达娃和马原的本质不同在于，他身上不仅流淌着藏民族的血液，而且他深深了解这个民族，了解它的历史和文化。他不需要借魔幻现实主义等“现代”或者“后现代”的哲学意识以及表现技巧来“装神弄鬼”[①]。他首先是一个藏文化的“局内人”，更为难得的是他在旁观时又能保持一份清醒和宽广，“如果我一直是一个土著居民，如果我没有跳出当地的环境站在另外一个文明之中，我还不能认清这种现实。因为经常有机会走出去或者到国外，阅历种种的环境，种种的生存状态，我有了相对开阔的眼界。我会对比，这种对比就让我更加自觉地认识这个地区。从外部看西藏地区远离文明，但我觉得西藏有它自己的文明。只是它的这种文明不是叫现代

---

① 徐妍，杜盈盈：《看〈收获〉第二期》，《北大评刊》2012年第2期，其中认为马原由以往的“装神弄鬼”变为“故弄玄虚”。

文明或者西方文明。但现代世界应该是各种文明共存的世界。各种文明都应该有自己存在的价值。”①

无论是审美特色还是艺术理想，以上难道不正是“寻根文学”的追求吗？当“先锋小说”在西藏崭露头角时，它与“寻根文学”是相依共存无法分离的。原因何在呢？除了两种文学思潮的短暂共存、前后相连外，还源于“寻根文学”同“先锋文学”之间内在的本质联系。

“文化寻根”的热潮兴起于20世纪80年代中期，它呼吁民族文化传统的回归，重视对传统思想、民族文化心理的挖掘。在今天看来，“寻根文学”应该是“先锋文学”的先导或者先声，这不仅是指时间上的先后与连续，而主要是因为它们在文学主旨上内在的一致性。李庆西在《寻根文学再思考》中总结道：“许多关于寻根文学的评论都包含这一个文化反思的问题，过去我自己也持这样的观点。……‘文化’是一个概乎言之的说法，其实问题的核心是价值反思。‘寻根’的抉择是对毛泽东《在延安文艺座谈会上的讲话》以来的英雄叙事的拒绝。……‘寻根派’作家唯一的突围路径只能是告别革命，在‘国家—政治’以外去寻找审美对象，于是，‘文化’就成了一个替代物。……所以我认为不要把‘根’与‘文化’看得太重，重要的是‘寻’，而不是‘根’。”②这种在“国家—政治”话语之外去寻找审美对象的努力同后来先锋文学的追求不是如出一辙吗？试看，格非在谈到先锋文学的转变时是这样说的：“先锋文学出来后，受到很多传统的限制和风险。按理说，这个限制是对先锋文学不利的，但恰恰这些限制给作家提供了一个很好的参照物……我特别怀念20世纪80年代，大家都有目标，都想克服阻力，冲出来。然而，到了今天，社会发生了很大的变化，原先在支撑着先锋文学的那些东西都不在了，你怎么写，都没有人批评你。”③“寻根”文学与“先锋”文学在当时不仅都具有“先锋”的精神，同时它们所要反对的目标也是同样的“那一个”。

① 扎西达娃：《被人类神往或者遗忘》，《南方周末》2006年10月10日。

② 李庆西：《寻根文学再思考》，《上海文化》2009年第5期。

③ 格非：《先锋文学不在了，但先锋性必须在》，《深圳特区报》2014年8月22日。

在反对“国家—政治”话语时，寻根作家匆匆拿来的是受拉美文学启发转而重视的本民族文化。独特的地域文化成为各地作家们不约而同的关注点。1985 年，韩少功在《文学的“根”》这篇带有纲领性质的文章中，将传统文化划分为“规范文化”和“不规范文化”，认为后者“像巨大无比、暧昧不明、炽热翻腾的大地深层，潜伏在地壳之下，承托着地壳——我们的规范文化”，并强调“不是地壳，而是地壳下的岩浆，更值得作家们注意”[①]。寻根作家李杭育的认识与韩少功如出一辙，他说：“我们民族文化之精华，更多地保留在中原规范之外”，“规范之外的，才是我们需要的‘根’，因为它们分布在广阔的大地，深植于民间的沃土”[②]。在这些宣言之后，众所周知的是韩少功将目光投向了古老而封闭的湖南乡村、郑万隆深入黑龙江的山林、李杭育在写越文化中“最后一个鱼佬儿”，贾平凹也津津乐道于商州穷苦却乐趣天然的山野人家。

在“寻根文学”中的确产生出了一些经典作品，但与此同时也暴露出一些难以解决的问题，如贾平凹的《商州初录》《商州又录》，回到了故乡的山川地理和风物人情，记述如画，情态生动，颇有可观，商州一时名动天下。2012 年，贾平凹的《定西笔记》问世，这时一位定西籍的评论者直接指出，这是“贾平凹的假定西”[③]。这种对奇情异俗的描绘与渲染是以想象或扭曲为基础的；再比如韩少功的《爸爸爸》，在这篇小说中，楚文化的古老、神秘、历史的荒诞，被表现得无以复加。但为什么唯有丙崽能顽强地幸存下来？作者对这个问题的回答是含糊抽象的，丙崽的丑陋畸形和混沌也许是唯一的答案。它并不能像扎西达娃那样明确地告诉人们：“廓康永远不会荒凉，总有人在”，一百零八颗佛珠“每一颗就是一段岁月，每一颗就是次仁吉姆，次仁吉姆就是每一个女人”。

人们忍不住要问：“寻根”作家在民间和传统当中究竟“寻”到了什么？从很快继之而起的“先锋文学”，人们几乎可以断言，这一次“寻根”运动是浅尝辄止、不了了之的。他们在有别于主流意识形态上的尝试、在小说审美

① 韩少功：《文学的“根”》，《作家》1985 年第 4 期。

② 李杭育：《理一理我们的“根”》，《作家》1985 年第 9 期。

③ 阎小鹏：《贾平凹的假“定西”》，《文学自由谈》2012 年第 3 期。

上的收获，远远大于那些可以分辨出来的民间与传统的养料。“寻根”作家在古老的土地上、在醇厚的乡间，很少能够找到他们预期中的那些历久弥新、能够有益于民族魂魄的精神养料。季红真甚至认为：“‘文化寻根’真正的作用，不在文化价值抉择方面的科学与否，而是在文学自身观念蜕变以及风格更新。”①

“寻根文学”在内容审美上的造作和空泛，在“先锋小说”于藏地崛起时得到了改变。扎西达娃和一些“寻根”作家不同的地方在于，他深刻理解这片神奇土地上的景观和文化，他的描述不是用来猎奇、营造特殊的美学效果，他想传达的是他对这个民族历史、文化与命运的深刻思考。这样《西藏，隐秘的岁月》不仅“承载了如此丰富的主题内涵，而且把小说叙述的语境、神奇浪漫的故事情节，同藏民族充满神秘色彩的哲学理念以及同作品深在的文化内涵完美和谐地统一起来”。②

马原曾经在多年之后回忆起进藏时的感受：在那块神奇的土地上，周围的人和事都跟原来看到听到的不一样。站在那些朝佛、转经的人群当中，马原深深被震撼，“他们活得那么充实，高思阔步，心中充满热情。那种人人都热情饱满、器宇轩昂的情形，我几乎不曾在过去所熟悉的人群当中看到。”有信仰的生活、为信仰而生活，使马原深受震动，“说实在话，那种激动是每天都有的，我到拉萨以后，经常会想起一句话：太阳每天都是新的。在去西藏之前，我从来认为这是句虚妄的话，这话很多人都会说，但有几个人能真正感受到其中的意义？而在那里，我真的有这种感觉，我就觉得每天出门都会有奇迹发生。这种感觉，在我去西藏之前或离开西藏后，从来没有过。”③西藏甚至使马原开始思考信仰问题，“你就知道为什么爱因斯坦会成了有神论者，牛顿成了有神论者，你就突然理解了维特根斯坦，理解了斯蒂诺法诺，在之前读维特根斯坦、

① 季红真：《文化“寻根”与当代文学》，《文艺研究》1989年第2期。

② 张清华：《从这个人开始——追论一九八五年的扎西达娃》，《南方文坛》2004年第2期。

③ 许敏：《西藏把我点燃》，《新世纪周刊》2006年5月8日。

斯蒂诺法诺，你会觉得这是一种说法，是一个聪明人的一种遐想。但是后来你会发现，他们确实是聪明的，发现了一些新鲜东西，一些只有少数人才能注意到的秘密。”[①]外乡人马原靠着对异域文化发自内心的喜爱，以及并不算深入的了解，使他的西藏故事能够具备血肉的轮廓和“少数人才能注意到的秘密”。尽管他笔下的西藏是被改写过的，不具备真实性，但他的西藏经验和对西藏的感情使他对风物的描写具有真实感，这已经超过了一部分“寻根”作家。因为人们能记住他的西藏，并且认定其中有真实的成分。

像《西藏，系在皮绳扣上的魂》以及《西藏，隐秘岁月》这样的作品，它们在魔幻现实主义、时空交错等艺术形式上的娴熟运用毫无疑问是先锋的，但它们所呈现与反思的西藏历史和精神生活的奇异超拔具有“寻根文学”所特有的地域魅力和文化价值。

“寻根文学”的因素在藏地“先锋小说”的内部得到了较为充分地体现，但同时也很快走到了尽头。这一尽头的标志，就是1986年后余华、格非、苏童、北村等“先锋”作家的到来。格非在谈到苏童和叶兆言的部分小说时，指出它们“完全是虚构性和假设性的”。这比被贾平凹的主观抒情性改造过的“假定西”更甚，因为“假定西”至少还有当地人物山川的影子，而苏、叶的民国叙事“就是想象中应该有什么东西”，“这就使得这批作家完全无视他们基本经验的贫乏。这是先锋小说出现的一个很重要的前提。”[②]在这种虚构里，作家的想象力与对历史和现实的理解都获得了极大的自由。

从某种意义上讲，虚构是小说的基本方法。但格非在这里提到的“虚构”特别是指没有相关的生活经历和经验感受而将之作为表现对象，比如《红高粱》里的胶东抗日，比如《妻妾成群》的深宅家眷。格非认为这种“虚构”对作家既有极大的吸引力，也体现出创作的难度，作家们可以天马行空煞有介事地讲故事，但他们很少像张爱玲那样敢于大量地描写特定时代的“器物”[③]。

① 许敏：《西藏把我点燃》，《新世纪周刊》2006年5月8日。

② 格非，李建立：《文学史研究视野中的先锋小说》，《南方文坛》2007年第1期。

③ 格非，李建立：《文学史研究视野中的先锋小说》，《南方文坛》2007年第1期。

"先锋"小说发展到这一步时，它与"文化寻根"彻底分离了。

第四节　在"虚构"之外

"虚构"对于马原有着特殊的意义。它既是作家的创作方法之一，同时也是文学批评界赋予他的一个标签。

但是马原为什么要"虚构"呢？不错，他对藏地生活有着大多数内地作家所不具备的经验和认知，它们可以在作品中构成某种程度的独特景观、氛围以及生活哲学，但作为外来的汉人他到底是无法深入的。我们不妨读一下《冈底斯的诱惑》的片段：

> 我在藏多半辈子了，我就不是这里的人虽然我会讲藏语，能和藏胞一样喝酥油茶、抓糌粑、喝青稞酒，虽然我的肤色晒得和他们一样黑红，我仍然不是这里的人。……我说我不是，因为我不能像他们一样去理解生活。那些对我来说是一种形式，我尊重他们的生活习俗。他们在其中理解的和体会到的我只能猜测，只能用理性和该死的逻辑法则去推断，我和他们——这里的人们——最大限度地接近也不过如此。可是我们自以为聪明文明，以为他们蠢笨原始需要我们拯救开导。

在这里，作者嘲讽了西藏以外的人"自以为聪明文明，以为他们蠢笨原始需要我们拯救开导"，他以敬重、熟悉又自得的叙述语调来表现发生在西藏的奇特故事，但文本背后的事实是"我仍然不是这里的人"，"我不能像他们一样去理解生活"。在作者试图"用理性和该死的逻辑法则去推断"的时候，有些文化的奥秘和心灵的诉求他是"推断"不出来的。在马原的"先锋"小说中，出现了大量叙事"空缺"（有些情节是中断的，有些过程被跳过去了，读者无法明白中间发生了什么，事情是怎样发展到那一步的），这种"神秘化"可以被认为是深邃的哲学命题或者出神入化的叙事技巧，但对于西藏文化的不了解和隔膜，是否也是一个重要的原因？

“虚构”之于马原的第二个原因，无疑是他对小说艺术的迷恋。马原从不肯公开提及博尔赫斯的名字到终于承认这位“作家中的作家”对他的深刻影响。博尔赫斯“在小说中最为关注的是猜想、推测、理论、信念和诡辩”①，这些我们在马原的小说中都有深切的感受。“元小说”叙事故意把构思过程写进小说，有意谈论小说是如何写出来的，以此提醒读者所读的作品是一种虚构，而非生活本身。对于马原这样一个“汉人”来说，西藏为他的“叙述圈套”提供了充分的自由和纵横驰骋的空间，他兴之所至、尽情发挥，想把一个故事讲成什么样都可以。马原的创作被看作是中国先锋小说的第一个高峰。他的小说创作打破了传统的现实主义的叙事手法，这些艺术探索成为一批作家的模仿对象和小说实验的起点。

我们在承认马原艺术颖悟力的同时，也看到了他缺乏艺术的分寸感和自制力。当他陶醉于当时在国内领先的“叙述圈套”等技术时，他会兴致勃勃再三强调“我就是那个叫马原的汉人”“故事到这里该怎么写我也不知道”“以下情节是我编造的”。这种唯恐不对读者造成冲击的“拆解”，在失去了均衡感和新鲜感之后，反倒有一种卖弄聪明的狭窄。

今天文学史对马原的评价似乎仍然定位在“先锋小说”的领跑者上，对他的小说创作方法也做了详尽的技术分析。而在很多人的心目中，马原最早做到了对博尔赫斯等人精彩的模仿。这些认知是否过于简单和片面了呢？答案是肯定的，如果马原的小说中只有一味的新技术、新观念，只有炫奇弄巧或者“装神弄鬼”，我们无法解释马原小说的艺术魅力。

如果不是人云亦云、如果不是从理论到批评，而是切切实实看了作品，小说本身的艺术感染力是令人难忘的。马原的小说不是每一篇都精彩，但如果有不多的几篇能超越同时代最优秀的作家，那他就是一个好作家。这种超越不是单指观念的领先、技术的新颖，而是小说作为一个不可分割的整体所散发出来

① ［秘鲁］略萨：《博尔赫斯的小说》，史国强译，《当代作家评论》2011年第1期。

的异样光彩。胡兰成回忆当年读到张爱玲的《封锁》，“我才看得一二节，身体不觉坐直起来”①，这种阅读上令人深入骨髓的惊讶感，在马原的小说里并不罕见。他有一种特别的才能，可以把小说的氛围同生命的质感相连。比如，在《虚构》当中有这样一段叙述：

> 天刚泛白我就起身了。我几乎忘了要去村后等那个老哑巴，早上实在太冷了。可能我应该先进村子，到她的小屋子里打一声招呼。
>
> 我把背囊重新埋好。我没有先到她那去。
>
> 从山上回来，我远远就看见她的房子。她们住的小楼正好处在这个沟的沟口，我很奇怪自己有种急切的心情，步子也快乐。
>
> 昨天黄昏时出来以后，我经历了多么奇特的一夜加半天啊。能再回到她的房间，这本身已经是了不起的奇迹了。
>
> 太阳愉快地悬在头顶，她的小门和石阶完全被小片阴影笼罩了。那是一块多么凉爽多么叫人愉快的阴影啊。
>
> 走近时，我看出了她一个人坐在门槛。她一动不动，她的剪影就像一幅剪纸作品。在我走进了这幢房子的阴影时，她站起身走入门内并且把门关了。我站在门前，一时愣住了。
>
> 我有点饿了，我不想饿着肚皮在村里逛来逛去。于是我坐在石阶第一级上，拿出点心慢慢咀嚼。一边吃，我一边想着下一步我该做的事。如果她不再接待我，我就要一个人闯这个世界了。我已经揭开了帷幕的一角，我自想可以最终进入其中。不过我也知道以后将更不容易，我知道全村仅有的两个说汉话的人都不会帮我。语言不通，我能行吗?
>
> 我没有把握。可能是因为坐在阴凉的石上的缘故，我突然剧烈地咳嗽起来。一咳就是十几次，连续不断，使我喘不过气。一阵剧咳之后，我感到肺里又热又胀。我大概病了。

---

① 胡兰成：《今生今世》，中国社会科学出版社 2003 年版，第 143 页。

这是一个异常沉静与简练的艺术世界，但具有一种使读者屏息的生命气质和吸引力，这不是方法和技术可以做到的。

我们在回顾最初的“先锋小说”时，是否过分强调了对外国文学的借鉴和作家们对小说技术的追逐，而忽略了小说家首先是艺术家的事实，他们有自己的生命体验和独特的表达方式。回到马原，即使是在博尔赫斯的阴影下，他作为一个小说家出众的才情、不受拘束的想象力以及艺术直觉，都是领先于同时代的作家的。

人们大多看到了“模仿”和“借鉴”的马原，但只有在认识到马原本人的小说“方法论”之后，才能全面解释马原小说的艺术成就。他认为好的小说有这样几个特质：“第一，一定得是个好故事，没有一个好故事一定不会有好小说。像《追忆逝水年华》有比较高的评价，我却是起疑的”；“我从不看纪实类的东西，因为我觉得现实生活已经让人疲倦不堪了。因为这个缘故我才去读小说，小说的本质是虚构。所以我认为好的小说首先得有一个好的故事才能让你立于不败之地。”在20世纪90年代，李陀曾就“先锋小说”越来越凌空蹈虚远离读者、而提出了好的小说一定要讲一个好的故事的文学主张[①]，而马原从写作的一开始就是这样做的。早期的“先锋小说”家和后起之秀的余华格非们事实上有着很大的不同，后者在20世纪90年代初的“转型”，即是对“好的故事”的回归。

“但是好故事并不是好小说的唯一标准”，“一个好故事还要具备玄机，在故事抛出来的时候，就已经让听故事的人对于它有某种期许”。马原具有职业小说家“写得好看”和“说书”的意识，这与人们一般印象中“先锋小说家”曾经曲高和寡不肯顾及读者感受的认识是不同的。马原公开承认“我心里实际上特别羡慕我的另外一批同行，比如说大仲马、克里斯蒂。他们在我眼里都是小说历史上的巨人，他们更多的是给我们讲好故事，引人入胜。文学史家不看他们，在文学史家那里他们就是一些畅销书作家、通俗作家、会讲故事的作家。但是读者从来没有抛弃他们，就是今天时代、国度、民族、种群、他们在任何

① 李陀，李静：《漫说“纯文学”——李陀访谈录》，《上海文学》2001年第3期。

一个意义上都是屹立在小说历史之林的最高处。我是希望我的小说也有那么好的读者”[1]。当余华在《虚伪的作品》中宣布“开始使用一种虚伪的形式”，“这种形式背离了现状世界提供给我的秩序和逻辑，然而却使我自由地接近了真实”，马原却执着地渴望如何能讲好一个故事，让万千读者喜爱。尽管他在形式实验的路上因为暂时领先而加倍用力，但他对小说创作仍然有着另外一种基本认识。

“好小说还得有好的语言。首先你要表述清晰、精准，然后应该流畅”，除了那些为了增强“间离效果”而出现的饶舌，马原的小说语言的确达到了他的理想。不管这种理想是源于同样精简有力的博尔赫斯或者海明威，这都和他心目中的艺术标准是一致的。

最后要提及的是马原小说中的抒情性。小说《冈底斯的诱惑》是以姚亮和陆高的两首诗来结尾的，这两首诗能很好地概括小说无法表达的意蕴，同时释放出没有被作者完全抒写的激情与回想。这也许与小说的方法论无关，而是作品写到这里，小说自己要求这么做。在格非的《春尽江南》的末尾，也是一首长诗。在将近二十年的时间里，“先锋作家”们似乎几次变换，但心中的思考与徘徊吟咏未曾中断。

如果没有对外国文学的借鉴和模仿，就没有“先锋小说”的出场。但奇怪的是，在今天当人们重新阅读当年的“先锋实验”，我们发现不忍卒读的恰恰是这些地方：

> 故事到这里已经讲得差不多了，但是显然会有读者提出一些技术以及技巧方面的问题。我们来设想一下。
>
> A. 关于结构。这似乎是三个单独成立的故事，其中很少内在联系。这是个纯粹技术性问题，我们下面设法解决一下。
>
> B. 关于线索。顿月截止第一部分，后来就莫名其妙地断线，没戏了，他到底为什么没给尼姆写信？为什么没有出现在后面的情节当中？又一

① 马原：《我们今天没有资格谈论先锋小说》，《搜狐文化》2015 年 7 月 22 日。

个技术问题，一并解决吧。

C. 遗留问题。设想一下，顿月回来了，兄弟之间，顿月与嫂子尼姆之间将可能发生什么？三个人物的动机如何解释？

第三个问题涉及技术和技巧两个方面。

好了。先看C。

——《冈底斯的诱惑》

当年新颖玄妙使人们倾力想去破解的“叙述圈套”，在今天的阅读中，变成了眼里的一粒沙子。在这些被制造出来的阅读障碍与阅读难题中，人们希望技巧消失，而只留下纯粹的作品与作者。

至此，本章尽量客观地回顾了“先锋小说”出场时的真实，希望对于今天的我们全面认识“先锋小说”，有所裨益。

第四章　先锋文学的历史形态

从20世纪80年代中期先锋文学跃上当代文坛，迄今已三十余载。它从最初的众人瞩目、新潮批评家和一流文学杂志的宠儿到20世纪90年代初的悄然转型，再到今天“先锋精神”的隐性延续，先锋文学不仅在当代文学史上留下了重要的一页，它需要梳理与客观评价的历史内容也具有了经典的意义。能够成为文学经典的，从来都是少数极为优秀的作品，这里所说的先锋文学的经典性是指它们通过岁月沉淀在中国当代文学发展史中所显示出的特殊作用与意义。

第一节　先锋文学的历史脉络

先锋文学是如何产生的？在20世纪80年代的新时期文学中，先后经历了“伤痕文学”“反思文学”和“改革文学”，出现了很多引起全国反响的作品，形成了被后世追忆不止的文学的“黄金时代”。当代文学行进到此，却没有按照“拨乱反正”之后的文学积累继续前行，而是另辟蹊径。路分两支，一支是文化“寻根”；另一支是“先锋”文学。关于文化“寻根”和“先锋”的产生，一直有这样一个问题，即在“伤痕”“反思”“改革”之后，为什么会突然出现一个与以上三种思路完全不同的文学追求？“伤痕”文学等是针对中国现实的，力图在对以“文革”为主的历史进行的回顾和描述中，探寻问题的症结与当时的出路，伤痕——反思——改革，这一线索和思路是很清晰的。为什么到了“改革文学”之后，文学忽然转向？

关于“寻根文学”的产生和文学史意义，批评家已经有很系统的论述，这些论述同样有助于人们认识“先锋”文学的出现。当时的文学形势是，在“寻根文学”之前，即有“风俗文化小说”和“文化诗歌运动”，“导致寻根文学运动出现的原因，还有20世纪80年代中期全社会领域中思想方法的变革，文化学视野对庸俗社会学的取代，人类学思想对简单阶级论和道德论的取代，还有宗教学、神话学、民俗学、发生学等等文化学理论，以及尼采、萨特的存在主义哲学，弗洛伊德的精神分析学，荣格、弗莱等人的集体无意识与原型理论，还有结构主义理论等等，都渐次对这个年代的文学发生影响……”[①]“寻根文学”至少在几个方面有所建树，比如“以‘民间模式’来改造‘权力模式’的思想”“尝试确立‘生命本体论’的历史观念”“由道德的二元对立变成了文化的二元依存，以此来解释中国文化的构成与历史的演化动因”等等[②]，它的内涵和用意都可谓深广。

李庆西是当时有代表性的寻根派作家，2009年，他在《寻根文学再思考》中，重新审视了当年的文学理想和实践。他首先认为，就“寻根”作品本身，人们很难梳理出其文脉上的渊源所自，“文化”只是一个朦胧、指向不明的概念，“其实问题的核心是价值反思，‘寻根’的抉择是对毛泽东《在延安文艺座谈会上的讲话》以来的英雄叙事的拒绝”，文化“是虚晃一枪，只是为了确立一个价值中立的话语方式，这是一个叙事策略，也是价值选择”。他坦言“‘寻’意味着撇开陈规，另起炉灶，至于‘根’在哪里，并不重要”[③]。这一论点，是他的文章中最使人印象深刻的。

如果人们将文学批评家和作家本人对于“寻根文学”的认识放在一起进行比较，会发现其中有很多不谋而合的共识，例如以“民间模式”来改造“权力模式”，与对《讲话》的“拒绝”；在“寻根文学”的历史观中，存在着“向新

① 张清华：《境外谈文》，花山文艺出版社2004年版，第28页。

② 张清华：《境外谈文》，花山文艺出版社2004年版，第37—39页。

③ 李庆西：《寻根文学再思考》，《上海文化》2009年第5期。

历史主义过渡”[①]，与“在新时期文学进程中，寻根派只是一个‘中间物’……只有当寻根派挣脱‘工具论’的枷锁，打开了非英雄化通道之后，形形色色的叙事话语才有可能一哄而上。”[②]文学“寻根”运动的历史成因和意义已经被阐释得再清楚不过了，关于当年“文化热”的影响，作家们同样也承认“很大一部分艺术灵感来自拉美的魔幻现实主义文学”，马尔克斯的获奖，使第三世界国家的作家们看到了融入世界文学潮流的希望和自身途径，而“马尔克斯的左翼立场，他那种叛离西方主流文化的创作思想，使得他在中国成了一个可以效仿的对象（至少免于意识形态屏蔽）……”[③]。从以上论述中人们不难看出，“寻根文学”是在当时中国社会具体的语境下，文学的内在需要和外来启迪共同作用下的产物。客观地说，“先锋”文学和“寻根”文学在当时面临着相同的文化语境，它们各自的文学追求也有相似之处，其间的不同，可能只在于他们所持的理论武器有差异，但他们破旧立新的对象和目标大体是一致的。

格非在回顾先锋文学的兴起时，认为探究先锋的起源“仅仅把历史推延到20世纪70年代末是完全不够的，要考虑这个左翼文学史的脉络，并评估1942年的延安文艺座谈会对1949年以后中国文学发展产生的影响。”他接着谈到，“推到1942年还不够”，他认为毛泽东的《讲话》和胡适1917年发表的《文学改良刍议》其实是有联系的。[④]这与李庆西所说的“‘寻根’的抉择是对毛泽东《在延安文艺座谈会上的讲话》以来的英雄叙事的拒绝”是如出一辙的。格非曾经再三强调人们对于先锋文学的误读，人们通常更多地注意到先锋文学对于形式和技术的迷恋，而忽略了它们在意识形态领域内的反拨。2007年格非在谈到《人面桃花》中叙事策略的调整时，表达了这样的思考，“20世纪80年代采取那种先锋的写法，我个人觉得跟社会的关系还比较有效，八九以后，到了20世纪90年代，本能地感觉到这个写法有某种虚化的危险”，他已经觉

① 张清华：《境外谈文》，花山文艺出版社2004年版，第43页。

② 李庆西：《寻根文学再思考》，《上海文化》2009年第5期。

③ 李庆西：《寻根文学再思考》，《上海文化》2009年第5期。

④ 格非，李建立：《文学史研究视野中的先锋小说》，《南方文坛》2007年第1期。

察到“市场经济、商品文化、新的社会体制化的东西出现了，这个东西不可阻挡的”。[①]也就是说，随着商品经济时代的来临，权力政治对人们的束缚越来越松弛，而人们对政治生活的兴趣被更强大的金钱欲望所取代。作家们若仍以“文学工具论”或“文学是社会生活的反映”为反叛对象，很容易陷入“无物之阵”。

以上分析的是先锋文学在当时文化语境中的价值寻求，无论是当时还是现在看来，先锋文学离经叛道的姿态可能大于内容。因为，它的对立面恰恰是有很系统、很具体的思想的。先锋文学的反对并不是一一具体对应，而是反对“文艺载道”等要求和标准。这是先锋文学的初衷。

关于它的源头，格非、李锐等提到了汪曾祺与朦胧诗。格非认为与汪曾祺的影响相比，“朦胧诗的影响可能更正面、更重要”，因为“朦胧诗在当时的思想解放运动中发生了巨大的影响”，这是其一；其二，朦胧诗的作者很早就接触萨特、加缪这些西方现代主义资源，从一开始政治性的“介入”等观念就进入了他们的诗歌写作[②]。格非在这里通过朦胧诗的影响，强调的还是先锋文学起步时的思想性追求。除了朦胧诗之外，深刻影响了先锋文学创作的应该还包括王朔的小说、崔健的摇滚乐。王朔的写作被认为“近似于意识形态的寄生体”，“要理解王朔，必须要回到当代中国在过去一些年中所经历的特殊的历史，以及这历史中的特殊意识形态，以及发生了巨大变化的作为‘意识形态载体’的语言，以及和这一套语言、意识形态相适应的道德观念……”，“反正统道德”与“反权力语言”，被认为是王朔小说最突出的两个表层特征[③]。这两个方面，尤其是在抛弃了政治语言之后对语言的反思和运用，对先锋文学的影响非常大。

---

① 王中忱，格非：《“小说家”或“小说作者”》，《当代作家评论》2007 年第 5 期。

② 格非，李建立：《文学史研究视野中的先锋小说》，《南方文坛》2007 年第 1 期。

③ 张清华：《由语言通向历史——论王朔》，《文学的减法》，吉林出版集团有限责任公司 2009 年版，第 77 页。

第二节　“先锋文学”的界定

在中国当代文学史上，“先锋文学”和“先锋”作家，都有固定的所指。在文学理念和技法上同样是受到外来文化的影响，但“现代派小说”和“先锋小说”是两个不同的概念。从“伪现代派”到“先锋文学”是一个很有意思的过程，先锋文学似乎也是在这一过程中脱胎成熟并被固定下来的。

如果我们探究一下文学史当初所认定的“现代派小说”同“先锋文学”的区别，人们会发现这样一个事实：文学史中“先锋文学”的界定本身，含有非常重的形式的意义。《你别无选择》《无主题变奏》等，同《十八岁出门远行》相比，它们在思想、情感上何者属于“现代”“后现代”，何者落后于“现代”“后现代”，实在很难分清，事实上它们的主题和情绪非常相近。当批评家们从对西方“现代派”的理解出发，认为刘索拉、徐星们的小说在产生语境和小说文化内涵上与西方有差异，继而宣称这些现代派小说并不纯粹，“我们没有严格意义上的现代主义小说”，并引发了“伪现代派”的争议时①，批评家们执行的其实是两套标准。对于徐星和刘索拉们，他们强调的是小说的文化内涵，这内涵是否与中国本土的精神生活相符；而对于随后被称为“先锋作家”的余华、格非们，批评家们看重的则是他们的小说“有着更鲜明的‘文体’（或‘小说范式’）实验的指向”。总之，“现代派”同“先锋文学”的区别，“立足于对文体纯粹性的信仰”②。这也与格非在21世纪再三重申的先锋文学当初在价值意义上的着意突破，形成了对照。也就是说，当代文学史上“先锋文学”的命名和对作家的圈定，在创作实践和理论建设上是分裂或者分离的。

文学史对于“先锋作家”和“先锋小说”的界定也具有模糊性，除了马原、余华、格非之外，其他在人们头脑中具有先锋色彩的作家，文学史似乎

① 季红真：《中国近年小说与西方现代主义文学》（《文艺报》1988年1月2日），黄子平：《关于伪现代派及其批评》（《北京文学》1988年第4期），转引自洪子诚：《中国当代文学史》，北京大学出版社1999年版，第337页。

② 洪子诚：《中国当代文学史》，北京大学出版社1999年版，第337页。

很难将他们归类。比如，对于残雪，有文学史认为，“虽然残雪和马原几乎同时出现，同样引人注目，但只有马原（而不包括残雪）被批评家看作是‘先锋小说’的起点”[①]。这种区分的依据,就是上面提到过的“立足于对‘文体’纯粹性的信仰”。但在分析“先锋小说”作家时，残雪又被当成其中的一员进行论述，论者对此这样解释：“残雪一般会被看作是‘现代派’小说家，这里把她放在‘先锋’中谈论，含有删繁就简的意思”[②]。这样的解释是很牵强的。同样，面对莫言，他的写作中浓郁的本土色彩、民间思想以及感官的解放，都很难用当时“先锋小说”的标准简单地加以归纳。从文学史对于“新历史主义”的叙述中，我们也能看到对于“先锋”判断标准的狭隘和生硬。“在20世纪80年代中后期出现的‘先锋作家’群中，有几个人的创作面目是较为模糊、复杂的，他们是余华、苏童、叶兆言、格非。他们通常也被称为‘先锋小说家’。依照当时所认定的‘先锋’的标准，他们也的确不同程度地具有‘先锋’的性质。但这种‘先锋’的性质在他们那里并没有持续很久。当‘先锋’在文坛上不再时髦，在文坛下也没有市场时，他们迅速转向，甚至表现出某种‘新古典主义’的色彩，这在苏童和叶兆言那里更为明显。”[③]这种评价当中有几个观点都值得商榷，其中，“新古典主义”被视为“先锋”的倒退，是明显不妥的。事实上，在当时被称为“新古典主义”的叙事中，包含着一种新的历史观。作家们不再以“历史唯物主义”等观念为历史叙事的依据和准绳，而是从各自对历史的不同理解和感受出发，对此进行重新叙述和阐释，从而成为每一个人“心中的历史”。这种对历史的观照，对“正史”不仅是补充，更有可能是质疑；它们有可能是对宏大或者琐碎的历史的重新想象，也有可能是“提纯”之后高度的“寓言化”。无论是从思想还是从表现形式上看，这种当时被称为“新古典主义”的文学思潮，在它兴起之时应该是“先锋”的继续，而非

① 洪子诚：《中国当代文学史》，北京大学出版社1999年版，第337页。

② 洪子诚：《中国当代文学史》，北京大学出版社1999年版，第341页。

③ 董健，丁帆，王彬彬主编：《中国当代文学史新稿》（修订本），人民文学出版社2005年版，第461页。

倒退[①]。

以上分析显示，文学史对于“先锋”文学的界定比较混乱。其实就批评家或者读者而言，他们对于“先锋作家”或者“先锋小说”，哪些“是”，哪些“不是”，可能都有自己大体上约定俗成的标准。比如，残雪小说中的现代哲学和文本的实验性，在当时是先锋的；而莫言一直走在时代前面的精神气质，当然也是先锋的。

第三节　汪曾祺：另一种形态的“先锋”

就已故作家汪曾祺而言，他究竟是格非等人所认为的“汪曾祺是先锋文学一个真正的源头”[②]，还是汪曾祺作品本身就是中国当代先锋文学的组成部分。当代先锋文学有马原、余华、格非等那样的小说形态，也有汪曾祺这样的小说形态。我以为对后者的认识可能更为重要。汪曾祺的小说创作，从1980年的《受戒》开始，就受到读者的喜爱和文学界的重视，属于被研究得较为透彻的作家。有一种意见认为，汪曾祺接续了现代文学传统，是20世纪40年代文学，更具体地说是京派小说传统在当代文学中的香火幸存。并由此认定“汪曾祺是活在当代文学体制中的现代作家，他的‘复出’标志着‘现代’在‘当代’的‘复活’”[③]。如果从汪曾祺的文学资源来讲，这一观点是对的。但是，研究者是否注意到汪曾祺和现代文学传统的不同？这种不同，是显示了汪曾祺的当代

① 在张清华先生的《新历史主义叙事的现象与特征》一文中，他认为从1987年至1992年前后，“新历史主义”是一个“由先锋小说家所推动的、一个特别具有‘实验’倾向的历史叙述”。同时，“1992年之后，随着一批先锋作家对商业动机的迎合，历史叙述出现了一个返回和蜕变的趋向，其人文探索的灵魂逐渐被市场的欲求所代替，新历史主义的思想也就被游戏的趣味所代替”。张清华：《境外谈文》，花山文艺出版社2004年版，第59页。

② 格非，李建立：《文学史研究视野中的先锋小说》，《南方文坛》2007年第1期。

③ 郜元宝：《汪曾祺论》，《文艺争鸣》2009年第8期。

性的。

使人们将汪曾祺的小说同现代文学联系起来的，是他用清新优美的文笔表现出对于小人物和平凡生活的兴趣。这一美学特点在废名、沈从文、师陀等作家那里都有体现，但汪曾祺与他们有很大的不同，汪曾祺小说的艺术追求，和现代文学史上的沈从文等人相比，一个突出的特点是“轻”，他没有沈从文等人那样厚重的文学对于人生和社会的寄托。例如，在废名的美学趣味背后有禅意，师陀的小城风景画平静中弥浸着忧伤，沈从文的“湘西”世界映照着中国的过去、现在和将来。20世纪30年代，沈从文就曾经在自己主持的《大公报·文艺副刊》上发表《致〈文艺〉读者》一文，呼吁“我们实在需要一些作家！一些具有独立思想的作家，能够追究这个民族一切症结的所在，并弄明白了这个民族人生观上的虚浮、懦弱、迷信、懒惰。由于历史所发生的坏影响，我们已经受了什么报应。若此后再糊涂愚昧下去，又必然还有什么悲惨局面。他们又能理解在文学方面，为这个民族自存努力上，能够尽些什么力，应当如何去努力”[①]。汪曾祺的文学理想要简单得多，“对于生活，我的朴素的信念是：人类是有希望的，中国是会好起来的。我自觉地想要对读者产生一点影响的，也正是这点朴素的信念。”[②]在这段表白中，汪曾祺接连用了两次“朴素的信念”，的确，他对中国、对人类“是会好起来”的信念不仅单纯，而且简单，绝不去顾虑实现这一信念过程中的复杂情形与艰难险阻。他的小说也因此没有现代文学中常见的使命感，包括“追究这个民族一切症结的所在”“我们已经受了什么报应”、可能“还有什么悲惨局面”，汪曾祺的小说并不承载这些。他在回顾“我的作品所包涵的是什么样的感情”时，认为“一部分作品的感情是忧伤，比如《职业》《幽冥钟》；一部分作品则有一种内在的欢乐，比如《受戒》《大淖记事》；一部分作品则由于对命运的无奈而转化出一种常有苦味的嘲谑，比如《云致秋行状》《异禀》。在有些作品里这三者是混合在一起的，比较复

① 沈从文：《沈从文批评文集》，珠海出版社1998年版，第23页。

② 汪曾祺：《汪曾祺自选集·自序》，漓江出版社1996年版，第4页。

杂。但是总起来说，我是一个乐观主义者。”[①] 这种“朴素”的“乐观主义”，使汪曾祺小说显示出少见的淡定与平和，他没有太强烈的问题意识。

夏志清在分析中国现代作家时，提出了“感时忧国”的概念。他认为现代中国的作家“对中国的关怀与描述，可说已臻于一种执迷的情境。作家自膺生命不可承受的重担，务求借文学暴露黑暗，鞭挞不义，改造民心。这样的写作观点，的确凸显了现代中国文学一种强烈的道德执著”[②]。从这一价值追求上看，汪曾祺“复出”后的小说与中国现代文学传统之间不具有连续性，它们各成风景。

那么，汪曾祺这种清新淡定的美学追求从何而来？作家的性格自然是其中的一个原因，而更重要的，是作家的人生经历。在阅读中人们都有这样的体会，和汪曾祺 20 世纪 40 年代的创作相比，他 20 世纪 80 年代“复出”之后的小说，在叙述上更为简明，在情绪上更少激烈和动荡。例如，《复仇》中浓郁的现代主义气息、大量的心理描写和气氛渲染，到了 20 世纪 80 年代都变为叙事的直接和轻快，这中间过滤掉了很多东西。1946 年之际，汪曾祺在《落魄》中写了一个扬州人开的绿杨饭庄由盛而衰，人也由体面变为邋遢，小说结尾处作者写道，“对这个扬州人，我没有第二种感情：厌恶！我恨他，虽然没有理由。”但到了 1985 年的《如意楼和得意楼》，同样是餐饮生意每况愈下，但作者的态度却要包容得多。他不再有那样强烈的个人情绪，只是心平气和地总结道：“一个人要兴旺发达，得有那么一点精气神。”相隔四十年的岁月，一个人的情志、心态不变是不可能的。在这些变化当中，除了生命年轮的特点，比如“四十不惑”“五十耳顺”等，还有作家自身的经历对于文学观念的影响。1967 年，汪曾祺曾因《芦荡火种》唱词中显露的才华被江青看中，“控制使用”写过数年的样板戏[③]。这段经历对汪曾祺一生的影响都非常大。其一，样

---

① 汪曾祺：《汪曾祺自选集 · 自序》，漓江出版社 1996 年版，第 4 页。

② ［美］王德威：《想象中国的方法：历史 · 小说 · 叙事》，生活 · 读书 · 新知三联书店 2003 年版，第 345 页。

③ 陆建华：《汪曾祺的春夏秋冬》，河南人民出版社 2005 年版，第 148 页。

板戏的创作及其命运盛衰，使他对配合时代生活之作产生了怀疑和警觉。汪曾祺在新时期写的第一篇小说并不是《异禀》或者《受戒》，而是具有伤痕文学色彩的《骑兵列传》。在这篇小说里，汪曾祺“不仅满怀激情地真诚地赞颂了革命前辈，还以愤怒之情控诉了‘四人帮’一伙迫害老干部的滔天罪行”[①]。显然，这是一部应时跟风之作，汪曾祺并非没有经历过这样的阶段，但是他浅尝辄止了，艺术直觉以及历史经验使他怀疑这类作品的真正价值。他同时怀疑的，应该还有现实生活的可靠性。汪曾祺的小说“写旧社会的多”，他对此做出的解释是“对旧社会还是比较熟悉些，吃得透一些。对新社会的生活，我还没有熟悉到可以随心所欲、挥洒自如的程度，就不能取得直接的创作的自由”。[②]时年汪曾祺62岁，“后三十年生活在新社会”，三十年沉浸其间，不熟悉只能是托辞，“吃不透”才是实情。其二，“文革”结束后，汪曾祺因为参与过样板戏的创作，接受“审查”达两年之久。这两年，正是中国文艺界“拨乱反正”的活跃时期，从小说到电影到戏剧都产生了一大批揭露历史伤痛的作品。包括林斤澜在内的老朋友都劝汪曾祺重新写作，但“累遭政治磨难的汪曾祺心灰意懒，毫无兴趣”。[③]这些经历，决定了汪曾祺的小说与时代生活的疏离。整整三十年磨炼之后，他对政治已有某种程度的看透与规避。“没有这种看透与规避，‘复出’的汪曾祺也不会写出和文学潮流那样不甚配合的‘淡化’之作。”[④]

汪曾祺与现代作家的差异性，是打上了当代生活的烙印的。与现代作家“感时忧国”的精神追求不同，无论是汪曾祺、还是“寻根”作家、“先锋”作家，他们刻意寻求的都是反叛当时的主流文化，这亦可以视为当代文学与现代文学一个极大的不同。现代文学几乎有一个共同的主题，而新时期以来的当代文学它的价值体系不仅是多元的，而且与原先的主流背道而驰。

---

① 陆建华：《汪曾祺的春夏秋冬》，河南人民出版社2005年版，第157页。

② 陆建华：《汪曾祺的春夏秋冬》，河南人民出版社2005年版，第159页。

③ 陆建华：《汪曾祺的春夏秋冬》，河南人民出版社2005年版，第152页。

④ 郜元宝：《汪曾祺论》，《文艺争鸣》2009年第8期。

汪曾祺的《受戒》写于1980年，文化“寻根”和“方法热”始于1985年，在李庆西们以文化来虚晃一枪，以此来拒绝《讲话》和英雄叙事，并认为他们“不同于同时代其他作家的地方，主要表现为更加彻底的价值反叛”①时，汪曾祺早在五年前就这么做了，而且并不以另起“文化”炉灶的方式进行遮掩，而是干净明确地走进“四十三年前的一个梦”。汪曾祺这一时期小说思想的独立性、与主流文化的异质性、叛逆性，不正是先锋文学的精神特征吗？而汪曾祺小说在语言、文体上令人耳目一新的突出意义，这里不再赘述。从“反对现存的文化体制和社会意识形态”，到“反抗陈旧的艺术传统”，汪曾祺的小说都是当之无愧的先锋。同时，比起1985年之后文学史上的“先锋文学”，汪曾祺的先锋性更有出自于内心的真实，在抒发与形式上都更加自然。而且，他的先锋性还丝毫没有因受到外来文化影响模仿而作的嫌疑。他是中国现代文学与本土当代生活相结合产生的先锋，显示了现代文学传统在当代历史语境中自身发展的可能性。

第四节　从“先锋”到“主流”

20世纪80年代的先锋文学曾经吸引了一批作家投身其中，文学史上的经典作家包括扎西达娃、马原、洪峰、余华、格非、叶兆言、孙甘露等人，甚至应该还包括刘震云“故乡”系列，以及阎连科20世纪90年代以《年月日》《耙耧天歌》开始的一批小说创作。他们的写作虽然各有侧重，但只要将汪曾祺与之放在一起，这批后起之秀在总体上的相似性便显示了出来。汪曾祺很显然是“这一个”，而他们是“这一群”。

马原、残雪、余华、格非们的先锋，具有明显的西化色彩，他们在“拿来主义”的同时，也体现出探索性和蓬勃蔓延的生气。而汪曾祺的先锋性却颇得中国传统文化的韵味，同时显示出纯净与安详。还有一个重要的区别，前者的

① 李庆西：《寻根文学再思考》，《上海文化》2009年第5期。

先锋性始终体现在怀疑与解构中，他们进行的是对以往价值体系的拆解；而汪曾祺在声称他对新“三十年”的生活还“不熟悉”时，他是有立足境的，他建构了一个新世界，那里有他喜欢的人、风景和生活方式，有他喜欢的语言和风格。大部分先锋作家的作品神经紧张、表情阴郁、情绪愤懑，或者嘲弄，有神秘和夸张的嫌疑，但在汪曾祺那里，一切都是自然通透的。

虽然格非、李锐等人都极其推崇汪曾祺，格非将其视为先锋文学的“一个重要源头”，他们欣赏他举重若轻、四两拨千斤的笔法，欣赏他清新别致的语言，以及回归中国传统美学的文体，但对汪曾祺的借鉴和跟随却很少。愿意在汪曾祺那里膜拜受戒的，20 世纪 80 年代以来有阿城的《遍地风流》、贾平凹的“商州”系列，何立伟的“绝句体”等。但相比当时活跃于文坛的“先锋作家”，他们既人数有限，也从未轰轰烈烈形成新的美学思潮和规模。他们自身似乎也后继乏力，余华、格非、苏童等在新世纪仍然有重要的长篇问世，而阿城、何立伟早已停止了小说创作，贾平凹人到中年之后也不再追求清新灵动，而以厚重浑沌为美学目标。坦率地说，自汪曾祺谢世之后，人们很难再见到如此清浅又如此醇厚悠长的作品了。

虽不能至，心向往之，汪曾祺对当代文学的启示意义是巨大的。早在 1981 年《异禀》在《雨花》上发表时,由高晓声撰写的“编者附语”指出:“发表这篇小说，对于扩展我们的视野，开拓我们的思路，了解文学的传统，都是有意义的。”李敬泽亦将 1980 年《受戒》的发表称为“一个重要的文化事件”，“这不仅是一个短篇小说，这是一次复活”。他在考察了 1976 年至 2000 年的短篇小说之后，发现“近三十年来的文学证明，这次复活是辉煌胜利：就汪先生的作品而言，他是完善的作家，但不是一个大作家；但就他的影响而言，他无疑是一个大作家”。汪曾祺的小说美学“顺利地汇入了主流的文学趣味，直到现在，它也依然是短篇小说的主要评价尺度。在这个尺度中，小说本身即便是自然之事，它理应具有我们所建构所想象的‘自然’之美之整全和谐。”李敬泽所指出的，大概是一个事实。以鲁迅文学奖为例，短篇小说的奖项集中于《清水洗尘》《驮水的日子》《吉祥如意》《白水青菜》这样的作品，其中确实贯穿着“自然之美之整全和谐”。这种巨大的“影响”以及由此形成的评价

"尺度"，似乎也衍生了另外的问题。

> 我深知这种趣味的魅力，但我也强烈地认为，小说，包括短篇小说，须从不自然中汲取力量。表演、突兀、断裂、取巧、狷狂、荒怪乃至勉强、造作，所有这些词所指的，其实就是我们自身、我们的生活和经验。我们是一种现代的、不自然的存在，即使沈先生和汪先生也承认这一点。那么，就让我们由此开始讲述，就让我们认识、领会这不自然，在这不自然中开始想象和表演。
>
> 《狂人日记》，这是中国现代文学的源头，现代文学从不自然中的挣扎开始。不应忘记这一点，不应忘记鲁迅先生所开启的道路。①

这一见地无疑是很清醒的，它提醒着在当下的生活中"我们是一种现代的、不自然的存在"。文学应该显示"不自然中的挣扎"。这种理解和建议都是颇有道理的。但我认为，汪曾祺小说中清风明月般的诗意，它们不仅仅是过程和氛围，而且是小说的目的地，是经过了岁月淘洗提纯之后，确定的而非空灵写意的价值观。前文已经分析过，汪曾祺的小说美学以及人生理念并不是固定的，从《复仇》《羊舍一夕》的繁冗，到《鉴赏家》《岁寒三友》的清简；从逆境中沈从文的反复鼓励，到花甲之年的宠辱不惊，其间洗淘去了很多东西。能留下的，都是他在人生的暮年终于认定的。所以，汪曾祺与众不同的追求，绝不仅仅是传统士大夫的趣味这么简单，亦非文人风雅弄墨。如果说当代其他作家的散文化小说有欣赏、浸染以及自矜在其中，那么汪曾祺的作品则是沉着与淡定。他的"健康的人性""美"，不单是为了抒写而产生的，而类于长途跋涉后生活的答案。时代可能并没有太大的差异，不同时代的人们都在感慨"世风日下""人心不古"。鲁迅先生在《纪念刘和珍君》中说过的："我向来是不惮以最坏的恶意来推测中国人的"，在过去和今天依然有效。从屈原的"哀民

---

① 李敬泽：《1976 年后的短篇小说：脉络辨——〈中国新文学大系 1976—2000 · 短篇小说卷〉导言》，《南方文坛》2009 年第 5 期。

生之多艰”到沈从文所忧虑的“民族自杀的悲剧”，“令人发疯”的现实大体相似，这不只是“现代”社会的悲剧。因为这些真实的处境，小说表现“不自然中的挣扎”成为必然与合理，“表演、突兀、断裂、取巧、捐狂”的确正是生活的现状。但它应该有一个终点，迷津之渡应该有一个彼岸。文学不仅表现混乱，还应该梳理混乱。人们信仰宗教，喜欢童话，是因为它们是简单而确定的。它们告诉你，哪些是可以的，哪些是应该的，并且唤起人们对可能的向往。同时，并不是在经典当中，才会有这样的智慧，普通人的岁月、一个民族数千年的历练，都会形成生活中的常识和经验。20 世纪 40 年代的张爱玲在家庭的沧桑冷暖、时代的风雨动荡中，就已经意识到维系人生的，是人生“安稳”“和谐”的一面，而不是“飞扬”“斗争”的一面。“人生安稳的一面有着永恒的意味，虽然这种安稳常是不完全的，而且每隔多少时候就要破坏一次，但仍然是永恒的。它存在于一切时代。”归根到底，“人是为了要求和谐的一面才斗争的”。这句话也可以解释汪曾祺所说的“我追求的不是深刻，而是和谐”。不同的是，张爱玲的“安稳”“和谐”透着俗世的生存哲学和烟火气，而汪曾祺则将之表现为诗情画意。

也可能正是汪曾祺的心在“自然”、立意“和谐”，成为了人们普遍的向往，“它顺利地汇入了主流的文学趣味”。但“先锋”和“先锋性”一旦变成“主流”，便会即刻失去它的特殊光芒和意义，从而“泯然众人矣”。20 世纪 80 年代，先锋文学曾被认为“和整个的主流生活包括政治生活构成一种疏离的关系，它也可以被视为一个人为的陌生化的过程”。但是，到了 20 世纪 90 年代，当朦胧诗变为通俗歌曲、当先锋艺术成为商业广告，“形形色色的所谓‘先锋派’，市场都自动会给你提供一个准入证，把你纳入它的机制里，吞噬掉，从而化迹于无形。”[①]“先锋”就这样被溶解了，成为“主流”的一分子，被漠视，甚至被冷落。在今天，如果不是出于文学研究的专业需要，有多少读者会有兴致翻阅《虚构》《极地之侧》《往事与刑罚》《青黄》《请女人猜谜》，这些作品更多地具有文学史的意义，它们推动了小说艺术的进步。而汪曾祺的作品

① 王中忱，格非：《“小说家”或“小说作者”》，《当代作家评论》2007 年第 5 期。

在被认为“汇入了主流的趣味”之后，依然常读常新，他笔下的人和事，在今天看来，因为罕见而新鲜；他对人生的认定如此清新又如此遥远，看似简单却无比艰难。最难得的是，在这些被称为散文化的“抒情小说”里，不纯粹是美学的趣味，而是有可感实在的人生见地。汪曾祺被“先锋作家”们尊为“源头”，事实上，从思想到艺术形式，他都可能是一位当之无愧的时代“先锋”。而二者之间的归宿又迥然不同，也许应该承认，他们真的是两种不同的“先锋”，就像文学史所划分的那样。

广义的“先锋文学”被认为是有地域性和时间性的，当代文学史上的“先锋文学”是针对当时的中国经验而言的，而李洱的《花腔》、阎连科的《坚硬如水》，都曾被认为如果早问世十年将轰动一时。汪曾祺的小说似乎不存在这些问题，它们在产生的当时就产生了文学史的意义，但随着时光推移，它们依然独特，并具有很高的文学价值。或许，这是汪曾祺和受他启发的“先锋作家”们真正的区别。他们之间的区别，或许能够说明到底什么是“先锋”？我们该怎样认识中国的“先锋文学”。

第五章　先锋文学的转型[①]

中国当代先锋文学在经历了20世纪80年代中后期的辉煌之后，到今天已经有了很大的变化。其中先锋小说家在20世纪90年代所发生的转变，是最耐人寻味的现象之一。

首先是堪称先锋派最早的闯将马原，已在不知不觉间从小说界淡出。虽然他在新世纪出版了《上下都很平坦》，但反响平平。在中国当代作家中，马原对于同行写作的深刻影响大概无人可出其右。他断然反叛当时如火如荼的新时期文学规范，而明确地将“叙述意识”提到了首要的位置，用“叙述圈套”划定了向写作还原的起点，以拆解故事使作品的深度意义全面崩溃。他的《虚构》等作品，无疑为当时的文坛提供了最新的小说写作经验。马原对于年轻一辈的作家曾经既是诱惑也是压力，即使是同一辈的作家，比如王安忆，在她的《叔叔的故事》里，人们仍然能够看到马原已经使用过的解构、元小说、反讽和戏拟等叙述特征。但就是这样一位先锋文学的开路先锋，20世纪90年代以后除了写作随笔和评论外，已经很少进行具体的小说创作。同样值得回味的是，另一位具有代表性的先锋小说家余华，他的《活着》《许三观卖血记》也以与过去完全不同的朴素好读的风格出现。这种变化，其实早在20世纪90年

① 先锋文学的“转型”一说，最著名的出处开始于余华推出了《活着》和《许三观卖血记》之后，有评论认为“以《活着》为标志，出现了一个从先锋到回归、从实验到返璞归真的‘现实主义的转型’”。但“这样一个‘转型说’是十分表面的”。(张清华《文学的减法》，吉林出版集团有限责任公司2009年版，第43页)。本文借用“转型”一词，专指先锋作家在小说叙事策略上的变化。至于“转”向何处，并非回到现实主义，也没有那样简单。

代初的《在细雨中呼喊》便初露端倪。在这部作品里，余华开始重视传统的故事与人物，虽然只是尝试性的，但余华显然肯定了自己在艺术探索上的这种思路，并在《活着》中将洗尽铅华的表现方式运用到了极致，从而使当时的评论界有一种较为一致的看法，认为从写作《活着》开始，意味着余华对20世纪80年代先锋文学的推倒和反叛①。

这种微妙的变化究竟是如何发生的？是由于先锋文学本身的困境，渐至于末路？还是作家终于意识到了市场和读者的存在？相对于马原的淡出，余华的转型尤其是转型后的巨大成功，具有非常特殊的意义。那么，这一切是怎样潜移默化地开始的？

第一节　先锋文学转型的原因

同20世纪80年代相比，20世纪90年代的社会生活和文化生活都已经发生了深刻变化，作家们敏感地意识到，先锋文学"那种特定的写法的有效性正在失去"。"20世纪80年代不管怎么说，写作本身它跟社会现实构成很重要的隐喻关系，它还是有力量的。这个力量在什么地方呢？简单地说，它和整个主流的生活包括政治生活构成一种疏离的关系，它也可以被视为一个人为的陌生化的过程。"但是，到了20世纪90年代，"现代主义的很多的东西，它在发展的变化过程中，很容易被认同，这种疏离的关系和震惊效果都消失了。"先锋很快变成了流行，比如，朦胧诗变成了通俗歌曲，先锋艺术也可以成为商业广告和酒吧的室内装潢。由"先锋"到"流行"再到通俗的根本原因，是时代生活发生了巨变。曾经对现实产生过"疏离关系"和"震惊效果"的现代（后现代）主义，已经逐渐被社会生活认同了。它们在成为流行之后，渐渐变成了多元文化中的一个组成部分，最后甚至有可能成为其中无足轻重的一个组成部分。"形形色色的所谓'先锋派'，市场都自动会给你一个准入证，把你纳入它

① 余华，杨绍斌：《我只要写作，就是回家》，《当代作家评论》1999年第1期。

的机制里，吞噬掉，从而化迹于无形”[①]。这里所说的“市场”，应该是指时代文化的大环境，它具有兼容性，然后可以“化迹于无形”。就具体的文化商品“市场”而言，它对先锋文学的打击最大，它也是最有效的，以致批评家宣布：“今天，‘先锋派’已经被市场彻底干掉了。”[②]

时代文化的日新月异，它的多元与兼容，以及市场经济的崛起，是先锋作家在20世纪90年代不得不开始考虑转变的根本原因。如果回到文学创作本身，作家们对转型又作如何解释？也就是说，他们的文学观念是怎样开始发生变化的？

就“转型”的问题，余华在1996年和2010年做过不同的回答。在距今十多年以前，余华对问题的解释显示出条分缕析的耐心。他首先认为变化是基于作家“对自己比较熟练的写作方式”的“不满”和“疲惫”，也就是说过去的叙事技巧和风格已经不再对作家具有吸引力，了无新意的表述方式无助于作家的创作激情，在这种情形下，他完成的很可能只是一次又一次地复制。

在余华的前期作品中，《十八岁出门远行》至今仍然是使人印象至深的一部，就是在这部作品中，作者非常独特地表达出他对人的不信任。此外的《世事如烟》《西北风呼啸的下午》《现实一种》《四月三日事件》等，总体上都是一种叙事方式的延续。在这些作品中，人物都没有自己的声音，他们只是传达叙述者的声音，更谈不上性格，只是作为寓言故事中的符号出现，叙述者就像是全知的上帝。这些写作更像是一个个只传达出意念的过程。而在意念的传达过程中，作者刻意进行强化，并硬性剔除其他“杂质”的色彩非常明显。这些特点，在其他先锋作家那里都可以不同程度地找到。比如格非，他的《褐色鸟群》《青黄》《风琴》《迷舟》等所再三演绎的都是一种叙述的双向循环：即追踪永远不可企及的终极的确定状态，实际是远离那一状态，追踪变成逃离，变成临界的状态；临界状态再不断延续，叙述实际上变成了永远无法进入的无尽

---

① 王中忱，格非：《“小说家”或“小说作者”——王中忱、格非对话万圣书园》，《当代作家评论》2007年第5期。

② 张柠：《中国当代文学与文化研究》，北京师范大学出版社2008年版，第314页。

追踪。

这些叙述原则，实际上也是作家对世界的沉思和认知，这些一度也是最新的艺术表达方式。但在现在和更远的将来，人们肯定不会再认为它们有任何新锐之处。事实上，像《褐色鸟群》《青黄》这样的作品能够留下来，吸引人们的只能是弥漫在作品中的既清奇又迷离的抒情气质，而这正是属于作家个人的东西。曾经使作家们非常着迷的新式叙事技巧和方法，总有一天会不再新鲜，不再具有吸引力。这种魔力的消失，在很大程度上并不是由于时间的自行流失，而是当作家在经过一定时间的演练之后，对这些技巧得心应手、甚至到了信手拈来的地步之后，终于产生了厌倦。从这个意义上说，《在细雨中呼喊》这样一部作品的产生并不是偶然的。当然，作品中凝聚了作者少年时代的精神历程。但更使人注意的是，在这部作品中，“余华登峰造极的技巧像是一次玩命的冲刺”，“对于文学现状来说，它并不是一次革命性的突破，所有的艺术手法和风格特征余华早都表现过，充其量这是一次彻底的温习和全面的炫耀”[①]。作家本人应该是感觉到了，这时，已到了应该另辟蹊径的时候。

20 世纪 90 年代余华对于“转型”的解释主要集中于因写作手法的稔熟而产生的“疲惫”感。2010 年，印度作家在问及余华“你早期的短篇小说充满了血腥和暴力，后来这个趋势减少了，为什么？”时，余华的回答比从前要直率得多。他先是调侃了一段时间里的文学批评，“中国的批评家们认为这是我写作的转型，他们写下了数量可观的文章，从各个角度来论述，一个作品中充满了血腥和暴力的余华，是如何转型成一个温情和充满爱意的余华。我觉得批评家们神通广大，该写的都写了，不该写的好像也写了，就是我的个人生活也进入到了他们的批评视野，有人认为是婚姻和家庭促使我完成写作的转型……”随后，余华对当年的“转型”郑重地做出了另一种更具故事性的解释，并且声明在各种原因里它“可能是最重要的一个”。在这篇题为《一个记忆回来了》的演讲里，余华回忆了“文革”经历对于他童年和少年时代的影响，无论是时代的大环境还是他生活在医院里的小环境，到处都是血淋淋的，

---

① 陈晓明:《无边的挑战》，时代文艺出版社 1993 年版，第 295、310 页。

这样他在1986—1989年里，写下了大面积的血腥和暴力。直到他做了一个被捆缚刑场执行枪决的噩梦，他意识到自己已经“到了精神崩溃的边缘”，继而发誓在写作中与血腥和暴力绝缘。在这篇演讲的结尾他说：“有时候，人生和写作其实很简单，一个梦，让一个记忆回来了，然后一切都改变了。”①

余华前后两次的解释不尽相同，20世纪90年代时更具耐心也更显策略性，到了2010年他似乎更愿意直接公布那个“最重要”的原因。尽管前后有差异，但它们不是两个回答，而是一个回答的两个方面，前者侧重作家对小说作为一门技术活的思考，后者则强调精神的动因。无论是对稔熟的写作手法的“疲惫”，还是“精神崩溃的边缘”，其实都是绝境的末路而返。奇崛险怪虽然可以成为令人惊叹的另类景观，但它从来都不通往文学的大道。在余华2010年的这篇演讲中，还有一个引人注意的问题，即先锋写作中确实也包含着作家的精神印记，并不完全是对西方哲学思想的照搬，其中最具个人特征的那一部分很可能源于作家自己的精神资源。正如同当年的高考报名经历，使格非对命运的细节和神秘性长久地保持着兴趣。

以上，我们已经从20世纪90年代的社会文化环境以及作家对写作的认识两方面，分析了当时先锋作家转型的原因，但还有一个重要的因素没有提到，这也是格非、余华在自己的回顾当中不曾提及的，这一因素就是先锋文学自身的弊病与缺陷。

人们完全有理由认为，即使是在先锋派的各种艺术探索最显赫的时代，它的弊病也是难以掩饰的。先锋作家以对感觉化、寓言式写作风格的迷恋，不断开拓着语言表达可能性的空间。在《冈底斯的诱惑》《褐色鸟群》《四月三日事件》等作品中，作者出没流连于语词游戏的迷宫，作品的语言被彻头彻尾地改造了，“充满了能指和所指符号的无端角逐和游戏活动，他们互相碰撞，相互交融乃至相互颠覆，既拆散了文本的内在结构，同时也播撒进而消解了语符的意义”②。形式成了终极追求，内容和意义都变为不确切的，并不断解构、嘲弄

① 余华：《一个记忆回来了》，《文艺争鸣》2010年第1期。

② 王宁：《后现代主义与中国文学》，《当代电影》1990年第6期。

现有的生存体系和价值规范。一些评论者在充分肯定了他们的艺术探索的同时，也提出了质疑，认为他们对话语游戏的过度沉溺，不仅带来了意义表达上的模糊和滞涩，更重要的是人已不再是语言的主人，而是一个依赖于语言获得存在的存在物。作家在语词的狂欢中，把话语本身视为艺术的终极追求。当大批的追随者沉醉于“怎么写”的时候，将“写什么”视为己任的作家们对此提出了异议，张炜从写作者的队伍中站出来，指出：“相当多的写作者构不成有意义的关系，他们只是不断地变化、追逐、跟从，从而失去了自己的力量和价值。”①

有文学批评将这样的写作称为“叙事异端”，在肯定了他们“破除传统价值观念和小说叙事规范的戒律”的同时，也指出了其中的弊病。在这些批评意见当中，张柠对于马原“叙述圈套”的分析没有留情面，“那个‘叫马原的汉人’，讲起故事来，简直就像鲁智深在寺庙里喝酒吃肉一样让人吃惊。他的故事似乎邪乎得很，犯语言之禁，犯美学之禁。问题的关键在于，为什么鲁智深的成就是彻底离开了寺庙之后完成的，而马原一离开文学庙堂就消失无踪呢？现在回头看看就能发现，马原的病根子在于，他骨子里没有真正‘破戒’，他不过是表面上的、形式意义上的‘破戒’，也就是假‘破戒’。他的心思还在‘文学庙堂’里，一边假装吃肉撒野，一边惦念着托尔斯泰、霍桑那些文学大罗汉。马原的‘假破戒’很有代表性，其中包含了整整一代先锋小说家的致命病症。他们以说话精英的身份自居，对小说叙事的花招情有独钟。实际上，他们一直在那些西方现代派大师说话方式的阴影中兜圈子，他们对那一套西方精英的话语权力，缺少必要的警惕和批判意识。”张柠将名重一时的“叙述圈套”称为“叙事异端中的赝品”，认为“他们的叙事经验脱离当代的肉体感受”。这样的文学理念“把中国当代文学带进了一个咒语般的叙事圈套中，以致十几年来，中国当代文学一直在回避当代社会现实问题，大家都在玩一些文学叙事的空手道，既漂亮、前卫，又安全、保险，根本没有触及身体的焦虑和意识形态

① 张炜：《创作随笔三题》，《当代作家评论》1995年第5期。

的压力。”[①]

与此同时，读者也对这些斑驳迷离的形式主义艺术实验反应冷淡。虽然马原、余华、格非等人的作品大多发表在《人民文学》《收获》《上海文学》《钟山》《花城》等主流纯文学杂志上，但这些作品单行本的销量都非常有限。余华有两本书都曾经只印了一千册[②]，即使是在余华以《活着》《许三观卖血记》蜚声海内外时，他的《世事如烟》在法国也只卖了三千册，并使余华深有感触地认识到，“在国内卖不好的书在国外也卖不好”[③]。尽管余华在1990年给王宁的信中强调“愿意和卡夫卡、乔伊斯他们一样在自己的时代里忍受孤独”[④]，但很显然，这种决绝的姿态并没有坚持太久。

进入20世纪90年代以后，是先锋小说家发生变化最多的时期。余华以惯有的犀利敏锐，较早地从过去的艺术阵营中冲出，继续兴致勃勃地探索自己的路。继余华之后，另一位富有代表性的作家是格非。格非对小说的新思考要到20世纪90年代中后期，这与他作品中的精细、疏缓是一致的。

第二节　先锋作为一种“写作训练”

作家选择从过去出走、离去，现在远远留在他们身后的，曾经是怎样一片让他们惊喜迷醉过的园地。先锋作家早先进入形式主义艺术探险这一领域，不完全是自发自觉的，他们有自己的师从对象，并且在心领神会之后，沿着他们的足迹跑过去。20世纪80年代后期，正是外来文化、特别是西方现代派文学大量涌入的时候，年轻的先锋派们，不断地为大师们所吸引，如卡夫卡、乔伊斯、罗伯·格里耶、博尔赫斯，等等，这些大师在后来者身上无一不像里程碑

① 张柠：《中国当代文学与文化研究》，北京师范大学出版社2008年版，第328页。

② 余华，杨绍斌：《我只要写作，就是回家》，《当代作家评论》1999年第1期。

③ 余华，张英：《文学不衰的秘密》，《大家》2001年第1期。

④ 王宁：《比较文学与当代文化批评》，人民文学出版社2000年版，第259页。

一样留下了自己的投影。在先锋派们或狂放或深沉的形式实验背后，往往是不便明说的迅捷的“拿来主义”。1990 年余华在写给王宁的信中说：

> 事实上，人们真正关心的问题已经不是中国是否存在后现代主义，或者是否存在使其赖以生长的土壤，而是它是以什么方式存在的。就中国文学界目前的现状来说，可以这样问，它是作为思潮存在，还是作为现象存在？也就是说，它更多地是作为理论影响着我们，还是更多地作为某种创作实践鼓舞着我们。①

这时的先锋小说家首先看重的是西方文艺理论和创作实践对中国当代写作的指导性，而将“中国是否存在后现代主义”及其“赖以生长的土壤”先忽略不计，或根本不予深究，的确是先“拿来”用了再说。例如苏童的“叙事动机”、格非的“叙事空缺”显然都不是他们本人的创意，最早都是从其它经典范本或类型范本中借用而来的。至于马尔克斯在《百年孤独》中那个包含了现在、过去、将来的著名的开头，则被叶兆言、格非、余华在各自的作品中毫无避讳地套用过②。马原小心翼翼地提到博尔赫斯对自己的启迪时，抱怨道：“我甚至不敢给任何人推荐博尔赫斯……原因自不待说，对方马上就会认定，你马原终于承认你在模仿博尔赫斯啦！”③

但这种“模仿”和借用又显然不是纯粹的，先锋小说家并不满足于从前的文学成规，试图不断地超越别人，也超越自己，所以他们决不屑于对于西方后现代主义大师们的简单模仿，而是在吸收借鉴的过程中，注入了更多的误读——重构——创造的成分。由于个人的艺术感受、哲学悟性和文学创造意识不同，尤其是作家个人气质的迥异，使他们创造出来的作品与灵感来源的经典

---

① 王宁：《比较文学与当代文化批评》，人民文学出版社 2000 年版，第 248 页。

② 如叶兆言的《枣树的故事》、苏童的《1934 的逃亡》、余华的《难逃劫数》、格非的《褐色鸟群》。

③ 马原：《作家与书或我的书目》，《外国文学评论》1991 年第 1 期。

文本之间有了一定的不同。尽管有作家自己的文学创造包含在作品之内，但变幻和翻新出奇的根本刺激和启发，还是直接来源于被他们奉为后现代主义圭臬的艺术大师们。即便是中国的天才作家们心有灵犀，也还需要由大师们的点化。

无论是思想还是形式，先锋小说家都从现代外国文学那里学到了很多，并在自己的作品中演绎、变形。尽管人们对先锋派的评价不一，但有一点是应该肯定的，先锋派的实践和探索，意味着当代写作的一次艺术革命，先锋小说改写了当代中国小说的一系列基本命题和小说本身的定义，当今的作家们或多或少都从他们那里汲取了叙事方式和语言风格方面的经验。尽管如此，也很少有人相信这次革命能开创文学的历史新纪元：“他们到底取得了什么成就呢？……我依然感到从未有过的虚空和惶惑。我能从那些奇思怪想的语句中，从那些支离破碎的故事中，归结出哪些有用的东西呢？”① 这样的惶惑使先锋作家的艺术探索在根本价值的判断上变得可疑起来。这种疑问从一开始就具有一定的代表性，这从余华向质朴转型后评论界的兴奋可略见一斑，例如有些评论认为余华正从文学观念和文学实践的各个层面对自己的创作进行反思，从而对自己先锋时期极端性写作全面告别②。然而，需要特别注意的是，余华在不同的访谈中始终坚决地否认了这一点。尽管余华的创作理念在前后呈现出很大的不同，有些甚至是相对相反的，但在向西方现代叙事的学习和借鉴上，在谈到他前期那些“极端性”作品的价值时，他始终没有反悔过。谈到人们认为他对先锋文学的反叛一举，他不无讥讽地说：“他们对我的评价太高了，我觉得我还没有那么大的能力去反叛先锋文学，同时也没有能力去反叛我自己。起码对我来说，我并没有否认我以前使用的叙述语言，而且，很可能还会继续用下去。”③ 他对自己过去的艺术探索和实验，显然持一种非常肯定的态度，认为是必要和必须的。他特别提醒人们注意：“像《许三观卖血记》这样的小说，首

① 陈晓明：《无边的挑战》，时代文艺出版社 1993 年版，第 295 页。

② 吴义勤：《告别“虚伪的形式”》，《文艺争鸣》2000 年第 1 期。

③ 余华，杨绍斌：《我只要写作，就是回家》，《当代作家评论》1999 年第 1 期。

先应该认真把它读完，读完后就会发现像我这样一位小说家的优势在什么地方，我的写作训练已经达到了什么样的程度。一些人希望我不要抛弃的东西我并没有抛弃，至少应该说我精通了现代叙述最精华的那部分。”[①] 这就是先锋实验对于一位小说家的真正意义所在——余华将对西方现代主义或后现代主义的借鉴与学习，视为一种绝对必要的“写作训练”。

作为文学史上的事实，无论是中国现代文学还是当代文学，在最初的起始阶段，都不曾离开过对现代西方文学的学习和模仿。在一个开放的语境和多元共生的时代，对外借鉴和学习成为必不可少的一环，与此同时也促进了中国文学走向成熟。写作及其技艺的发展演变在更多的时候并不是自发自觉、浑然天成的，以中国的先锋写作为例，作家们采取对西方的“拿来主义”，不仅帮助他们以奇崛诡异的姿态登上文坛，同时还较为迅速地提高了他们的技艺，大大节省了艺术摸索的时间。

作家们大概不会否认这一伴随着明显模仿的成长阶段，但明确意识到这种模仿和借鉴是一种必不可少的写作训练，则是日后蓦然回首时的顿悟。没有人会在写作的一开始有意识地、自觉地将先锋实验当作一种对技艺的培训和磨练，那时他们更多的是怀着一种俨然边缘化的精英意识，以对社会及其秩序的拆解为己任。“过去我的理想是给世界一拳”，可最后却发现，“我那么小的拳头，击出去就像打在空气上一样，有屁用”[②]，唯一改变和丰富的只有自己在写作中所创造的语言。这一发现无疑是一个带有几分悲剧色彩的黑色幽默，而这一必然性罗兰·巴特早已经预料到了。他认为，在今天世界和生命都双重异化了，历史失去了方向，丧失了意义。社会结构依然故我，难以颠覆，所能颠覆的只有语言结构。写作消失了内容，转向自身，在一种走向极端的中立性即零度写作的状态中，完成了从历史到语言的流亡。中国的先锋作家所能颠覆和游戏的，也只有语言。他们对于现实无能为力，唯一的收获只能落实到对语言的摆布和排列上。只有到了这时，余华们才会忽然感到，他们从前的写作相对于

① 余华，潘凯雄：《新年第一天的文学对话》，《作家》1996年第2期。

② 余华，潘凯雄：《新年第一天的文学对话》，《作家》1996年第2期。

今后来说，其意义大多在于变成了一种“训练”，一种对日后的铺垫。这种更深层次的原因，也许是他本人所无法意识到的。而对于马原来说，这种“训练”是不成立的，因为它并没有能够变成日后个人写作的有机组成部分。马原在小说界的淡出，并不在于他离开了西藏高原那片神奇、富于灵感的地域，他最吸引人的作品都体现在他对于现代叙述策略的准确选择和精彩演绎上。除此之外，人们很难看到属于他个人的东西，所以也只此而已。

外来的文学理论的滋养和经典范本的指导，对于中国作家来说是必要的，但是如果依赖不出，便是典型的文化殖民状态，至于什么时候一跃而出，要由作家自己来把握。

作为一位有着强烈职业意识的作家，当余华在先锋文学的最前沿磨练了数载之后，他确信自己“已经精通了现代叙述里最精华的部分”，已将现代叙述里的各种手法、技巧运用到游刃有余的境界时，他不再需要如影随形地模仿，或者重复变形移植外来的东西。从 20 世纪 90 年代中期，他先短篇后长篇逐步开始了从叙事策略到叙事风格的变化。当他对自己操练得已经比较熟练的写作方式产生了疲惫感、甚至开始有了不满和厌倦的时候，也就意味着模仿和“训练”的结束。当作家的技艺日臻成熟，甚至到了可以信手涂鸦、落笔成篇即可被称之为“现代”时，他便开始考虑改变和超越。这标志着两方面的成熟：作家技艺的成熟和心智的成熟。而在此之前，一些致力于先锋实验的作家都曾经面临过“影响的焦虑”，即如何在外国作家或本国前驱者（如马原之于洪峰）业已取得的巨大成就的阴影下，另辟蹊径，并且超越前者，至少不应当被淹没自己的创作个性。当羽翼丰满之后，如何从外来影响的覆盖下走出来，立足本土，走出一条属于自己的路，便成为不同时代先锋小说家所要面对的共同课题。

第三节　先锋作家重构的努力

如果一言以蔽之，先锋文学的转型事实上就是为了“自救”，先锋作家们在别寻新路的同时，自然还希望有所建树。在这个过程中，有些先锋作家消失了，有的盛名不再，也有的终于筑成了别样的风景，写作达到了一个新的高度，格非和余华是这后一类作家中的代表。他们为先锋文学重拓生路的努力体现在以下几个方面。

第一，寻找新的文学资源。

自 20 世纪 90 年代出版《欲望的旗帜》之后，在大约十年的时间里，格非没有进行小说创作。他在大量阅读中外作品的同时，开始小说叙事学的研究，并借此希望“构成一个新的知识的来源”。新世纪初，格非选择现代作家废名作为自己的研究对象，并以《废名小说的叙事研究》作为博士论文，这一切并不是偶然的。格非在《废名的意义》一文中谈道：“选择这个题目的初衷与我自己创作上遇到的问题有关。我自己的写作一度受西方的小说，尤其是现代小说的影响较大，随着写作的深入，重新审视中国的传统文学，寻找汉语叙事新的可能性的愿望也日益迫切。”[①] 标志着格非在创作上发生明显变化的作品，当时人们还没有看到，充满古典文学色彩的《人面桃花》与《山河入梦》要到 2004 年才先后问世，但他在既有的基础上转而向中国文学传统借鉴的趋势，在当时已经露出了端倪。

在大量阅读和分析的基础上，格非对中国小说叙事传统的认识，从理论到写作实践，都已经形成体系，在当代作家中独树一帜。这部分内容，本文将在以后的篇章中进行专门论述。

第二，对小说艺术的调整。

在作家们经历模仿、借鉴的阶段之后，启发、锻炼了的是“怎么写”的问题，随之而来的“写什么”就变得同样重要。在当代文坛上，马原以善讲故事而著称，但他叙述技巧的娴熟与提高，同人们所期待的作品艺术水准的升华难成正比。人们看到，他在创作中将令人眼花缭乱的叙事才能推到极致之时，也是他的作品华而不实、露出虚空之际。作者的悲剧在于，他所选择的题材规定性——叙事客体先在地决定了它的开采的局限性，他在其中所能挖掘拓展出的

---

① 格非：《废名的意义》，《文艺理论研究》2001 年第 1 期。

意义，只能有那么多。所以鲁迅的经验是："选材要严，开掘要深，不可将一点琐屑的没有意思的事故，便填成一篇，以创丰富自乐。"[①] 鲁迅先生的这一告诫，具有普遍性的意义。自新时期以来的当代文学，无论是先锋派、还是新生代、晚生代，在繁华热闹的底下，有多少铺陈的实际上是"琐屑的没有意思的事故"。作家选择什么，也就得到什么。

在这方面，余华无疑是聪明的。他的改变首先体现于对表现内容的重新选择和思考。作家在叙述策略上的一系列显著变化，事实上都来自他对表现主题的重新认识。《活着》是先锋作家转型的一个引人注目的标志，而《活着》中不同于以往的叙事口吻，完全是由福贵这个人物的个性，以及它所传达的人生信念所决定的。《活着》与《许三观卖血记》显然并不是完美的作品，但它们却是当代文学的重要收获。这样的作品首先得益于作者对主题的选择："讲述的是关于死亡的故事，而要我们学会的是如何不死"[②]；"以他特殊时代的冷静笔法,来表达极度生存状态下的人道主义"[③]。这些赞誉无非点明了这样一个事实，余华在对主题的认识上，选择了单刀直入的深刻和犀利。他总是直接去触及本质，决不在外围铺张、绕圈子。从余华对语言的要求可以看出他对写作的思考："我们对语言本身的要求已不是离事物越远越好，相反倒是认为离事物越近越好，这种表达更直接，更有力量"[④]。这与米兰·昆德拉的主张不谋而合，"简约的艺术在我眼中就成了一种必需。它要求，始终直入事物的心脏。"[⑤]。正是以直接切入中心的方式，作品拥有了与众不同、脱颖而出的深刻与力度，余华以此来实现他对事物本真性存在的揭示。

严格地说,《活着》和《许三观卖血记》在主题上和他前期的作品具有一脉相承的关系，都充满了血腥和死亡的意象。但由于作者的态度发生了根本变

---

① 鲁迅：《二心集·关于小说题材的通信》,《鲁迅全集》(第四卷)，人民文学出版社 2005 年版，第 377 页。

② 意大利《共和国报》，转引自《活着》封底，南海出版公司 1998 年版。

③ 比利时《展望报》，转引自《许三观卖血记》封底，南海出版公司 1998 年版。

④ 余华，潘凯雄：《新年第一天的文学对话》,《作家》1996 年第 2 期。

⑤［捷克］米兰·昆德拉：《小说的艺术》，上海译文出版社 2004 年版，第 90 页。

化，所表达出的意义就迥然不同。前期那种冷静的、阴郁的“零度叙述”消失了，代之而来的是“用同情的目光看待世界”，由现代派对死亡的演示和玩味，变为一个作家所能认识到的对死亡的正视。这是两个截然不同的主题，而后者显然包含了更多的经验，对人们的心灵具有更为强大的感染力。事实上，像《活着》这样的作品的出现，或曰先锋作家的转型，其根本意义在于标志着中国先锋小说家中终于有人从西方的影子下走出来，重新开始逼视自身，面向本土。这种独立的姿态，首先是以对世界上那些外来的思维方式和表现手法的充分理解和娴熟掌握为前提的，其次伴随而来的是作家自身的发展和成熟。

随着作家对世界的感知发生改变，在小说的艺术手法上也出现了相应的变化。在余华早期的小说中，人物都没有自己的声音，只是作为符号存在。从写作《活着》开始，作家发现人物想要开口说话。人物的这一需要是如何产生的？它似乎在作家的意料之外。人物对话的要求显示，此时的小说在对事物进行描述时，选择的是正面切入，而不是间接地旁观式的叙述，它可以简洁，但要求文本的生动和具体，这样，人物活了，活色生香的人物需要说话。说到底，这是小说的重心从叙述到描写、从抽象到具体的转移。

余华对于人物的重视是不自觉的，但当他在写作中一旦认识到人物应该有自己的声音，他便及时改变了那种将人物只当作符号的做法，而赋予他们生动丰富的个性。在福贵和许三观身上体现出如此耐人寻味的精神世界，从《活着》开始，他的小说里“出现了真正的中国人”①。这使余华的小说获得了一个早期所没有的高度评价，有评论认为他对于国民性的思考和描述，与鲁迅走在同一条道路上，而他抛开虚浮直指内心的表现方式，也最接近于鲁迅。所不同的是，鲁迅先生更多的是对国民性的怀疑和批判，是“哀其不幸，怒其不争”。余华是“用同情的目光看待世界”，“世界在我心目中变得美好起来了”②，这“美好”之中就包含着对人性的宽容、感动和肯定。除了这些褒扬之词，在福贵尤其是许三观身上，还体现出一种油滑的生存智慧，中国的国民

---

① 余华，杨绍斌：《我只要写作，就是回家》，《当代作家评论》1999 年第 1 期。

② 余华，潘凯雄：《新年第一天的文学对话》，《作家》1996 年第 2 期。

性里似乎具有一种能够消解一切的东西，会让任何灾难最终都无可奈何。不管余华对于国民性的挖掘如何，他能够发现其中的部分奥妙，掌握中国人的心态，这便是很多作家所不能及的。这种油滑的智慧和风格，也贯穿在他的《兄弟》当中。余华早期小说中的那种严肃、高深，到后来被油滑和悲悯所替代。从作者情绪的松弛中，人们能够感受到作者此时创作的自由和乐趣。发生改变的还有语言。《活着》和《许三观卖血记》前者以老人的口吻讲故事，后者有大量活泼短峭的对话，这两部小说的语言因而具有口语的风格，或朴实温暖、或俏皮明快，这比意味深长的语言更让读者感到亲切，用这种语言叙述出来的故事，似乎也更质朴有力。

从主题到主题的表现手法，一切都让人感到，作家“离事物的中心”更近了。批评家将余华的这种能力，概括为“文学的减法”。它在写作实践中包含很多方面，需要作家辩证地处理。它的要点之一是“把小说所负载的经验，和小说所依赖的叙述形式都作了‘提纯的简化’。这种内与外的双重提纯，成功地把文本简化到了极致。”但这种简化并不导向“简单”和浅薄，“而是使小说在内容和形式方面都更接近于抽象的哲学”[①]。

余华创作了《活着》《许三观卖血记》之后，他在不同的文学刊物上发表了引人注目的创作谈[②]，观点精辟、见解独到，往往能够触及到文学最本质的东西，比如关于简洁和单纯的认识，对读者和故事的重新重视等等，大量的观点属于作家自己的感受和发现。人们也许不会忘记，1989 年发表在《上海文论》上的《虚伪的作品》一文，其宣言性和挑战姿态都是咄咄逼人的，而当时以余华为代表的先锋作家们所捍卫的，其实是来自异域的文学主张。那时，那是他们的文学理想。现在事情已经发生了微妙的变化，他们从自身的实践和思考中显然获得了更多、也更有用的经验和认识。人们不难发现，很多认识与他

① 张清华：《文学的减法》，吉林出版集团有限责任公司 2009 年版，第 38 页。

② 这些创作谈有《新年第一天的文学对话》(《作家》1996 年第 2 期。)、《我只要写作，就是回家》(《当代作家评论》1999 年第 1 期。)、《叙述中的理想》(《当代文坛报》1997 年第 5—6 期)、《文学不衰的秘密》(《大家》2001 年第 1 期)、《文学、时代和我》(《莽原》2001 年第 4 期)。

们从前的文学主张是明显相悖的，但是他们更相信现在的自己。

1935 年，郑伯奇在《中国新文学大系・小说三集导言》中，曾经借用了美国心理学家 Stanlley Hall 的发生心理学说，并将之运用到文学史上。他认为："文化落后的国家或民族，它的文学虽在一个新的潮流中产生，而先进国所通过了的文学文化进程，它还要反复一遍，虽然这反复地进行是很快的。"[①] 中国的先锋写作或艺术实验，从某种程度上说，是舶来品的移植或变形，是西方现代主义、后现代主义等潮流在中国的"反复"。当人们面对"影响的焦虑"时，余华以自己的写作向人们表明，中国作家在已经充分"汲取了异域的营养"之后，便开始向内，从本土寻找并发现精神和现象的真实，从而建设具有中国灵魂的文学。影响也许永远不会结束，但自我的寻找毕竟已经开始。

① 郑伯奇:《中国新文学大系・小说三集导言》，上海文艺出版社 1987 年版。

第六章　新时期以来的乡土叙事

第一节　“乡土中国”

鲁迅先生当年在为“乡土小说”进行归纳和定义时，也许想不到它日后的壮大和面目的变化。在《中国新文学大系》中，“乡土小说”只是当时缤纷的花海中别具生气的一丛。但随着中国社会政治的变化，伴随着左翼文学运动的兴起，“农民”和“农村”的概念逐渐凸显出来，不仅自成格局，而且代表着相当重要的社会意识。到了20世纪50年代，“农村题材”的小说创作已经成为文学领域内的重头戏。即使是在商品经济蓬勃发展、文学日益多元化的今天，对乡土生活的描绘，依然是重要的文学资源和表现手段。

在对以上现象进行表述的过程中，其实已经出现了一个问题。鲁迅当年提出“乡土小说”这一概念时，应当不是以它所表现的生活领域来划分的，他说：“凡在北京用笔写出他们的胸臆的人们，无论他自称用主观或客观，其实往往是乡土文学。从北京这方面说，则是侨寓文学的作者。”又说，他们的作品大都是“回忆故乡的”,“因此也只见隐现着乡愁”[①]。鲁迅对“乡土文学”的定义当然不是一个绝对的标准，但后世在论述“乡土文学”的源起和定义时，又往往以此为依据，成为较为普遍的共识。但在鲁迅所认为的“乡土文学”和后人们的理解之间，其实存在着一个明显的差异。人们今天所说的“乡土文学”或“乡土小说”，几乎就是指与城市生活相对、反映农村生活的作品，这也使“乡

---

① 鲁迅：《中国新文学大系·小说二集·序》,《鲁迅全集》(第6卷)，人民文学出版社1981年版，第142页。

土小说”基本上等同于“农村题材”的小说。但鲁迅当年并没有那样明确的所指，在他所做的概述中，所强调只是两点：一是空间的迁移，“在北京写出他们的胸臆”；二是时间的跨越，是对“故乡”的“回忆”。正因为有时空的变换，鲁迅称那一批作家为“侨寓文学的作者”，他们笔下的“故乡”是相对于“侨寓”的“北京”而言的，是生于斯、长于斯的故土，并非特指“乡村”。那些“隐现着乡愁”的作品，是对“故乡”的回顾和反观。这才是鲁迅所归纳总结出的“乡土文学”的根本要旨和特征。

“乡土小说”衍变为“乡村小说”或“农村题材”的小说，与两方面的原因有关，一是鲁迅当年所选的“乡土小说”几乎都是对日渐凋敝黯淡的乡村生活的描绘，从《鼻涕阿二》《拜堂》《喜烛》到《惨雾》《父亲的花园》等莫能例外。一批作家突然将目光转向农村，与当时“为人生”、感时忧国的文学理想有关，农村的现实和问题就是当时中国社会的现状。二是前文已有所涉及，即农民地位的被突出，使农村生活成为一方重要的表现领域，并被赋予特殊的社会意义，已超出了单纯的“乡愁”所承载的内容。

对“乡土小说”做一下追本溯源的分析，十分必要。因为在目前的评论和研究中，一个总的特征仍是把乡村生活作为一个领域的反映来评价的，他们更看重的是写实，是在多大程度上反映了中国的社会现实。这是一个农村约等同于中国的思路。这种凝重的辐射性的思维也许并没有错，毕竟这是一个农村和农村人口占大多数的国度，被费孝通先生称之为“乡土中国”。即使有这样的理由，那种对文学进行表现领域的划分、过分看重文学的社会功用的做法仍然是不可取的。鲁迅当年对“乡土文学”的论述，丝毫无意于具体的“乡村”图景的拘囿，他敏锐地捕捉到的，是现实中的作家对于“故乡”的情感、态度和反思。作家作为一个主体，将过去和现在，此地与彼地联系了起来，从而构成了一个徘徊往复、回顾反观得相当广阔的空间。或者可以这样说，鲁迅当年在推出那一批作家和他们的作品时，既看到了他们所反映出的不同的生活，更从中看到了他们的情感和认知生活的能力。从这一角度出发，也恰恰最适宜于对近一个世纪以来的乡土小说的创作做一个较为准确的描述和分析。

自现代文学以来，以乡村为背景的文学创作已经发生了多次变化。如果探询共同的脉动，有许多线索可循。而其中至为重要的，是作家与他所表现的乡土之间的精神联系。作家对乡土（现实）的情感、姿态、思索，影响并决定了某一时段创作的整体风貌。这种看似由作家主体性的动荡而引起的变化，其实是作家对社会历史经验经过选择后的取舍。这些伴随着时代更迭而发生的具体变化，也体现为文学史发展流变的普遍特征。

乡土文学在发轫之初就显示出对社会底层的关注和批判的倾向，这与新文学中"为人生"的文学主张是一致的。20世纪60年代，夏志清在《现代中国小说史》中就已经指出，二三十年代的中国作家，对中国问题的关怀和描述，已臻于一种执迷的境界。作家力图借文学暴露黑暗，鞭挞不义，改造民心。这种由责任和愿望出发的创作冲动，显示了中国现代文学所具有的强烈的道德执着，这在其他国家的文学中是罕见的。但另一方面，这种创作动机也使文学带有明确的社会功用目的。这个倾向在当时即已引起了关注。周作人在提出了"人的文学"口号后不久，即对其表示怀疑。他在《新文学的要求》中，指出"为什么而什么"的态度是不可取的，因为"容易讲到功利里边去，以文艺为伦理的工具变成坛上的说教"。文学根本不必"为什么"，只应该用"艺术的方法"，表现作者对于"人生的情思"。周作人重"艺术"轻"说教"的主张，引起了一批作家的共鸣，或者说与之不谋而合。但在内外交困、国事纷杂的二三十年代，这种声音并不能成为主流。20世纪40年代的解放区文学、20世纪50至70年代的"农村题材"小说干脆走向了另一个极端，形成了一个特殊形态的文学，这里暂且不论。此处所要论述的，是新时期的乡土文学仍然不由自主地承担了文以载道的任务。新时期文学伊始，对民族的历史痛定思痛成为作家们共同的愿望和责任感，再现苦难和不幸、找出其中的痼疾与弊端，从而使人民和国家都能有一个新的、朝阳般的开始成为大多数作品的宏旨。这一时期的代表作如《许茂和他的女儿们》，小说在真实地反映了十年动乱中农民生活处境的同时，更着重揭示了政治运动给农民造成的精神创伤，这一特征是如此鲜明，使作品超出了一般意义上的反映农民生活的小说，而成为具有意识形态意味的作品。

20世纪80年代中后期，以文章来指陈时事、振兴中华的信念逐渐削弱了，文化视野的开阔和思想观念上的多元，使人们看问题的眼光变得更加从容、实际也更富于个性，不再是大时代的众声合唱。在文学创作上最能体现出这种变化的，是寻根文学运动的兴起。寻根文学的一个意义是，它使新中国成立以来的文学第一次由政治、道德上的标识转向了文化上的探询。有一部分作家希望在传统文化中寻找民族的根，无论是精华还是糟粕，都使其深厚斑驳的内容展现出来，使人们能够心中了然，这仍然是一种实用的济世的心态。但也有一部分作家完全沉溺在历史文化当中，他们喜欢的是那种意蕴和氛围。典型的如贾平凹的“商州系列”，人们从一篇篇趣味横生的作品中所感受到的，是山清水秀、民风朴拙，而作者乐在其中。正是这样一部分篇章，完全消解了作品指涉现实的意义，而成为艺术性的“故乡神话”。自寻根文学之后，乡土文学在精神追求上发生了从社会使命到美学趣味的转移，尽管这种变化不是根本性和全局性的。但至少在这片领域里亮出了另外的旗帜，“正宗”而严肃的，一直受到人们尊重的文学观念正在被动摇。但正如张爱玲在数十年前所觉察到的，“时代在破坏中，还有更大的破坏要来”，对乡土文学更大的颠覆，还不在于其追求的目的的变化，而在于对其自身的怀疑。

第二节　乡土情感

和乡土文学密切相关的，是乡土文学作家，对于生活过的那片土地，他们怀有特殊的情感。他们对故土的感悟和理解，随着岁月沧桑以及个人经验而不断变化。现代作家们的笔下，对故乡大多充满着眷恋和温情，故乡仿佛是他们梦中萦绕不去的精神栖息地。而在当代一些先锋作家笔下，这种变化可能会更大更显著一些。比较典型的如刘震云，他对乡土的认知就非常耐人寻味。他的成名作《塔铺》以其朴实的力量感动过很多人。在作者凝泪的笔触里，虽然饱含着沉重的痛苦和无奈，但却使对故乡的那份复杂的深情显得更为真实。如果用一个词来概括，那就是爱而无望。因为“无望”，而使“爱”更为强烈和厚重。数年之后，刘震云这样谈到故乡对他创作的影响，他说：“在我的小说中，有大约三分之一与故乡有关。这个有关不是主要说素材的来源或以它为背景等等，而主要是说情感的触发点。”在谈到《塔铺》时，他认为在这部早期的作品里，“里面还有些温情”。有意思的是，此时的刘震云已经开始反思这种“温情”了，“这不能说明别的，主要说明我对故乡还停留在浅层认识上”。到了写《新兵连》和《头人》，阴暗的调子逐渐多了起来。“从目前来讲，我对故乡的感情是拒绝多于接受。我不理解那些歌颂故乡或把故乡当作温情和情感发源地的文章或歌曲。因为这种重温旧情的本身就是一种贵族式的挥手当年和居高临下同情感的表露。你把故乡说得那么好，如果现在把你遣送故乡，你肯定一百个不同意。”如果进一步分析一下刘震云对故乡的情感“拒绝多于接受”的原因，其实仍然是情感的因素而非是现实的因素，因为刘震云所看到的乡村与现代文学中“乡土小说”的作者所目睹的并没有什么两样，“白天是劳作时间，晚上睡觉，没有夜生活。男人和女人都没有什么特别的嗜好，唯一的嗜好是男人爱喝酒……支撑父老日常生活的力量是什么呢？便是生、死，对类似交易的爱情或异性的向往及在吃粗浅食物做简单游戏中所获得的日常乐趣。”[①] 从这个意义上讲，“故乡在我脑子里的整体印象，是黑压压的一片繁重和杂乱。”刘震云对乡村的概括很容易使人们想到萧红的《生死场》，想到同样是“生的挣扎和死的坚强”，但萧红对故乡和人的情感却要深沉复杂得多，是为故乡的人和那样的人生所发出的呐喊，刘震云的心绪则显得更为烦乱。

贾平凹、刘震云等人对故乡的幻灭感在当代乡村叙事中并非特殊与罕见，莫言的情感表达更为强烈——“对那块土地充满了仇恨”，因为“它耗干了祖先们的血汗，也正在消耗着我的生命。我们面朝黄土背朝天，付出的是那么多，得到的却是那么少。”当莫言终于能因为入伍参军而离开故乡时，“我连头也没回，我有鸟飞出了笼子的感觉，我觉得那儿已没有什么东西值得我去留恋了”。这是理智性的对于故乡的认识。但是当情感介入作家的心灵时，他的认识又发生了改变，“三年后，当我重新踏上故乡的土地时，我的心中却是那样激动……我的脸上挂满了泪珠。那时候，我就隐隐约约地感觉到了故乡对一个

---

① 刘震云:《整体的故乡与故乡的具体》,《文艺争鸣》1992 年第 1 期。

人的制约。对于生你养你、埋葬着你祖先灵骨的那块土地，你可以爱它，也可以恨它，但你无法摆脱它。”① 莫言的幡然顿悟在于他终于意识到了作家和故乡之间“无法摆脱”的联系，无论那是爱，还是恨。

第三节 乡土写作的转型

莫言后来对于故乡的重新感受和感激，最直接和最重要的原因，是他发现了故乡在文学创作上的价值和意义。莫言从 1980 年开始小说创作，但他“一直采取着回避故乡的态度”，“没有明确地意识到我的小说必须从对故乡的记忆里不断汲取营养”，这种状况一直持续到 1984 年他写作《白狗秋千架》。从这篇小说起，“高密东北乡”不断地激发着他的创作灵感。莫言终于认识到：“故乡情结、故乡记忆毫无疑问是一个作家的宝库，为什么呢？第一，故乡与母亲紧密相连；第二，故乡与童年紧密相连；第三，故乡与大自然紧密相连。”②

这种对于故乡的诗性概括，同具体的故乡或曰“故乡的具体”之间的确是有很大不同的，它直接通向的是一个文学的世界，而非现实的世界。人们终于认识到像莫言这样貌似写故乡的作家与 20 世纪二三十年代的“乡土小说”作家是多么地不同：“乡土小说”的作者不仅与故乡之间有着深刻的情感，而且他们的写作是以现实为实际目的的，和“五四”新文学反封建、兴启蒙的主题保持着高度的和谐一致，而地域文化色彩和抒情性，是他们在美学上另外的收获。莫言发现并看重的，却是故乡的文学价值。除了少数作品如《天堂蒜薹之歌》是针对时弊的，他的绝大多数作品都是主观抒情性的产物。他认为“一个作家应该可以大胆地、毫无愧色地撒谎，不但要虚构小说，而且可以虚构个人的经历。”所以，莫言的高密东北乡“是一个文学的概念而不是一个地理的概

① 莫言：《我的故乡与我的小说》，《当代作家评论》1993 年第 2 期。

② 莫言，石一龙：《故乡·梦幻·传说·现实——著名作家莫言访谈录》，《小说的气味》，春风文艺出版社 2003 年版，第 165 页。

念，高密东北乡是一个开放的概念而不是一个封闭的概念，高密东北乡是在我童年经验的基础上想象出来的一个文学的幻境。我努力地要使它成为中国的缩影，我努力地要使那里的痛苦和欢乐，与全人类的痛苦和欢乐保持一致，我努力地要使我的高密东北乡故事能够打动各个国家的读者，这将是我终生的奋斗目标。”① 这样，“高密东北乡”已经超越了故乡故土的概念，而成为通向世界的一个起点和载体。这也就是说，作家真正感兴趣的，已经不再是具体的故乡了，那个“深蓝的天空中挂着一轮金黄的圆月”的故乡已经不复存在。

几乎和作家对故乡的认识改变相一致的，是他们在小说创作观上发生的变化。刘震云历时八年、以完全不同于“新写实”的笔法创作《故乡面和花朵》，“开始创作它的初衷，主要是对之前我自己的创作有了极大的不满意”，“世界变了，我的心态和对世界的态度也跟八年前非常不一样了。”这之前的一些中短篇如《塔铺》《新兵连》《单位》《一地鸡毛》，包括《故乡天下黄花》，主要打通的是个人情感和现实世界的关系。刘震云在经过一番反思后，认为“自己以前的写作只是刚刚接触到生活的一小部分而错误地把它当成了一个整体，这样下去是荒谬的。”基于这样的反省，他在20世纪90年代以来的创作中试图接触生活的另一方面，“也就是我们每一个人在每一天时间的比重上要占到百分之七十到八十的情绪的翻腾和精神的游走，也就开始了《故乡面和花朵》的创作”②。从表面上看，作者世界观和创作观的变化似乎只是一个观察事物角度的变化，由片面到全面，由平面到立体，从而试图呈现一个混沌饱满、包罗万象的世界。这种改变从原则上讲，是一种进步，但它实现与否，以及实现的效果又另当别论。同时人们也注意到，在他试图更全面、更客观地看待世界时，他早期作品中的道德反省以及温情感伤都消失不见了。关于这一变化的根源，有研究者认为是“20世纪90年代的文化现实，又把他逼向了杰姆逊、福

① 莫言：《小说的气味》，春风文艺出版社2003年版，第41、42、165页。

② 陈戎，刘震云：《“为什么我的眼中常含泪水……”——关于〈故乡面和花朵〉刘震云访谈录》，《北京日报》1998年10月13日。

克纳，逼向了新历史主义和中国式的叙事学。”[①] 抛开这些学理层面的分析，最直接导致作家变化的原因其实就是两个——他对故乡的信念和从前的创作方法都产生了怀疑，这种怀疑的产生，有时可能不一定是“文化环境”中直接的产物，而是直接与作者的人生经验相关。

故乡，不再是精神的家园，灵魂的寄托，而仅仅是被言说的对象，用来构建作品的材料。作者现在的兴趣在于言说的过程和本身，用心经营的是言说的方式。有研究者认为，当“精神世界深处的‘故乡神话’出现裂痕之后，刘震云希望借助叙事方式的变化来修补矫正，推迟和延缓它坍塌的过程”[②]。本文则认为，在刘震云开始创作故乡系列时，他实际上已经将“故乡神话”完全放弃了，不存在他试图“推迟和延缓它坍塌的过程”。故乡的一切，只是他言说的材料，他借助了它的外形、部分历史和细节，但精神实质却是另外一回事。

从《故乡天下黄花》开始，刘震云的“故乡”系列被称为“新历史小说”。“新历史小说”被看作是对以往主流意识形态下的革命历史的反叛和颠覆，是用小说的形式虚构的民间的历史、家族史、村落史。尽管其中民间文化史和风俗史的色彩给人一种真实感，但它的情节和人物的虚构性还是很明显的。人们早就接受了这样一种认识：历史从来就不是真实的、全面的，而在于站在什么样的角度去看和说。这就形成了对同一事物的不同叙述。在不同的叙述当中，人们既品味着不同的历史真相，也同时感受着作者在立场、方法，以及支撑这一切的思想深度上的关系。抒写的成功与否，在多大的程度上获得了成功，归根结底，是由作者的认识决定的，而不仅仅是表面的言说方式。《故乡天下黄花》的题词是“献给我的外祖母”，内容却是围绕着村里人为能当上一个“吃烙饼，断官司”的村长而展开的几代人之间的家族仇杀，与传统叙事中的民族大义毫不相关。用作者的话来说，就是“写的时候强调的是文化，就是说在社

① 程光炜：《在故乡的神话坍塌之后——论刘震云九十年代的小说创作》，《文学评论》1999年第5期。

② 程光炜：《在故乡的神话坍塌之后——论刘震云九十年代的小说创作》，《文学评论》1999年第5期。

会的整体框架中，到底是哪种文化更有生命力？更强大？是正统的力量大？还是一代代革命的思想力量大？（革命有个从不正统到正统的过程）还是民间文化的力量大？我看还是民间文化的力量大”[①]。为了表达这样一种认识，小说采用了“回到历史现场”的自然主义法则，通过小村三代人之间的恩怨仇杀，伴之以他们日常的伦理、生活，力图不偏不倚、五味杂陈地进行展示。在这样的叙事当中，很难产生传统阅读中感情上的激动，人们看到的好似大量缤纷的、跳跃的现象。表面上看，它们很符合生活的真实，但作者主体性的判断和组织被省减了，成为让各种时间和现象自己说话。这篇小说的目的和意义概括起来只有一句话，即“民间文化的力量”。小说中所有的现象都是为了说清楚这一点。也就是说，无数交叉的小径，其实都是为了通向一个中心。目的可能很简单，但为了说清它，其过程却颇费了一番周折。这种叙事方式，其意义更多地在于寻找小说文本的张力，是作者多方位拓展的一种尝试。新历史主义以及其它方式方法大多取于国外，被“拿来”以后也产生了不少精品，如乔良的《灵旗》、莫言的《红高粱》，不同的是，刘震云所用的力气更大，并且将力气用在了展示文本意义的铺陈过程中。

《故乡天下黄花》采用的基本上还属于写实的手法，到了《故乡相处流传》，刘震云关注的不再是时间本身，不再是故乡的人怎样用脚步一步步走过来的。现在他关心的是他们的嘴，关注他们对事情怎么说。“过去是我对这些事情的叙说，《故乡相处流传》是他们对事情的叙说，我是通过他们的叙述来叙述。他们的叙述话语同知识分子的话语是不一样的，这就是民间的传说性。”刘震云的这一立意应当是有见地的，在写作方法上也是一种有益的开拓。他本人对此也相当认可，认为《故乡相处流传》在他的创作里程中意义非常大，“是战略性的转移”，从它开始，他“才懂得了创作为何物”[②]。但作者的艺术理想和作品的实际效果之间，反差非常大，几乎是完全不同的两码事。在情节

---

① 陈戎，刘震云：《“为什么我的眼中常含泪水……”——关于〈故乡面和花朵〉刘震云访谈录》，《北京日报》1998 年 10 月 13 日。

② 周罡，刘震云：《在虚拟与真实间沉思——刘震云访谈录》，《小说评论》2002 年第 3 期。

的组织上，作者采用了时光倒流、时空交错、古今对话等一系列现代的、令人眼花缭乱的手法：三国时的曹操能与毛泽东面对面相互评说；生于汉代的“我”能每晚收看美国动画片。与之呼应的是人物的语言，陈玉成麾下的官员说：“可以集资，发彩券，发奖券，发国库券……”；而对未婚夫逃婚，西太后说：“天要下雨，娘要嫁人，随他去吧！”朱元璋说：“个人服从组织，少数服从多数，全体服从圣上。”大量的古人说今话，无非是作者借尸还魂，排演出旨在现实的政治荒诞剧。当作品分析到这里，人们不能不产生这样一种疑惑——到底是作者在说历史，还是像他所事先声明的那样，关注的是他们的“嘴”，是故乡人“他们对事情的叙说”。从小说的构思，到对古今时间的评判，以及人物的政治化的语言，其实都是彻头彻尾的“知识分子话语”，与作者所希望所声明的“民间的传说性”相距甚远。《故乡相处流传》长达数十万言，而一言以蔽之，无非是借民间的无遮拦的嘴，对政治权力进行瓦解和嘲弄。关于这一点的认识，当然有表现和言说的必要。但对于这样一个认识，作者的新意和特别何在？有哪些是超出了人们对于历史的常识之上的？作者无非是将人们的认识感性化和漫画化了。作者认识的平面化、一般化是那些被娴熟运用的各类技巧所无法掩饰的。作品中对西方现代派、后现代派艺术的借鉴俯拾即是。比如，为了在作品中表现出民族传统中的固陋、谗贪、昏昧和乐此不疲等劣根性，作者让一条猪尾巴从汉末一直津津有味地拖到今天。“猪尾巴”这个道具当然是形象生动的，所指也很深刻。但在发展中国家的文学中，“猪尾巴”实在不是一个新鲜的文学意象，它较早，最为著名的出处，来自《百年孤独》中的“布恩地亚家族”，而文学是讲究创新的。从以上分析中，人们有理由认为，刘震云的“故乡”系列无论是立意还是表现都很平常，充其量是用所谓新的表达方法滔滔不绝说了一车轱辘旧话。

以上本文不惜赘言以刘震云等人的作品为重点，将作家在对故乡发生“情变”之后，其创作发生的转型进行了分析和阐述。概括地说，就是当对故乡深情难再的时候，作者如何调整策略，从而对过去的生活资源进行再利用。我们看到了两种不同的路数：刘震云转而依赖现代，或者后现代的写作技巧，希望能够对故乡的历史与现状进行再解释，再说明，从而有再发现。他做的，是一项“翻新”的工作。但总体的效果，则是五花八门眩目的形式大于实实在在的内容。刘震云的这种尝试和努力，在当代作家中是有代表性的。刘震云无非是耗时最久，最不惜气力的一个。当人们的信念逐渐松弛甚至虚无、而各种现代的观念和方法“闪亮登场”时，玄妙而娴熟的技巧往往会代替真实的写作。新千年来临之后，当刘震云以一部《手机》赢得了商品经济时代的胜利之后，他也就完成了向“故乡”的告别，但那绝对不是一个“苍凉的手势”。

同样是认识到了故乡的贫穷和落后，并且几乎是对它“充满了仇根”的莫言，为什么却能在“高密东北乡”断守下来？并且取得了几乎是辉煌的文学成就。仔细探究一下其中的原因，人们会发现，莫言其实是另外创造出了一个故乡，这个故乡充满了他的热情、血气和渴望。现代人活得苍白而窝囊，但他认为他的祖先们是野性、自由而奔放的，在那片土地上“应该”发生过种种神奇而诡异的故事。莫言把他的想象和渴望建立在了过去，正像一个著名童话的开头：“在很久很久以前，当人们的愿望还能实现的时候……”。当人们感受“高密东北乡”的种种人和事时，人们其实是在享受作者的才华，步入并且沉醉于其间的，是作者的主观艺术世界。和刘震云相比，莫言主要不是在用技巧和方法写作，他动用的是他情感的力量，想象的空间，以及按照他所理解的世界进行创造和表达。总而言之，人们面对的，不是作家所表达出来的事物，而是作家本人，作家在这里扮演的，不是起陈述作用的中间人，他打开并如万斛泉涌般呈现出来的，是他自己。莫言的作品在磅礴绚烂中也不乏粗糙，但仍然受到海内外文学界的推崇，这与作家本人的艺术魅力是相关的。

本文一直在围绕“乡土文学”进行论述，而莫言的创作其实已经与具体的乡土没有太多的关系了。他借用了它的地理、风俗、传说与故事，构建出来的却是一个他性情中的故乡，这是一个颇具主观色彩的艺术世界，体现出诗性的光芒。至此，人们发现，乡土文学的创作不仅从拯民救世的实用性偏离了出来，使故乡成为艺术实验的载体，而且它还可以脱离实际的物质存在，重新构建一个关于故乡的神话。到了莫言这样的作家这里，乡土文学的创作已经由写实性走向了主观抒情性。

我们不能说这是一种趋势，但它至少表明了乡土文学创作的分流，不再是传统的写实主义的一统天下，作家们有更多充满个性的选择。毋庸置疑，写实性的反映农村的社会生活，依然是乡土文学创作的一支重要力量，如李锐、阎连科、陈应松等人，他们的揭示可以说是力透纸背，引起人们对生存现状的深度思考。而那些对乡村“充满了仇恨”的作家，他们对乡村生活的表达却显得更为自由，也更为开阔。在阅读这些作品时，人们的目光不再关注到那些深沉严峻的现实问题，而是参与了作家精神世界的漫游。

主观抒情性成就了乡土文学的别样的风景线。贾平凹的《高老庄》其实就是进入了城市之后念念难忘的后方的故乡。但在衣锦还乡之后，才骤然发现了以前不曾感觉到的肮脏和落后。这种城乡之间进退无路的两难心态，构成了作品最大的情绪魅力。当面色苍白的城里人大声地喊出“怀念狼”时，他已经对过去的一切无能为力了，充满生气的故乡只能成为记忆。贾平凹关于城乡之间的几部长篇，最显著的特点就是机趣的文笔下深层的感伤——我从何处来，欲往何处去。还是迟子建来得见解淳厚，故乡的人和事在她的笔下充满了温馨，各种关系都极其简单，是“孕妇和牛”，是原野上的“一匹马和两个人”，食的是“花瓣饭”，在秋天的林子里度的是“采集浆果的日子”。这是经过简化和美化了的故乡，作者在斑驳的世事中，选择了她的偏爱。

当故乡变得模糊，甚至是不真实之后，富有艺术才情的作家们都打开了他们的心灵世界。同写实一派相比，他们的人数量不多，成就却很显著。故乡或者故土并不能把每一个人都感召到它的旗下，背离或者出走都是世事流变和个人再认识的结果。这些作品已经超出了单纯的“乡愁”的范围，而在社会总体对话中注入了自己的声音。

第四节 从“浮躁”到“幻灭”

20世纪80年代中后期，当土地承包、生产责任制使贫瘠多年的乡村获得了最初的丰收之后，社会矛盾也在不断地酝酿和潜在爆发中。贾平凹前期的作品（《小月前本》《鸡窝洼人家》《腊月·正月》）中，曾经充满了为中国农民寻找新出路和新的生活方式的追问和探寻，而《浮躁》正是这种追问和探寻沸腾到顶点的产物。贾平凹这时已经认识到，要想使农民真正过上与以往不同的好日子，除了需要摆脱农民意识的禁锢，还必须与封建势力、官僚势力斗智斗勇。痛苦的焦灼和不可遏制的激情，以及对这种“浮躁”情绪的审视，使这本书无论在感性震撼还是理性揭示上，都成为反映中国社会改革的一部力作。《浮躁》既是作者前期作品中激情、活力、锐气的顶点，同时又是终结。

作为一个酷爱写作的勤奋作家，贾平凹乡土书写的改变首先体现在对艺术技巧的思考。整个20世纪90年代，他完成了4部长篇小说的创作，从《废都》到《高老庄》，这4部作品在艺术风格和表现手法上有极其相近之处。它们在叙述上回到了中国古典小说的笔法，尤其是《高老庄》以人物的日常生活琐事、吃穿用度为叙述材料，事无巨细，从容不迫，按照生活发展的本来形态娓娓道来，这正是《金瓶梅》《红楼梦》的笔法。贾平凹曾在《高老庄》的后记中说，他写的是一些“蝇营狗苟”的事，讲究的是“黏黏乎乎又汤汤水水”的叙事效果[①]，雷达曾评之为“混沌”“元气淋漓”[②]。1986年贾氏创作《浮躁》时，他已痛感传统的现实主义写作模式以其严谨、苦心经营而带来的写作之累。在《浮躁》的写作过程中，贾平凹“由朦朦胧胧而渐渐清晰地认识到……我再也不可能还要以这种框架来构写我的作品了。换句话说，这种流行的似乎严格的写实方法对我来讲，将有些不那么适宜，甚至于有了那么一种束缚。”[③]那么，什么才是真实的自由的写作呢？1996年，他在《废都》的后记中如是说：“如果文章是千古的事——文章并不是谁要怎么写就可以怎么写，它是一段故事，属天地早有了的，只是没有夙命可以得到……中国的《红楼梦》《西厢记》，读它的时候，哪里会觉得它是作家的杜撰？恍惚如所经历，如在梦境。好的文章，囫囫囵囵是一脉。山不需要雕琢，也不需要机巧地在这儿长一株白桦，那

① 贾平凹：《浮躁·序言二》，作家出版社1993年版。

② 雷达：《贾平凹的叙事艺术》，《小说评论》1992年第2期。

③ 贾平凹：《高老庄·后记》，《收获》1998年第5期。

儿又该栽一棵兰草的。”正是对天地万物浑然天成的认识，使贾平凹放弃了文章在形式和布局上的苦心经营，从而以“粘粘乎乎”“囫囫囵囵”、混沌未开来反映生活，以期表现生活的本来面貌。自《废都》以来的4部长篇，在艺术创作上挥洒更为随意，虽然不比《浮躁》的精致、繁省有度，但它们在粗朴中藏一团浑圆饱满的真气，未被作者点破的气韵于被压抑之中在作品内部游走，冲撞。中国古典小说不仅给了贾氏自然、鲜活的艺术形式，而且也使他的胸臆能借寓其间，在情感表达上也更为含蓄。在这几部小说中，我们已经看不到《浮躁》的尖锐和锋芒，更多的是对世事浮沉的静观和默想。

在放弃了传统的“严格的写实方法”的同时，贾氏对生活的态度也发生了明显的变化。值得注意的是，这两种变化是同时发生的。伴随着贾平凹在艺术上的臻于成熟，他的事业达到了一个令人企羡的高度，个人生活也今非昔比。他已不再是初入西安时，诚惶诚恐挨着墙根走路的乡下孩子，我们从“西京四大名人”之一的庄之蝶身上，分明能看到功成名就的贾平凹的影子。当什么都得到了之后，往往会有困惑、茫然和厌倦。他叙述方法的转变，一是源于“严格的”写实主义的不自由，同时也表明他在艺术上业已取得的成就，使他不再那么强烈地希望得到周围世界的认同，他更想抒写自己内心的声音。

从《废都》开始，作者前期作品（《小月前本》《鸡窝洼人家》《腊月·正月》）中，那些为中国农民寻找新出路和新的生活方式的追问和探寻消失了，而《浮躁》正是这种追问和探寻沸腾到顶点的产物。作者已经认识到，要想使农民真正过上与以往不同的好日子，除了需要摆脱农民意识的禁锢，还必须与封建势力、官僚势力斗智斗勇。痛苦的焦灼和不可遏制的激情，以及对这种“浮躁”情绪的审视，使这本书无论在感性震撼还是理性揭示上，都成为反映中国社会改革的一部力作。《浮躁》既是作者前期作品中激情、活力、锐气的顶点，同时又是终结。《浮躁》的完成是他正式放弃那种“文以载道”“为民请命”式的写作方式的开始。他20世纪90年代以来的作品更多地关注自我对外部世界的感受，并对变化中的世界表示怀疑和失望。从《废都》到《高老庄》，他所不断抒写的，正是对这种情绪的宣泄。作者早年渴望社会进步的那种“浮躁”之气，也随这种宣泄的酣畅而日益久远模糊。

在写作《废都》之前，身为名人的作者陷入了世事纷纭的旋涡当中："这些年来，灾难接踵而来，先是我患乙肝，度过了变相牢狱的一年多医院生活"[①]，又有亲人病故，单位人事纠纷，"几十年奋斗经营的一切稀哩哗啦都打碎了，只剩下肉体上、精神上都有着病毒的我和我的三个字的姓名。"[②]《废都》之"废"，源于作者的身心俱瘁、信念崩溃。《废都》成为贾平凹痛苦、低迷、茫然的一个开端，若有所思，而不得其解。

贾平凹在西安城里生活了 30 余年，可对农村生活的怀念和对城市生活的怀疑，使他永远处于城乡矛盾之中。在《废都》中，贾平凹对城市采取的是讥讽、挖苦、参破一切甚至是诅咒的态度，书中屡屡出现的老头子喊"收破烂喽——"，预言了城市最后的结局。《白夜》中的夜郎和颜铭，都是城市中的陌生人。城市是拜金主义、物欲横流的，在喧哗和骚动中，精神和肉体都被挤压和撕扯，表面的浮华掩饰不住末日的苍白和惶恐。城市已是破废了，那么乡村呢？作者借《高老庄》做了一次精神还乡。教授高子路携娇妻西夏回乡祭祖，作者借西夏的目光，第一次在作品中对乡村的落后、愚昧和污秽表示出嫌恶，这在贾氏以前的作品中是从不曾有过的。比如，用鸡爪一样的黑手去抓捞面的老妇人；蒜水碟子上的那一圈污迹；西夏正要用饭，却听见妇人喊狗来吃小孩的粪便。西夏的忌讳和不满，其实正是作者与农村生活保持了一定距离之后所产生的不满。

在《高老庄》中，子路的前妻菊娃、新妻西夏正好代表了乡村和城市。子路对菊娃的牵挂、对西夏的欣赏正好表明了他对乡村和城市两难取舍的困境。而书中唯一一次子路和菊娃的性事描写，子路的失望和不尽意，似乎是对上述两难困惑的一个选择和回答——他不可能再以原先的情态沉醉并适应乡村生活了。

作者对城市和乡村都表示了失望，城市和乡村无论哪一个，都不是他心目中的乐土和净土，与之相应的，是他在现实面前的无力感。

---

① 贾平凹:《浮躁·序言二》，作家出版社 1993 年版。

② 贾平凹:《废都·后记》，北京出版社 1993 年版。

庄之蝶面对西京和世事人心的沦落，导致其将心里的不得意发泄在形形色色的妇人身上。这些妇人虽然如获甘露，恍若新生，但庄之蝶心里却只有一层一层的空虚，最后“双目翻白”中风倒在候车室里。有意思的是，作者为庄之蝶安排了一个和为人类寻找出路的托尔斯泰一样的结局，但这并不能提升人物的高度，填补他内心的苍白。《高老庄》中的子路，作为名人衣锦还乡，面对地板厂风波，苏红被裸体示众，他反倒不能像西夏一样挺身而出，最后带着失意和落寞独自离乡返城。他已经找不到归宿，彷徨的灵魂无所归依。

从女性这一视角，我们也可以看出贾平凹在精神上的变化。在他的前期作品中，女性一直是美和理想的象征，是诗意的寄托，虽然整个世界都沦落了，但对心目中的理想女性仍然寄寓着一份幻想。浮躁中的金狗，从喜欢城里的女人石华，到“觉得石华也是一样丑恶”，“天下只有小水是干净的神啊”；在《白夜》当中，夜郎极为看重那块沾了颜铭“血迹”的毛巾，“他将要在他那个借居的大杂院里当众晾出，宣布在这个城市里，他什么也没有了，但他拥有了爱情；一切都肮脏了，而他的女人是干净的。”在城市的污浊中，作者努力寻找着一方净土，一份心灵的寄托，可是正如鱼尿泡灌了红水的骗局，主人公只有“大失所望，极度悲哀”，心中最后一点信念也幻灭了。到了《高老庄》，作者对女性的欣赏和兴趣，已经不再具有诗意和幻想的成分，而具体落实到西夏“大宛马”般挺拔高挑的身材，尤其是她的一双长腿上。由心理弱势而产生的对女人长腿的欣赏和把玩，与封建社会对女人小脚的欣赏一样，是一种扭曲了的心理。在自卑的同时，混合着男权和狭邪。

从《废都》到《高老庄》，宣告了从城市到乡村的绝望，宣告了信念和理想的破灭，无所附着的精神游荡只能使灵魂“彷徨于无地”[①]。这几部作品除了对世态人心进行了细致的描绘之外，所表达的便是芜杂而荒败的情绪。使人印象深刻的只有两处，一是庄之蝶通过形形色色的女人来宣泄失落和不得意的这种独特大胆的方式；二是子路在前妻和新妻之间所产生的浓郁的感伤和无助。后者大概包括了作者本人真实的情感，从而也使这些作品具有一份独特的

---

① 鲁迅：《野草·影的告别》，《鲁迅经典》，南海出版公司1999年版，第358页。

动人之处。

从“严格的”写实主义到对中国传统小说的借鉴，从“文以载道”到“我手写我心”的个人化写作，贾平凹在艺术探索上步入了一个更为开阔和自由的境界的同时，也明显地暴露出许多问题。当他不再醉心于塑造背负着传统道德的天狗、张扬着生命和人性的黑氏、为民请命的金狗，他也就摆脱了传统的“文以载道”。这些“道”多年来一直给了他的作品以既定的思想内容。当他开始个人化的写作之后，他必须探索并形成自己的哲学，并以此为依托，去建构自己的思想体系。贾平凹创作中的根本问题，恰恰就出在哲学思想的贫弱上。

加缪说:“伟大的小说家都是哲学小说家。”① 文学作品中的颓废、厌倦、感伤可以作为一种情绪，但无法代替理性的思考。在暴露生活中缺失的同时，应该给社会、给人提供一种文化的终极关怀；在否定了“真实”、揭开了包装之后，应该给人们的生存提供一种你自己的解释，而不仅仅是宣泄和埋怨。罗曼·英伽登认为，艺术作品的深层结构具有“形而上品质”，诱导我们揭示人生之谜。艺术作品的深层底蕴是艺术具有永恒魅力的关键，艺术在最为本真的意义上对生命本体存在和人类历史进行深邃的理性直观，从而体现出人感悟生活意义的无限可能性及其真实价值。波德莱尔的“恶之花”、里尔克的“死之歌”、艾略特的“荒原”、卡夫卡那始终走不进去的“城堡”、贝克特永远也等不来的“戈多”，无不折射出光怪陆离的诗化哲学景象。

我们并不要求贾平凹也创作出一个自己特有的哲学意象，但至少，理性的过滤、哲学的思考是必要的，而不应当仅仅是现象的罗列。王岳川认为，“失去精神超越性的艺术即以表达破碎世界的形式来取得某种意义，以抵抗生活中意义的毁灭的方式。这种形式上的张力呈显出作家与世界的关系，因为在世界成为碎片的世界之时……如果在丧失内容（意义、深度）之后，再失去形式（表面），那么诗人（艺术家）还剩下些什么呢？这种结局无疑是艺术的一种

① ［法］加缪:《西西弗的神话》，生活·读书·新知三联书店1998年版。

自戕行为"[1]。无论是"废都"还是"高老庄"，都是一个"破碎的世界"，小说在不能进行更深的开掘和思考时，"表达破碎世界的方式"便成为作品"取得某种意义"的方式。

贾平凹在10年间笔走龙蛇，一口气创作出在风格和意义上都近似的4部长篇，这与他内心的迷乱有极大的关系。在同样的问题和认识上，他感到自己始终没有清晰、有力、圆满、酣畅淋漓地表达出来，所以才有一说再说的欲望，其中，《白夜》和《土门》都是赘笔。

作为中国当代最优秀的作家之一，贾平凹在写作《浮躁》时就已认识到自己"哲学意识太差"[2]，在《高老庄》的后记中，贾平凹觉得自己"形而上和形而下结合部的工作还没有做好"[3]。而我认为贾氏的问题不是"结合部的问题"，而是"形而下"之坚实与"形而上"之贫弱，反差强烈。

贾平凹有意识地在作品中渗入文化价值资源，从《废都》《白夜》中的埙、铜镜、古琴到《高老庄》里的古碑；他在写作中喜欢谈佛论道，醉心于神秘文化，比如气功师、再生人、能预知未来的孩子、甚至对江湖文化也颇有兴趣，比如算命卜卦、风水相面，还包括市井笑话、房事秘闻。可以看出，他的文化价值资源是相当芜杂的，这其中既表现出贾平凹个人的文化情趣，也给作品带来了独特的美学价值，给读者带来了独特的心理体验。但是，如果这些文化资源不想仅仅停留在情趣和氛围的表层，不想仅仅成为填充和点缀，而要上升到思想的高度，它们就必须经过梳理，经过理性的过滤，必须有贾平凹本人的思索和扬弃，并由此形成属于他自己的独特的精神世界，而不仅仅是"拿来主义"。在《高老庄》中，西夏又惊又喜地研究古碑，古碑文在文中多次出现并引用，贾平凹似乎想从中为这个不和谐的世界寻找一点解释。如果人类世界的全部困境和奥秘都早已封存在一块石碑里，一切都是不言而喻的，只需要"拿

---

① 王岳川：《艺术审美价值：生命活感性生成》，《文化话语与意义踪迹》，四川人民出版社1997年版，第137页。

② 贾平凹：《浮躁·序言二》，作家出版社1993年版。

③ 贾平凹：《高老庄·后记》，《收获》1998年第5期。

来”，那么人类几千年来的追问和探索不是显得相当可笑吗？难道佛禅、爻卦、古碑、先贤就没有需要质疑的地方么？“从来如此，便对吗”？

从《废都》的放纵到《高老庄》的感伤，都充满了价值取向上的精神迷惘，都还停留在个人的情绪状态，而没有上升到深邃冷峻的理性高度。《白夜》里的再生人、《土门》中半人半神的云林爷，《高老庄》中有特异功能的小石头、死去的妇人送给西夏一个白发卡、南驴伯死后又回到村里，这都使人们想到了马尔克斯。对贾平凹这位当代文坛的骁将来说，艺术上的借鉴其实并不那么重要。莫言说过，“当代小说的突破早已不是形式上的突破，而是哲学上的突破”[①]，这是内行人的肺腑之言。贾平凹面对的是一个坍塌了的世界，在这片废墟上应当有什么样的精神超越和理性批判？《高老庄》里迷糊叔一再吟唱的“河水向西流，家无三代富，清官不到头”，这种规律和常识似乎不能省时省力地代替作家本人的思考，因为重要的不是作家笔下的典型，而是作家本人应当成为独特的“这一个”。

第五节　“乡土传奇”的胜利

莫言获得诺贝尔文学奖之后，国内的反响尤为强烈，其中一种意见认为就创作成就而言，在当前的中国文坛上有一批和莫言实力相当的作家，比如贾平凹、莫言、余华等人，当然还包括早就引起马悦然、王德威等海外汉学家注意的李锐、阎连科。从这个名单里我们不难发现，除了王安忆是重点书写城市、余华透视的目光往往从小城镇的人物开始，其他的大部分作家主要以表现乡土生活来确立起自己的艺术世界以及影响。当然，贾平凹也有表现都市文人末路的《废都》，阎连科也有讥刺高校知识分子的《风雅颂》，但这些和他们以乡村生活为背景的大量作品相比，是显而易见的少数。简言之，到目前为止，中国

① 莫言：《清醒的说梦者——关于余华及其小说的杂感》，《当代作家评论》1991年第2期。

当代文坛上那些最重要的纯文学作家，是以表现乡村生活为主要内容的。

莫言尤其如此。虽然1995年莫言在《丰乳肥臀》中就为人们展现了改革开放后的“高密东北乡”，其中有高楼大厦、橱窗里的模特、“东方鸟类中心”、废品公司、内衣公司、官商勾结等等，尽管有这些足以令人眼花缭乱的城市场景和现代生活，但在人们的心目中，莫言最大魅力还是来自于他笔下奇幻酣畅的乡村传奇。如果说莫言的获奖是中国文学的艺术成就终于得到了世界的承认，那么，我们是否可以更准确地说，这首先是中国乡土文学的胜利。

这一事实可能是使人诧异的，因为这是改革开放三十余年后的中国，是经济增长速度遥遥领先于世界平均水平的今日中国。“洋快餐”被公认为垃圾食品、机票的价格会比高铁便宜、私家车要通过摇号来限制购买、上亿的人通过网络解决衣食住行。为什么在我们的生活已经完全城市化现代化的同时，我们的纯文学还是通过乡村图景来赢得外界的瞩目和承认？

自从20世纪40年代末费孝通先生完成了《乡土中国》之后，“乡土中国”一词便以其素朴厚重的内涵被广泛借用，如《黄河边上的中国》（曹锦清）、《一个村庄里的中国》（熊培云）、《中国在梁庄》（梁鸿），等等。在这些社会学或者“非虚构文学”里，“乡村”“乡土”和“中国”之间有一种对应或者对等的关系——“我”观察到的、调研过的“乡村”代表了现阶段中国的主要特征，反映了现阶段中国的主要问题。如果说，在费孝通先生著书的20世纪40年代“乡土”确实能代表较有普遍性的中国农民的生活方式和价值观念、曹锦清在1996年对中原农村所做的田野调查能够使人们了解转型期的“黄河边的中国”，那么，在21世纪的第一个十年都已经结束的时候，由一个村庄的凋敝和其间民生的混乱来阐发“这是此时的中国”，未免以偏概全，显出了过分的庄严和自信。现阶段的中国，其斑驳和复杂，已经不是乡村一隅所能简单概括的。

但是，乡土文学和乡土作家仍然在世界范围内代表了中国，并且取得了成功，这是事实。已经有批评家注意到了这个问题，陈晓明先生追问：“为什么今天中国的痛楚还是乡土中国的痛楚？因为这种痛楚是痛到中国人骨子里的痛楚，是祖祖辈辈的痛楚，是每个人经验中都积淀有的痛楚。这也就是在今天中国，为什么城市化已经相当发达的情形下，文学还是书写乡土中国的历史，还是关于乡土中国的历史叙事最为深切有力。这也是为什么莫言的文学叙事最有乡土中国的历史与现实的含容量，他笔下书写的乡土中国的痛楚是如此彻底、充足而结实。”[①] 陈晓明先生以其敏锐注意到了这一极为重要的问题，但他对问题的分析并非没有漏洞可循。“乡土中国的痛楚”确实是“祖祖辈辈的痛楚”，因为绝大多数的中国人往上数三代，就离不开乡村。但需要追问一句：这是不是“每个人的经验中都积淀有的痛楚”？答案可能是否定的。对于从小生活在城市里的中年人、青年人，乡村更多的是一种传说，代表着风俗风情和异闻异事。即使自己的父辈可能来自农村，即使有相当多的农村亲戚，如果这个在城市里长大的人没有真正和农村人生活过，那么几乎可以断定，他（她）根本不了解什么是真实的农村和农民。

大多数城市读者是从艺术作品中来了解农村和农民的，比如电影、电视、文学作品、绘画等等。城市读者通过文学艺术作品已经非常熟悉农村，但问题在于，他们通过这些途径所认为了解的中国农村和农民，是否是符合真实情况的？所谓艺术上的真实，也必须首先是对事物本质的认知。

2009 年，非虚构作品《中国在梁庄》获得了广泛的反响，作为一个从事文学批评的人，作者在谈及为什么要创作这部作品时这样说道：“有一种非常明显的感觉，当代文学的艺术成就，语言、风格、结构都到了相当的程度，甚至可以说很精美，但却与真正的大地、心灵，与真正的现实太远，形式华美，语言繁复，内容却相对单薄。这种感觉在阅读乡土小说时更为明显。20 世纪 90 年代以来，当代小说中的乡村与现实的乡村很少有对接的地方，大部分作家的笔始终停留在改革开放初期的乡村变化和那时的矛盾冲突。作家长期居住城市，思维跟随着文坛潮流的变化而不断改变，而对现实中的乡村却不愿意真正的了解，更没有把当前中国农村所存在的重大问题纳入到自己的视野

---

① 陈晓明：《“在地性”与越界——莫言小说创作的特质和意义》，《当代作家评论》2013 年第 1 期。

之中，从而缺乏对乡村现实问题的思考能力和书写能力。”[①] 这段话较长，涉及“当代文学”和“乡土小说”的多个方面，会引起争论、可商榷的地方很多，但作者所要表达的基本观念很明确，即不满足于乡土文学与乡土现实之间的巨大差异。

仅从农民形象的塑造上，可窥见一斑。对于农村和农民的书写，在现当代文学中都存在着不同程度的美化和诗化的倾向。不仅是文学书写，而且在文学阐释和文学教育中，都未能避免。沈从文先生在《〈边城〉题记》中专门谈道：“我这本书只预备给一些‘本身已离开学校、或始终就无从接近学校，还认识些中国文字，置身于文学理论、文学批评以及说谎造谣消息所达不到的那种职务上，在那个社会里生活，而且极关心全民族在时间与空间下所有的好处与坏处的人’去看。他们真知道当前农村是什么，想知道过去农村是什么……”[②]。沈从文先生所担心的“文学理论、文学批评以及说谎造谣”对读者的误导，是有可能存在的。以鲁迅先生的名篇《故乡》为例，成年闰土不再有少年闰土的鲜活灵动，而变得凄苦木讷、等级分明。如何解释闰土的巨大变化？其中被频繁引用的是作品中的原话——“多子、饥荒、苛税、兵、匪、官、绅，都苦得他像一个木偶人了。”如果这些因素被当成全部的解释，那么《故乡》一篇便完全成为了对社会的控诉，是“兵匪官绅”和“饥荒”不断的社会改变了一个人，闰土自身的缺失大约只在于“多子”。但是，如果人们仔细阅读《故乡》会发现，鲁迅先生对于“故乡”中的故人有着复杂的情感表露：亲朋邻里借着“买木器”，“顺手也就随便拿走的”；曾经的“豆腐西施”已经变成了一个刻薄嗜财、顺手牵羊无所顾忌的女人；在闰土要的准备装船运走的草木灰里，发现了埋在那里的十多个碗碟。“故乡”中的人，有自己的世界观和价值观，并且表现为内在的生存智慧和外在的行为方式。目睹了这些的“我”，才会有这样的感慨：

① 梁鸿：《〈梁庄〉的疼痛——我为什么写〈梁庄〉？》，《北京日报》2010年11月15日。

② 沈从文：《〈边城〉题记》，《沈从文别集·边城集》，岳麓书社1992年版，第95页。

老屋离我愈远了；故乡的山水也都渐渐远离了我，但我却并不感到怎样的留恋。我只觉得我四面有看不见的高墙，将我隔成孤身，使我非常气闷；那西瓜地上的银项圈的小英雄的影像，我本来十分清楚。现在却忽地模糊了，又使我非常的悲哀。

在作品的最后，鲁迅先生虽然表达了对“未经生活过的”“新的生活”的希望，但通篇所表达的是回乡之后的惊讶、失落和隔膜。鲁迅先生为人们展示的是“故乡”和人的真实状况。

同样，沈从文先生在写作如诗如画的《边城》时，就已经有了这样的打算，“我并不即此而止，还预备给他们一种对照的机会，将在另外一个作品里，来提到二十年来的内战，使一些首当其冲的农民，性格灵魂被大力所压，失去了原来的质朴、勤俭、和平、正直的型范以后，成了一个什么样子的新东西。……我将把这个民族为历史所带走向一个不可知的命运中前进时，一些小人物在变动中的忧患，与由于营养不足所产生的活下去以及怎样活下去的观念和欲望，来作朴素的叙述。”他希望“我的读者应是有理性，而这点理性便基于对中国现社会变动有所关心，认识这个民族过去的伟大处与目前堕落处，各在那里很寂寞地从事与民族复兴大业的人。”①

在当代文学中，人们很少能看到鲁迅和沈从文笔下的乡村和人，当严家炎认为接近于真实的“梁三老汉”是《创业史》中塑造得最为成功的人物形象时，遭到了文艺理论界以及柳青本人的激烈反对②。如果说特定年代的文艺思想和文艺政策可以使现在的人们很容易理解当时的创作倾向，那么，新时期以来的乡村书写为何仍然很少能使人们认识真的乡村、真的农民？

朱晓平在《桑树坪纪事》中借知青的眼睛表达了在乡村生活中的惊讶：“这人（李金斗）有六十岁左右（后来我知道自己眼力太差，山里人面相显老，

① 沈从文：《〈边城〉题记》，发表于 1934 年 4 月 25 日天津《大公报·文艺副刊》第 61 期。

② 柳青：《提出几个问题来讨论》，《延河》1963 年第 8 期。

他当时不过四十六岁），干巴巴的枯黄脸，几根枯黄的胡须，两只小眼睛总是滴溜溜转个不停。这人给我的第一感觉是：面不善！再看他的那身打扮，浑身上下破破烂烂，数不清黑裤黑袄上有多少五颜六色的补丁，那么省下的七毛钱和一斤粮票呢？金斗再没有对我提起，不用说是装进自己的腰包了。初次见面，金斗就欺生耍小心眼，我有点气。可是从早上我认识他，心里就有一种难言的怪滋味，说不清是反感还是怜悯，火始终发不起。这时我才想起来我印象中的农民形象，是从电影里画报上和小说中得来的，金斗和这样的农民，其间没有等号，因为一个是艺术中的农民形象，一个是现实中的农民。"

需要特别指出的是，在现实生活里的一部分农民当中，存在着一种和人类向上向善的精神追求、道德观念完全相反相悖的价值观。不仅《桑树坪纪事》展现了农民当中的"不善""耍小心眼"，贾平凹也在《高兴》的后记当中提到了这样一件事：他和几个朋友帮助一个被拐卖的年轻女子逃出村子，在这个过程中，警察和警车都不敢公开出现，因为一旦村里人发觉，就会蜂拥而上进行武力驱逐。村里人要捍卫自己的利益，这个被拐卖的女人是"花了好多钱买来的"[①]。被囚禁在城市地下室的"性奴"一旦逃出去可以立刻呼救，而被拐卖的女人则在光天化日之下做活、生育，很难逃出一个山村（电影《盲山》）。这是另外一种集体价值观，和愚昧、启蒙毫无关联。为了道德而放弃利益，在某些人看来是荒谬、可笑、甚至是愚蠢的。毛泽东在《论人民民主专政》中提到"严重的问题是教育农民"，如果农民并不需要国家或者知识分子的教育呢？如果他们早就有自己的世界观和价值观呢？那些是他们从生活经验中得来的法则和智慧，他们认定那些远远比书本上和宣传中来得正确、可靠和实惠。

大部分都市人事实上并不了解农村和农民。

从"解放区文学"到20世纪50至70年代的文学，乡村不是现实中的真实乡村，这一现象是非常好理解的，但是进入新时期文学之后，当文艺政策不再强调要讴歌社会主义新农村、要塑造出劳动人民的光辉形象，作家已经有了

① 贾平凹：《我和刘高兴——长篇小说〈高兴〉后记》，《美文（上半月）》2007年第8期。

越来越宽泛的自由，为什么距离乡村真相还是有距离？

我们看见作家在作品中批判贪官污吏（《天堂蒜薹之歌》《石榴树上结樱桃》《浮躁》）、批判地方黑势力（《秋天的愤怒》《刺猬歌》）、批判城镇化（《秦腔》《中国在梁庄》）、甚至反思历次政治运动（《受活》《古炉》），但很少看到作家笔下深刻地反思农民自身的问题。这其中的原因非常复杂，比如农业文明的悠久历史、对劳动者的尊重、对其苦难的悲悯、土地和耕种者所构成的诗意空间和审美想象，等等。有一个原因是必须要提及的，这就是一些当代作家的农村生活经历。这些在农村出生、成长，在青年时期通过机遇或者奋斗然后开始了城市生活的作家，终其一生都对乡村怀着特殊的情感，正如贾平凹所言，“是像乌鸡乌到了骨子里的”①。在这份深厚的情感中，虽然随着岁月和阅历的增加，他们会对故乡留恋、失望、爱恨交加，甚至把故乡当作独特的文学资源加以利用，但他们中间几乎没有人背叛乡村。面对乡村的贫穷、落后、凋敝、灾难，乡村始终是作为一个受害者而存在，而施害者则是城市的倾轧、商品经济的贪婪等。当阎连科在《日光流年》《丁庄梦》中表现女人卖肉男人卖皮、全村卖血的绝境、在《受活》中表现死也要“退社”的强烈意志，他对造成农民悲惨命运的社会环境和历史已经切齿痛恨到了极点。像这样一批农裔城籍作家他们在书写乡村时站在一个什么样的位置上？他们的观察是客观、全面、理性的吗？他们的叙述（哪怕赢得了巨大的声誉）又是可靠的吗？

① 贾平凹：《我要用文字给故乡立碑》，《新华每日电讯》2008年10月31日第8版。

第七章　新时期以来的女性叙事（一）

作为文学史的组成部分，由女性作者创作的文学作品会天然地带有作者的性别特点以及不同时代的女性意识，但很显然“女性文学”的概念不是和最早的女性作品同时产生的，而是要晚得多。近代以来中国文化和文学的现代化才使得“女性文学”这一概念不再是作者性别的简单区分，而具有了性别中包含的主体意识以及社会文化的深刻内涵。

“女性文学”的概念一经提出就存在多种争议和质疑，其中一种有代表性的意见认为，如果说“女性文学”可以作为一种特殊的文学形态而成立，那么其中不仅隐含了性别分离主义，同时也潜在地重复了男／女的性别对立，因为女性之为“女性”，始终是参照“男性”而存在。本文认为，对于“女性文学”，人们重点关注的应该是它的特点，而不是与男性话语的差异，并很快由差异想起对立、事实上的不平等以及反抗和呼号。比如张洁的《方舟》，如果女人们的走投无路与她们的自身无关，都和男人相关或者该由男人负责，那么它会是一部非常狭隘而可笑的作品。事实上，这部作品使人印象至深的，是女人们的处境，正如小说的题记：“你将格外不幸，因为你是女人。”因为“你是女人”，所以在人类的共同经验上，“你”将有所不同。这，应该是论述“女性文学”的起点。

第一节　女性叙事中的性别意识

性别可能是“女性文学”最重要的元素。从新时期“女性文学”一经提出，即具有强烈的“性别政治”的意味：在父权制社会/文化体制下，“一个集团（男人）凭借了天生的权利，可以支配另一个集团（女人）”[①]。

毋庸讳言，在中国的传统文化中，女性的地位是很低的。虽然早在“五四”新文化时期，就倡导“妇女解放”，但女性的“翻身”和地位的改变，也只是共和国成立之后这半个多世纪以来的事。而在经济落后、文化闭塞的地区，进步则差强人意。在女作家笔下，因为性别而感受到的成长的异样、社会生活遭际的不同，可能是最早也是最持久的隐痛，比如王安忆的《69届初中生》、铁凝的《玫瑰门》、张洁的《方舟》等。在这些小说里，性别既是事件发生的原因之一，同时也因为性别，而将对遭际的感受放大了。我们得承认，造成女性身心痛苦的社会现象及其根源是客观存在的，女性作家的宣泄与呼唤都是合理的，但我们是否也应该正视这样一个事实：和半个多世纪前相比，中国女性的地位已经发生了深刻的变化。在社会生活的某些方面，比如职场，可能仍然存在着心照不宣的不平等，但中国城市女性社会地位尤其是家庭地位之高，是超出了许多发展中国家的。即使是在日本、韩国，在女性文化中占主导地位的，仍然是传统的价值规范。

在现代中国，妇女地位的改变，除了因为经济上的因素之外（可以自食其力，甚至养家糊口，从而使她们在经济生活和家庭生活中获得了话语权），另外一个更为重要的原因是，同民国时期相比，共和国在批判传统文化、提倡妇女解放的道路上更为彻底，明确主张“妇女能顶半边天”。20世纪50—70年代，共和国文化的斗争性，也使女性所具有的审美特征变为社会政治的功用性。从前的“鬓云欲度香腮雪”“两重心字罗衣”，变为“飒爽英姿五尺枪，曙光初照练兵场”，在近三十年间泯灭了性别意识，提倡共和国女性“不爱红妆爱武装”。

改革开放之后，女性的审美观念回归了本位，她们开始烫发、化妆、时装更新，充分享受日新月异的时代生活。但在传统文化领域，旧时代的价值观念

① ［美］凯特·米利特：《性的政治》，钟良明译，社会科学文献出版社1999年版，第37页。

不仅仅是被“改造”了，而且是被“革命”了，很多东西在被彻底推翻之后，在时间之风里几乎消失殆尽，比如中国女性的传统美德。现代女性听了“妇言、妇容、妇功、妇德”之类大约要跳脚，以为来到了“穿越”小说中的封建社会。当然，这其中有男权社会的理想和要求，但从实际生活来说，女性拥有妥当的言辞、清爽的容颜、会烹饪再会一点手工，能“厚德载物”，这对家庭、对社会真的没有一点益处吗？人们可以认为这些要求是禁锢女性的枷锁，但有时很多人的反对并不是基于要建立一种新的社会文化，而仅仅是出于维护自我利益的本能，她们不希望被责任或者传统的道德观所束缚。“五四”时期女性的“独立”“自由”，有很多反社会的性质，因为当时在社会生活中占主导地位的，是封建主义文化，因此当子君喊出了那句“我是我自己的，他们谁也没有干涉我的权利”时，就具有振聋发聩的力量。如果说，20 世纪 50—80 年代妇女自信“能顶半边天”，是社会主义文化的倡导和支持，“军功章里有你的一半也有我的一半”使她们昂然自信，那么，进入商品社会以来，女人们的“自由”和“洒脱”则在很大程度上是出于自我的利益与快乐。一个明显的事实是，从新中国成立至今，以城市地区为主，中国女性不仅社会地位发生了深刻的变化，而且她们在价值观念、个人气质、文化修养等方面，也与从前大相径庭。

早在新时期之初，就已经有女作家注意到了这个问题。1980 年，张辛欣写下了《我在哪儿错过了你》。小说中的“我”是一位已经男性化了的女性，内心细腻却风格粗率，终于把互相已经生有好感的男导演吓走。在痛苦的失落中，“我”开始反思“在哪儿错过了你”：是包括扛包、挤公汽之类艰辛的求生，是粗糙的文化生活、是“铁姑娘”式的社会需要和审美规范，“上帝把我造成了女人，而社会生活要求我像男人一样。”最值得注意的是，小说的作者不仅把矛头指向了社会环境，她看出“尽管男人们对世界的看法各有差异，但一般说来，对标准女性的评价和要求却差不多”。但与此同时，作者表现出少见的女性的自省。故事中，“我”为自己终于还是未能脱下“那件男式外衣”、缺少传统女性的温柔文静，而“真对自己失望”，并在内心“独自忏悔：原谅我”。不单是针对外表的男性化，对于女性的强大能干，作者有特别的认识。如果男人“像一只听话的兔子”，会让人“有一种无可奈何的强壮感”。小说也强调女性的尊严与平等，“我”不愿意做一个被动接受丈夫宠爱的“小女人”或者一味为家庭自我牺牲的“主妇”。但通读之后会发现，小说表达的重点在于——女性“无可奈何的强壮感”。这份“强壮”既是因为“理想的”男人没有出现，也是粗糙艰辛的社会生活造就的。这份“强壮感”对于作者来说，不是自豪，而是“无可奈何”，作者的情绪及其倾向性都是非常明显的。

这是一个少见的文本，它反思并强调了女性的气质和心理特征。它在主张男女平等的基础上，更认为男女有别。“我”对优秀男人的仰慕，对自身的反省，表达的其实是一个观点，男人应该像个男人，女人应该像个女人。这很难，甚至是理想化的，但可能不是没有一点道理。

这大约会让女权主义者愤怒，以为她们数十年的呼吁与努力都白费了。并且，其中有很多复杂的问题会引起争端，比如，到底什么是女性，衡量一个女性的标准究竟是什么。本文在这里想要提醒人们注意的仅仅是，女性的个性解放和张扬并不总是一个进步的概念。时代生活是发展变化的，每一种文化主张都应该在具体的环境中进行考察。在欧阳予倩的时代，一个有主见、排除陈规和众议的女性被反讽为“泼妇”，今天，许多越过这位“祖奶奶”的思想和言行都已经成为稀松平常。时代已经在进步，或许人们可以说，还有更大的进步要来，要由人们去争取。但是发展中的一切是否就是值得肯定的？就女性解放而言，一味前进，不主张甚至消泯了女性的性别特征，是否就成功了。男人女性化是笑料和不屑，女性如果男性化或者中性化，是否就值得沾沾自喜？

女性气质除了性格、心理特征外，还体现为女性的修养和教养，而这也是特别能反映出当前一部分女性文学的特点的。和现代文学史上的女作家冰心、凌叔华、林徽因、张爱玲们相比，当代女作家的风貌已经大为不同了。文化背景的差异自不必提，更为明显的是文学作品中所体现出的生活主张和见地。像凌叔华那样璎珞矜严、含蓄自持的表达早已绝迹，因为很难再有那样一代的大家闺秀。如果说这是可以理解的，那么像冰心那样歌颂“母爱”和“童心”的寻常表达，为何也成为罕见？在当代女作家那里，人们可能看到她们郑重地歌颂和感激母亲，但很少能看到她们探讨母亲的涵义，甚至仅仅是从“母性是一个陷阱”这样一个反男权的角度；很少探讨关于孩子的话题——这些留给了专门的儿童文学作家。她们作为叙述者，无论年龄段，通常只有一个身份——单一的女人。她们关注的问题，是“我”同世界和男人的关系，很少以女儿、妻子或者母亲的身份来抒写。鲁迅当年既深刻到洞察民族的灵魂，也平凡具体到探讨“我们现在怎样做父亲”。他的伟大建立在他有一个健全的人的意识。

女性在生活中的位置，除了确实需要社会运动来确立，还与女性自身的素养相关。当代小说中的大部分女性在这方面是欠缺的。很多作品会使人怀疑作者的智商、情趣和品位。人们对以下情节并不陌生：女主角无论是貌美或是寻常，骨子里都风华绝代，使男性为之着迷。这不是某一位女作家的幻想。在另外一些作品中，主角们的日常生活是由漫不经心随口道来的名牌堆砌成的，并由或浪漫或不羁的私生活来表现自得与快乐。以上列举的情形在现代文学史上的女作家那里，几乎是不可能发生的，“莎菲女士”倾诉着对漂亮男士的身体欲望，但磊落而健康；“苏怀青”急中生智把尿撒在洞房的枕头上，也并不粗俗，而只让人觉得小女子的率真；“王娇蕊”和“白流苏”都爱好“最好的室内运动”，但那时分的描写让人想起的是“红色的月牙儿”似的指尖把振宝的背抓破了，使人想起“燃烧着的哔哔剥剥的野火”，性感得艳丽而优雅。张爱玲一生中的男人都是对不起她的，从父亲、情人到丈夫，她对男人既不天真，也并不将他们视为另类加以痛骂。所有这一切，都是一个人或者一个时代的教养和文化在起作用。

这些区别，同时还是思想见地上的不同。当《生死场》中历经磨难的金枝说出：“从前恨男人，现在恨小日本子……我恨中国人呢，除非我什么也不恨。”这位乡下女性的见识已经远远超过了一味“恨男人”的知识女性。

第二节　女性叙事中的“性”

没有哪位女作家会轻易放弃关于性的话题，对于写作者而言，“如果写人不写其性，是不能全面表现人的，也不能写到人的核心，如果你是一个真正严肃的、有深度的作家，性这个问题是无法回避的。”[1] 在男女关于性的差别上，人类学家认为：“女性原则比男性原则以更深刻的方式与性相关。只有在妇女身上性才更原始，更深刻，并包容整个存在物。在男人那里，性是次要的，是更表面的。所以在性爱方面女人比男人更富有天才，更有天赋。”[2] 而落实在文学作品中，人们看到的可能是和理论不一样的景观。

在中国的女性文学中，人们能看到不加掩饰的性过程甚至性放纵，但很少能看到由衷的性快乐。《上海宝贝》宣称：“百分之七十的中国女人在性上存在着这样那样的问题”，而“我”是个“比许多女人都幸福的女人”，但批评家却毫不留情地指出：“从小说里的实际情形来看，倪可这个女人是个擅长以想象来取代真实体验的性冷淡者。”[3] “以想象来取代真实体验”，是很多作品都会发生的情形。这里的关键问题是，在想象中，女性是什么，男性又是什么？

在一些女作家的叙述中，对于自己钟爱的女性角色，通常都是人间“尤物”。是“充满魅惑力的女妖”，让男人“鬼迷心窍”。女性想象或者强调自己的美而媚，无可厚非，但这不是天生的。《倾城之恋》中的流苏抢了宝络相亲时的风头，“宝络恨虽恨她，同时也对她刮目相看，肃然起敬”。张爱玲写道：“一个女人，再好些，得不着异性的爱，也就得不着同性的尊重。”也就是说，对女人来说，在这个社会里要想赢得所有人的尊重，那么首先要让男人倾倒，性魅力便能一决高下。在各自的小说里以“风情万种”过了招的女性，不管姿态如何叛逆前卫，或者“像个女王”，她们事实上仍是男权文化的奴隶。

除了展示女性的魅力与生活的滋味，性在女作家笔下，还是确立自我身份的一种手段。例如魏微《一个人的微湖闸》，五岁的小女孩就有了性意识，且不论它的科学性与合理性，但女作家们的确喜欢以这种切入点来表现最初的成长与孤独感。埃莱娜·西苏认为“通过写她自己，妇女将返回到自己的身体。

---

① 王安忆：《重建象牙塔》，上海远东出版社 1997 年版，第 135 页。

② ［俄］别尔嘉耶夫：《论人的使命》，学林出版社 2000 年版，第 309 页。

③ 徐岱：《边缘叙事：20 世纪中国女性小说个案批评》，学林出版社 2002 年版，第 353 页。

必须让人们听到你的身体，只有到那时，潜意识的巨大源泉才会喷涌”[①]。身体的性萌动与性经历还成为女性意识觉醒与确立的一种主要途径，如陈染的《与往事干杯》《私人生活》《空心人诞生》，林白的《说吧，房间》《一个人的战争》等。在这些作品中，作者不仅认为“男人太危险了”（《私人生活》），婚姻亦是无法信任的（《说吧，房间》）而且发展为在性爱的过程中，对于男性器官只是“聪明”地“借用”（《另一只耳朵的敲击声》）。她们更相信女性自身以及同性之爱。如果一定要从这些当时是惊世骇俗的“性”和“性爱”的诉说中找出诗学上的意义，那么，它们的深度可能在于表现了人的孤独感。黛二小姐在《无处告别》里的体验是：“觉得自己只是一个性器具在与约翰·琼斯交合，而她内心的东西却从来不曾被唤醒”。这也是陈染在《私人生活》的“零”章节里所表述的，“性，从来不成为我的问题。我的问题在别处：一个残缺的时代里残缺的人。”归根到底，“性”在这些小说里，是过程和细节，但并不是主题和实质，它们指向的是人的存在本身。

这能否称之为是升华？性难道只有上升为哲学上的存在才能具备意义吗？或许我们能从这句话里找出问题的所在，“必须承认，缺乏肉体亲密交融的爱情是残缺的，不完整的，甚至是绝望的。”[②]在这里，“爱情”是“肉体亲密”的基础，女人们找不到可以爱、可以信赖的男人，她们只能回到自身，“一个人的战争意味着女人自己嫁给自己”。在这个逻辑链中，有一个问题，即女性对男性的评判是否是可靠的。女性与男性在性爱上的确有很多差别，对于女人，爱可能是全部，她们希望男人也像她们一样，但男人常常并非如此。女作家以憎恶的笔触写道“他们塞满了这个世界的拥挤的街道，寻找女人，做爱，然后系好裤子继续从事他们的事业：赚更多的钱，爬到更高的位置上，出卖脑力或者体力”（《守望空心岁月》）。这种暴露和指责都是有道理的，但她们对于男性的期望，是否具有童话和神话的性质。同时，女性自身是否也缺乏自审与自省。当她们看出“有头脑和才能的男人，大多有自我中心，他们早已把生活看透，

① 张京媛：《当代女性主义文学批评》，北京大学出版社 1992 年版，第 192 页。

② 陈染：《声声断断》，作家出版社 2000 年版，第 121 页。

他们找女人，要一个家，得围绕着他的事业规划和生活前景旋转……所以他们不会找我们这种女人”（《破开》）。“我们这种女人”是什么样的女人？通常是以自我感受和爱情为生命的。如果再有一些事业心，那么很容易就是至尊红颜。抛开性别，这样的男女其实是同一类人——绝对的以自我为中心。

如何审视男女之间的关系，将双方置于什么样的地位，事实上是女性文学的起点与核心问题。有一个常识被人们无意或有意地忽略了，这就是埃丽卡·琼说过的，真正的女性立场并不意味着与男性对立，更不是对男性的仇恨，而是中止对男性的迎合与屈服，实现同男性的平等相处①。早在20世纪80年代，张辛欣就认为至少对城市男女来说，他们是《在同一地平线上》，“女人有女人的苦恼，男人有男人的不幸”。目前的中国并没有完全摆脱男权社会，在有些地区妇女的生活用“水深火热”来形容都不为过。但反抗或者反对都不意味着极端，蔑视与专权是容易的，思想与行为上的平等是最难的。

想起英国畅销小说《在切瑟尔海滩上》，它描述了一对20世纪60年代的青年男女在新婚之夜的不知所措。这几乎是一个很难让人信服的故事，但作者细致挖掘了男女双方在性上的认知、期待与努力，虽然以失败告终，但深切感人。这就是人对自己的尊重，对他人的尊重。而其中的性描写，对于见惯了翻云覆雨的中国读者来说，则仿佛回到了原初——一切都未知而性感。这才是性和性生活的本来面目。

从文学作品里看，被“现代”或者“后现代”异化了的中国人很少有健康的性生活。在这个意义上，人们有理由怀念汪曾祺在小说《受戒》中那个充满了性暗示和性快乐的结尾：

“芦花才吐新穗。紫灰色的芦穗，发着银光，软软的，滑溜溜的，像一串丝线。有的地方结了蒲棒，通红的，像一枝一枝小蜡烛。青浮萍，紫浮萍。长脚蚊子，水蜘蛛。野菱角开着四瓣的小白花。惊起一只青桩（一

① ［美］埃丽卡·琼：《我挡不住我》，国安、毛羽译，时代文艺出版社1998年版，第361页。

种水鸟），擦着芦穗，扑鲁鲁飞远了。……”

这真成了“四十三年前的一个梦”。

第三节　女性叙事中的“道德”意识

道德可能是当下小说叙事中最熟视无睹的因素。当徐坤推出《爱你两周半》时，人们以《天亮之后说分手》来嘲笑她的落伍。灵肉合一的爱情越来越少，“哪儿不是你要温情我要金钱”，“仔细一想均是温柔一刀”（张欣：《缠绵之旅》）。作家们面对的是生存的真实，她们也得“写真实”，不能闭目塞听地做“一帘幽梦”，自欺也欺人。

但在写实的同时，一定会碰到道德上的判断。尽管文艺理论家们赞赏纳博科夫只表现亨伯特对洛莉塔的诱奸但并不对这种行为评头论足，但事实上这种超然在表现世态人情的小说中是很难做到的，作者总会表现出这样或那样的倾向性。有时其中的倾向性会决定情节的发展，人物的命运。道德上的判断似乎应该是简单而明了的，但其中最大的问题是，在当代生活中，道德已经具有不确定性。比如爱情至上的《桃花灿烂》，星子在婚后可以与至爱的前男友生下一个孩子；再比如《不谈爱情》，为了前程，毫无好感的婚姻是值得欺骗性地维持的。人是复杂的，也是自由的；生存则既是严酷的，又是充满诱惑的，作家们在反映时代的同时，是否考虑过基本的道德规范还应该存在，是否有一些标准是不能被轻易否定和置换的。

被伍尔芙称为“女性之中最完美的艺术家”①的奥斯丁，她在道德问题上，不仅是严肃的，而且极为慎重。这绝不是因为奥斯丁是18世纪的妇女，而是她对人的认知、她的文明程度在起作用。熟悉奥斯丁小说的读者会发现

① ［英］弗吉尼亚·伍尔夫：《论小说与小说家》，瞿世镜译，上海译文出版社1986年版，第27页。

这样一个事实：那些经受了挫折和痛苦最后赢得了爱情的年轻小姐，有些并不那么可爱，比如《理智与情感》中的姐姐埃莉诺、《曼斯菲尔德庄园》中的穷表妹范妮，她们比起聪颖而富于生气的玛丽·克劳福德小姐们，就太纤秀苍白了。玛丽几乎拥有让男子爱慕的一切优点：美貌、爱骑马、擅弹琴、富于同情心，有热烈而持久的爱，但她最后输在了品行上。奥斯丁令人惊讶的地方就在这里，她恪守着几乎被人忽视的道德底线。小说中爱德蒙已婚的姐姐和人私奔了，他去找玛丽倾诉痛苦，玛丽当时的反应是"把那看作一件傻事，而且只是因为暴露了，才称其为傻事。缺乏应有的谨慎，缺乏警惕……总之，是让人发现了。"这些话让爱德蒙如遭雷击。但事实上，玛丽说出的可能是相当多的人的看法，她的过失在今天的中国读者看来也许有点冤。但在爱德蒙和范妮眼里，这是难以置信、不可宽恕的"原则上的过错"。奥斯丁不是道学家，更不能以"古典"或者"传统"去否定她的认识。对于人的狭隘、自私、愚蠢等，奥斯丁尽管机智地取笑，但也一笑了之。唯独在人的品行上，她是严肃到寸步不让的。这不是奥斯丁一个人的特点，同样的例子我们还能在《安娜·卡列尼娜》里看见。上流社会情夫情妇很普遍，他们指责安娜，孤立她，因为她把自己的爱情公开了。两位作家对于婚外情的态度可能是有区别的（这两段感情本身也不一样），但他们都同样反对浑水摸鱼的暧昧。我们大多数人的态度，正是从过去到现在社会中最圆滑、最没有坚持的那一类。

文学是讲究复杂性的，但在某些判断上，有时的确只有一个标准，唯一的标准，黑的就是黑的，白的就是白的。回到文学，顾彬在谈到莫言等先锋作家时，认为"不能容忍他们对女人的态度"[①]，这种态度就是当"玩物"而不当"人"的。女作家和女读者大约都会感激顾彬对女性的尊重。但是，对于一部分中国女作家来说，她们是否尊重自己和同性的存在、相信爱情的本质、相信人应该怎样生活而不是那样生活。

作家们不是殉道者，但亦不能因为现实的复杂严酷而轻易认同。《傲慢与偏见》中的夏绿蒂为了今后的衣食嫁给了她根本瞧不起的柯林斯牧师，奥斯丁

① 顾彬：《蔡骏新作可与斯蒂芬金最好的作品比》，《新快报》2009 年 3 月 20 日。

理解但把它看作闹剧中的悲剧。她最欣赏的是有财产基础并且志趣相投的婚姻。中国当下的女性作家似乎更信奉权宜之计的生存哲学，无论是《生活秀》《爱又如何》还是《中国式离婚》，现实的生存第一，生活的原则在某些时候是可以将就的。但对于写作者而言，即使是写实、即使是与时代同呼吸共命运，是否也应该有所犹疑，有所分辨。这是写作者存在的基本意义和理由。

第四节　女性叙事中的日常生活经验

关于女性写作的特点，克里斯·威登的发现具有代表性，“长期以来家庭生活与个人关系都是妇女小说的一个重要主题。从18世纪妇女写作到最近，她们最关心的是性关系与家庭关系，而不是那些被认为是组成公共生活的领域。”①

妇女在家庭生活中担当的重要角色，使她们对这一类日常生活的表达往往有浓厚的兴趣。女性在表现她们所熟悉的日常生活时，既有细腻、敏感等优势，同时又存在着明显的缺陷。从世界文学的范围看，能让男性心悦诚服的女作家是很少的，他们承认女性在文学艺术领域的天分，但很少欣赏她们的头脑和见识。就是女作家本身，对女性写作也颇有微词。王安忆曾表示：“不喜欢被称作女性作家，是因为女性小说有些特点我不喜欢。比如写小的哀乐、伤感和忧愁，这都是境界比较低的，把身边琐事写成风月型的，就更讨厌了。”女性惯于写“小的哀乐、伤感和忧愁”，是否能成为轻视女性文学的主要原因？读艾米莉·狄金森的诗，她注意到的事物、呈现的格局都是非常小的，但胜在发现和感慨的深切。杜拉斯写《广岛之恋》、写湄公河边的中国“情人”，她有宽广的阅历和视野，但她在意的仍是“好好看看雨和生命，看看暴风雨、寒冷、虚空、失去的猫、这朵花和你。”从艾米莉·勃朗特、简·奥斯丁到托尼·莫里森、多丽丝·莱辛，她们都是像女人那样去写，而不是男性化或者中性化的。

① 陈晓兰：《女性主义批评与文学诠释》，敦煌文艺出版社1999年版，第173页。

生活格局的细小、感觉的琐碎不是过错，关键在于她们所领悟和发现的东西。它们不一定要深刻，但至少应该是真实的、准确的，体现出一定的生活常识。

对于一部分中国女作家来说，她们在理解和把握生活时的简单浅薄，几乎是令人吃惊的。这些女作家无法彻底结束幻想的年纪，惯常以自恋来在想象中征服世界。梦想没有错，错误在于把生活简单化。池莉很多关于女性“翻身”的小说，都是异想天开的。《云破处》兵不血刃就解决掉了曾经投毒害命的丈夫，女主角则安然无恙；《小姐，你早》三个女人联合起来以“美人计”来惩罚背叛的男人。女性在兴致勃勃地虚构时，常常置真实性与合理性于不顾。《长恨歌》中的王琦瑶，以绰约柔韧来应变世事沧桑，被称为“上海的芯子”。但王琦瑶的生活和态度都未免奇怪。她失去李主任后，金条又几乎未动，那么只凭打针、有时揽点毛线活，能否支撑起她风雅依旧的生活。她后来结交的男人都是只讲感觉不论经济基础的，孩子也像个玩意儿似的轻轻巧巧就长大了。总之，似乎美人要活命、沾了烟火气就失了优雅。如果审美快感一定要以漠视甚至扭曲生活的真相为前提，那它不仅是错误的，而且是有害的。它们夸大了自我，简化了世界，使人愚蠢。这样一种行为，近乎不道德。

中国人一向认为世事洞明皆学问，人情练达即文章，这也是对世事、人情极高的评价。不懂得“人的觉醒”、没有意识到“我是我自己的”，当然是封建主义的牺牲品；而不懂得开门七件事，不懂得俗世人情，这样的“愚昧”铸就的是另一种意义上的“零余人”和悲剧。中国当代的女作家们几乎没有正确地教给“姐妹们”该如何生活。2009 年央歌儿的《大战》入选了《新华文摘》以及各种小说选本，作品的女主人公人到中年面临着婚姻解体、孩子叛逆的双重打击。在束手无策的崩溃中，她赤身裸体地嚎倒在客厅的地板上，以丑陋和粗鄙使惊呆了的家人暂时让步了。文学未必能够拯救人生，但如果中国女性只有这个代表性的下场，那些有意或者无意在织梦的女作家们可以停一停了。每个人认识生活的能力可能先天有别，并不要求都像张爱玲那样很年轻就明白“人生是一袭华美的袍，上面爬满了虱子”，但至少应该根据阅历把你知道的那一部分真切地说出来。否则，人们有理由认为：“你们的眼睛雪亮，但心是否瞎了。”[①]

好的作家一定会告诉人们，生活到底是怎么回事。《飘》的女主角风华绝代，但她的魅力首先在于比绝大部分人都清醒：“南方的棉花战胜不了北方的工厂和大炮”“为了南方的主义去死简直是傻子”“所谓有远见，就是金钱主义”。奥斯丁也在她所有关于婚恋的小说中，再三提到情投意合的男女双方也要重视财产基础，“美男子和凡夫俗子一样也是要穿衣吃饭的”。她们的见解，全部来自对生活经验与合理性的思考。她们郑重地说出来，并且认定这就是生活中最基本的几条法则。奥斯丁的小说在欧洲长盛不衰，当代英国人甚至愿意“像奥斯丁那样生活”[②]，她对人性的观察，她对为人处事的把握，使人们心悦诚服受益匪浅。在《傲慢与偏见》的舞会上，伊丽莎白的妹妹们一个只乐于和军官调情，另一个急于展示才艺，在钢琴前连唱了三首歌而不知道把机会也让给其他客人，表兄的迂腐又使“多少人都笑了”，这些亲戚的表现让伊丽莎白深深痛苦。也许大众读者会认为对这些社交礼仪的讲究是小题大做了，但奥斯丁随后就以毫不掩饰的叙述让读者明白，因为有这样的亲戚，出众的姐妹俩想要缔结有声望的幸福婚姻，其可能性就大大减少了。这是任何一个社会的世俗人情。所有这些见地，对于人们的生活来说，只有提醒与好处，没有欺骗和害处。

哪一位当今的中国作家，能够告诉我们这些。人们不仅要思想的“启蒙”、灵魂的深刻，更需要以艺术的形式反映出的生活中那些本质。毕竟，人怎样在日常生活中生存，少受摧残，不被打败，甚至能够愉快优雅地生活，这是最基本的愿望，也是远远没有满足的愿望。

---

① 李敬泽：《见证一千零一夜——21世纪初的文学生活》，新世界出版社2004年版，第167页。

② 英国曾经拍过以奥斯丁的小说来指导生活的电影，剧中的男女根据奥斯丁小说中的建议、对白，来规划自己的生活，找到爱情或者快乐。

第八章　新时期以来的女性叙事（二）

第一节　女性叙事中的家庭生活

家庭生活是人类日常生活中最重要的组成部分，没有家庭题材的小说史是不可想象的。它不仅是女性作家所偏爱和擅长的表现领域，同时它也吸引了世界上那些最重要的男性作家。

如果我们认真地读一遍不朽的《安娜·卡列尼娜》，我们会惊讶地发现，托尔斯泰不仅是一个杰出的作家，宏博的思想家，同时，他还是一个熟谙世俗生活的普通的居家男人。在这部作品所表现的日常生活画卷中，除了上流社会体面优雅的社交，托尔斯泰对家庭生活也有深刻的体味和理解。在托尔斯泰看来，这是任何成年人都会面对的问题。他甚至不止一次地从家庭主妇的视角，来表达他对忙碌而琐碎的家庭生活的感想。陶丽带着孩子们去乡下村居时，“找不到厨娘；九头母牛，照挤奶妇说，有的已怀孕，有的刚养过头胎，有的太老，有的奶汁很少；没有奶油，连孩子吃的牛奶都不够。鸡蛋也没有。母鸡弄不到，只好拿一些又老又瘦的公鸡来煮和油炸。找不到洗地板的女工，因为大家都到马铃薯地里去了。不能乘马车出去玩，因为马的性子很躁，不能拉车。没有地方洗澡，因为整个河滩都被牲口踏坏了，而且暴露在大路旁，……可以放衣服的柜子也没有一个。衣柜是有的，但柜门不时关不拢，就是逢到人在旁边走过就会自动打开来。铁锅和瓦罐也没有，洗衣室里没有蒸汽锅，下房里连烫衣板都没有一块。”从这些描写看，托尔斯泰对日常生活包括细节，都是了如指掌的。而且，他对如何解决这些问题也充满了生活的经验，“花园用栅栏围起来（这样孩子们就有安全的地方可以玩了）；木匠做了个轧布机；衣柜装上搭钩，门就不会自动打开；还做了块用粗布包住的烫衣板，搁在安乐椅扶手和五斗橱上；下房里也就散发出烫衣服的味儿了”。这些描写通常在男性作家笔下是见不到的，这是写出了《战争与和平》的托尔斯泰，也是探讨人的灵魂忏悔与“复活”的托尔斯泰。如果说他的深邃博大令人景仰，那么他对琐碎生活细节的认真和投入，是令人感喟的。他使人深切地感到，托尔斯泰扎扎实实地生活过，他的一切思考，都出自身边的一草一木。

在这部作品里，作者不仅探讨了包括女性在内的精神世界，同时还对她们在生活中的位置和意义进行了思考。小说里有作者所喜爱的三位女性，她们都是上流社会的贵妇，托尔斯泰告诉人们，家务其实是她们生活中相当重要的一部分。在小说的一开始，陶丽面对丈夫的背叛，只能躲在卧室里，“只要她一走出卧室，一大堆家务事就会把她包围起来……孩子们出去散步穿什么衣服？让不让他们吃牛奶？要不要派人去找一个新厨子？”

陶丽是一个贤妻良母，列文不仅赏识她的人品，而且一看到她，“眼前就浮现出他想象中的未来家庭生活的画面”。对当时未婚的列文来说，他当时看到的想象到的，只是家庭生活中热闹美好的一面。陶丽的妹妹吉娣似乎要比她幸福优裕一些，但使列文惊奇的是，“那个像诗一样美的吉娣，在婚后头几个星期，甚至开头几天，就在考虑和张罗桌布、家具、客房床垫、托盘、厨子、饭菜等家务。……她的果断使他吃惊。这种态度当时曾使他不愉快，如今她这样操劳家务，又多次引起他的烦恼。他不明白她为什么这样忙忙碌碌，并且嘲笑种种琐事，但他爱她，不能不欣赏她的这种活动。”对吉娣而言，“她正在积极准备迎接今后繁重的家务，她是丈夫的妻子，一家的主妇，还将生产、抚养和教育孩子们。他根本没有想到，她凭本能知道今后会有怎样的生活，正在积极迎接这种繁重的劳动……同时正兴致勃勃地筑着她未来的巢。”在这方面，娇生惯养的吉娣和饱经忧患的陶丽体现出惊人的相似性。在托尔斯泰看来，姐妹俩家庭生活的唯一差别，也许仅仅在于幸福感的来源。除此之外，她们是完全相同的，一个重复的是另一个的老路。在托尔斯泰看来，这是大多数女性在生活中恒定的职责与命运。

小说中例外的女性是安娜，在安娜和伏伦斯基的奢华精美的家里，陶丽发现，安娜和其他人一样“全都是客人，快活地坐享现成”。而在一个家庭中大小事务必须是有一个人来筹划操持的，因为“即使孩子们当早餐吃的牛奶糊也不是天上掉下来的，因此像这样豪华而复杂的家庭生活一定是由谁苦心安排的。陶丽从伏伦斯基打量餐桌的目光，他对餐厅侍仆点头示意的姿态，以及他征求她吃冷汤还是热汤的口气上看出，一切都出自这位男主人的精心安排。”伏伦斯基在乡下不仅有重新创业的能力，而且懂得享受生活，有很高的生活品位和治家才能。尤其是最后一点，简直出人意料。

这些对家庭生活的描述，细致、详实而准确，这部小说不仅是关于爱情、道德、探寻人生意义的，它还是一部实实在在的探讨家庭意义的小说。正像它的开篇所言，“幸福的家庭家家相似，不幸的家庭各个不同。”小说的其他思想，都是在这幅具体的图画上展开的。这使小说有着特别坚实可靠的物质外壳和内容。

同样，中国现代文学史上的鲁迅，他不仅仅是一位伟大的思想家和作家，他还是一位喜欢“辣酱要厚”、熟知“开门七件事”的凡间男子。《伤逝》是鲁迅唯一一部以婚恋为题材的小说，这篇具有浓郁抒情色彩的作品，至少是对生活的一个提醒，“大半年来只为了爱，——盲目的爱，——而将别的人生的要义全盘疏忽了。”鲁迅对涓生和子君家庭生活的描绘是极富于现实性和逻辑性的。两人顶着世俗的压力同居之后，子君渐渐变了，不再有闲情逸致谈易卜生、雪莱，而是日日忙着做三顿饭，“做菜虽不是子君的特长，然而她于此却倾注着全力……这样地终日汗流满面，短发都粘在脑额上；两只手又只是这样地粗糙起来。况且还要饲阿随、饲油鸡……都是非她不可的工作”。同时，“我的路也铸定了，每星期中的六天，是由家到局，又由局到家。在家里是和她相对或帮她生白炉子，煮饭，蒸馒头。我的学会了煮饭，就在这时候。”这是非常写实的日常生活图景。使人印象至深的，是作品中所表现出的现实逻辑性。当涓生失业之后，小家的经济支柱坍塌了，涓生在谋职的艰难中，不由得认为是子君拖累了他，他开始抱怨“没有一间静室，子君又没有先前那么幽静，善于体贴了，屋子里总是散乱着碗碟，弥漫着煤烟，使人不能安心做事……她似乎将先前所知道的全都忘掉了，也不想到我的构思就常常为了这催促吃饭而打断”。处境愈是艰难，他愈是希望摆脱她，因为“一个人，是容易生活的”，“只要能远走高飞，生路还宽广得很”。人物极其自然而且是极其坦然地产生了这些想法，作者对人类心理的洞悉虽然举重若轻，却是触目惊心的。出于人的自私和自我保护的本能，涓生对子君坦承他已经不再爱她了，并且认为“但这于你倒好得多，因为你更可以毫无挂念地做事……”。子君死去之后，涓生陷入了当初该不该对她撒个谎的痛楚和矛盾当中。

在这篇小说里，人们看到的，绝不只是一对青年男女的悲欢，也不只是“盐和干辣椒，面粉，半株白菜……旁边还有几十枚铜元。这是我们两人生活材料的全副”，《伤逝》最有力的地方，就在于它揭示了两性之间最真实的关系。他们应该如何依存（“爱情必须时时更新，生长，创造”；“第一，便是生活。人必生活着，爱才有所附丽”。）然而，在相互依存当中，有时却要靠“应该永久奉献她我的说谎”，需要“负着虚伪的重担的勇气”。《伤逝》道出了家庭生活中两性关系的实景和秘密。

从上述两部作品的分析中，人们会有这样一个印象，那些伟大的作家，他们对普通人的日常生活不仅非常了解，字里行间既有诗情，也能充满烟火气，而且能够感同身受，从中体会出人类共同的处境和命运。他们的发现，也因此能够从具体到达抽象的哲理性思考，由写实而产生寓言的效果。

纵观中外文学史，家庭生活之所以成为其中的一个重要表现领域，原因在于，从整体上讲，家庭首先是人类社会的一个基本组成单位，并且是整个社会关系中不可或缺的一环。一个时代的生活画卷，往往是可以通过一个（或几个）家庭（家族）的盛衰荣辱来呈现的，比如《金瓶梅》《红楼梦》《白鹿原》《卢贡·马卡尔家族》《高老头》等等，这方面的例子不胜枚举。时代精神的特征及其变迁，往往能从当时的家庭文化、家庭成员之间的关系得到生动具体的展现。第二，从个体来说，家庭是人类最基本的生存方式和生活环境，大多数人都不能完全脱离它的影响而存在。家庭是每个人命运的出发点，正如同家族的历史往往会成为一个民族的起源和缩影。如果从欧洲文学史来讲，这一传统早在《圣经》就开始了。《圣经》当中那些最著名的故事，常常是以家庭为背景的，其中充满了父子、兄弟、夫妻、邻里之间的纠葛。他们之间的故事和性质，与今天的人们并无太大的差别。但就是这些“为了土地和女人”的一次又一次的争执包括争斗，构成了当今社会的全部历史。第三，家庭作为人类基本的生存方式和空间，它所具有的平凡中的写实性、微妙中的复杂性，使一些作家愿意借助它的一角，或者将它作为整个展示的平台，来反映他们对人、生活和时代的思考。

当然，家庭生活作为素材或视角对文学创作的吸引力还包括其他方面，不再一一赘述。本文所要探讨的是，对于不同的作家尤其是女性作家而言，家庭生活在她们小说创作中的分量是完全不同的。其中的差别，是否反映出了不同作家在创作认识上的根本差异。

第二节　“不能想象的自由”
——女性叙事的题材范围

家庭叙事通常为女性作家偏爱，就英国女作家简·奥斯丁而言，她一生创作了六部长篇小说，除了《诺桑觉寺》旨在讽刺当时流行的哥特小说，其余五部都取材于乡村人家绅士淑女的婚恋故事。根据简明《不列颠百科全书》的说法，简·奥斯丁是“第一个现实地描绘日常平凡生活中平凡人物的小说家。（她的作品）反映了当时英国中产阶级生活的喜剧，显示了‘家庭’文学的可能性。”[①] 奥斯丁的小说在当时虽然并不畅销，也并未像《简·爱》那样一问世便引起极大的轰动，但对奥斯丁的赏识只要一出现，往往便是很高的。与奥斯丁同一时代的最负盛名的小说家瓦尔特·司各特，发表过盛赞《爱玛》的长文；而在摄政王时期，据说他非常欣赏奥斯丁的小说，在每个住处都存有一套。他还曾通过第三者表示了自己的钦佩，并希望她能把下一部作品献给自己。奥斯丁曾由摄政王的“大内牧师”带领，参观过摄政王的一处王宫。奥斯丁所获得的从民间到官方的认可，已经非比寻常了。但即使是这样的礼遇与重视，都

① 转引自李文俊、蔡慧为简·奥斯丁的《爱玛》所著前言，人民文学出版社 2005 年版。

未能提升奥斯丁的“创作境界”和作家的“使命意识”。摄政王藏书室的负责人就曾经建议奥斯丁写题材大一些的作品。对此，奥斯丁在回信中客气却毫不让步地拒绝了，她说：“我不写传奇。我必须保持自己的风格，继续走自己的路，虽然在这条路上我可能永不可能获得成功。我却相信在别的路上我将彻底失败。”奥斯丁向亲属表示过，她自己能做的只是“写乡野的几户人家”，“在一小块（两英寸宽）的象牙上……用一支细细的笔轻描慢绘”[①]。

这种对创作题材的清醒认识和严格固守，在作家当中是少见的。她只想把她醉心的、完全能心领神会的“乡野几户人家”的生活描绘出来。她是否只有这种叙事资源和能力？我以为答案是否定的。

首先，奥斯丁的生活阅历并不简单，她不是一位足不出户的传统型妇女，相反，她称得上是见多识广。她一生都对湖光山色和当地的人文景观有兴趣，加上家庭的搬迁，她虽然只有四十二年的生命，足迹却遍及斯蒂文顿、南安普顿、肯特、伦敦、巴斯、乔顿等地[②]。在这些地方，她不是简单地停留，而是确切地生活过。以奥斯丁的细腻和敏感，她对当地生活的印象不可能是浮光掠影。其次，在她的时代，英国乃至整个欧洲都发生了很多重大的历史事件，比如拿破仑战争、英国的海外殖民，这些事件都渗透到了普通人的生活当中，更成为许多作家笔下的时代背景或人物命运的转折点，比如司汤达的《红与黑》、毛姆与梅里美的作品。但在奥斯丁那里，这一切仅仅是人物出场或者离去的一个理由，比如《傲慢与偏见》中因为时逢战事，所以驻扎的军官们多了起来，他们成了轻薄女子调情的对象，随后引发了私奔事件，而这一事件只对家庭的声誉形成打击。再比如，《曼斯菲尔德庄园》中，因为要照顾海外种植园，所以托马斯爵士离开了家，这样儿女们才能趁机寻欢作乐，上演出悲喜剧。很显然，奥斯丁对于这些英国历史上的重大事件毫不感兴趣。外界是否风雨如晦，

① 以上转引自李文俊、蔡慧为简·奥斯丁的《爱玛》所著前言，人民文学出版社 2005 年版。

② 孙致礼整理：《简·奥斯丁年表》，简·奥新丁：《曼斯菲尔德庄园》，孙致礼译，译林出版社 2004 年版。

似乎与她的那一方小天地毫无关联。第三，除了乡村生活，奥斯丁对其他社会领域并非隔膜或者淡漠，比如她对英国海军就有很深的了解和好感，她的哥哥当中有人在海军任职。在她的小说里，她不止一次地将那些英俊有为、令人爱慕的男性作为海军军官的形象出现。《曼斯菲尔德庄园》和《劝导》都显示出她对海军日常生活及其精神个性的熟悉和了解。

总之，她是完全有能力写出更广阔的生活的，但是她自觉地放弃这么做。而终生津津乐道于乡村中产阶级的婚恋。对于奥斯丁而言，这几乎是她叙事兴趣的全部和唯一。

但奇怪的是，今天的读者对于这位伟大的女作家在题材上的狭窄并不认为遗憾，相反，只觉得恰到好处，本应如此。让奥斯丁去写其他题材，哪怕是她熟悉的，比如牧师的宗教生活、贵族之间的虚荣和权力争斗，这些反而成为不可想象、匪夷所思的。也就是说，奥斯丁就应该是她选择的那样，这是明智的，甚至因此形成了一种纯粹和完美。

做出这种选择的重要女作家还有张爱玲。张爱玲的写作从体裁和数量上看，比奥斯丁显得要驳杂，不仅有长篇，更多的是短篇；她不仅写小说，还创作电影剧本，同时还有大量散文。就小说而言，张爱玲在题材上是有相对的统一性的。虽然像《小艾》《秧歌》《赤地之恋》这样的作品，涉及较广的社会生活面，但正如傅雷当年所归纳的那样，“恋爱与婚姻，是作者至此为止的中心题材；长长短短六七件作品，只是 variations upon a theme（同一题材的不同变奏）”[①]。张爱玲所有那些颇受好评的作品，题材上都具有相似性，从著名的《倾城之恋》《红玫瑰与白玫瑰》，到不甚出名但被行家们交口称赞的《鸿鸾喜》《留情》《等》，在这些作品里，“遗老和遗少，小资产阶级，全都为男女问题这噩梦所苦”，从“川嫦的卧房，姚先生的家，封锁期的电车车厢，扩大起来

① 傅雷：《论张爱玲的小说》，《张爱玲文集》（下），安徽文艺出版社 1996 年版，第 523 页。

便是整个社会”。[1]

张爱玲的写作兴趣似乎比奥斯丁要宽泛一些，但仍集中在一个较为固定的领域。张爱玲谈到，曾有朋友问她：“无产阶级的故事你会写吗？”张爱玲坦言不会，“要么只有阿妈她们的事，我稍微知道一点。”[2]张爱玲借这个话题在20世纪40年代提到了“写什么”的问题。

“写什么”和“怎么写”在新时期以来的当代文学史中，是一个由时髦到冷却、再由冷却到时髦不断被翻炒的问题。关于“写什么”，文学批评给出了很多建议，从“介入”“关怀”到“当下”。在不久之前笔者也是持相同观点的，即作家应该从当下的现实出发，以艺术的方式来发现和展示其中的问题，并最终到达文学在人类根本处境意义上的哲学追问。这是一种很普遍的看法，2010年春，面对大批读者对《蜗居》《中国式民工》的拥趸，文学界和出版界展开了“文学的希望在圈外”的讨论[3]，有意见认为中国当代的主流作家们面对当今社会生活的种种焦点问题，视而不见，几乎集体失语，反而是那些圈外的草根作家能够就人们迫切关心的问题进行艺术呈现。但正是在这篇论文的写作过程中，笔者开始对上述观点产生怀疑。那种尽可能广泛、深入、及时地反映现实的期待是否是过于理想化的，并且有可能是违背艺术规律的。

以奥斯丁、张爱玲出众的才华，以她们对文学的巨大兴趣或者抱负，她们为什么不去描绘时代尖锐而广阔的生活呢？却单单满足于自己的那一方不算大的园地，偏安一隅，乐此不疲。奥斯丁是以富于见识和判断力著称的作家，而张爱玲最不能容忍的人的缺点是“不聪明”，这样两位智慧型的作家，在小说的描写范畴上做出了同样有限的选择，这其中应该是有过一番思考的。奥斯丁在拒绝去表现更大的题材时曾这样断言：“在别的路上我将彻底失败”。她没有对此进行解释，但我们不妨从张爱玲的《写什么》一文中来寻找答案。

---

① 傅雷：《论张爱玲的小说》，《张爱玲文集》（下），安徽文艺出版社1996年版，第523页。

② 张爱玲：《写什么》，《张爱玲文集》（下），安徽文艺出版社1996年版，第319页。

③ 陈竞：《文学：希望在圈外？》，《文学报》2010年3月11日。

文章开始不久，张爱玲就明确地说："文人讨论今后的写作路径，在我看来是不能想象的自由——仿佛有充分的选择的余地似的。"也就是说，每个人能写什么，是没有选择的余地的，也许是个人的生活经历或者个性注定了他（她）只能写什么。作家"该是园里的一棵树，天生在那里，根深蒂固"。接着，她说到了自己的文学经历，"初学写文章，我自以为历史小说也会写，普罗文学、新感觉派，以至于较通俗的'家庭伦理'、社会武侠、言情艳情、海阔天空，要怎样就怎样。越到后来越觉得拘束"。"拘束"的原因在于，硬要凭借某些材料去完成一篇小说，如果不是出自感同身受，多少总会有些隔膜。对于写作者来说，"生活空气的浸润感染，往往是在有意无意中的，不能先有个存心。文人只须老老实实生活着，然后，如果他是个文人，他自然会把他想到的一切写下来。他写所能够写的，无所谓应当。"①

这番话有一定的道理，但并不具备足够的说服力，它更多地表明了作家所坚持的立场而已。值得重视的是这篇文章的结尾，它也许解释了从奥斯丁到张爱玲在小说表现内容上的专一和专注。"为什么常常要感到改变写作方式的需要呢？……其实这一切的顾虑都是多余的吧？只要题材不太专门性，像恋爱结婚，生老病死、这一类颇为普遍的现象，都可以从无数各个不同的观点来写，一辈子也写不完。如果有一天说这样的题材已经没的可写了，那想必是作者本人没的可写了。即使找到了崭新的题材，照样的也能写出滥调来"。②

奥斯丁和张爱玲在题材上的限定，同个人的生活和写作情趣当然是有关系的，但她们同时还具有这样一种本领——透过纷杂的现象看到本质。这一本领不仅帮助她们洞悉人世，在小说创作上还使她们直接抵达事物的中心，比如"写什么"，社会现象和问题五花八门，而人生的本质不过是"恋爱结婚，生老病死、这一类颇为普遍的现象"。相对而言，时代的斗争和风云无不是白驹过隙，她们只对人生恒定的那些东西进行品味，"从无数各个不同的观点来写，一辈子也写不完。"这一观点与张爱玲在《自己的文章》中的认识是完全一致

① 张爱玲：《写什么》，《张爱玲文集》（下），安徽文艺出版社 1996 年版，第 319 页。

② 张爱玲：《写什么》，《张爱玲文集》（下），安徽文艺出版社 1996 年版，第 319 页。

的，“人生安稳的一面则有着永恒的意味，虽然这种安稳常是不完全的，而且每隔多少时候就要破坏一次，但仍然是永恒的。它存在于一切时代。它是人的神性，也可以说是妇人性。”①

她们的这种判断和取舍能力，概括地说属于“文学的减法”。张清华先生在分析余华的作品时发现，余华“通过对历史的‘简化’而使中国人民的经验‘世界化’了——他把这些本来很‘民族化’的经验抽去了其具体的实践和历史背景，并由于背景的抽离而具有了接近于‘永恒的形式’的意味，从而将其有效地形式化和‘哲学化’了”。像《活着》这样的小说，“它在简单的外表下潜藏着巨大丰富的潜文本”，“它已简化到了一个近乎单纯的程度，达到了超越意义”②。

尽管在这里“文学的减法”主要是用来归纳余华的“大道至简”叙事策略与哲学追求，但其实张爱玲对于“写什么”的选择，也是经过了“文学的减法”的，是深思熟虑之后的排除和认定。

与奥斯丁、张爱玲完全不同的是王安忆，她不仅在写作数量上堪称是当代女作家的劳动模范，其作品所涉及的生活面之广，也少有人企及。我以为这其中最重要的一个原因在于王安忆独特的小说艺术观。

时代可能在进步，在王安忆的小说观里，很难再找到“题材”“素材”“社会生活的横断面”这样的字眼，她的小说观是充分学理化和抽象化的，没有奥斯丁、张爱玲的阐述中那些生活化的、可感的东西。王安忆将小说称之为“心灵世界”，它与现实世界的关系“就是材料和建筑的关系，这个写实的世界，即我们生活在其中的世界，实际上是为我们这个心灵世界提供材料的”。但是，“这个材料世界是一堆杂乱无章的东西”，需要“作家自己去组合”，然后方能构建一个“心灵世界”。也是在这个意义上，王安忆称“小说是以和日常生活

---

① 张爱玲：《自己的文章》，《张爱玲文集》（下），安徽文艺出版社 1996 年版，第 346 页。

② 张清华：《文学的减法》，吉林出版集团有限责任公司 2009 年版，第 38 页。

极为相似的面目表现出来的另一种日常生活”[①]。要想将材料世界变成小说,作家必须在其中发现日常生活的审美性质，然后将其上升为形式。在这里，王安忆同时强调材料的真实性和逻辑的严密性。她认为作家的任务，就是在表象中寻找并揭示事物之间隐秘而必然的联系。这是王安忆到目前为止的创作理念。

自从领悟到小说“建筑”与现实“材料”之间的关系后，王安忆确立了自己的写作原则，即著名的“四不要”[②]。从“四不要”原则，我们可以看出，王安忆所反对的，是“偶然性”“局部的”“个别的”，甚至还包括“趣味的”，因为它们无一例外地妨碍了作者去实现“必然性”“真实性”和“严密性”。也就是说，不仅王安忆的艺术来源是“材料的世界”，同时她还要求自己所构建的小说世界也具有真实而必然的客观性。总之，从客观中来，到必然中去。而对于其中的过程，王安忆严格把关，尽力排除一切个人的、偶然的、主观的因素。

王安忆的小说观可能是枯燥乏味的，但其中又有着不容忽视的对艺术的洞见以及踏实的科学实证精神。她的小说观念不仅在当代作家中堪称独一无二，称她丰富了中国当代的小说理论也不为过，虽然她的心得在世界范围内可能并不新鲜也不突出。

作为一个职业作家，整个外部世界在王安忆眼里，就是一个“材料”的世界。只要能够审视、联想，一切都可以为我所用。因此“她能够从旧事、新事、当前的事、远处、近处，不断获得小说材料、小说素材或做小说的故事”，王蒙因此而佩服“她这方面的能力就是比别人强”。[③]这种取材的复杂和广博,

---

① 王安忆，周新民:《好的故事本身就是好的形式——王安忆访谈录》,《小说评论》2003年第3期。

② “四不要”即“不要特殊环境特殊人物”;“不要材料太多”(“材料太多会使人被表面复杂实质却简单的情节淹没，而忽略了具有重要意义的情节”);“不要语言的风格化”(它会使人过于强调局部的、作为特征性的东西，带有趣味的倾向);“不要独特性”(因为“它容易把个别的东西无限止、无根据地扩大，忽略了经验的真实性和逻辑的严密性”)。王安忆:《自述》,《小说评论》2003年第3期。

③ 王蒙，郜元宝:《谈谈我们时代的文学》,《当代作家评论》2003年第5期。

除了显示出她作为一个职业作家的能力，是否还代表了其不同凡响的艺术创作能力？

有这样一个事实，王安忆是一个使人矛盾的作家。她作品众多，不断地推陈出新，但该如何评价它们的艺术价值？诚实地说，这还是一个难题。这些作品都具有很强的写实和洞察力，具有揣摩世事人心的细腻和犀利。王安忆的长处还在于她的小说虽有时代特点，但更具有思想的意味。这与她善于凝视事物、探寻其理的风格是相关的。但王安忆剖析的能力似乎过于强大，几乎没有什么是她所表现和解释不了的。她的作品结实严密，人们很难忽视或者否定它们，它们存在的本身似乎就成为价值。人们面对莫言、余华、格非时，大体能够较为明确地判定其作品的优劣，而面对王安忆大批量的中短篇时，人们多少有些无可奈何。否定它们，似乎其中又有闪光的东西，肯定则又稍嫌勉强，它们成为一块很大的鸡肋，难咬而且不易消化。其中的症结何在？

王安忆的小说理念是没有问题的，她主张的小说是现实的此岸向非现实的彼岸的过渡、小说的本质是诗、好小说都是好神话等等，都是一个颖悟的作家的真知灼见。同时，王安忆从中取材的现实世界也是客观的。那么，失误只可能发生于彼岸的结论或是求证的途中。王安忆在作品中的求证过程大都是细腻而从容的，但她的人物和事件都是被什么引导着发生发展着。其中有生活微妙而必然的逻辑，比如《我爱比尔》中阿三对某种生活方式和氛围的迷恋，仿佛飞蛾投火一般。这虽然像是解释不清的固执己见，但又有着人物内在的牵引力，从而形成作品动人心魄的魔力。但是在相当多的时候，王安忆并没有捕捉到在风中颤动的那根铜丝。这时王安忆便会现身说法，以自己的理解和解释来作为她没有捕捉到的那根逻辑线。当个人的、主观的已经悄然替换了她非常在意的客观和必然时，作家本人似乎还没有意识到。比如《富萍》，读完作品人们也很难理解为什么小说的主人公会选择一个有残疾的男人、一个贫穷的家，而放弃条件更好的婚姻。富萍的一切行动，虽然是循序渐进的，却十分从容，有着含而不露的自信和把握，这不像一个才进城的乡下姑娘的，而只可能来自作家自己的胸有成竹。也就是说，这时小说的彼岸，并不是逻辑演绎的必然结果，而是作家早已感知的。她逐渐往这个结果上引导着小说，小说成为作家个人见解的印证，而不是在前景不可知的情形下的思考和探究。当然，这样也绝不可能有出人意料的发现。

且不论王安忆的推导过程是有预设性的、主观的，就这种方式而言，是根本违背小说的创作伦理的。小说一定有它自己的声音和意志，诚实的作家一定会尊重小说自身的要求，随时修正甚至推翻先前的设计。如果作家一定要牵着作品的鼻子走，只有一种可行性，即她（他）的认识的确是击中了问题的命脉的。我们不否认王安忆具备这一能力，但是否在一系列现象和问题上她都具备大体准确的洞察力和判断力。在动笔之前、在写作的途中，她是否怀疑过、推敲过自己的判断。

以上所分析的问题，尚是作家对生活有所认知的情形下发生的，而当作家对生活只有模糊的感觉、而无较清晰的认识时，她也能提笔上路。例如《启蒙时代》，王安忆对它是抱了很高的期望的，“想写一个大的东西”[①]，这个“东西”她可能感觉到了它的不寻常，但还没有看清和想透。为了阐释清楚自己对于“启蒙时代”的感知，小说水波涟漪般地安排一个又一个人物出场，在逐一演示和层层推进中，人们能够体会到作者想要去说明一些什么，想要具体化和论证，但她似乎一直无法抵达事物的中心和本质。这不是力不从心的方法和技术的问题，而是作者自己显然也心中无底。作家可以在小说中边摸索边寻找真理，但仅凭着一些艺术直觉就正式动工，未免有失严谨与实在。

这种写作方式使作家不仅在题材上很少检点，几乎包罗万象，而且在小说的组织和语言上都缺乏节制。在《长恨歌》中，作者用数章的篇幅精雕细画了上海的“弄堂”“流言”“鸽子”“闺阁”“片场”等等，这些描写既迎合了人们对旧上海的文化想象，也考验着读者进入故事的耐心。作家坦然从容的絮叨、细腻生动的描绘，几乎没有人敢对这些铺陈提出异议，以为是作家大有深意的匠心所在。直到《长恨歌》在海外出版时，有人提出第一部不要，直接翻译第二、三部，作家对此却是衷心认同的，称赞其“真是有眼光”，承认小说“第

① 王安忆，张旭东：《成长·启蒙·革命——关于〈启蒙时代〉的对话》，《文艺争鸣》2007 年第 12 期。

一部是交代性的，而且交代得蛮俗套的”[①]。其实已经有行家指出了，“王安忆的问题不在于缺乏理解力、缺乏想象力，而恰恰在于她自以为太有理解力了。她过高地估计了人与人之间的可沟通性，也过高地估计了她自己对于别人的理解力，忽略了乃至无视了人与人之间巨大的隔膜和不可沟通性”。[②]

奥斯丁与张爱玲应该是知道这些“隔膜”和“不可沟通性”的，在她们看来，写作没有充分的“选择的余地”。对她们的写作理念表示肯定，并非即认为女作家们都应该像她们学习囿于社交、聊天、婚恋，而只是认同写作不必对所有社会生活负责，它不是无所不能，而是有所不能。

第三节　当代女作家的历史想象

新时期至今，有特色有成就的女作家不仅层出不穷如星光灿烂，而且各有所长争奇斗艳，不仅有获得茅盾文学奖的张洁、王安忆、迟子建；有个人文集在图书市场早早走俏的池莉、严歌苓；还有以小说的艺术实验蜚声中外的残雪。从文学史来看，王安忆的写作阶段以及作品质量同新时期以来的当代文学最为合拍，因此本章将以王安忆作为个案，来分析女性书写中的某些隐性特质。

王安忆作于20世纪80年代初期的中篇《流逝》，于今已经很少被人提起，无论是读者还是评论界。《流逝》虽然是一部获奖中篇，但比起王安忆20世纪80年代的其它重要中篇小说，它的影响和知名度则非常有限。但这部作品与王安忆后来颇负盛名的《长恨歌》之间，存在着某种内在的联系。《流逝》和《长恨歌》都讲述了一个旧上海的名媛闺秀在1949年以后的生活遭际。对这段历史的想象和描述，这两部作品是完全不同的。这中间的巨大差异，不仅有时代文化氛围的变迁，也包含了王安忆对写作的认识，以及她所采取的写作方

---

① 王安忆，张旭东：《成长·启蒙·革命——关于〈启蒙时代〉的对话》，《文艺争鸣》2007年第12期。

② 王蒙，郜元宝：《谈谈我们时代的文学》，《当代作家评论》2003年第5期。

式的改变。这种变化的实质与意义何在，值得探讨。

一

《流逝》的主人公欧阳端丽，显然不比由小家碧玉而变成“上海小姐”的王琦瑶，她是真正的名门闺秀，最后又嫁入豪门成为张家的大少奶奶。在六七十年代的政治风暴中，张家一落千丈。为了生存，欧阳端丽使出了浑身解数，应对种种难关和危机，不仅使她的小家安然无恙，也使丈夫的整个大家庭处处化险为夷，终于盼到了“文革”结束、柳暗花明的日子。这部小说对市民日常生活描写之细，几乎可以称之为后来红极一时的“新写实”的开路先锋。当小说中一次次写到主人公怎样在菜市场排队买小菜，怎样筹划让一家人都吃饱，怎样帮人家带孩子以补贴家用，怎样在街道工场做绕线圈的工人，怎样帮忙解决家庭成员一次次的危机……这些几乎就是后来“新写实”小说的基本内容。但本文并不打算讨论《流逝》与“新写实”之间的关系，只想借此说明当时的王安忆是怎样表现上海的金枝玉叶在落难后的生活的。

在完成《流逝》十余年后，王安忆推出了《长恨歌》。对比这两部作品，人们不难发现，在这十余年间，无论是王安忆，还是当代写作，都已经发生了深刻的变化。《流逝》与《长恨歌》之间的可比性，首先在于它们在题材上的相似性，即从前的贵妇们（无论是大家闺秀的欧阳端丽还是小家碧玉的王琦瑶），在经历了旧上海的繁华梦之后，1949年以后的生活是什么样。关于这一表现内容，一些研究者在谈到王安忆对海派文学的贡献时都提到了。他们认为张爱玲描述了三四十年代的上海生活和上海女人，而王安忆的《长恨歌》则告诉人们留在上海的白流苏、王娇蕊们在“解放后”的生活。从某种意义上说，王安忆完成了张爱玲所未能看到、未能表现出的。

那么，上海“解放后”的白流苏、王娇蕊们的生活究竟是什么样的？

在《长恨歌》里，人们看到，尽管象征着权势的李主任随着改朝换代而灰飞烟灭了，王琦瑶也不得不迁出奢华的爱丽丝公寓，隐身于庸常的弄堂平安里，但在王琦瑶随后的故事里，上海的风花雪月还在。那些悲欢离合、那些美丽与哀愁、那些政治高压也无法磨损的精致与安详还在。《长恨歌》在情调上似乎与王娇蕊们的上海更有一致性，也更符合人们对“海上旧梦”的审美期待——那应该是一个钢琴、西餐、美女月份牌、旗袍的世界。时光流转，它们却是不变的。

人们似乎忘记了，就在同一位作家笔下，“沪上淑媛”们还有另外一种生活。这种生活，作家已经将它翻过去了，读者似乎也不愿意读到，似乎那种描写是煞风景的。但在20世纪80年代初，作家老老实实地那样写着：大资本家的少奶奶欧阳端丽起早摸黑地谋生，绞尽脑汁地度日。为了买到小菜，可以学习阿毛娘那样泼辣有为的江北女人；为了小姑子能不去当知青，可以和工宣队斗智斗勇；她甚至在街道办的工场里终于体会到了弄堂百姓的欢乐和踏实。这些，在《长恨歌》里是看不到一丝一毫的。那王琦瑶始终是一个从来没有为物质生活犯愁、优雅闲致的“上海小姐”。

具体地说，王琦瑶与欧阳端丽的生活存在着两方面的巨大差异，而这些差异也正是两部小说的根本不同。它们的着眼点不一样，小说的主题和境界也截然两样。

首先，在欧阳端丽想方设法地谋生时，王琦瑶却从来不存在物质生活上的问题，她始终能有滋有味地享受生活。除了异性的青睐、情场的纠葛，王琦瑶日常生活的精致也维持着她的品位。她请客的小菜是“盐水虾，剥几个皮蛋，红烧烤麸”，“热菜是鸡片，葱烤鲫鱼，芹菜豆腐干，蛏子炒蛋”。冬天里更有“围炉夜话”，“他们都很会动脑筋，在这炉子上做出许多文章。烤朝鲜鱼干，烤年糕片，坐一个开水锅涮羊肉，下面条。他们上午就来，来了就坐到炉子旁，边闲谈边吃喝。午饭、点心、晚饭都是连成一片的。”王琦瑶家的小沙龙从五六十年代一直延续到她死于非命的1986年，从招待朋友到款待晚辈。这种做派，颇像尹雪艳的尹公馆，但身在台北的尹雪艳是有经济来源的，乱世中的王琦瑶靠什么来维持她精致热闹的日常生活。家底远比她雄厚的欧阳端丽尚穷得捉襟见肘，王琦瑶怎么就能有这份从容和体面。关于王琦瑶的经济来源，小说中有简单的交代：王琦瑶考了一个注射执照，以给人打针为生。后来又为街道做毛线活。当然，她还有一盒李主任留给她的金条，但在改革开放前她几乎没有动用过。关于王琦瑶的谋生，小说详细描写过的，是打针。打针这个职业，既安闲又体面（不是力气活，而有女性的干净和娴雅，还有知识的含量）。作者安排的这一职业，不仅最低限度地维持了王琦瑶的体面，而且轻轻松松地为她提供了所有物质生活的保障。而无论她的发式还是服装，都是要以钱来打底子的；她的麻将桌上的时令小菜，雪天里的火锅，也都是非钱不可的，这是否是为人打针就能应付下来的。后来的孩子，从出生到长大，整个过程无异于是用钱堆出来的，可在王琦瑶那里几乎是过眼云烟般的轻松小事。人们看不到欧阳端丽为了能让孩子多吃一口肉和蛋的焦虑，看不到打碎了一瓶牛奶的心疼。王琦瑶的优雅是建立在不为最基本的生活问题操心的基础上的。

面对这样两种完全不同的生活方式和景观，究竟哪一种是生活可能有的面目？即便王琦瑶的生活方式是可能的，但作者是否明显渲染了享受生活情调的一面，而有意忽略或者淡化了生存艰辛的一面。只有在作者刻意营造的这样一个锦衣玉食的优雅世界里，王琦瑶才能持续她的风情万种，而不至于显出穷于应付的狼狈相。

真实性是一部小说的基础，它应该是使人信服的。小说的真实性并不是指客观存在，而是指其中的逻辑性与合理性。马尔克斯在让他的“俏姑娘”飞上天时，也必须借助一条床单。在那些“正因写实，转成新鲜”的作品中，作家对真实性的讲究也到了严丝合缝的地步。曹雪芹在写贾府的“繁花着锦、烈火烹油”时，各处银子的进项是交代得清清楚楚的。就连最不近人间烟火的林黛玉，也在闲时为贾府算账：“出得多，进得少，如今若不省俭，以致后手不接。”缺少来源的生活是值得怀疑的。即使是卡尔维诺所倡导的“轻”的文学，其中的一切，也都是物质的，符合事物之间的合理性。

> 她的车辐是用蜘蛛的长脚做成的，车篷是蚱蜢的翅膀；挽索是小蜘蛛丝，颈带如水的月光；马鞭是蟋蟀的骨头；缰绳是天际的游丝。[①]

---

① ［意］卡尔维诺：《美国讲稿》，《卡尔维诺文集》（《寒冬夜行人》卷），译林出版社2001年版，第333页。这段译文引自朱生豪翻译、方重校阅：《莎士比亚全集》（第八卷），《罗密欧与朱丽叶》，人民文学出版社1978年版，第24页。

这段文字充满了想象，但想象的所有细节都是以物质来构成的，是看得见、摸得着的。在分量的轻和物质的轻之间，是精巧的对应与和谐，这就是内在的逻辑性。作家是拥有某些权力的人，比如他（他）可以编织出一个故事，可以决定人物的生死，但这种特权的前提是，他（她）所构造的一切必须合情合理。情是人情世故；理是其中的逻辑性，作家不能想当然地建立起一座空中楼阁，哪怕他（她）的构造精美绝伦。

毋庸置疑，大量的读者是喜欢这种叙述浪漫和优雅生活的小说的，因为那是人人都幻想拥有而无法得到的生活的一种。从某种程度上讲，它的迷醉性也就是它的欺骗性。向来不是没有读者觉察到这一类小说的问题。《在人间》中的爱读小说的厨师曾对小马克西姆嘟哝："这些人过得可真凉快"，"他们从来也不用工作"。小说家有责任告诉读者，他（她）的人物靠什么生活。18 世纪的简·奥斯丁就已经在她谈情说爱的小说中，首先说明男女主人公的财产数目，双方的财产状况是考虑婚姻的一个至关重要的因素。试想，如果达西先生不是一个一年有数万英镑进项的优秀男子，伊丽莎白在爱情上的胜利就不至于那么令人震动。

相比之下，王琦瑶的感情生活是基本不考虑经济因素的。无论是康明逊、程先生，还是老克腊，王琦瑶对他们的取舍所凭的都是自己对他们的感觉。包括早年对李主任，除了权势的诱惑，作家更强调的是她的心理感受，"她敏感到李主任对她有意，却不知道是什么样的有意，便也不知该往何处用心。但她心里总有一条顺其自然的信念，是可以不变应万变。她知凡事不可强求，自有定数的天理"①。王琦瑶行事的出发点，是她的感觉，这似乎不大像上海女人了。上海人一如张爱玲所说，是"精刮透顶"的，白流苏与范柳原之间的诱惑和防范，用尽心机也不过是为了各自的利益；曹七巧把每一个走进她的家的人，都看成是为了她的钱。偏偏王琦瑶在人生的浮沉中，选择一时一地的男人时，是依赖感觉而不是经济基础的。也就是说，在一个动荡而贫瘠的年代，她不仅自身衣食无忧，而且感情生活也是不为"稻粱谋"的。

---

① 王安忆：《长恨歌》，南海出版公司 2003 年版，第 81 页。

王安忆在很多场合不止一次地否认她“像张爱玲”，称自己不是张爱玲的海派传人，但评论家似乎不买账，认为王安忆明明在语言、意境上对张爱玲多有借鉴，却不愿坦承这种影响。而从作品的内在实质来看，王安忆的确和张爱玲不是一路人马。张爱玲本人是重物质的，她笔下的上海女人大多也是算计了再算计的，经济在她们的生活中扮演着决定一切的角色。但王安忆似乎不是这样，她的人物做出的选择常常是非理性的。《岗上的世纪》中性爱的快乐冲淡了“回城”的动机；《香港的情与爱》中一对男女假戏真做，从互相利用开始到几乎爱上了对方；《我爱比尔》中的阿三在被收审时声明“我是不收钱的”，因而被其他劳教人员戏称为“白做”。王安忆显然更喜欢分析并表现人物非理性的一面。

但是，当这种“非理性”成为人物精神上的主导时，作品往往会发生偏斜。它在对人性的揭示上可能是深刻的或者玄妙的，但却容易转移事物的本质。就《长恨歌》而言，它根本不是一部历史生活的小说，而是情调的小说。因为，它是完全忽视客观物质基础的。也可以反过来这样说，正是因为它是忽视客观物质基础的，《长恨歌》才有可能、也有空间写成一部情调的小说。这里，便涉及到《长恨歌》与《流逝》的第二点区别。《流逝》表现的是人在非常岁月里生存的艰辛，柴米油盐、一针一线皆来之不易；而《长恨歌》沉醉于讲述的，是情调。其中，包括女人的美与风情、情感纠葛、情绪以及对日常生活的品味。这些，是《长恨歌》细细铺陈、娓娓道来的全部内容。

在《流逝》里，欧阳端丽曾经感慨：“过去，她的生活就像在吃一只奶油话梅，含在嘴里，轻轻地咬一点儿，再含上半天，细细地品味，每一分钟，都有很多的味道，很多的愉快。……”[①] 当欧阳端丽粗糙地疲于奔命时，平安里的王琦瑶过的却正是欧阳端丽从前的日子，细嚼慢咽地品尝着奶油话梅的滋味。这种滋味包括：每个年代的美貌和风韵、与不同男人的感情、细致的小菜和点心、雨季和雪天的氛围。一切都被放大了、变慢了，甚至因相对静止而拥

① 王安忆：《流逝》，《全国获奖中篇小说集》（下），上海文艺出版社 1983 年版，第 1220 页。

有了永恒的意味。

王琦瑶不仅没有把自己变成像欧阳端丽那样的家庭妇女，而且在欧阳端丽那里不得不放弃的，却正是王琦瑶生活的全部重点。欧阳端丽没有心思再顾及自己的外表，王琦瑶的容貌和妆扮却几乎年年令人回味无穷；欧阳端丽为了补贴家用卖掉从前的衣服，王琦瑶则在服装上用尽了心思：欧阳端丽周围的男人是无用的、是用来制造生活的麻烦的：王琦瑶身边的男人则是用来爱的，无论是爱她，还是她去爱。总之，在《流逝》当中消失的那些罗曼蒂克的元素，在《长恨歌》里不仅复活了，而且成为最基本的内容。试想，如果抽掉了堆纱叠绉般的包含了风情、情感、品味的细节和章节描写，《长恨歌》还剩下什么。它是吹着穿堂风的、空无一人的爱丽丝公寓。

二

对于一个落难的上海女人的书写，八九十年代会出现两个完全不同的文本，在这种巨大的差异性中，事实上存在着某种必然性。也就是说，20 世纪 90 年代的王安忆不可能再去写《流逝》，20 世纪 80 年代的王安忆也不可能去想象欧阳端丽的美和情感生活。这种转变的原因是多方面的，不仅每个时代都有它不同的精神文化生活，而且作家所感兴趣的表现对象也在不断发生变化，作家在变动和思考中也形成了新的写作姿态。

我们首先要面对的一个事实是，《长恨歌》在当时所受到的时尚文化的影响。从 20 世纪 90 年代初开始，随着经济的发展和中产阶级的崛起，对三四十年代上海的怀旧逐渐成为一种文化时尚。而且怀旧的内容也只限于霞飞路、花园洋房、欧式公寓、电车、老唱片等代表了现代文明与繁华的区域，对于棚户区、四马路的贫穷污秽则视若不见。“上海怀旧”所沉醉和追求的，其实是一种精致而唯美的生活感觉：绅士和淑女们生活在一个奢华的世界里，优雅淡定又带有一点黄昏落日里的忧郁。“上海怀旧”可以说集中了时尚文化的一切元素，它的风靡一时也就不难理解。

《长恨歌》对于“旧上海”生活的想象和描述，一点也没有超出“上海怀旧”的范围，如片场、社交聚会、老照片、穿旗袍的女人、公寓，等等。它的所有故事都是以此为基础生发出来的。王安忆所做的工作是将这些元素充分地细节化，使它们由标本和象征物变为具体生动的场景。这样一个人们丝毫也不陌生的“传奇”，无法不流于俗套。因此当美国的翻译者提议把第一部不要，只翻译第二第三部时，连王安忆都不得不承认对方是有眼光的。“第一部是交待性的，而且交待得蛮俗套的。”①

现在的问题是，“1949年以后的上海小姐的生活”描写是否是有价值的，是经得起推敲的。前面分析过，《长恨歌》与《流逝》是两种完全不同的讲述，它们所表现的事实可以说是完全相反的。造成这种不同的原因，除了时代文化的影响，作家文学观念的改变以及对生活认识的改变也是一个重要原因。

《流逝》通过大量的生活细节，以及人生的周而复始，呈现的不是“文革”中人的遭际和命运，而是对人生意义的追问。在小说的后半部分，当重新过起荣华富贵的日子之后，欧阳端丽不止一次产生这样的困惑：“熬出头来了，该吸取一些什么经验教训吧！生活难道就只是完完全全的恢复？”②这种创作主旨和人生立场，都可以清晰地看到“五四”新文学以来的精神传统。这一传统在20世纪80年代的再现，曾经造就了一批具有现实针对性、思考国家和民族命运、“关心人生诸问题”的小说。而他们所关注的问题，都体现出希望找到终极真理与确定出路的纯朴和迫切。20世纪80年代也因此被现在的人们称之为理想主义的、激情的年代，欧阳端丽与文光甚至认真地探讨“人为什么活着”的问题，这在20世纪80年代的语境中，一点都不奇怪。

但是，从20世纪80年代中期以后，无论是现实情形的复杂，还是随着国门打开而涌入的多元文化，都使人们看问题的目光不再简单。相比过去的急于寻找答案，作家们此时更愿回归现象本身。文学也由宏大叙事而转向内心生活，琐事对于个人的意义已经毫不亚于历史事件，甚至前者更为重要。因此，当欧

---

① 王安忆，张旭东：《成长·启蒙·革命——关于〈启蒙时代〉的对话》，《文艺争鸣》2007年第12期。

② 王安忆：《流逝》，《全国获奖中篇小说集》(下)，上海文艺出版社1983年版，第1292页。

阳端丽不断地对抗时代命运的时候，王琦瑶则宠辱不惊地安闲地享受生活中的情调，一种笃定的、实用的人生哲学代替了对人生意义的追问。王安忆认为在每一个弄堂里、每一个平安里“都有一个”的王琦瑶，代表了上海文化的精魂所在，她们“是上海的芯子”。正是她们在小天地里的坚持和认真，对抗了时代的风吹雨打。张爱玲认为“将来的荒原下，断瓦颓垣里，只有蹦蹦戏花旦这样的女人，她能够夷然地活下去”①，这番认识还具有大千世界里几分苍凉的意味，王安忆所理解的上海市民的生存哲学则更为具体和实用，它们是现世的。王琦瑶是没有信仰的，她笃信的只是生活的常识和智慧：“她知凡事不可强求，自有定数的天理。她也知做人要努力的道理。因此，做什么都需留三分余地，供自己回转身心。而那要做的七分，且是悉心悉意，毫不马虎的。”②

时代文化、文学认识以及对生活理解的不同，造成了《长恨歌》与《流逝》之间的根本差异。一句话，这两部写于两个时代的作品，它们的出发点和意图是完全不同的。这些使它们将完全相似的素材讲成了截然不同的故事。

三

但是我们仍旧有一个问题没有解决，当王安忆过分强调欧阳端丽没有心思再去顾及自己的外表和内心生活，“只求肚子不饿，只求把这一顿赶紧打发过去，把这一天，这一月，这一年，甚至这一辈子都尽快地打发过去”③，王琦瑶那种在历史的车轮下能够实现的闲情逸致又是否具有现实的可能。

小说当然是心灵的体现，并且最终应该构建一个新的“心灵世界”，但是这个世界的构成必须具备足够的物质元素，那些经不起逻辑推理的作品是不真实的，是对世界本质反映的不真实。它们可以被称之为想当然的作品，或者就是虚假的作品。

① 张爱玲：《张爱玲作品集·倾城之恋·自序》，花城出版社1998年版。

② 王安忆《长恨歌》，南海出版公司2003年版，第81页。

③ 王安忆《流逝》，《全国获奖中篇小说集》（下卷），上海文艺出版社1983年版，第1220页。

对于“旧上海”的生活，王安忆显然是无法熟悉的，因此她只能借助于普遍的对于“海上旧梦”的想象，借助于那些象征性的古董和时代氛围。那么，对于社会主义革命时期的上海生活，王安忆是否又真正了解它的风貌和事实，了解大多数人真实的存在。欧阳端丽式的求生与王琦瑶式的狭小、自在、顽强的风雅，是不是都有各自片面的地方。尤其是后者的生活，作者对它的想象是否是按照一个既定的文化定位，走向了一种场景。

作家们无法去体验所有的生活，文学作品可以想象，也因为想象而魅力无边。正是在想象当中，人们不仅能够看到一个作家讲故事的能力，还能够看到他（她）对历史和世界的认识，能够看到他（她）的见识和判断力，并由此感受到其艺术世界的分量与价值。尤其是对隔了时代的王琦瑶们生活的描述，它最能反映出作家的想象力问题。对于王安忆这样的作家来说，不是想象力大小和想象是否精彩的问题，而是，她的想象力的出发点是什么，它的方向，它最终走到一个什么样的地方。从王安忆所绘制的王琦瑶的生活图景来看，《长恨歌》是作家按照一个既定的认知、一条能望得清晰的路，有条不紊一直走下去的结果。途中，她不怀疑，更不慌乱，是以不变应万变的。对于王琦瑶的生活，作家认为有这样一种哲学和姿态，并且有实现的可能。她对此深信不疑。她精细描绘的，也是这种实现。

就王安忆的大多数作品而言，这种确定从容的叙述人们并不陌生。无疑，她是犀利深刻的，她确实也看到了生活中某些朴素而有实感的真相，这使人们无法忽视她纷沓而至的作品。这些作品价值也许不是很大，却也常有可取之处。但王安忆对事物的认识，是否是像她的自信所体现出来的那样准确和客观。在王安忆那些主要以想象构建起来的小说世界中，这个疑问是特别突出的。也就是说，如果她对事物的认识和判断是有问题的，那么她由此展开的精彩纷呈的想象也是不可靠的，她最终呈现的那个世界是令人怀疑的。它们不是偏差的，就是幻境的，虽然这种幻境也能带来审美甚至是思想。

在小说的叙事学中，有这样一个常识，即小说不仅有作者，而且还有叙述人。作者不能代表叙述人，他们常常是分离的。叙述人是在小说创作过程中文本发出的声音，它有自己的意志和方向，并不按照作者的预先设计循序渐进。

众所周知托尔斯泰对安娜的改写，她本来是作家心目中背叛丈夫的坏女人，但在写作过程中，他忽然感到他可能并不真正了解这个女人，她可能有她的苦衷。正是这种审慎，这种对小说本身意志的尊重，他写出了一个和预想完全不同的安娜。米兰·昆德拉认为，在小说的写作过程中，小说会发出自己的声音，那些能够听到这些声音并进行判断和分析的作家，他们才有可能写出伟大的作品。

在王安忆的大多数作品中，人们只能听到一个声音，那就是作家自己的声音。她的认识从一开始就是笃定的，中途不会发生犹疑和变化，就这样进行到底。但在米兰·昆德拉那里，他认为："发现唯有小说才能发现的东西，乃是小说唯一的存在理由。一部小说，若不发现一点在他当时还未知的存在，那它就是一部不道德的小说。知识是小说的唯一道德。"①

《长恨歌》这样的作品它的历史想象也许是不可靠的，米兰·昆德拉的评价显然还要严重。

第四节　女性叙事的方法与底限

王安忆具有非常自觉的小说家意识，她对小说创作的思考与探索、她为此进行的持之不懈地努力，都是有目共睹的。我们有必要回顾一下她一路走来的轨迹，从而考察她现在所处的位置和业已形成的局面。

一

在创作思路上，王安忆分别倚重过个人经验、技术、材料和逻辑推理。在1985年创作《小鲍庄》之前，王安忆的写作所注重和依赖的，主要是个人生活经验，如《雨，沙沙沙》、"雯雯"系列。到了《本次列车终点》《流逝》《小鲍庄》，王安忆开始将目光投向他人的生活。发生重要变化的，是1990年，这

① ［捷克］米兰·昆德拉:《小说的艺术》，董强译，上海译文出版社2004年版，第7页。

一年王安忆推出了《叔叔的故事》，这篇小说主题的深刻和震撼不是这里所要讨论的，引起后来批评家更多注意的，是他们后来发现《叔叔的故事》是一个过渡，是通往《纪实与虚构》《伤心太平洋》《乌托邦诗篇》的一座桥梁。在此之前，王安忆的小说叙事都是在她个人经历的大背景下发生的，“对于当时的王安忆来说，这种背景意味着小说真实性的一个出发点，她不仅肯定了它，而且必须在它所提供的逻辑下展开叙事。”但是，从创作《叔叔的故事》开始，王安忆力图结束“叙述话语之外的外部世界的逻辑。她试图表明的，只有一点，亦即小说该当如小说自己的逻辑来构作、表意和理解。而关于小说叙事的真伪问题，均应放到以上范围以内进行讨论。”王安忆这一时期的小说创作可以被称之为技术性的，她“专心致志地研究小说的构成方式，并把自己的作品当作这种构造的演示”。[①] 她不仅想“让人们观察小说是如何构成一个故事”的，同时也努力呈现“小说干成了什么”。但是，王安忆从来不是一个纯技术论者，她在这些充满实验性的作品中，仍然想有所寄寓，试图营造“精神之塔”。《乌托邦诗篇》《纪实与虚构》《伤心太平洋》这几部作品都在叙事中夹杂了大量的议论，作者甚至跳出来一而再、再而三地表明题旨，足见小说表达的力不从心。建立在抽象的小说表现对象上的哲理，必定是玄之又玄的，因为作者所思考的对象，根本就不是具体的，而是感觉的，是似是而非、捉摸不定的。王安忆后来不得不承认，“实际上人是不能多挖的”，“如果地分九层的活，挖到第九层之后下面是空的，你就到了一种极其虚无的状态”[②]。“虚无”并不是技术实验和玄想的致命伤，也并不是探索结果的虚无使人望而却步，这里还存在着一个作者的推想是否正确的问题。这种在抽象和空蒙之中进行的演绎，最可怕的结果是混乱。王安忆这一时期的小说实验，也因此被评论家们称之为“非凡而危险的写作探险之路”[③]。1993 年，王安忆开始调整方向，创作了极具

---

① 李洁非：《王安忆的新神话——一个理论探讨》，《当代作家评论》1993 年第 5 期。

② 王安忆，周新民：《好的故事本身就是好的形式——王安忆访谈录》，《小说评论》2003 年第 3 期。

③ 陈思和：《营造精神之塔：论王安忆九十年代初的小说创作》，《文学评论》1998 年第 6 期。

世俗性的《香港的情与爱》，1995 年完成了为她赢得最广泛读者的《长恨歌》。这之后的《富萍》《上种红菱下种藕》《遍地枭雄》都同上述两部作品一样，一人一物，一笔一画，用的都是写实的手法，历历在目，栩栩如生。从技术演绎到心平气和的写实，王安忆形成了现在的小说艺术观。她将小说称之为“心灵世界”，它与现实世界的关系“就是材料和建筑的关系，这个写实的世界，即我们生活在其中的世界，实际上是为我们这个心灵世界提供材料的”。但是，“这个材料世界是一堆杂乱无章的东西”，需要“作家自己去组合”，然后方能构建一个“心灵世界”。也是在这个意义上，王安忆称“小说是以和日常生活极为相似的面目表现出来的另一种日常生活”[①]。要想将材料世界变成小说，作家必须在其中发现日常生活的审美性质，然后将其上升为形式。在这里，王安忆同时强调材料的真实性和逻辑的严密性。她认为作家的任务，就是在表象中寻找并揭示事物之间隐秘而必然的联系。这是王安忆到目前为止的创作理念。

自从领悟到小说“建筑”与现实“材料”之间的关系后，王安忆确立了自己的写作原则，即著名的“四不要”：不要特殊环境特殊人物；不要材料太多（“材料太多会使人被表面复杂实质却简单的情节淹没，而忽略了具有重要意义的情节”）；“不要语言的风格化”（它会使人过于强调局部的、作为特征性的东西，带有趣味的倾向）；“不要独特性”（因为“它容易把个别的东西无限止、无根据地扩大，忽略了经验的真实性和逻辑的严密性”）[②]。从“四不要”原则，我们可以看出，王安忆所反对的，是“偶然性”“局部的”“个别的”，甚至还包括“趣味的”，因为它们无一例外地妨碍了作者去实现“必然性”“真实性”和“严密性”。也就是说，不仅王安忆的艺术来源是“材料的世界”，同时她还要求自己所构建的小说世界也具有真实而必然的客观性。总之，从客观中来，到必然中去。而对于其中的过程，王安忆严格把关，排除了一切个人的、

---

① 王安忆，周新民：《好的故事本身就是好的形式——王安忆访谈录》，《小说评论》2003 年第 3 期。

② 王安忆：《自述》，《小说评论》2003 年第 3 期。

偶然的、主观的因素。

二

与王安忆所主张的的客观理性完全相反，我们可以找出分量对等的参照，那就是男性作家贾平凹，他的大多数作品具有极其强烈的个人倾向性和主观色彩。

从文学批评来看，人们对贾平凹创作的分析，基本上把筋筋络络都梳理了一遍，从文化底蕴到审美情趣、从西方文论到传统的儒释道，从宏观大义到微观妙笔，几乎每一个旮旯都摸索到了。做综合性的分析与论述当然是必要的，但任何事物必定有它根本性的东西可循，而不是杂乱无章如一团乱麻般丰富着的，这根主线就是贾平凹强大的精神世界。

贾平凹外表柔弱，遇事忍让，但内心世界却十分强大，拥有执着而坚定的个人意志。他早期的散文《丑石》《一棵小桃树》等都寄寓了作者对品格的追求和自信。即使是在进入创作的成熟期之后，他也毫不掩饰对自身价值的肯定。在《废都》中，他借人物唐宛儿之口说："我也感觉到了，你和一般人不一样，你是作家，你需要不停地寻找什么刺激，来激活你的艺术灵感……女人的作用是来贡献美的，贡献出来，也便使你有更强烈的力量去发展你的天才……要是不遇着你，我也不觉得我有这个自信，是你给了我一点太阳我才灿烂的。"[①] 这种让人目瞪口呆的自负，极少能从别的作家那里看到。贾平凹的自负是以强烈的个人意志和个人努力为基础的。他在由农村进入西安之初，便在心中吟道：天上没有玉皇，地上没有龙王。喝令三山五岳开道，我来了！这个"我"是来创造和改变的。几乎是从写作生涯的一开始，贾平凹就一直积极引导着自己的创作。写作对他而言，既是安身立命的事业和精神追求，也是一种能见出高下优劣的手艺活儿，他想方设法要使这活儿干得精致漂亮。贾平凹初出道时，正是新时期。如果我们对比一下贾平凹和新时期的其他作家，我们会发现一个明显的不同：当此时的大多数作家忙于在作品中传达思想使命时，贾

---

① 贾平凹：《废都》，北京出版社 1993 年版，第 115 页。

平凹却正勤勉地模仿名家，以短篇和散文不停地练笔。在他早期的作品中，从文笔到情趣，人们都不难发现孙犁、沈从文的影子。他的成名作《满月儿》，更是直接承袭了《聊斋》里婴宁的风采。也就是说，贾平凹从一开始，所考虑的就是“怎么写”、怎么表达的问题。同时，即便是在模仿阶段，他的写作也表现出很强的自主性。再比如在他早期作品中就出现的个人情趣，如乡村荤段子、传闻、笑话，这些机趣或者诙谐，兴致盎然，随处点染出作者“游于艺”的心态——既投入又放松自得。贾平凹是真正把握并体会到了写作的乐趣的，这种掌握了创作主动权的作家，客观地说，并不多见。

贾平凹还是一位有着大胸襟大抱负的作家，他对作品的要求绝不止于“美”“有味道”这样简单，他一定要在作品中表达出他自己以及他对这个世界的看法，不管是对抑或是错，是片面还是客观，是幼稚还是成熟，他一定要直接或间接地说出他想说的话。综观贾平凹的全部作品，只有一个时期，他是将自己淡化的，即写作《小月前本》《腊月・正月》《鸡窝洼的人家》《浮躁》等作品的时期。这些作品没有《黑氏》《美穴地》《五魁》的奇情异俗与诡异斑斓，而接近客观的写实，故事亦相对的质朴。贾平凹在这几部作品中，表达出他对改革年代不同生活观念的思考：老实本分只能越过越艰涩，改变生活先要改变头脑，面对浮躁的年代，必须智勇双全。在有关农村改革甚至包括工业改革的作品中，贾平凹的《腊月・正月》《浮躁》等作品是观察得最透彻、提醒得最实际的作品。试问，那些大谈改革阻力、力树改革健将的作品，除了渲染光明和希望，有多少理性的价值和意义。贾平凹是从实际的人的角度来看待和分析问题的，有忧患，亦有切中肯綮的对策，是他自己对生活的观察和思考，显示出作家的智慧和胆识。同这样实事求是的个人思考相比，《乔厂长上任记》的呐喊和《新星》的曙光，几近于空洞和虚无。

但贾平凹很快就对这种旁观他人生活、指点迷津式的写作心生厌倦。他在《〈浮躁〉序言之二》中说道：“我再也不可能还要以这种框架来构写我的作品了。换句话说，这种流行的似乎严格的写实方法对我来说将有些不那么适宜，甚至大有了那么一种束缚。”20 世纪 90 年代初，在社会生活和个人生活都发生了重大变化之后，贾平凹推出了他的《废都》，这在当时是一部毁大于誉的书，而在十余年后的今天，已经有越来越多的人认为它是一部“经典”[①]。而在我看来，最令人称奇的地方，不在于书中的道德倾向和性姿态，而在于，它与同一时代的小说相比，是如此地坦率张扬、卓尔不群。20 世纪 90 年代初，正是“新写实”“新历史”兴盛的年代，贾平凹却对诉说历史和小市民的日常生活都不感兴趣，不管这个社会已经发生了什么或者将要发生什么，一向敏感的贾平凹却只将重心放在自己身上。他集中所有的注意力思考他的困境和问题，再以此为中心向周围辐射开去，从而形成人们所说的“探讨知识分子的灵魂”。20 世纪 90 年代，知识分子面临社会转型期的失落、迷惘似乎是一种普遍的情绪，但为什么是贾平凹首先以书写性生活的方式纵情、彻底地表现了出来？他的敏感和洞察力当然是一个原因，这使他能永远和我们这个时代，在出人意料的地方建立起一个非常秘密的联系。但同时更值得人们思索的，是贾平凹第一个选择这种书写方式来表达自己的压抑和苦闷，以庄之蝶表面上的种种风光和艳遇，来表现人物深层的不幸。这是一部热闹当中渗透了悲凉的书，如作者所言，要“安妥我破碎的灵魂”。

在当代文学史上，几乎没有哪一位作家像贾平凹这样把自我看成一个宇宙，把它当成表现的主体，正视它、研究它。同时代的作家似乎更关注社会、他人以及他人的人生。“我”在哪里？ 20 世纪 90 年代以来，贾平凹几部有影响的长篇都是围绕作者的自身感受展开的。继《废都》之后，贾平凹创作了《白夜》《土门》《怀念狼》《病相报告》等一系列作品。其中，较为成功的，是《高老庄》和《秦腔》。《高老庄》中的名教授子路，身上颇有些作者本人的影子。这种相像，并不在于人物和作者之间在经历、境况上的相像，而在于内心世界的高度统一。面对阔别渐久的故乡，既亲切又嫌恶，既深深的眷恋又在理智上选择离开，正如他面对前妻菊娃和新妻西夏时的尴尬和痛苦。高子路是名人，但面对地板厂风波、面对苏红的游街示众，他却无能为力，最后只能选

① 马原早就称《废都》是一部“关于无聊的大书”。近年来在对《废都》的再认识中，出现了一些重要文章，包括王尧的《重评〈废都〉兼论九十年代知识分子》、陈晓明的《本土、文化与阉割美学——评从〈废都〉到〈秦腔〉的贾平凹》，以上均见《当代作家评论》2006 年第 1 期。

择黯然离开。这种深重的怅惘应该是发自作者内心的。但并不是说只要投射了作者本人的身影和情感，就能保证作品的成功，《白夜》《土门》《怀念狼》的相对黯淡，分别有不同的原因，也并非是由于缺乏了作者的心灵自传。但不能否认，《高老庄》中作者借“子路”托魂，对故乡和现状抒发慨叹，这些都赋予了作品特别深挚动人的力量。《土门》和《白夜》是对城里人生活的摹写，《怀念狼》是呼唤“狼”的体质与精神，呼吁提高民族素质，这些全是别人的事，即便作者倾力而出，似乎总是隔了一层，他的情感和情绪都渗不进去。或者说，这些别人的事，虽然引起了他的注意，甚至调动起了他的热情，但仍然无法使他把自己交进去，像陷进自己的世界一样沉浸其中。与其说《怀念狼》是一部意念化的作品，毋宁说它是一部意图太过明确的长篇。到目前为止，贾平凹所有成功的长篇都是解不开心结的，是悲凉之雾，遍被华林。贾平凹曾经在《〈高老庄〉后记》中说，他心目中的好文章是“汤汤水水”“黏黏糊糊”的。“黏糊”不仅是指文章组织事件和细节的方式，同时更指作品的气韵和内涵。越是成功的作品，它在主题上想说什么，想说哪些，越会一言难尽，亦难以辨清。贾平凹深谙此道，从而也使批评家围绕他的小说主题做出无数各圆其说的解释。在贾平凹的几部长篇中，作者那痛苦迷离、深重无奈的情绪一直浓郁而厚实。当他一手拿烟，一手执笔的时候，他的灵魂在作品里走了一遭。

以上，通过对贾平凹创作方式和一些代表性作品的分析，人们会有这样的认识：贾平凹拥有特别强大的个人世界。请注意，不是精神世界。许多作家都有博大深厚的精神世界。但带有强烈的个人意志和自我意识的，却是少数。这少数作家拥有的，就是个人世界，是他们心中所感受到的世界。这一世界很可能不是客观的、如实的，因为它掺杂进了太多作家个人的意识和情感。托尔斯泰的《战争与和平》《安娜·卡列尼娜》《复活》肯定不是客观的，虽然列宁称它们是“俄国革命的一面镜子”。托尔斯泰在看待贵族、十二月党人、罪犯、流放者时，他是有自己的标准和立场的。他甚至让列文、聂赫留道夫、安德烈都按照他的思路走，代替他思考他长久以来思考的问题，代替他对社会进行评判，对生活做出抉择。贾平凹的思考没有托翁那样深厚博大，但他以自己的精神世界对作品进行干预和渗透却是强有力的。

三

无论是王安忆的客观演绎，还是贾平凹的主观抒写，这两位作家都建立起了自己独特的艺术世界。

迄今为止，贾平凹至少已经做到了两点，他的小说记录了从 20 世纪 80 年代中期以来社会生活的变化，同时也反映了人们的精神世界。贾平凹是非常注重小说的艺术性的，但偏偏他的小说又有着非常坚实的现实的底子，从“商州”里的“高老庄”，到“废都”中的“土门”，再到“为故乡树一块碑子”的“秦腔”，把他的小说称之为当代城乡生活的历史画卷，毫不过分。但在这幅画卷中，写意的气质一定是远远大于写实的。即使是称为“法自然的现实主义”的《秦腔》[①]，也不是一部四平八稳的厚重之作。这部作品以疯子“引生”来展开叙述，由他来观察和讲述正在裂变的乡村世界，他是一个能哭易笑的精灵，他蹦跳在字里行间，表达着仿佛站在悬崖边上的内心。这使《秦腔》在厚密平实当中，仍然奔涌着心灵的冲撞。从《废都》中放浪形骸的庄之蝶，到《秦腔》里痴情癫狂的引生，人们看到的，分明是一段心灵的历程。庄之蝶尚是清醒中的放纵，不失知识分子独特的理性，而引生已是希望与无望中的痴狂，是末路而返的恸哭。

贾平凹为我们呈现的，不仅是世俗人生、城乡稗史，他众多的作品还传递出颇有兴味的审美情趣（不管是雅隽还是低俗）。更重要的是，他的一些重要作品，构成了一段时代的心灵史。它可能在形而上的层面深度不足，但它所呈现的精神世界却鲜活而有力度，真实而且准确。

王安忆也将小说的最终面貌看成“心灵世界”，但她所理解的“心灵世界”与贾平凹是完全不同的，它更多的是一种认识，是事物之间潜在而必然的联系。同时，她构建这一“心灵世界”的过程也不像贾平凹那样直接率性，而是要复杂曲折得多。在她看来，写作体现出两方面的价值，一是发现了日常生活中的

---

① 陈思和：《新世纪以来长篇小说创作的两种现实主义趋向》，《渤海大学学报》2007 年第 3 期。

意义，或者也可以称为诗性和哲理；二是表现这一诗性的过程。在这一过程中，作家要克服一定的困难，完成从“材料世界”到“心灵世界”的转换。她对物质世界的尊重和强调，都是为了过渡到一个认识的彼岸。贾平凹呈现出来的是他对整个世界的感受，而王安忆用一部又一部的作品表现世界的局部，表现她对某一事物、某一层面的观察和理解。这份工作细致而辛苦。她秉持的似乎是这样一种信念：对这个世界的感知，绝不是只有一种，它是由许许多多琐碎而分散的现象与解释所组成的，世界的复杂和博大就在其中。作家的任务就是去发现它们，并以令人信服的方式去展现。

我们运用了相当的篇幅来演示王安忆与贾平凹的艺术追求，其目的在于说明这两位作家对艺术的思考都是认真的深入的，自成体系而且成就不凡。但他们的问题也隐藏在这种热忱的职业写作的背后。

首先是这样一个事实，王安忆是一个使人矛盾的作家。她作品众多，长篇迭出，但该如何评价它们的艺术价值？诚实地说，这还是一个难题。这些作品都具有超强的写实和洞察力，具有揣摩世事人心的细腻和犀利。如果说贾平凹的作品是时代生活的画卷，那么王安忆的小说对时代的刻画和剖析也是丝丝入扣的。王安忆的长处还在于她的小说虽有时代特点，但更具有永恒的意味。这与她善于凝视事物、探寻其理的风格是相关的。但王安忆剖析的能力似乎过于强大，几乎没有什么是她所表现和解释不了的。她的作品结实严密，人们很难忽视或者否定它们，它们存在的本身似乎就是价值。

王安忆的一些作品，由于作家功力的深厚，作品又总能或多或少地表现出对生活的理解和发现，所以人们很难说它不好，但很少有人由衷地赞叹它们是好作品。自《长恨歌》以后，随着大量作品源源不断地问世，这一状况越来越明显。人们感慨王安忆太能写了，只要使作家心有所动，觉察出“日常生活的审美性质”，就一定能转化为笔下的材料，予以检视和推导。这一方面显示了王安忆敏锐的感受力和自信超强的分析能力；另一方面则说明了作家在题材选择上的宽容。作为一个职业小说家，当写作经过了喷发期之后，写什么的焦虑、对题材的寻找，就会成为经常的课题。在这时候，写作已经成为日常生活中不可或缺的一部分，是对公众或内心平静的交代，此时对题材的选择都应该是慎重的、甚至是苛刻的，既不是把素材当成考验作家能力的命题作文，也不是把意思不大的事铺张成篇。鲁迅所说的“选材要严，开掘要深”虽然已被用滥了，但它的确是创作的一个基本标准。即使是拥有逢山开路、遇水搭桥的一支笔，对题材也应该是有选择的。无所不能有时令人钦佩，有时也会使人生厌。就像生活中的“万事通”，人们承认他（她）的无所不知，但心底又多少有些怀疑。

对事物认知与剖析能力的自信，使作家不仅在题材上很少检点，几乎包罗万象，而且在小说的组织和语言上都缺乏节制。在《长恨歌》中，作者用数章的篇幅精雕细画了上海的“弄堂”“流言”“鸽子”“闺阁”“片场”等等，这些描写既迎合了人们对旧上海的文化想象，也考验着读者进入故事的耐心。作家坦然从容的絮叨、细腻生动的描绘，几乎没有人敢对这些铺陈提出异议，以为是作家大有深意的匠心所在。直到《长恨歌》在海外出版时，有人提出第一部不要，直接翻译第二、三部，作家对此却是衷心认同的，称赞其“真是有眼光”，承认小说“第一部是交代性的，而且交代得蛮俗套的”。现在的问题是，作者是事后才承认“蛮俗套的”，还是当时已经有所觉察，却信笔由缰，不考虑筛选与节制。

与之相随的，是作家对已经感知到的命题缺乏更深入的探索和理解，往往凭着一种感觉就出发了。作家在进入创作时，有时的确还无法确定自己到底想要阐述什么，而仅仅凭着一种直觉进入，最后的思想要在写作的过程中或者接近完成时才能体现。但这必须是冲袭内心的深切的直觉,而不仅仅是略有所感。王安忆相信推理和演绎的力量，但再强大的逻辑，也不可能把浅显变成深刻，把感觉变成思想。例如《启蒙时代》，王安忆对此抱了很高的期望，“想写一个大的东西”，这个“东西”她可能感觉到了它的不寻常，但还没有看清和想透。为了阐释清楚自己对于“启蒙时代”的感知，小说水波涟漪般地安排一个又一个人物出场，在逐一演示和层层推进中，人们能够体会到作者想要去说明某种东西，想要具体化和论证，但她似乎一直无法抵达事物的中心和本质。这不是力不从心的方法和技术的问题，而是作者自己显然也心中无底。作家可以在小说中边摸索边寻找真理，但仅凭着一些艺术直觉就正式动工，未免有失严谨与实在。

这一问题在贾平凹那里似乎被避免了，他对题材是有选择的，而且他的创作意图和艺术追求通常十分明确。从20世纪80年代投入散文创作开始，贾平凹就是一个方向清晰、以自己的思想和意志决定作品的人。他的作品表面朴拙浑厚，内里却驰骋飞扬。无论是上天、抑或是入地，他都非常明确自己要往何处去，想达到一种什么样的境界。尽管气质不同，但和王安忆一样，他们半生以来堪称已经献身的，只有文学。文学是他们的日常生活，也是他们的事业。与王安忆有时在题材上的不计较、什么都可以写不同，贾平凹把每一次创作都看得很重，他时时刻刻意识到他的文学事业的存在，意识到他正在干什么，他还应该干什么。在贾平凹的创作中，《高兴》是非常特殊的一部，它和《秦腔》一起，反映出作家艺术追求中的一些问题。当人们惊讶于贾平凹写了一部以农民工进城为素材的小说时，作者这样解释他的初衷："在这个年代的写作普遍缺乏大精神和大技巧，文学作品不可能经典。那么，就不妨把自己的作品写成一份份社会记录留给历史"①，为此，作家几番去捡破烂的人群中体验生活，收集素材。这种敬业精神当然值得赞叹，但作家是否本末倒置了，书写历史记录是否是作家该干的活儿。我们也无法想象，一个有着丰富的精神世界的作家忽然去体验生活，以便能使他笔下的生活像真的一样。完成这两部作品之后，贾平凹曾经欣慰于他不仅写了农村的凋敝、农民的进城，还表现出了他们进城后怎样。这样的写作肯定不是基于个人内心的诉求，而更多的来自建构文学事业的需要。

这不是一个小说家的追求目标，也不应该成为写作的触发点。文学创作只能是小说家最个人、最幽深或者最快乐的事，它不能像穿衣吃饭那样日常和随意，但如果成为物质化的一桩事业，虽然会产生莫大的驱动力，但这样的追求，不仅会改变作家的姿态，还不免把她（他）变成一个匠人。

---

① 贾平凹：《我和刘高兴》，《当代》2005年第6期。

第九章　当代写作与中国小说叙事传统

在20世纪90年代先锋文学发生变化时，转身较快、在创作上最早见到成效的是余华。格非在意识到先锋文学在新的时代生活中正在“失去有效性”后，则用了将近十年时间进行阅读和思考，希望能找到一种新的叙述方式。在这种叙述方式里，他所钟爱的现代主义将继续存在，但应该以更为内在的方式存在，而不像过去那样以先声夺人的形式来突出主题的意义。格非的思考主要集中于叙事学、中国传统文化和文学，并逐渐对“中国小说叙事传统”形成了一系列自己的看法。他在21世纪创作完成的《人面桃花》《山河入梦》，都体现出他新的美学主张。

如何将现代小说理念及其表现方法同中国小说的叙事传统相结合，这并不是一个新鲜的问题，从新文学诞生起就已经出现了。而且，这似乎一直是一个悬而未决的问题。从文学史看，对这个问题的解答，小说创作要比文学理论做得好。

中国传统小说的性质和面貌是从“五四”新文化运动开始明显改变的，更有研究将这种变化推自晚清[①]。但在这种逐步实现的焕然一新中，人们很快发现了其中的问题。在当时，批评家李长之就毫不客气地指出：“新文学的姿态是西洋的”[②]，它是以和数千年的传统文化的彻底断裂为前提的。朱光潜在谈到当时新诗的创作时，也表达了他的忧虑：“中国人一向是一个重视传统的民

---

① 如王德威的学术观点“没有晚清，何来‘五四’”。

② 李长之：《五四运动之文化的意义及其评价》，《李长之批评文集》，珠海出版社1998年版，第331页。

族——而现在却变得非常严重……新诗显然已放弃古有的传统。”这种放弃使“一个民族的诗到了颓废……就横的方面说，它失去普遍性，脱离民众，就纵的方面说，它与最好的传统脱节，没有历史的连续性。”[①] 朱光潜将中国文学传统称为“最好的传统”，并为不能保持它的“历史的连续性”而痛惜，这一认知表达了相当一部分有识之士的感受。对这个问题的探索也从来没有中断过，进入当代文学以来，从“新时期”到“新世纪”，一些重要的小说家都对此提出了自己的艺术主张，比如贾平凹、格非、李锐等，甚至包括海外的哈金。他们不仅在创作理论上颇有心得，而且在各自的小说实践上，也进行了有意义的尝试。这支队伍无疑是特别的，却并没有形成规模，其理论主张也没有像西方文论那样深刻地影响中国当代的小说创作。无论怎样艰难和漫长，这都是汉语写作必须要面对、要解决的问题。

在这其中格非提出了很多颇有见地的观点，对于当代小说研究和小说创作都具有启示性。

第一节 继承中国小说叙事传统的必要性

我们首先面对着这样一个事实：由中国古典文学集中体现出来的汉语的巨大魅力，其光华穿越时空，历久弥新。梁宗岱在这方面的感受可能是有代表性的，他说：“我五六年来，几乎无日不和欧洲底大诗人和思想家过活。可是每次回到中国诗来，总无异于回到风光明媚的故乡，岂止，简直如发现了一个‘芳草鲜美，落英缤纷’的桃花源，一般地新鲜，一般地使你销魂。”[②] 优雅的汉语对中国人的亲和力，几乎是来自血缘的。一个耐人寻味的事实是，那些学贯中西的学者和大师，往往更醉心于传统文化，比如辜鸿铭、钱钟书、陈寅恪等。

---

① 朱光潜：《释美育并论中国美育之今昔及其未来》，《苦雾集》。转引自黄键：《京派文学批评研究》，上海三联书店 2002 年版，第 73 页。

② 梁宗岱：《论诗》，《诗与真・诗与真二集》，外国文学出版社 1984 年版，第 30 页。

以写欧化的社会小说闻名的茅盾，晚年的乐趣是写作充满了古典气息的“霜叶红于二月花”。在中国传统文化中拥有独一无二的、令国人赏心悦目的巨大财富，这是毋庸置疑的。

但还有一个事实是，自从“新文化”运动以来，只用白话文，用源于西方的小说理念和表现形式，已经写出了大量的优秀之作。中国现当代文学史主要是由这些作品组成的。如果说现代文学在语言、风格、情怀上还多少具有一些古典文学的遗韵，那么，进入当代以来，小说与传统的联系，在数十年间几乎是很淡薄的。20 世纪五六十年代提出的“为人民群众所喜闻乐见”的“中国气派”和“中国作风”，更多地属于意识形态的审美要求。直到 20 世纪 80 年代初，汪曾祺以一篇清雅优美的《受戒》使人耳目一新。这之后，还有阿城深具道家精神的《棋王》，以及何立伟“绝句体”的短篇，而苏童小说中的古典审美情怀更是以独特的风韵风靡一时。但这些“返景入深林，复照青苔上”的幽美景致，并没有从大体上影响当代小说的景观。也就是说，几乎和西方完全类似的小说文体，依旧是当代中国作家们最主要的表现方式。人们甚至能产生这样一种印象：1985 年之后当代小说的表现形式，在经历了一系列的观念更新和技术变革之后，已经基本固定下来。虽然韩少功、莫言、余华等人通过《马桥词典》《檀香刑》《许三观卖血记》等作品，对汉语的当代写作进行了各种颇有建树的尝试，取得了不俗的成绩，但那些特别的表达方式也独具价值，显示了汉语表达的丰富性和可能性，但它们却不可能成为当代写作的常态。

新时期以来当代文学经过几十年的摸索和操练，实质上已经进入了一个相对稳定的时期，已经形成了大多数作者通用的表达方式。只要浏览一下文学期刊、各年度的小说选本，人们就会发现，大多数小说的叙事方法是相似的：以故事为框架，以情节为推动力，作者对生活的感知程度决定了这些作品的质量高低。一些作品的平铺直叙、从头道来已到了朴实无华的程度。以王安忆为例，她在告别了 20 世纪 90 年代初“营造精神之塔”的冒险之后，回归故事与人物，无论是中短篇还是长篇，其叙事重逻辑，溯本源，厚实绵密，大体如出一辙，只是对生活的发现不同而已。在这种固若金汤的沉稳中，其实已经形成了被作家所认可的得心应手的表达方式。总之，大多数的写作已经形成了范式，它们不新锐，但是扎实顺畅。在读者方面，他们普遍想知道的是，小说讲了什么，而不是这部小说是怎么写的。当代小说的表达范式，显然不是唐传奇、宋笔记、明清小品文一路的。当代文学更像是解放区文学的朴素明朗同早期的西方现代小说技巧相结合之后的产物。不管人们如何辨别它的形态，它肯定不是古典的、传统的，无论从语言、形式、风格、内蕴来讲都不是。我们并非对此表示遗憾，而是想指出这样一个基本的事实：在当代文学远离了传统之后，它依旧活力十足地发展着，除了少数像格非、贾平凹这样的作家，当代文坛上大多数作家并不依靠传统而立足、而取胜。西方文化对于他们的启发和影响，可能比中国传统文化要大得多，也就是说，完全没有传统的影子，当代文学仍然可以存活，甚至蓬勃发展。

在当代写作上，不仅是西风压倒东风，而且是西风几乎取代了东风，文学理论和批评家所倡导的"你中有我，我中有你"的中西融合，在大多数情形下，只是一种非常理想的境界。当代以来，只有少数作家成功地做到了这一点，大多数作家自觉采用的仍是建立在西方现代小说理念上的表现形式，这几乎体现为一种本能，而对中国传统文化的理解和运用，则成为一种有意识的艺术追求。

传统当然值得珍视，但忽略了、甚至完全脱离了中国小说的艺术传统，为什么仍能生机盎然？其中的根本原因在于，文学艺术不同于自然科学，后者在大多数情形下，针对一个问题通常只有一个答案，但写作却是为文无法，只要能够有效地揭示事物，表达内心的感受和审美快感，是不拘泥于形式和方法的。每个时代、每位作者都有自己对于文艺创作的理解和标准，它们不完全相同，或者完全不同，每个人也都在其中找到了自己的表达途径、空间和自由。文艺的基本目的对作者来说只有一个，即表达出感受和发现。只要能够实现这一目的，方法上可以不拘一格。"条条大路通罗马，那个路可以有骑摩托车去的路，也可以有坐飞机去的路，可以用马车赶着去的小路，也可以是步行的路。但是，你通往的地方必须是罗马。"[①] 文学有一些基本的追求，而实现这些追求的方式

① 谢有顺，于坚：《文学是慢的历史》，谢有顺：《先锋就是自由》，山东文艺出版社2004年版，第144页。

是多种多样的。正是在这个意义上，我们说中国古典的、或者说传统的表现方式，在文艺创作上不仅不是唯一的，而且较以西方为代表的现代文化而言，它也并不占明显的优势。相反，现代小说观念无论是对于读者还是写作者，都已成为一种更本能、更驾轻就熟的方式。

在这种情形下，是否还有继承传统文化资源的必要。

在当代作家中，较早对这个问题进行系统的思考和阐述的，是李锐。他首先对普遍流行的来自西方的话语方式表示怀疑，认为中国自有深厚、优美、博大的文学传统，“春色何必看邻家”，提出了“建立汉语主体性”的主张。他所强调的汉语的主体性，不仅包含了“整体文化的改革和重建”，而且还关乎“文化的自信心”。同时他也认为这“实际上是有一个对应物的，就是对应所谓的全球化”[①]。在此基础上，他呼吁中国作家应该“用方块字深刻地表达自己”。[②]

而贾平凹对于传统资源有意识地运用，则更多地出于写作上实际的考虑。尽管他对中国传统文化较为偏爱，但他颇具特色的叙事方式，绝不只是文化上的对了脾胃，而是有着很强的策略性的考虑。他从20世纪80年代初就一直在思考东方特色的问题。他认为，对传统文化的继承与运用，不仅是必要的，而且在艺术创造上是行之有效的。他理想中的作品是“作品是中国人写的，但精神内涵、作品的境界已经和西方接轨……越写越中国化，老百姓也愿意看，中国人容易接受，而外国人看也新鲜。我说作品境界要学西方的……但形式上必须是中国的，这样你才有出路。”[③]贾平凹对传统文化的重视，充分体现出的是其在创作上的实用性和价值。

真正对这个问题提出了独特见地和有效解释的，应该是作家格非。他不是从珍视传统文学的宝贵资源切入问题，而是通过自己的阅读和文学感受，分析

① 李锐:《春色何必看邻家——从长篇小说的文体变化浅议当代汉语的主体性》，王尧，林建法主编:《我为什么写作——当代著名作家讲演集》，郑州大学出版社2005年版，第13页。

② 李锐:《用方块字深刻地表达自己》,《今天》2005年夏季号。

③ 贾平凹，黄平:《贾平凹与新时期文学三十年》,《南方文坛》2007年第6期。

出传统文化与中国人的审美习性和文化性格相通、相契合的地方。他认为“叙事首先是一个人的对生活的理解问题”，“中国人对小说的理解跟西方人对小说的理解是完全不同的，至少有很重要的不同”。不仅如此，“中国文化，中国小说，对于宇宙对于自身的问题的理解确实和西方人有很大的不同”。“西方的叙事当中有很多很基本的问题，在我们中国人看来根本不是问题。”例如在叙事方面，“中国人更关注的不是这个外部世界，而是内心、感受，是人情”，“中国人看人情看社会是一个很大的概念，里面有时间，有相对性，有自己的哲学观念，所以中国的文学诗文，才那么的美好。”① 这是我迄今看到的对于传统文化最好的解释之一。

传统文化在贾平凹那里，作者所看重的是它的特殊性和审美价值，它更多地是作为“形式”而存在的，“中国人容易接受，而外国人看也新鲜”，而作品的内涵要“和西方接轨”。但格非对传统文化理解的意义在于，他认为东西方文化在一些根本问题上完全是不同的，不仅所关注的侧重点不一样，而且“很多很基本的问题，在我们中国人看来根本不是问题”。不同民族的文化，不仅体现了民族性格、审美习性的差异，更体现了对生活观察角度与理解的不同。因此李长之在研究中国文学时，特别强调要有“中国人的立场”，这“立场”不是同“爱国主义”等相联，而是源于民族文化的特性。因此，“谈中国文学，须有对文学的认识，又须有文学之民族的认识，无论如何不能忘了是中国的，也只有我们了解中国，敬爱中国，才不致侮蔑了中国文学”②。

包括文学在内的中国传统文化，无疑是笔巨大的财富，熟视无睹，知而不取，的确是可惜的。但我们继承与运用传统最根本的必要性仍在于，在传统文化中，体现了中国人的性情、观念与“立场”，这才是中国文学和文学研究“风光明媚的故乡”。

① 格非：《中国小说与叙事传统》，王尧，林建法主编：《我为什么写作——当代著名作家讲演集》，郑州大学版社 2005 年版，第 257 页。

② 李长之：《李长之批评文集》，珠海出版社 1998 年版，第 398 页。

第二节　中国小说叙事传统的概念

对于什么是中国小说叙事传统，人们往往只有一个大体的概念。界定这一概念的难度在于，第一，从时间跨度来说，这一传统是指多长历史期间内的传统，中国小说的叙事传统是否就是指古典小说的叙事传统。第二，中国小说的叙事传统具体包含哪些内容。

关于中国小说的叙事传统是否等同于古典小说的叙事传统，我以为是值得商榷的。如果说古典小说的叙事传统是已经成型并且被认可的，那么，中国现代文学有没有形成它的传统？二者之间是什么样的关系？温儒敏先生认为“中国现代文学传统”在事实上是存在的。所谓“传统”，“是围绕人类的各种活动领域而形成的代代相传的思维与行事方式，表现为思想和语言的‘共同体’及其物化形态，是一种对社会行为具有规范作用和感召性的力量。”传统又主要是一个时间性的概念，它的积淀延传需要相当长的时间跨度。针对有西方学者认为起码要持续三代，经过两次以上的延传[①]，温儒敏认为，“从‘五四’前后至今也有八九十年了，以每一代平均二十年计算，也有四五代了，况且现代中国处于社会大变动时期，各种思潮更迭兴替得非常快，延传次数发生的频率就高。这样说来现代文学传统形成的时间条件还是完全具备的。”[②] 此外，他还从内容与性质等方面肯定了现代文学传统的存在。如果现代文学传统是存在的，那么，它是不是中国文学传统的一部分？或者说，是中国文学传统在变化中的延续？

当年胡适的《文学改良刍议》、陈独秀的《文学革命论》明确提出“一时代有一时代之文学”“不模仿古人”“不用典”“推倒雕琢的阿谀的贵族文学”“推倒陈腐的铺张的古典文学”。但这种与传统的彻底决裂，其社会影响并不如倡导者所希冀的那样大，文学革命所提出的理论主张与实践都受到不同程度

---

① ［美］E. 希尔斯：《论传统》，上海人民出版社 1991 年版，第 20 页。转引自温儒敏：《现代文学传统及其当代阐释》，《中国现代文学研究丛刊》2008 年第 2 期。

② 温儒敏：《现代文学传统及其当代阐释》，《中国现代文学研究丛刊》2008 年第 2 期。

的批评。朱光潜、李长之等人都对新文学对传统的放弃表示疑虑和不满，“所谓‘建设明了的通俗的社会文学’，所谓‘有什么话说什么话’——不仅是反旧诗的，简直是反诗的”[①]。不仅是评论家，在读者层面真正受到人们普遍喜爱的，是那些艺术成熟、能将传统与现代在表达中自然融合之作，如周作人、冰心、徐志摩等人的创作。中国文学传统到了现代文学时期发生了显著的变化，但某些根本性的东西不仅没有被“革命”掉，而且受到知识分子由衷的喜爱。对现代作家而言，传统文化本来就是与生俱来、深入骨髓的。同当代作家相比，现代文学史上的作家们显然具有深厚的中国传统文化的修养、浓郁而优雅的知识分子情怀，这些在传统文化一度被颠覆、已经遭到严重破坏的当代，几乎是不可复制的。

我们也无法否认现代文学在更新中对传统的钟爱与继承。它们之间在经历了破旧立新、社会改良的风暴之后，仍然存在着深厚的血脉联系。虽然文学“革命”抱着弃旧图新的决然姿态，甚至提出了“废除汉字”的极端主张，但文学事实表明，现代与传统不仅藕断丝连，而且越往后越显示出血脉相通之处。尤其是后起的朱光潜、朱湘、老舍、闻一多等人，包括20世纪40年代的张爱玲，他们在经历了西方文明的熏陶后，反而对传统文化青眼有加，并以更加开阔的视野与文化结构赋予传统以新的意义。纵观现代文学史上那些重要的作家，他们的作品很多显示出鲜明的中国文化的特色。他们的句子可能是欧化的，或者还有文白过渡时期的稚拙，小说的结构也可能是“西洋的”，但其中的内蕴却是地地道道的中国味儿。李锐将《边城》《长河》《骆驼祥子》《死水微澜》等称之为“杰出的汉语长篇小说”，“这批杰作既吸取了别人的长处，又开创性地保持和丰富了汉语的生命力，极大地开拓了汉语叙述的疆界”[②]。他们的成就与贡献恰好充分体现了文学传统的特性，即“每一代都可能为延续下来的传

① 梁宗岱：《新诗底纷歧路口》，《诗与真·诗与真二集》，外国文学出版社1984年版，第167页。

② 李锐：《春色何必看邻家——从长篇小说文体的变化浅议当代汉语的主体性》，王尧，林建法主编：《我为什么写作——当代著名作家讲演集》，郑州大学出版社2005年版，第21页。

统做某些增删改造，传统就是不断发生改写与更新的‘变体’”。如果说“古代文学传统经过一代又一代长期的筛选和不断的提炼，已经形成了非常稳定、不言而喻的‘核心部分’”[①]，那么，包括小说叙事在内的中国文学传统则不是一个“非常稳定”的概念，它是一个开放性的、有基本主旨但又处在不断的变化中的概念。即使是从社会历史的角度来说，中国文学与传统的彻底割裂，不是发生在旧民主主义革命时期，而是发生在20世纪50年代之后。从多个角度来看，我们都有理由认为现代文学传统是中国文学传统的一部分，是古典文学传统在变化与更新中的延续，其中的小说美学是对中国小说叙事传统的继承与发展。

格非将中国小说划分为两个传统，“除了中国古典小说这个传统之外，还有一个‘小传统’。我指的是从近代开始受到现代性影响的小说传统”。在格非看来，后一部分资源对于今天的人们尤为重要，“因为‘世界’这个概念强行切入了进来，而且这是一个全新而陌生的世界。另外，这个‘小传统’是建立在对‘大传统’的批判、确认和改写基础上的，它在很多方面经历了脱胎换骨的变化，也留下了很多悬而未决的难题。”[②]

格非的文学传统观体现出两个特点：其一，相对于中国古典小说传统的近现代以来受到现代性影响的小说传统没有时间的下限，当代小说（包括其中的一部分）是否可以作为传统资源，这将是一个有争议的问题。其二，格非将意义的重心放在具有现代性的小说传统上，而不是倾向于古典。也就是说，格非在认为有必要借鉴中国小说叙事传统的同时，他悉心研究、最后要到达的彼岸仍然是使现代主义更加完美和自然，而不是向古典靠拢。这种倾向性在文化研究领域似乎不是个别的声音，他们认为：“一个民族的想象力，无疑不在传统之中，而在对未来的憧憬中。如何将当代人的想象力注入传统文化之中，体现我们这个时代自己的创造性，也就是通过激活传统来刺激我们麻木的灵魂，这不仅是文艺创作中的一个难题，也是中国能否进入全球文化产业的一个巨大

① 温儒敏：《现代文学传统及其当代阐释》，《中国现代文学研究丛刊》2008年第2期。

② 格非：《中国小说的两个传统》，《小说评论》2008年第6期。

障碍。”①

而在考察中国小说的叙事传统所包含的内容时，人们也必须注意到这样两个方面，其一，如上文所述，一切传统并不是恒定凝固的，它是一个变体。作为民族语言想象“共同体”之一，文学传统的流变可能更加复杂，“每一代都可能为延传下来的传统做某些增删改造”。即使是面对一部分固定的内容，人们审视和理解的目光也一直在变化之中。比如，就“史传”的传统而言，它的内容与倾向都因时代而异。以《左传》为代表的叙事，体现的是用“人事”解释“天命”（历史发展规律），诸如“满招损，谦受益”“忧劳可以兴国，逸豫可以亡身”等。但到了司马迁的“发愤著书”，已经对世界的合理性发生了怀疑，历史发展的逻辑与道德有时是相悖的，叙事的中心也由客观事件逐渐转向了个人命运或生命历程。而在话本小说中，则突出了个人生命历程中的偶然性和奇遇，未来世界既是不可知的又是可以期待的。就叙事作品中所体现出的哲学思想来说，王国维在《红楼梦评论》中曾言中国人的传统精神是乐天的，“始于悲者终于欢，始于离者终于合，始于困者终于亨”，这是在大量的话本、拟话本以及唐传奇中都存在的叙事规律，甚至在清末民初的“才子佳人”小说中依然盛行，它也符合大众的审美期待。但其实早在明代，就有《金瓶梅》的浮华如梦，曲终人散；而《桃花扇》更勘破了“眼见他起朱楼，眼见他宴宾客，眼见他楼塌了”的人世规律；而到了《红楼梦》更有著名的“悲凉之雾，遍被华林”。叙事传统虽然时常给人一个大致的印象，但仔细推究起来，却具有丰富的不确定性。其二，在确定哪些属于中国小说的叙事传统时，是否还应当予以鉴别，有所推敲。某些具有普遍性的，其质量和成就可能并不高，类于《红楼梦》所讽刺的“千人一面，千部一腔”；随着时间的推移，某些曾经的普遍性可能正在或者已经失去了它们的文化语境和有效性。同时某些寥若晨星的特殊性，却可能显示了超拔的艺术感悟与人生智慧，它们不属于原先传统的范围，甚至可能是前无古人、后无来者的。文学是从来不排斥天才这个概念的，天才的发现与创造，他们所达到的艺术高度，能不能被当作有代表性的，能被视为

---

① 张柠：《中国当代文学与文化研究》，北京师范大学出版社 2008 年版，第 317 页。

传统的一部分。

从某种程度上讲，中国小说的叙事传统只可能是一个大致的范畴，这一范畴包括了一些基本的、典型的东西。例如，朱寿桐在试图总结“中国现代文学的伟大传统”时，认为它的“道统”是“健全的个人主义”；主流文学的“法统”是“普遍反抗”的情绪；它的“体统”是“新文学的语言是白话的，新文学的文体是自由的，是不拘格律的”；它的“系统”则是由作为“主脉流派”的现实主义和与之“相生相克”的现代主义共同构成的[①]。这样的归纳一旦得出结论便看似常识，而其中论述者作了大量复杂并力求严密的论证。即使如此，他的这些结论也是可能存在争议的。

就创作实践而言，面对文学传统，考察它的全部内容和性质，略显大而无当。如果从实用性的角度考虑，作家们更关注的是文学传统中的审美特征和写作技巧，它们往往独具价值、历久弥新。

第三节　对中国小说叙事传统的借鉴

在内容上，中国传统小说以表现什么为主，或者说中国人在小说中最关注的是什么。宋代的《都城纪胜》中所言的“小说”，已包括“烟粉、灵怪、传奇、说公案，皆是扑刀、杆棒及发迹、变泰之事”[②]，显示了很浓重的市民性及通俗气。小说的前身话本本来就是随着市民文化的兴起而产生的，因此它带有很强的市民生活的色彩和审美习惯。“史传”与“诗骚”传统所体现的其实是知识分子的观察角度与意识形态，深受一般市民欢迎的，仍然是包括“烟粉”“传奇”“发迹、变泰之事”的“银字儿”，这些也是“小说”的本义[③]。从宋

① 朱寿桐：《论中国现代文学的伟大传统》，《中国社会科学》2002年第1期。

② 孔另境编辑：《中国小说史料》，上海古籍出版社1982年版，第1页。转引自高小康：《中国古代叙事观念与意识形态》，北京大学出版社2005年版，第108页。

③ 班固《汉书·艺文志》所言“小说家者流，盖出于稗官，街谈巷语，道听途说者之所造也。”鲁迅：《中国小说史略》，百花文艺出版社2002年版，第2页。

元话本到明清小说，大多数作品都体现着人物平民化、情节戏剧性、场景生活化、叙事通俗化的特色。格非在对传统小说大量研读之后，认为他们具有“重现世、重人伦、重内在修养和个人境界的传统”[①]。“人情”是中国小说一个非常普遍而又重要的内容，这些小说在描写世俗生活的过程中体现出道德伦理或精神层面的追问。鲁迅在《中国小说史略》中评价《金瓶梅》，也点到“作者之于世情，盖诚极洞达”。在评价《红楼梦》时，鲁迅简明地指出它“正因写实，转成新鲜”。这个“写实”即对世态人情实在深入地描写，各色人等，所思所做，大体是人之常情。借世相人情来表现自己的观察与见解，这是中国文学非常独特的传统。它看似简单平实，却需要作者具有“世事洞明”“人情练达”的功夫，在此基础上抒写对于人、对于生活、包括对整个外部世界的感受。所以格非才如此断言：“现实的人之常情写好了之后，就能上天入地。”[②]

以平常的人情、世态成就小说，当代不是没有，比如显示了深厚的生活基础的迟子建。但她的作品所显示出的问题可能也具有代表性：作者对日常生活的理解是包容的，胸怀是博大的，这种正确性使生活中的烟火气变成了抽象的诗性，而消弭了个人的、具有说服力的偏见。还有一个更重要的问题是，当代那些从日常生活出发的作品，其作者往往缺乏对日常生活的喜爱与兴趣，他们常常表达的是失望、愤懑或者厌倦。这种情绪当然是有现实合理性的，但也往往因此缺乏一种平和与玩味，一种沉浸其间的乐趣。汪曾祺在《异秉》中描写王二的“熏烧”摊子是多么有滋有味，所卖何物，如何卤煮配料，下雨下雪天如何、上灯时分又如何。同样有代表性的还有“颜色与气味常常使我快乐的”张爱玲，她谈到她喜欢的蹦蹦戏，“对这种破烂，低级趣味的东西如此感兴趣，都不好意思向人开口。”但是，她偏偏感到：“将来的荒原下，断瓦颓垣里，只

---

① 王中忱，格非：《“小说家”或“小说作者”——王中忱、格非对话万圣书园》，《当代作家评论》2007 年第 5 期。

② 王中忱，格非：《“小说家”或“小说作者”——王中忱、格非对话万圣书园》，《当代作家评论》2007 年第 5 期。

有蹦蹦戏花旦这样的女人，她能够夷然地活下去”[①]。这种由表及里与格非所说的“现实的人之常情写好了之后，就能上天入地。”应该是一致的。

在传统小说的艺术表现形式方面，人们谈得最多的，可能是章回体。李锐将之称为“白话小说的伟大成果”，称它“在传统和现代的历史语境中，深入民间而又能历久不衰”[②]。章回体的确是中国小说的伟大创造，但在关注传统文化时，人们是否又有可能过高地估计了“章回体”的作用和意义。章回体所适应与满足的是中国人“听书”或者“看作者讲故事”的习惯，体现的是叙述者的参与和引导，但这一效果并不是非章回体而不能完成。在外国小说传统中，一些作品是分章节的，每一节又都有自己的标题。这些标题既是此时情节的概括，又可以作为阅读的线索，这种作用与章回体是相当的。即使是对小说的结构而言，章回体也没有决定性的影响，它不是线性结构小说的专利，散点透视、人物有头无尾的《儒林外史》也同样用得自然。而倘若去掉回目，大多数作品几乎可以不受影响，从《海上花列传》《啼笑因缘》《敌后武工队》《新儿女英雄传》，到二月河的清朝“帝王系列”以及金庸的武侠小说，莫不如此。章回体在当代文学中局限于通俗文学，是有道理的。人们不能无视这样一个事实，在现代西方文化的不断影响下，中国人的阅读习惯已经发生了很大的变化，它更直接，也更主动了。

那么，章回体特殊的意义何在呢？同来源于西方的现代小说相比，章回体最明显的标志是每一章的回目，它以上下对仗的两句，对情节进行概括，对读者进行点拨。但是，大部分章回体小说其回目留给人们的印象并不深，人们能够随口道出的，通常是一些脍炙人口的情节和细节。即使是在古典文化修养颇为深厚的金庸那里，其小说的回目也很少能被如数家珍的金庸迷们记住，而多以“穆念慈比武招亲”“韦小宝胡天胡地”来指涉。这不同于《红楼梦》《三国

---

① 张爱玲：《传奇再版序》，《张爱玲文集》（下卷），安徽文艺出版社 1996 年版，第 320 页。

② 李锐：《春色何必看邻家——从长篇小说文体的变化浅议当代汉语的主体性》，王尧，林建法主编：《我为什么写作——当代著名作家讲演集》，郑州大学出版社 2005 年版，第 21 页。

演义》《水浒传》，几百年来其中的回目早已脍炙人口，成为和叙事内容不可分割的一部分。在章回体小说中，回目与内容能够珠联璧合、相映生辉的，实在是少数。回目不仅照顾着读者的阅读习惯，而且对故事的精彩独特、对作者的才情智慧都有很高的要求。不是大多数作者都能写出“林教头风雪山神庙”“琉璃世界白雪红梅”的。回目的意义还在于，在一些经典的章回体小说中，回目不仅透露出叙述者的情感、立场，同时能够与小说的叙事形成互文性。如《红楼梦》中的“慧紫鹃情辞试莽玉　慈姨妈爱语慰痴颦”，在宝玉因痴生病时，薛姨妈对林黛玉表示了疼爱以及婚姻的期许，这番表现就很值得人琢磨。但作者用正面的词进行了表面的概括，他内心的深意却是含蓄的，这就与故事形成了互文性。但大多数作者都没有这样的耐心，并且肯动这样的机心，回目更经常地直接体现为故事的索引，其中有时包含着作者的爱憎。

在书写和阅读已经发生了根本变化的今天，对章回体的运用可能并不会成为叙述的有利条件，而很有可能仅仅是一种外在形式的包装和限制。莫言在《生死疲劳》中对章回体的运用，在小说的内涵和丰富性上并无裨益，但回目的粗糙生动与叙事显示出了一致性。同时，这种形式同小说的民间生活气息是相得益彰的。作品由此显示了较充沛的民间和传统的意义，是尘土飞扬、热气蒸腾的。

在小说的艺术形式上，还有一点值得人们特别注意的，是传统小说直接、生动而简洁的表现方式。从现代文学开始，小说进入内心和外部世界的方式都变得复杂了。且不说那些带有明显欧化风格的小说，比如丁玲、路翎、茅盾等人的作品，就是当代那些手法并不新、叙述较为稳重踏实的作品，它们进入事件和人物的方式都是曲折的，比如《李自成》《创业史》等等。《李自成》在人物和历史事件的数量上，根本无法与《三国演义》相提并论，但是它长达五卷的浩繁篇幅，却是《三国演义》的数倍。这不在于文言的精练与白话的详细明白，而在于前者将大量的笔墨用在了环境烘托、心理活动、多角度的人物塑造上，而很少开门见山、直接说事。《聊斋志异》中《申氏》一篇，起首便是“泾河之侧，有士人子申氏者，家屡贫，竟日恒不举火。夫妻相对，无以为计。妻曰：‘无已，子其盗乎！’……”寥寥数语，便触目惊心。如果用现代小说的方式来交代妻子让丈夫去偷盗，几百字的铺垫与过渡尚是少的。诚然，在西方现代文学的影响下所建立起的一套叙事方式，在表现人物心理、表达感觉，以及对世界的哲学认识等方面具有独特的优势。在某些方面，可以说是颇为适宜的。但它们也带来了负面影响，使小说有时不再是一种直接切入本质与正题的叙事，而近乎一种艺术行为。比如，就人物塑造而言，从早期的“典型环境中的典型人物”到“性格组合论”，再到先锋文学的人物“符号化”，再到先锋转型后开始明白“人物有自己的声音”，费尽了对艺术的琢磨，远兜近转，就是不肯“栩栩如生”“呼之欲出”。中国古典文学中那些家喻户晓的人物，没有一个是用符合了现代小说技巧的方法塑造出来的。由具体的表象直接进入事物的中心，其实是一种本领，旁敲侧击，迂回渗延，在大多数时候，如果不是故弄玄虚，只意味着心有所感而又捕捉不清。人类文学中的精品，从世界各地的童话、神话、史诗到宗教的圣典，没有一个不是简洁明了、生动真切的，而它们的所指所思，则是人类的基本命题。中国的传统小说也一直体现着这样的叙事魅力，“通过简单来写复杂，通过清晰描写混沌，通过写实达到寓言的高度”①。这样一种方式和功夫，是值得人们回味的。

同小说的艺术形式相联的，是小说具体的表现技巧。中国传统小说的叙事技巧可谓多矣，如“背面敷粉”“草蛇灰线”“间色法”等等，而当代作家们对这些技巧基本不用。在经历了对技术的崇拜和迷恋之后，“方法热”逐渐退潮，当代作家对艺术技巧的态度大体是两种，一小部分仍然在意着、讲究着自己的文体，比如王安忆的日常生活的“审美性质”、贾平凹的“厚重”“元气淋漓”，莫言奔放的生命意识、张炜的大地抒情，而更多的，则是以情节和人物的冲突向着主题一味推进的叙述，少见古典小说中的从容、优美与情趣。这种差异性我以为最主要的原因在于传统的小说观与当代是根本不同的。对于封建社会的知识分子而言，小说算不上“经国之大业、不朽之盛事”，只有诗文才是。写小说成为个人才情、兴致的一种宣泄和把玩，它是个人的、自由的，充满了表

① 王中忱，格非；《“小说家”或“小说作者”——王中忱、格非对话万圣书园》，《当代作家评论》2007 年第 5 期。

达的乐趣。小说所体现的，究竟是一项使命、一种工作，抑或是一份志趣和情怀，其中包含着个人的发现、感受、见解，甚至还有情趣。我相信中国的传统小说是在后者的基础上产生的。对于文学家而言，在写作的立场上，没有一项社会性的事业和工作能代替个人情志的抒发。虽然梁启超呼吁："欲新一国之民，必先兴一国之小说"，启蒙也成为当时文学的主题。但事实表明，只有当作者的个人感受同时代特点相遇合后，才能产生影响或震撼世人的小说。小说的立场和出发点，一定是个人的，而不是仅仅为了体现时代与社会。我相信《金瓶梅》的作者在隐去真名实姓的书写过程中，体会到了恣意纵情的快乐；我也相信曹雪芹"披阅十载，增删五次"不是为了以文章流芳百世，他们一定是胸中有话，非说不可。而在抒发的过程中，体现自己的见解、修养、情趣，亦是一大快事。因此，中国古典小说中随处可见穿插在正文叙述中的诗词曲赋，虽然有"逞才"之嫌，有时甚至成为俗套，文人们却乐此不疲。相形之下，进入现代以来，小说的写作是否过于煞有介事了。尤其是在浮躁的当代，小说的叙事既少余暇，更少余情。鲁迅《在酒楼上》于世事沧桑的沉重无奈中，尚能不时望一眼窗外的"废园"："窗外沙沙的一阵声响，许多积雪从它压弯了的一枝山茶树上滑下去了，树枝笔挺的伸直，更显出乌油油的肥叶和血红的花来。"文章写得从容有致、移步换景、妙笔生花，难道不该是作文的风度与乐趣。当作家们纷纷取法于普鲁斯特、卡夫卡、博尔赫斯等人，追求小说的哲学境界和相应的表现途径时，他们似乎忘了小说还有一个最基本的要求，即表现事物的准确与好看。为了实现这一目的，传统的文人们在经营自己的文章时，都颇费了心思，于文字和布局中尽显才情，"凡所形容，或条畅，或曲折，或刻露而尽相，或幽伏而含讥，或一时并写两面，使之相形。变幻之情，随在显现"[①]。而这样做的意义，绝不至于只让世人赞叹一句"绝妙好辞"，而是要在"抑扬映带，回护咏叹"中，"真有超出语言之外者"，"中间用意，非仓卒而

---

① 鲁迅:《中国小说史略》，百花文艺出版社 2002 年版，第 133 页。

窥”[①]。金圣叹等人所感喟的“真正善知识”,“生出妙景”“如火如锦”,难道不是对文艺作品的至高评价。

以上所探讨的中国传统小说在内容、形式、技巧等方面对当代写作的启示，这些特点无疑都颇具中国文化特色，体现了中国人的世界观及其艺术思维方式。最后要提到的，是中国文学传统中一个重要的特质，这一特质甚至能使它与别国文学区别开来，即作品中所体现出的作者的个人情怀，它们往往具有“明知不可为而为之”的精神向度。孔子、屈原、司马迁、陶潜等人长期以来受到人们的敬仰不是没有道理的，除了他们各自所代表的思想哲学外，他们的人格、境界、胸怀尤其被后世引为典范。无论是“九死而未悔”的“上下而求索”，还是“采菊东篱下”的淡泊隐逸，都是以精神的高蹈为特征的。即使是像汪曾祺所说的:“我所追求的不是深刻，而是和谐”[②]，这种淡定平和，显示的仍是滤去沉渣的通透与超拔。作品中所透射出的个人情怀，无论是浓烈还是清浅，都是作者信仰与性情的产物，体现出作者的精神立场与追求。这不仅是中国诗文的精神传统，而且在白话小说中也多有体现。《水浒传》中人物的至情至性、水泊梁山的理想天地，深得金圣叹等人的厚爱，“独有《水浒传》，只是看不厌”，堪称惺惺相惜。除了人格的独立，作者对人生和宇宙的追问，也成为经典白话小说中不约而同的特点，从“滚滚长江东逝水，浪花淘尽英雄”的《三国演义》，到被张竹坡称为“是一部《史记》”的《金瓶梅》，作品的动人至深处，莫不是作者的苍茫情怀。

这里需要注意的是，作品的情怀有时不是有逻辑的确切的思想，也不是单一的“救亡图存”，或者“俯首甘为孺子牛”，虽然“感时忧国”是它的主要内容之一，情怀显示的是作者精神世界的高度、广度和价值选择，体现为品格、境界和心灵的温度。作品的气息可能是悲凉的、伤恸的，但绝不会是委琐的；

① 胡应麟:《少室山房笔丛·庄岳委谈》，广雅书局校刊本。转引自高小康:《中国古代叙事观念与意识形态》，北京大学出版社 2005 年版，第 212 页。

② 汪曾祺:《〈汪曾祺自选集〉自序》,《汪曾祺散文全编》，人民文学出版社 2019 年版，第 747 页。

人们也很难将《局外人》《鼠疫》这样的作品同他们联系起来。中国优秀的传统文人无论怎样看破了“落了片白茫茫大地真干净”，他们骨子里的血总是热的，他们的是非善恶总是不肯掩饰的。

作者的价值追求与人格魅力介入文章的传统，一直到现代文学时期都鲜明可见：鲁迅小说中的抒情性和主观性、沈从文作品中广阔平静里的忧伤、老舍小说中的热忱与悲天悯人、萧红作品中的率真与深切，即使是被称为“洋才子说刻薄话”的《围城》[①]，在戏谑当中显示的仍是作者在才情、见识、品格上的优越感。且不论他们的艺术观察与运笔方式是否就高人一筹，但无一例外，他们都在作品中自然而然地表露了自己的性情和真切的感受。他们常常是坦率的，而不是遮掩的；是诚挚的，而不是世故的；是关心和尊重生命的，而不是无动于衷的。同时，所有这些都不是浅薄的，而是以深厚的精神世界为基础的。这些在当下的文学创作中却是少见的。在当今一些重要的作家那里，他们对时代的观察可能是准确的，甚至可能深入了骨髓，但能够“我以我血荐轩辕”的恐怕不多，而再出现“平生所学唯余骨，晚岁为诗欠砍头”的陈寅恪，这样的几率大概也是很小的。

中国知识分子的情怀肯定不是指简单的政治立场或报国为民，施蛰存当年就认为“天下兴亡，匹夫无责”[②]。它有时只是最基本的世道人心的坚持，是捍卫和舍弃的执拗，其中有见地，有风骨，有生活的智慧。学问大小不是最重要的，重要的是生命有着怎样的底气。这可能是这一时代文学最为缺少的。

第四节　《人面桃花》与中国古典小说传统

曾经是先锋文学代表人物的格非，近年来最引人注目的，是他对中国小说叙事资源的探索与运用。他曾经专门著文，也曾在各种访谈中表达自己对中

① 李劼：《施蛰存：生命在苦难中开花》，《粤海风》2006年第6期。

② 李劼：《施蛰存：生命在苦难中开花》，《粤海风》2006年第6期。

国小说叙事传统的理解。2004年他在停笔十年之后，推出了《人面桃花》，这部作品获得了“华语文学传媒大奖”、2004年度“杰出成就奖”。授奖辞认为这部作品“既有鲜明的现代精神，又承续着古典小说传统中的灿烂与斑斓”①。2008年推出的《山河入梦》，在叙述上也承续了《人面桃花》的古典风韵。

格非以一个优秀作家的敏感和洞察力，对中国古典文学提出了许多独特的理解，这些见地涉及小说的概念、中国小说的世界观和人生观、小说的结构和叙述等等。其中的发现和思考，对于人们重新认识中国古典小说，丰富现有的小说观念，具有特别的意义。比如他认为古典小说擅于“用具体表现抽象，用简单表现复杂，以写实达到寓言的高度”②，这样的认识，无论对于作家还是文学研究者，都具有别开生面的精辟。格非在小说叙事传统的理论上已经颇多领悟与建树，那么，他具体的小说实践是否体现出了他的美学追求？通过《人面桃花》和《山河入梦》，人们可以看到当代小说在传统文学的启发和滋养下，达到了怎样的境界，而这一境界是否实现了格非本人对传统小说的美学理想。

以《人面桃花》为例，这部小说的语言令人印象深刻，措辞极其讲究，的确是“优雅、精湛”，被认为“达到了古典和现代的完美结合”，“这种语言风格的准确和绚丽，既充分展示了汉语的伟大魅力，又及时唤醒了现代人对母语的复杂感情。”授奖辞中的赞赏并不过分，但是人们是否注意到这样一个问题：这种“精致”的语言，对于小说叙述来说是否是必需的，从而成为一种典型的外部风格和特征。

人们欣赏格非在语言上的努力，对他的文学修养也表示钦佩，但在语言和小说的叙事传统之间是否有必然的联系？语言的典雅是否就体现出了中国传统小说的魅力？在古典文学中，诗词歌赋，散曲杂剧，其语言都是特别优美而书卷气的。古典戏剧中的唱词，甚至勾栏瓦肆里的小曲，大部分都堪比诗词。但中国的古典白话小说，其语言特点则是简洁精练，明白晓畅。被枚乘赞为“云

① 谢有顺2004年为《人面桃花》所作的授奖词，载《新京报》2005年4月9日。

② 格非，王中忱：《“小说家”或“小说作者”——格非、王中忱对话万圣书园》，《当代作家评论》2007年第5期。

霞满纸”的《金瓶梅》，看官们所睹的，也都是一句句平实的大白话，中间夹杂着市井俚语。除了古典小说中常见的“有诗为证”，以及用诗词曲赋等来写景绘形，《金瓶梅》的语言与精致典雅无关，它是平白如话的，更不必提潘金莲的村言和诨骂。至于《红楼梦》，它的语言策略也是能分辨的，写景时很少用诗词的套路，而是顺带在叙事中，寥寥几笔，意境全出。如“风雨夕闷制风雨词”，“日未落时天就变了，淅淅沥沥下起雨来，秋霖脉脉，阴晴不定，那天渐渐的黄昏，且阴得沉黑，兼着那雨滴竹梢，更觉凄凉。”其中除了“秋霖脉脉”之外，几乎没有规整的书面语，只比口语略微概括雅致，它的好处却是真正描绘得准确。著名的“埋香冢飞燕泣残红”，写满地落花，也只用了“锦重重”三个字。在中国的传统文学中，语言的雅丽确实是一个特征，但人们也应该注意到，最优秀的古典文学作品，其语言通常是简洁明白、清雅流畅的，诗歌如李杜、王维，词如李煜、苏辛，小说如四大名著。在语言方面，对于中国古典文学的认识，人们应该注意到两个问题：第一，典雅并不是传统文学根本的语言特征，尤其不是白话小说的语言特征。第二，古典文学能在简洁中表现准确、传神，其语言的运用必定包涵了很深的文化修养，从“嫋嫋兮秋风，洞庭波兮木叶下”到几乎成为通俗的“大漠孤烟直，长河落日圆”，但凭文字的雅训，是造就不出那样的境界的。在文学史上，华美铺排的汉赋，其文学价值并不高。董其昌评价《金瓶梅》，认为“胜于枚乘《七发》多矣”，这已成为通识。

回到《人面桃花》对传统小说的借鉴，格非似乎有一个误解，即语言的精美是古典小说的外部特征之一，因此他对小说的语言极其考究，甚至有了雕饰、渲染、堆砌的嫌疑：

> 他用手指轻轻弹叩下壁。瓦缶发出了一阵琅佩相击之声，清丽无比，沁人心肺。秀米觉得自己的身体像一片羽毛，被风轻轻托起，越过山峦、溪水和江河飘向一个不知名的地方。
>
> “怎么样？”张季元问她。
>
> 随后，又用指甲弹了弹它的上沿，那瓦缶竟然发出当当的金石之声，

有若峻谷古寺的钟磬之音，一圈一圈，像水面的涟漪，慢慢地漾开去，经久不息；又如山风入林，花树摇曳，青竹喧鸣，流水不息。她仿佛看见寺院旷寂，浮云相逐，一时间竟然百虑皆忘，不知今夕何年。

秀米听得呆了，过了半晌，心中暗想，这世上竟还有如此美妙的声响，好像在这尘世之外还另有一个洁净的所在。

……她用手指轻轻地叩击着缶壁，那声音让她觉得伤心。那声音令她仿佛置身于一处寂寞的禅寺之中。禅寺人迹罕至，寺外流水潺潺，陌上纤纤细柳，山坳中的桃树都开了花，像映入落日中的雪窗。游蝶野蜂，嘤嘤嗡嗡，花开似欲语，花落有所思。有什么东西正在一寸一寸地消逝，向水退沙岸，又像是香尽成灰。再想想人世喧嚣嘈杂，竟全然无趣。①

这样的语言的确是古色古香，典丽至极。可以看出，作者在语言文字的修养上也下了相当的功夫，但人们是否也能从中感受到语言的拖沓、意境的重复，以及表达的刻意。《人面桃花》在语言的古典韵致上，用了太大的力气，有过之而无不及。而且作者倾力追求的是雅丽的一面，而忽略了简约平白的一面。《人面桃花》从始至终，都是端雅而又矜持的。这样的语言在具有古典意味的同时，亦不失一种华贵的风格，它的语言策略与作者的古典追求是相联的。但事实上，具有古风的语言可能并不是文学作品传达传统气质的要素，它至多只能是一个外在的形式，提醒人们它可能来源于古典，或者继承了古典的风貌。一部作品有了古典的外形，是否就具备了古典的气质，这中间还是有差距的，至少还有很长的一段路要走。

从《人面桃花》的精神内容来看，它彻底是现代的。区分传统与现代可以有很多标准，已经被社会科学反复阐释过了。在严谨的论证过程中，关于传统和现代的区分又很容易陷入混乱和争执，因为传统和现代都不是绝对的、清晰的，它们有交集，不易区分。但对于有些概念，人们是能够加以辨别的。比如“革命”，比如“民主”，这样两个词至少对于中国文化来说，它们是外来的、

① 格非：《人面桃花》，春风文艺出版社 2004 年版，第 68—69 页。

现代的，不是中国传统的。就中国历史而言，改朝换代是因为“王侯将相，宁有种乎”，是为了“闯王来了不纳粮”。即使是“收拾起大地山河一担装”之后面临的外族统治，《桃花扇》里要表达的也只是“眼见他起高楼，眼见他宴宾客，眼见他楼坍了”的末世悲凉，这是中国式的感慨和哲学。《人面桃花》中旨在建立新秩序的“革命”，无论是破坏，还是建设，其内容都来源于西方现代文明。如果要用一个更形而上的概念“乌托邦”来涵盖革命的意义，那么这个建造“风雨长廊”“花家舍”“普济学堂”的理想，同“桃花源”“水泊梁山”的古老理想之间也是有差别的。中国的传统文化是要“避”，找一个这样的所在，没有官府，没有压迫，人人自得其乐。《人面桃花》的理想所在，是要“建造”，中间要经过消灭、斗争，有一统天下的个人意志，有势不两立的流血牺牲。这样的“建造”完全是现代的，不破不立，有斗争哲学在其中，与中国的“大同世界”截然两样。《人面桃花》对人类乌托邦的反思，是现代的。它反思的材料与结果，在很大程度上，是依赖于中国现当代史的。但它思辨的武器，来自西方现代哲学。

在小说的叙述方式上，《人面桃花》颇多中国传统小说的神韵。最突出的，应该是对故事性的讲究，跌宕起伏，多姿多彩，却又严丝合缝，堪称“考察细密”，其中的神秘玄疑又增强了故事的可读性与吸引力。格非的叙述也比先锋时期显得平实，细节力求生动逼真，情节则清楚完整。这一切似乎都在向古典与传统靠拢，但在这种形似的平易流畅中，却又能分明感觉出这是一部运用“现代”技法完成的小说，而并非传统方式的匠心独运。以小说中的“烟火气”为例，格非曾经感慨先锋以来的中国当代小说太少烟火气，他通过阅读发现，传统小说多描摹人情世故，而“现实的人情世故写好了之后，就能上天入地”，也就是由生动鲜活的形而下达到抽象深刻的形而上，格非将之概括为“通过写实达到寓言的高度”[①]。《人面桃花》里有大量的生活细节，格非这样做是想使小说充满生活气息，通过逼真生动的“烟火气”，逐渐过渡到“形而上”，使

① 格非，王中忱：《“小说家”或“小说作者”——格非、王中忱对话万圣书园》，《当代作家评论》2007 年第 5 期。

《人面桃花》的抽象认识最终通过生动的人物命运来完成。但作品显示出，通往哲理之思的手段仍是抽象的，而不是具体的。根本原因在于，格非在小说中所设计、表现的情节和细节，它们不能给人以生活的真实气息。它们精致、有声有色，但常常具有象征和假借的意味。《人面桃花》在生动可感上，与中国传统小说完全两样，而更接近中国古典戏剧。中国古典戏剧往往有一个吸引人的故事，但在舞台这个有限的空间和时间里，讲故事的过程并不是最重要的，重要的是刻画人物，表现其心理和性格，以及不同心性之间的矛盾冲突，大段的唱词都用于这些方面。在情节的变化上则交代得非常简洁明快。一些舞台动作则具有特定的指代，比如背插数面旗，代表着千军万马；一个驾马扬鞭的动作，则代表驰骋过千山万水。同样，《人面桃花》的生活情节与细节，几乎没有一个是浪费的，几乎都具有丰富的意蕴。比如开篇“父亲从楼上下来了”（离开），秀米向翠莲询问“初潮”（成长）、张季元看秀米洗头（性），这些都不是无意义的生活流，而是精心选取的，各有意义所在。它们绘声绘色，俨然生活的真实场景。但在细节的阅读效果中，它们大多具有象征的意味，是此岸为了通向彼岸的鹅卵石，而不是可有可无，点映成趣的海景。也因此可以这样说，《人面桃花》在内容上的抽象认知，它的寓言高度，仍是通过一个个小的寓言来完成的，而非通过“具体”“写实”“简单”来达到的。

一些经典之作在后世的不断阐释中，很多情节和细节都被赋予了特别的意味和所指，比如对《红楼梦》的考证和索隐。但事实上，《红楼梦》中有许多场景完全是出于情趣的，并没有太深的寓意所在。比如下雪天宝黛钗三人在梨香院吃酒；比如薛蟠看见林黛玉风流宛转，“不觉酥倒了半边”；比如香菱和丫鬟们斗草，并不是每一件事都有背后的深意，很多纯粹就是为了刻画人物，表现人物之间的关系。回到《人面桃花》，它的情节推进、细节呈现，几乎都是为了指向“乌托邦”的，例如翠莲的逃跑成瘾，“我也不知道为什么要逃，先跑了再说”，体现着一种有所追求的内在冲动。“金蟾”“忘忧釜”“禁语”“施粥”无不含有深意。《人面桃花》不具有“烟火气”，它散发的是“氤氲”，每一个情节、细节，都成为为营造作品意蕴的一炉香。从这个意义上讲，《人面桃花》没有一处笔墨是“闲笔”，没有一处是不具备所指和意义的。这是一部由象征到象征的小说，它并没有改变从前先锋小说的形式和精神。如果说有什么变化，只是它读起来更容易，讲述也更清晰完整，没有跳跃和闪烁，没有留下空隙让读者猜谜、衔接。它完整地从头至尾讲述了一个故事，完成了一个大的命题。它具有古典的形式，但这些形式也是有意味的。

这种对“烟火气”的追求，为什么仍会落入“符号化”的境地？其中一个根本的原因在于，《人面桃花》是一部虚构出来的小说，它要表达的，不是一个传奇故事，而是故事背后的历史、历史观以及追求的虚幻。其中作家本人的生活经验几乎没有，作家凭借想象也根据史料，虚拟了清末的生活场景，虽然背后的历史风云是真实的。秀米出嫁前的家居生活，可能还有一些格非所熟悉的江南人家日常生活的影子，可随后的土匪聚居地花家舍、秀米自日本归来后的普济学堂，作者只能完全依靠想象来完成。它们像梦境一样让人心悸，也像梦境一样恍惚。人物被自己的命运牵引着，它的情节逻辑不是生活的必然，而是历史的必然和个人的无能为力。想在这样的叙述中找到“烟火气”，几乎是不可能的。小说中的生活图景，具有写实的外形，表达的仍然是意念，它们成为外表鲜明的符号。

《人面桃花》所获得的高度评价，相当一部分来源于这部小说“既有鲜明的现代精神，又承续着古典小说中的灿烂和斑斓”。《人面桃花》是一部优秀的小说，但它的优秀与“古典小说传统”其实并没有直接的联系，虽然作者和小说的部分形式显示了这方面的追求，但小说语言上的精雅、表现手法上的“写实”，和真正的文学传统相距甚远。就小说最重要的叙事而言，它与西方的现代主义艺术更近。在这个色彩神秘、令人不安的历史故事中，充斥着想象、感觉、宿命、思辨。它思考的问题也是西方的，是一个具体的问题，即人类乌托邦的实质，这不同于中国传统小说，表现的常常是一个抽象的问题：人与道德、人与时间。

格非向着传统文学的实践可能是南辕北辙的，它没有成为对传统文学的崇高敬意，而成为先锋文学在新的历史语境中更加精致圆熟的表达形式。从这一点上讲，《人面桃花》不是中国古典文学在新小说中的再生与胜利，而是西方现代主义小说以更加中国化的面目出现。它比先锋时期的突兀峭拔看起来更亲切、更自然，更像自家土地上的风景。绿树掩映中的楼台馆榭，隐隐传来丝竹管弦，以为是来自故国三千里的，细细一辨，却是西洋音。

第五节 与古典相通的可能

在世事和文化的沧桑巨变面前，汲取古典文化的精髓，无论从形式还是内容，都成为一项难题，但这又并非是不可能的。当代文学史上，出现过这样的奇迹。其中的代表人物是汪曾祺和苏童，他们的写作也许能够回答：什么是古典的实质，如何与传统心神相映。

关于汪曾祺的小说，已经有足够详细的研究，这里只尽可能简单地分析几个基本问题。汪曾祺曾在一次他的作品研讨会上，做了“回到现实主义，回到民族传统”的发言，他的小说也被认为是优美地体现了中国传统文化。汪曾祺先生是如何做到的，我认为他在这样几个方面下了功夫。第一，是小说的结构形式。他用散文的方式来结构小说，看似散漫，时而风俗地理，时而传说掌故，人物的故事迟迟不展开。但一旦枝枝蔓蔓都铺垫好了，人物也就呼之欲出了，用汪曾祺自己的话，这叫“刻意的随便”，因为“气氛即人物”。这种写法，被文学史命名为散文化小说，也被称为“现代抒情小说”，曾在20世纪40年代辉煌一时。汪曾祺谈到自己小说的笔法，深受明代归有光的影响，即以平常话抒写日常生活，而感情都深藏在朴素平淡的文字背后。宋元笔记、明代小品文，都体现了传统知识分子的文化情趣，比起严谨的诗文，它们具有日常化、人情化、轻松散淡的特点，而其中的见地、对人生的感悟、文化品味等，都举重若轻，滋味醇厚。这种表现方式是中国文化的特产，体现了一部分传统知识分子的精神境界和文化追求。汪曾祺有一篇不甚出名的短篇《七里茶坊》，情节非常简单，1960年“我”和几位同事去城里装粪，几个人怎样住车马大店，怎样聊各地见闻、吃饭休息。小说快结束的时候，店里来了三个赶牛的“坝上”人，是大雪天给“坝下”人过年送肉的。情节就这么简单，没有传奇，只有日常生活。但读起来却很有吸引力，使人产生想了解的愿望，了解小镇生活、地方风物，小人物的经历和感受。读这样的小说仿佛大雪天喝酒，自在惬意，醇厚满足，是生活的享受，甚至不免有奢侈的味道，这也是典型的文人的生活方式。文学作品对于人，或启迪思想，或陶冶性情，汪曾祺的这一类小说都是人生的享受。汪曾祺称自己是“抒情的人道主义者”，这话不错。他小说中最重要的精神内容，最吸引人的地方，是一个满腹诗书的知识分子对于生活的品味和自得。汪曾祺的同龄人曾称他“有士大夫气”，他的文章也有。

接受新式教育、更为熟悉西方现代文明的我们，已经基本不可能再出现汪曾祺这样的将古典学养视为寻常文字的作家了。这也从另一个角度说明了格非为什么要特别在语言文字上下功夫，使之秀雅。文字是可以传递出古风的，但渗透到骨子里的传统文化却需要几十年的积累，它不仅仅是装饰，对传统文人来说是要以此安身立命的。

再看汪曾祺的语言，清灵自然，简练活泼。汪曾祺有一句著名的论断：“写小说就是写语言”，将语言置于写作中非常高的地位。它所追求的语言与他的小说的最后的意境、韵味是高度一致的。我们很难想象，一篇清新隽永的小说是用精雕细琢的华丽语言写就的。汪曾祺多用短句，即使不是口语，也带着说话人的口吻与感情，却甚少点破，重话惊叹也只是一两句，点到为止。他曾经建议王安忆学点北方话，这与汪曾祺所追求的口语式的天然，有直接的联系。它的文章的风格、内蕴，以及组织起这一切的语言，都体现了中国文化的特色，不仅师承了归有光以及“百余篇桐城派古文”，而且可以上溯到陶渊明的“暧暧远人村，依依墟里烟”。甚至从再大一点的范围讲，汪曾祺的艺术追求，类似于中国画的写意，汪曾祺自己也是擅丹青的。

总之，汪曾祺是传统文化滋养出来的，他在20世纪80年代的出现具有多重意义，其中之一是让成长于新中国的人们，能切实领略到活生生的传统文化，它的内涵、意境、神采，即使不是臻于至境的，也远为后世所不可及。斯人已逝，是否风华难再，这就是我们对于传统的忧虑。

在汪曾祺之外，在当代文学中还有另外一个奇迹。如果说汪曾祺是传统文化的硕果仅存，那么苏童则是现代文化中诞生的古典贵族，他的文学气质非常特别。虽然苏童是以《妻妾成群》出名的，写了反映旧时代生活的《米》《红粉》《一九三四年的逃亡》，以及被称为新历史小说的《我的帝王生涯》，但这些小说中的历史背景，并不是体现出“古典”气质的根本原因。当我们读他的“香椿树街”的少年记事，那些关于六七十年代的叙述，我们在感受到青春、成长、伤痛的同时，印象最深的，是小说的色调和抒情，它们幽艳、怅惘而悲凉。评论界认为：“苏童应当说是20世纪60年代人的一个‘感受’，一个出色的代言者”，“当他真正将当代中国的城镇社会还原到一种日常和民间的生活与叙事形态时，它的叙事便生发出特别悠远和真切的意蕴，他的所有追逐和梦幻，也都变得那么纯粹、感伤、凄美和苍凉。”研究者特别指出他相当一部分作品所体现出的“美感风格：怀旧的、唯美的、颓废的和感伤主义的，春花秋月，红颜离愁，人面桃花，豪门落英。它们在神韵上同南朝作家以及江南文人常有的纤巧、精致、抒情和华美气质有着一脉相承的关系，宛如杜牧的诗、李煜的词，充满着哀歌一样的感人魅力。”①

这种风格虽然不是体现在苏童的全部作品中，比如《离婚指南》、比如《蛇为什么会飞》，但却是作家最突出的气质。其唯美、颓废、凄迷虽然与南朝作家、江南文人一脉相承，但它更多地应该出自作家的本能和偏好，与对传统文化的借鉴和学习可能关系不大。苏童从古典文学中借用到的是《妻妾成群》这样的作品里的白描，“古老平板的语言”“一步三叹，左顾右盼的写作方法”②。而具有古典气质的审美趣味，则是天然的。从这个意义上讲，“传统”或者“古典”并不完全靠学习和继承。它作为一种审美气质，对于某些作家来说，有可能与生俱来，与后天的修行与努力无关。我们欣赏《人面桃花》的精致和纯粹，但总觉得它的“古典”不是骨子里的，而是来自丝罗修竹、落花成泥的景致。苏童笔下那些褴褛的少年，或奔跑、或倚望在晦暗的小巷里，却仿佛破败的王侯，用贵族的眼睛打量世间的一切。

---

① 张清华：《天堂的哀歌——苏童论》，《钟山》2001年第1期。

② 苏童：《我为什么写妻妾成群》，《纸上的美女——苏童随笔选》，人民日报出版社1998年版。

需要补充说明的是，我更愿意用“古典”而不是“传统文化”来分析苏童的美学追求。因为很难说，苏童的审美是完全东方的、中国传统的。虽然其中不乏南朝文人似的精致的作风，但它的“香椿树街”常常使我想到伦勃朗的油画，幽静、饱满、和谐、内在的张力，充满了生命气息，却又有不可知的忧郁。其中的色彩、光影，格调都是优雅大气的，有贵族般的周正和完美，又适当流露出对世界未知的那一部分的不安。所以我认为，苏童一部分小说更接近古典的意义，它已经超出了单纯的中国传统文化的范围，虽然在中国文学中也有绮丽旖旎的一支，但苏童的确具有广义的“古典”的意义，不一定需要特别的中国土壤，而是人类审美天性的一部分。

但苏童对于发挥中国小说叙事传统也有他个人的贡献。他在完成《妻妾成群》后，继续在一些作品中运用“白描式的古典小说风格”，他发现这样的笔法使小说叙事“自然了，松弛了，那么大大咧咧、搔首弄姿、一步三叹、左顾右盼”①。小说在家长里短、流言碎语中写出了味道，作者也自得其乐，并不急于带着他的人物去奔向什么目的。苏童在编辑一部短篇小说的选本时，汉语作家他选择了张爱玲，虽然他并不认为她是汉语短篇小说创作中唯一青史留名者，但是他显然欣赏张爱玲身上所体现出的特殊才华。苏童在这个短篇选本里郑重推荐了《鸿鸾禧》，这篇作品也曾被贾平凹“惊为天人”。苏童特别看重“这篇作品极具中国文学的腔调，是我们广大的中国读者熟悉的传统文学样板，简约的白话处处精妙挑剔，一个比喻，都像李白吟诗一般煞费苦心，所以说传统中国小说是要从小功夫中见大功夫的，其实也要经过苦吟才得一部精品”。“我一直觉得这样的作品是标准中国造的东西，比诗歌随意，比白话严谨，在靠近小说的过程中成为了小说。因此它总是微妙而精彩，读起来与上述的外国作家的作品是不同的。”②这是苏童的体会，他在一部分创作中也是这样实践的，换成他自己的作品，就是在“自然”“松弛”之后的“搔首弄姿、一步三

① 苏童：《我为什么写妻妾成群》，《纸上的美女——苏童随笔选》，人民日报出版社1998年版。

② 苏童：《短篇小说，一些元素》，《当代作家评论》2005年第1期。

叹、左顾右盼”。这种笔墨的停留和润泽，可能是没有意义的，但却具有趣味，是人对人的琢磨、人对生活的琢磨与玩味，是“小功夫中见大功夫”的，最后通往的都是中国人的感时伤生。

这种行文也恰好是《人面桃花》所不具备的。《人面桃花》的叙事严密紧凑，从中当然可以看出作者的匠心和考究，但他的叙事同时也是紧张有序的，人物的生活场景绝不会仅仅耽溺于此，而是背后有着明确的意义，是环环相扣、寸步不停的，人物终不会有嗑瓜子聊闲天的雅兴。因此，它描述的只能是现代知识分子的精神履历，而非普通中国人的日常生活。格非发现了“现实的人情世故写好了之后就能上天入地”，不过他的小说实践所走的仍是西方现代主义的路子，这是不由自主的。

中国人作文早就明白“为文无法”，“中国传统的”或“西方现代的”并不是判定一部作品优劣的尺度。事实上，《人面桃花》是一部优秀的作品，但它的优秀，与人们所认为的“对中国小说叙事传统的继承”没有直接的联系。格非对中国古典和传统的借鉴，所诞生的是“中学为体，西学为用”的中西合璧，其神在西方现代文化，而汪曾祺和苏童的文学理念和实践，或许才显示了继承与借鉴传统文化的可能路径。

第十章　身份意识与文本政治

第一节　当代作家的身份问题

一般来说，作家在社会中所从事的职业和地位并不经常参与到文学价值的判断当中，因为它们既不是一个标准，也不能成为由此及彼的先决条件。比如，莫言和阎连科曾经是部队作家，但他们的写作都并不致力于对主流意识形态的积极捍卫；残雪做过民间裁缝，而她的小说也并没有家居的气息和女性的美感。尤其是当人们从作家在社会阶层中的经济地位去判断其写作的时候，这种做法的出发点和逻辑通常都是不可靠的。

余华的《兄弟》问世后，其反响褒贬不一。一些文学批评认为《兄弟》“这样差”的根本原因在于，余华等一批作家的写作立场已经从“反抗”转向了“顺势”。“问题不在于民众认同什么，而在于作家站在哪一边，他想让读者认同什么。人们寄望于‘先锋余华’的是质疑、挑战、超越，而不是顺势高歌。不过，这样的寄望或许是苛责，今日的余华早已从边缘进入主流，在现实生活中与之称兄道弟的如果不是李光头们，至少也是刘作家们。在这样的生活状态中，如何再能发出细雨中的呼喊？如何再与福贵、许三观们血泪共泣？”总之，“先锋余华”在“成为既得利益阶层”之后，便“没有了更高的精神提升和叙述追求”[①]。这样的批评立场不是第一次，苏童曾经作为中国作家“中产阶级化”的一名代表，受到相同的质疑。批评者认为，凭借《妻妾成群》等作品名利双收之后的苏童，身上越来越见出贵族气质的沉淀，同时作品也越来越少。

---

① 李云雷：《〈兄弟〉为什么这么差》，杜士玮，许明芳，何爱英主编：《给余华拔牙：盘点余华的“兄弟”店》，同心出版社 2006 年版，第 48 页。

“苏童丧失的不仅是悲悯，更是面对苦难和发现苦难的那种勇气。这个苦难包括内在和外在的。苏童的贵族气，地道看来应该是中产阶级气味。中产阶级最大的特征便是从精神到物质的自足性。”[①] 中庸自足的生活只会带来心灵的苟安，作家的创作也因此而停滞不前。不难看出，21 世纪以来对于余华和苏童的批评，其理论根据是一致的。

这样的判断不仅令人怀疑，而且虚无，因为它的最终要求是作家应该有高尚的人格、有承担社会苦难的勇气和道义。而事实上，鲁迅作为教授和作家的收入在当时是富有阶层；林语堂等人的西式生活情调也并不妨碍他们写出好作品；张爱玲甚至是同情汉奸的。“中产阶级”或者“无产阶级”同作品文学价值的高低之间，从来都没有必然的联系。

如果一定要从作家的身份、社会地位、立场等方面做文章，“中产阶级”或“下岗工人”“打工作家”并不是一个合理的切入点。但是，倘若我们将包括苏童在内的先锋作家同现代文学史上的中国作家们相对照，会发现前者在社会身份上真正的缺陷所在。

在中国现当代文学的研究中，早在 1985 年，就由黄子平、陈平原、钱理群三人提出了“20 世纪中国文学”的整体性思路。这一主张在当时的启发性是无疑的，不止令人有豁然开朗之感，而且令人振奋。因为“正是从它开始，‘近代’‘现代’和‘当代’这三个原本是互相隔绝的研究领域，逐渐联成了一体。”这一整体性概念“明确地以文化和文学的‘现代化’作为基本的价值立场”，“以‘白话’‘新文学’作为自己论述本位”，并且“是持一种‘精英’式的立场”，总之，“这个新范型和‘中国现代文化’有着颇为密切的内在联系”。[②] 但随着时间的推移，人们却发现，“将‘近代’‘现代’和‘当代’这三个原本互相隔绝的研究领域，逐渐联成了一体”的眼光和设想，虽然是高远的，但在实际当中却不免失之勉强。尤其是以 1949 年为界区分的中国“现代文学”和“当代文学”之间，把它们贯穿成一条线整理其中的历史脉络、或做

① 李美皆：《从苏童看中国作家的中产阶级化》，《文学自由谈》2004 年第 6 期。

② 王晓明：《二十世纪中国文学史论 · 序》，东方出版中心 1997 年版。

比较研究都是可行的，但如果要“联成一体”，未免是在良好愿望之下做出的牵强组合。

在对中国现代文学、当代文学各有一定程度的了解之后，人们通常能够体会到：这是两种在某些根本性质上完全不同的文学。只有上限而无下限的当代文学，还在斑斓地继续着，而面对中国现代文学，人们可能会生出这样一种感慨：它是不可复制的。这种独特性和珍贵不在于历史的不能重现，也不在于“现代文学必将逐步被经典化”[①]，而在于“特殊的历史语境中那些特殊的人”。

中国现代文学在时代生活、文学机制等方面与当代文学迥然不同，已经是众所周知的事实。当代文学在历史语境、文化体制上的特殊性，也已经被文学史家充分注意到了。文学的生成环境的确是至关重要的，但它并不能够充分回答现当代文学之间何以会有如此巨大的差异。就时代生活的复杂性而言，“一个西方人活四百年才能经历”的当代生活，“一个中国人只需四十年就经历了”。[②]其间不仅有政治风云的动荡，也包括价值体系变换、“全球化”这样一些文化危机。如果将历史生活作为一种文学和思想的重要资源，那么当代是毫不逊于现代的。再对文学生产和运行机制进行分析，自20世纪90年代以来，商品经济逐渐成为社会的主潮，对20世纪50至70年代文学形成制约的文学体制，基本上只对“主旋律”创作有所影响。在外部因素中，文艺创作显然受市场的影响更大，文学的创作环境是相对宽松和自由的。而且，更进一步地说，在任何时代政治主张都不是决定文学成就的必要条件。“新时期文学三十年”与“现代文学三十年”之间的巨大差异，显然不是生成语境所能充分解释的。而当人们注意到现代文学史上的作家同新时期以来的当代作家之间的显著不同时，或许会对现当代文学之间的差异性产生更深的体会与理解。

写作者的不同会包含各个方面，比如世界观、艺术观，甚至包括作家的个性和气质。以下将从当代文学的写作者身份入手，对现当代作家进行比较和分

① 1994年在古都西安举行了中国现代文学研究会第六届年会，出现了“现代文学必将逐步被经典化”这样一种判断。王晓明在1997年认为“这样一种温和的判断，扩展成整个研究界的共识”。《二十世纪中国文学史论·序》，东方出版中心1997年版。

② 余华：《兄弟·后记》，上海文艺出版社2006年版。

析。为了行文的方便，以下将新时期以来的当代作家简称为当代作家。

一、当代作家与文艺理论家、文学批评家、文学翻译的分离

大部分研究者只要看到这一标题，会立刻明白，这里所指出的，不过是一个显在的文学史事实。现代文学史上的那些重要作家，他们往往同时具备作家、文艺理论家、文学批评家等多重身份。像胡适、鲁迅、郭沫若、茅盾这样的领军人物暂且不论，其它如周作人、郁达夫、徐志摩、朱自清、沈从文、林语堂、闻一多、梁实秋等不一而足。这里点到的，都是彪炳于文学史的重要人物，即使是不那么为一般人所知的作家，如郑伯奇、宗白华、梁宗岱等人，在他们身上也体现出身份的多重性。他们既有可以传世的小说、散文或诗歌，又同时积极撰文，大力阐述自己的文学主张，并对同时代的文艺活动进行点评和发言。郁达夫在1926年分别出版过《小说论》《戏剧论》，1927年又由上海商务印书馆出版《文学概论》，被称之为“虽然简略，但要言不烦，深得文学创作的要领”。同时，他还对当时的文学创作、文学批评、甚至对“电影与文艺”都有所认识。这些艺术见解，“虽称‘私见’，但不乏‘公理’”。人们对他作了这样的评价：“郁达夫是五四时期性情率真的小说家，其对西洋文学曾广泛涉猎，颇有见地，他的理论文字带着个人的才情又深具西方现代文学的知识背景。”[①] 至于现代文学史上最杰出的小说家之一沈从文，他的文学批评不仅关乎文学、时政，更以见解的深邃、意识的超前，而具有宝贵的思想价值。他写过《新的文学运动与新的文学观》这样的文字，也认真地分析过冯文炳、郭沫若、落花生、鲁迅、施蛰存、朱湘等人的创作。他的理论文章“较为系统地评价了新文学前二十年的创作，有些文章在当初发表时即因持论公正、观点率真而引起关注”，“沈氏文字均与其切身体验相关，有感而发，一语中的，又不空洞。虽为理论文字，但文笔优美，思想活跃，足见一代大家的才情和对文学的执着。”[②]

---

① 郁达夫：《艺文私见·出版说明》，复旦大学出版社2004年版。

② 沈从文：《抽象的抒情·出版说明》，复旦大学出版社2004年版。

在当代作家这里，能够同时从事文艺理论和文学批评的则屈指可数，如王安忆，著有《心灵世界——王安忆小说讲稿》，格非著有《小说叙事学》《塞壬的歌声》等，但从整体上来说，这样的作家非常少。而且，其中的有一些是否能算作严格意义上的文艺理论还需要斟酌，如余华的《温暖和百感交集的旅程》《没有一条道路是重复的》，其中的大部分篇章属于对外国艺术家的体会和心得，倾向于技巧方面的感悟。

对于文学创作，作家们很少能进行理论上的探讨和整理，而往往体现为艺术反思、借鉴和追求的本能。如“伤痕文学”“反思文学”“改革文学”，甚至包括“先锋文学”，不是先产生了自己的理论主张然后蜂拥出相应的创作。理论的具体阐释和整理，往往由专门的研究者来完成。比如20世纪80年代使马原成名的是他一系列拆解故事的小说，但界定了马原的“叙述圈套”、并使之成为一个著名的叙述方式的，则是当时年轻的批评家吴亮。沈从文曾论述过《二十年代的中国新文学》，而为20世纪80年代的短篇小说做总结的，则是学者黄子平等人。此外，对“新历史主义”进行积极阐述的，是张清华等人；在理论上为“先锋文学”推波助澜的，则是李陀、陈晓明等人。当然，也有作家（诗人）将自己的艺术理想变为鲜明的理论宣言，如韩少功《文学的“根”》、余华《虚伪的作品》，但这样的篇章毕竟太少，更难以称得上系统和深入，常常是惊鸿一瞥。

在那些曾经席卷全国的文学、文化思潮面前，当代作家也普遍缺席。无论是1987年的文学“向内转”①，还是1988年的“重写文学史”②以及1993—

① 1987年，《文艺报》理论版组织了一场关于新时期文学“向内转”的学术讨论。这次讨论先后发表了14篇文章，一篇来稿综述，持续半年之久。这场学术讨论是由鲁枢元的文章《论新时期文学的“向内转”》引起的。鲁文原是1986年10月他在中国社会科学院文学研究所召开的“新时期文学十年学术讨论会”上的发言，发表于当时的《文艺报》。时隔八个月，《文艺报》发表周崇坡的《新时期文学要警惕进一步“向内转”》，遂引起文艺界的论争，主要论者有张炯、增镇南、吴秉杰、朱向前等人。

② “重写文学史”成为一个明确的口号和明显的潮流是在1988年7月《上海文论》第4期上陈思和、王晓明主持的“重写文学史”专栏。这场讨论为1988年《上海文论》开设“重写文学史”专栏、《文艺报》开设“中国作家的历史道路和现状研究”专栏、《中国现代文学研究丛刊》开设的“名著重读”专栏提供了学术的氛围。

1995年的“人文精神大讨论”[①]，这几次具有广泛影响的文学与文化论争，其发起人以及主要参与者，是鲁枢元、陈思和、王晓明、朱学勤、蔡翔、吴秉杰、张闳、张柠等人。当然，像王蒙、张炜、张承志、陈村等也参加了其中的讨论，但相比之下作家登场的身姿是非常少见的。

当然，对文艺论争参加人数的多寡可能并不能代表各自所体现的思想的质量，汪曾祺一句“写小说就是写语言”“小说是回忆”，便引出了研究者们长篇累牍地论述。如果把全国研究莫言、余华、格非等人创作思想的著述累积在一起，用“汗牛充栋”恐怕都不为过。不管怎样，当代作家对于理论建构的淡漠、在文学思潮面前普遍的观望态度，是一个基本的事实。

同时，还有这样一个现象，即使是这些有接近理论著述的作家，他们对同时代的作家也甚少点评文字。比较例外的是王安忆，她在一次访谈中用了较大篇幅谈了她眼中的当代作家，如史铁生、张承志、张炜、莫言、贾平凹、阿城、苏童等。[②]其中侃侃而谈，有时亦不乏见地，但总的来说是随感式的。像沈从文那样用专门的文字去考察同时代写作者的得失优劣、在文学批评中精心引用作者的篇章、段落，认真分析其中的语言、结构，在当代作家这里，几乎是看不到的。当代的文学批评以及理论阐述，主要由这些领域内专门的研究者和学者来进行的。也就是说，作家大体专司创作，理论建树和文艺批评的任务则另

---

① 1993年，《上海文学》第6期发表了当时在华东师范大学任教的王晓明的《旷野上的废墟——文学与人文精神的危机》，直接针对文坛现状发难，认为当前文学已出现危机，它“不仅标志着公众文化素养的下降，更标志着整整几代人文精神素质的持续恶化，文学危机实际上暴露了当代中国人文精神的危机”。在随后的1994年上半年，《读书》杂志发表了一系列文章，主要有《人文精神：是否可能与如何可能》（张汝伦、王晓明、朱学勤、陈思和）、《人文精神寻踪》（高瑞泉、袁进、张汝伦、李天纲）、《道统、学统与政统》（许纪霖、陈思和、蔡翔、郜元宝）、《我们需要怎样的人文精神》（吴炫、王干、费振钟、王彬彬）。另外，《上海文学》发表了《选择的自由与文化态势》（白桦等），《东方》发表了《人文精神偶感》（王蒙）、《人文关怀：一种知识与叙事》（王晓明）等等。1994年下半年，《文汇报》以“人文精神与文人操守”为题，发表了张承志、张炜的文章《诗人，你为什么不愤怒》和徐中玉、张汝伦的文章。后又发表了陈村、王彬彬、张炜、南帆的文章。1995年以后，《作家报》《光明日报》分别以专版持续发表关于人文精神的争鸣文章。

② 王安忆，张新颖：《谈话录（五）：同代人》，《西部·华语文学》2007年第6期。

有专人承担。

或许，我们还能从另一个方面来进一步说明这个问题。在中国现代文学史上，一批重要的作家同时还是文学翻译家，中国新文学其实就是从对外国文学的积极译介开始的。鲁迅、周作人、郭沫若、茅盾、冯至等人不仅翻译文学作品，还广为介绍各国文艺理论，几乎涉及当时国外文艺思潮的各个重要领域，从厨川白村到普列汉诺夫，从易卜生到里尔克。其中的一些译作，一直到今天仍是经典，如叶君健翻译的《安徒生童话选》、[①]冰心翻译的《吉檀迦利》、赵元任翻译的《阿丽丝漫游奇境记》。

在当代文学史上，文学和翻译则大体是分开的。一些诗人可能在创作之余会致力于翻译，[②]但只有极少的作家对原著（原文）有兴趣，他们对于西方现代主义、后现代主义的了解和借鉴，无论是理论主张还是具体作品，大都是通过翻译之作来领会的。自己进行翻译的作家，寥若晨星。当然，有草婴、汝龙、楼适夷、李文俊、傅雷、柳鸣九、叶渭渠这些杰出的翻译家的存在，作家们似乎能够坐享其成,吸收领会即可。但这种明确的“术业有专攻”对于作家而言，是否也是一种遗憾呢？郑振铎曾经这样谈到翻译工作的初衷与意义：第一，“能改变中国文化传统”；第二，“能引导中国人和现代的人生问题与现代思想相接触”。[③]此外，从林语堂译成英文的《吾国吾民》《孔子的智慧》《苏东坡评传》等著述，人们还能看到现代作家和学人力图使中国的传统文化走向世界的努力。这些承担和意义，对于当代作家而言，似乎都很隔膜。

当代作家也可能不是没有译介的兴趣，事实上他们一旦有所涉猎，常常因

---

① 叶君健的译本得到各方面的很高评价，丹麦女王授予叶君健“丹麦国旗勋章”，成为全世界唯一一位因为安徒生童话翻译而获此殊荣的翻译家。

② 从事诗歌翻译的诗人20世纪80年代有北岛、王家新、黄灿然、张枣、西川、张曙光、李笠等人，90年代后期又有一批更年轻的诗人加入，包括姜涛、周瓒、桑克、韦白、李以亮等。王家新：《词的“昏暗过渡”与互译——翻译诗歌》，《当代作家评论》2008年第5期。

③ 邹德刚：《浅谈郑振铎的翻译观及其翻译成果》，《吉利广播电视大学学报》2008年第4期。

为作家特殊的文学感觉和语言表达，而使译作超过专职的翻译所为，如韩少功译的《生命中不能承受之轻》，徐迟译的《瓦尔登湖》，都是同名译作中脍炙人口的首选。也许，对当代作家而言翻译的语言能力可能是一个重要因素。

这里，再也无法回避这样一个事实：即作家的教育背景和文化修养。现代文学史上的作家，他们大都饱读诗书，既有深厚的旧学功底，又曾负笈海外，学贯中西者可谓比比皆是。且不论像徐志摩、张爱玲这样蜚声海内外的“才子”“才女”，以通俗小说家徐訏为例，他毕业于北京大学哲学系，又进修心理学两年，1933 年赴法留学，同年创作畅销小说《鬼恋》。当 1982 年的汪曾祺以一篇清新隽永的《受戒》惊动文坛时，他的文化修养以及西南联大的求学生涯也一再被人们提起。一些现代作家往往学识渊博，有钱钟书这样至今令人望其项背的学者，也有文学领域之外的专家，如郭沫若的甲骨文、金文研究、林徽因的中国古代建筑、沈从文的中国古代服饰研究。整个现代文坛，“日月之行，若出其中；星汉灿烂，若出其里。”不能不令后世感叹“幸甚至哉”！

有学者在研究郁达夫时，曾表达过下面的观点：“郁达夫及其同代人，是应当由远为有力的笔来描绘的。这样的对象势必向研究者要求相应的修养、知识蕴蓄，学力以及识力，要求如他们那一代人的深厚与博大，明彻与通脱，要求犹如他们的深刻的历史感，民族感情，敏锐细腻的审美能力，甚而至于要求个性的生动性、内心生活的丰富性以至于整个人性的‘深’。”这可能说出了很多人心中的共识，“也许只有那一代人，才是更为完整意义上的‘中国现代知识分子’。”①

二、当代作家与社团成员、办刊人、刊物编辑的分离

当代作家身份的单一，甚至在社会生活中也是如此。一个最基本的事实是，在当代除了少数诗人是某些诗社的成员，除了民间的文学爱好者，大部分作家与任何文学社团都无关。

---

① 赵园：《郁达夫：在历史矛盾与文化冲突之间》，《小说十家》，北京：生活·读书·新知三联书店 2011 年版，第 1 页。

风姿各异的文学社团曾经是现代文学史上的一道奇观，这些社团和它的成员之间时常交相辉映，比如郁达夫之与创造社、徐志摩之与新月社、周作人之与语丝社、蒋光慈之与太阳社。每一个社团都吸引、聚集了艺术主张和追求相近的成员。郑伯奇曾对创造社做出这样的理解："创造社也自称'没有划一的主义'，并且说：'我们是由几个朋友随意合拢来的。我们的主义，我们的思想并不相同。'但是接着就表明：'我们所同的，只是本着我们内心的要求，从事于文艺的活动罢了。'这'内心的要求'一语，固然不必强作穿凿的解释；不过我们也不应该完全忽视。这淡淡的一句话中，多少透露了这一群作家对于创作的态度。"[①] 作家与文学社团不仅旨趣相近，成员也积极呼吁并以作品体现本社团的文学主张。同时，一些文学社团还积极出版同人著作，如"文学研究会丛书"，"创造社丛书""沉钟社丛刊""《湖畔》集"等，成员和社团之间可谓相辅相成。

但是到了当代文学时期，作家结社的情形却非常罕见。[②] 这一情形或许与被称之为"胡风反党集团"的悲剧性命运等相关。在意识形态高度统一、文学一体化的20世纪50至70年代，作家结社将是一个非常敏感的问题。由郭世英、张鹤慈、孙经武等人组成的"X小组"，在1963年即作为"反革命案件"被公安部侦破，主要成员被捕。[③] 同时，共和国成立之后，中国作家也就有了一个统一的文学团体——中国作家协会。也许民间尚有文学爱好者组成的社团，但对于拥有一定知名度的作家而言，这种文人结社式的冲动，很少有人愿去尝试了。以上，或许可以部分解释当代作家与文学社团疏离的原因。人们冠之以"新写实作家""先锋作家"都是指其艺术特色而言，从来不是指确定的艺术团体。有时，当代文学批评甚至以年龄段来对作家进行划分，如"晚生代作家""20世纪70年代出生的作家""文学80后"等，这都是为了便于整体

① 郑伯奇：《中国新文学大系·小说三集导言》，上海文艺出版社2003年版。

② 诗人相对要活跃一些，从20世纪60年代初期到20世纪70年代中期，曾经出现过"X小组""太阳纵队""白洋淀诗群"等。

③ 陈超：《"X小组"和"太阳纵队"：三位前驱诗人——郭世英、张鹤慈、张郎郎其人其诗》，《当代作家评论》2007年第6期。

的研究而进行的归纳，绝非作家自觉的集中和归属。他们是相对独立的个体。

当代作家也很少有志于出版文学刊物，无论是以创作为主的，还是以理论为主的。曾经或者正在办刊的当代作家寥若晨星，如张贤亮主编过《朔方》、贾平凹创办《美文》、韩少功担任过《天涯》杂志社的社长，“80后”作家的代表人物郭敬明创办了《最小说》，并成为当下文学期刊中难得一见的盈利杂志。当前的文学刊物大多有专门的编辑或文学评论家主办，以《收获》《十月》《当代》《钟山》等知名大刊为例，他们的主编以及编辑中的大多数都不是作家。权威如《人民文学》、个性化如《上海文学》，其主编分别是评论家李敬泽、学者陈思和。在文艺理论与批评方面，影响之大如《文学评论》、敏锐活跃如《文艺争鸣》《当代作家评论》《南方文坛》，都是由学界和批评界的知名人物主办，像陈思和、林建法、张燕玲等都对刊物的特点和方向起了举足轻重的作用。值得一提的是《当代作家评论》，它集中了一批像王尧、陈思和、陈晓明、程光炜、张清华、南帆、谢有顺这样的作者，已近于同人刊物，但刊物所体现出的文学理念常常引人入胜，并且在事实上成为理论与批评的前沿。它和其他几家刊物一起，对当代文学的理论建设起着积极的主导作用。作家们在其中更多地充当着被评说、被一次次阐释的角色。

这和现代文学史上的情形有很大的不同，现代作家对于办刊、甚至开办书店都非常热衷。刊物对于他们而言，不仅是作品发表的园地，更是发挥个人见解的阵地。各种文学刊物在今天的人们如数家珍的同时，又足以眼花缭乱。以施蛰存为例，1926年他在震旦大学读书期间，与同学戴望舒、杜衡自费创办了《璎珞》旬刊，不久有刘呐鸥加入。1927年他们又创办了《无轨列车》，并开设“第一线书店”。为了给书店做广告，又创办了《新文艺》月刊。当代作家为什么很少办刊或者做编辑？其中一个原因，可能与社会运行机制有关。申请刊号、等待批准是一个复杂的过程。而人员的调入、筹备，又都牵涉到户籍、人事等制度。如果要办一份正式出版发行物，这些都是必须要考虑到的。与此同时，还有经济压力的问题，如果没有政府拨款或者企业赞助，单纯依靠杂志来创收，这需要办刊人有非常出众的能力。

创办文学刊物究竟有什么特殊的意义？施蛰存首先承认“一个定期出版的

文艺刊物，对编者来说，是为了自己及朋友们发表文章的方便”。[①] 更重要的一点是，对于现代作家而言，刊物在一定程度上是与文学团体及其艺术追求相联的，有时甚至承担着重要的社会角色。《小说月报》在“人生诸问题”上的“启蒙”、《创造季刊》“本着内心的要求”的“个性”解放，都在社会变革中起着重要的作用，这都是不需细说的。而具体到文学和文化建设上，许多刊物不仅仅具有“同人”的性质，成为相近的艺术理念的集中体现，而且是对其艺术主张的强调和宣扬，有时不免带有排他性。现代文学史上的理论主张、文艺论争，很多都是依靠自己的刊物（或同时借助其他刊物）展开的。例如 1937 年，为了以文艺配合抗战，茅盾、巴金等人联合“文学社、中流社、文季社、译文社”合编出版了《呐喊》，但在胡风看来“《呐喊》陷入了一种观念性的境地，内容比较空洞。我认为这很不够，不符合时代的要求；这时候应该有文艺作品来反映生活，反映抗战，反映人民的希望和感情。因此，我就和朋友们凑了几个钱，在上海创办了《七月》周刊。”[②] 这就是《七月》创办时的情形和主要原因。也出于这样的认识，《七月》没有向茅盾、巴金等人约过稿。即使是原本在同一个阵营，一旦艺术观念出现分歧，也有可能分道扬镳、另起炉灶。如 20 世纪 40 年代的《诗创造》，因为袁可嘉、陈敬容等提出的“新诗现代化”“新诗戏剧化”等主张，引起内部的分化，由辛笛、方敬、陈敬容等另办一份《中国新诗》。[③] 从中不难看出，刊物与作者们的艺术主张是直接相联的。对于现代文学刊物的认识，李欧梵就认为：“当时几乎所有的文学期刊的实际操纵者都是小‘党派’——在一个文学社团里的几个志同道合的朋友，持他们自己所提倡的文学和意识形态立场。”[④]

相比之下，贾平凹、韩少功等人办刊时，似乎没有门户之见，体现的是博

---

① 施蛰存：《我们经营过三个书店》，《沙上的脚迹》，辽宁教育出版社 1995 年版，第 21 页。

② 胡风：《关于〈七月〉和〈希望〉的答问》，《胡风全集》（第 7 卷），湖北人民出版社 1999 年版，第 216—217 页。

③ 钱理群：《诗人的分化——1948 年 6、7 月间》，《1948：天地玄黄》，中华书局 2008 年版，第 93—94 页。

④ 李欧梵：《上海摩登》，毛尖译，北京大学出版社 2001 年版，第 151 页。

大和面向全社会的使命感，如《美文》的发刊词在“鼓吹大散文的概念”的同时，“将尽力克服我们编辑的狭隘的散文意识，大开散文的门户。任何作家，老作家、中年作家、青年作家……以及未列入过作家队伍，但文章写得很好的科学家、哲学家、学者、艺术家等等，只要是好的文章，我们都提供版面。”[①]《天涯》也在征订启事中表明自己“不是一本纪实新闻性杂志，更不是时下形形色色的消闲娱乐读物。《天涯》以道义感、人民性、创造力定位，承担精神解放和文化建设的使命，无意谋求畅销，拒绝与低俗为伍。”[②]

海纳百川固然是一种大气，但也可能因此少了提倡自家学说、从而百家争鸣的取向。现代文学刊物，正是因为个性的彰显，形成了蔚为壮观的文化上的多元。事实上，真理是在不断的辨析中丰富与发展的。只要文化体制允许，百家争鸣甚至激进的门户之见，正体现出一个社会思想文化的内在生气与实力。

以上种种方面的比较，都在说明包括先锋作家在内的当代作家身份极为单一。虽然专职于创作有时未必不是一件好事，这至少能使他们心无旁骛，但总的来说，这种身份的单一，并不意味着纯粹，而常常反映出单薄和局限。无论是我们的作家自身，还是时代文化，可能都已经出现了问题。

第二节　当代作家的“汉学心态”

早在20世纪90年代余华的写作发生“转型”之际，一种微妙而复杂的动因可能就已经隐藏在作家的叙事策略当中。2010年，陈晓明在《回应批评：重新阐释中国当代文学的价值》中，提到了他对国内某些著名作家的批评，其中指出这样一个事实：“余华的小说越写越明白，越写越简单，从《活着》到《许三观卖血记》不能不说包含着他的国际化想象，为的是好读和好翻译。”[③]

---

① 贾平凹：《美文·发刊词》，1992年第1期。

② 孔见：《韩少功评传》，河南文艺出版社2008年版，第119页。

③ 陈晓明：《回应批评：重新阐释中国当代文学的价值——答〈羊城晚报〉记者吴小攀问》，《文艺争鸣》2010年第2期。

同年，莫言反映中国计划生育的长篇《蛙》被文学批评认为“缺乏思想内涵，更遗憾的是才华尽失”，“唯一吸引眼球的是题材——对新中国计划生育故事的传奇性书写，既不会对国家权力构成真正的冒犯，又特别能引起西方读者的兴趣”，因此“这部小说的最大价值恐怕也就在于作为中国作家‘诺贝尔焦虑症’的解读个案。”[①] 且不论这些文学批评是否持之有据、言之成理，它们所指出的作家的“国际化想象”，可能是一个不容忽略的事实，这一事实包含在作家的叙事策略当中。

无论卡尔维诺、纳博科夫等人为文学做了怎样精要的定义，如何切中了它的性质和奥秘，文学从根本上来说，都是一项非常复杂的社会活动，远远超出了精神、灵魂、认知的世界。即使是像卡夫卡这样内心极为孤独、对世界充满了怀疑和恐惧的作家，这个世界后来也仍然将他置于热闹的中心，无数人千方百计想要彻底洞悉他的作品以及心灵的秘密。即使是那些只向往树林和天空的作家，也往往会身不由己地与社会风暴相联系。从根本上说，写作从来不是一件纯粹的事，在“桃花源”恬然自得的背后，一定有“避秦之乱”。说到底文学它不仅是全部社会生活的反映，而且，它本身就是社会生活的一部分。

它不仅是社会生活中最复杂的部分，它还属于最现实的那一部分。这种现实性不仅可以通过文学内容、文学主张表现出来，如车尔尼雪夫斯基的《怎么办》、杜勃罗留波夫的《真正的白天何时到来》，同时也能以作家的生存方式表现出来。比如周作人的道路选择、张爱玲的人生哲学，他们在历史特殊时期的态度，在道德等方面可能是暧昧的，但却把握住了个人生存与发展的现实性。

而历来的文学研究和文学批评，大多偏重于将文学视为一个相对独立的心灵和认知的世界，从文学史、审美、艺术哲学、甚至从文化的角度进行分析和认识，这样的研究是比较纯粹的，但也可能是相对隔膜的。它所运用的学理、它所得出的新的认识，可能是深邃的、精湛的，达到了新的理论的高度，但与事实可能是有一定出入的。为什么中外的作家只要是功成名就的，能够真正对文学批评感兴趣的不多，因为文学批评很少能说到他们心里去，很少能说中他

① 邵燕君：《危机与突围——2009 年小说综述》，《南方文坛》2010 年第 2 期。

们写作时的所思所想。这其中，一部分文学研究和批评是将作家作品当作阐述自己理论主张的材料和论据来用的，但另一部分是否又仅仅拘泥于文学作品本身。他们致力于探究其中的成就和不足，而忽略了作家在错综复杂的现实中作为一个人的真实感受和考虑。在文学史上，只有很少的作品，是心灵和艺术的结晶，正如即使是在佛门，晶莹剔透的舍利子也是珍惜的奇迹。更多的人，是有血有肉的，是有世俗心和烟火气的。对这个问题，文学批评常常避而不谈。像海明威这样的作家，他很少与批评家辩论，而是直接报以老拳，那是因为至少在体质上，他更加血肉丰满。

作家有沉重的肉身，这使他们不能身驾祥云，脱离人间。这是好事，也是坏事。而批评家很少对当代作家涉及这样的事实，并且把这一事实作为分析的因素。这样做的原因，有时是为了维护学理的纯正性，使研究不至于因为个人的好恶而有失客观和严谨；有时则是为了使文学研究固定在文本的范围内，不至于过于复杂。文学在某种程度上讲是人学，对于这句话，人们通常的理解是文学反映了社会生活中的人，而忽视了作者也是人。当作家的主体性因素、当他的人生观、道德和策略深深影响了他的创作时，文学研究和批评有必要将这样的事实指出来。

已经有各种各样的方法、角度和文字，来分析阐述过 21 世纪以来中国当代文学的局面。那些宏观的、论证式的各抒已见，人们并不陌生。但在“学院派”之外，包括作家在内的群体是怎样看待从 20 世纪 90 年代以来的中国文学的，他们的看法可能更直观，也更少掩饰。比如，作家们坦言他们在写作时所面临的种种尴尬状态：“一是面对市场的尴尬”，“没有不渴望占有市场的作家，只有没能力获得市场的作家”；二是“面对意识形态的尴尬”，“面对今天强烈的意识形态，却做不出强烈的反应来，表现得迟钝、木讷”；三是“面对一些专业读者，或者说职业读者的尴尬”，“是他们见什么都说好的尴尬，不看书也说书好的尴尬”[①]。以上文字。不仅生动而且比大多数分析文章更为真实和准

① 阎连科：《我为什么写作》，王尧，林建法主编：《我为什么写作——当代著名作家讲演集》，郑州大学出版社 2005 年版，第 205 页。

确。这事实上就是今天小说创作所面临的整体情形。

这样的局面不是新近的发现，而是很多人已经心照不宣的事实。甚至还有比这更严重的评价："所谓文坛，其实就是一个庞大的名利场，是我们所了解的所有名利场中隐蔽较深，总是打着清高、淡泊、清淡的巨大帐篷而进行各种复杂斗争的一块角斗场。"但是，人们也可以认为："是名利场没有什么不好，像好莱坞一样，使每个身在其中的人，活得都非常明白，努力方向非常明确。"[①]这种认识是有道理的，如果杰克·伦敦、菲茨杰拉德不能以拼命写作来出人头地，他们就可能潦倒致死，更不用谈文学上的建树。但是，这种求生存、图发展的精神动力应该只是一个起点，而不能伴随写作的整个过程。当作家已经为自己在文坛上挣得了一席之地，有了发言的机会和权利，他们此时更应该尊重自己的头脑和意愿，而不是对外界察言观色、投其所好。否则，他们的写作就是相当可疑的。

进入市场经济以来，投外界所好的写作，成为一种普遍的现象。但对于纯文学作家而言，这种表现似乎还不普遍。虽然陈忠实在草拟《白鹿原》时已经想到："必须赢得文学圈子以外广阔无计的读者的阅读兴趣，是这个庞大的读者群决定着一本书的印数和发行量。"[②]这样的认识改变了《白鹿原》的规模、叙述语言，包括在性描写上的"撕开来写"，但这些改变是属于叙述策略和技巧的。作者所坚持的"小说是一个民族的秘史"的根本认识并没有改变。因为有自己的原则和立场、有自身的艺术追求，纯文学才能够代表当代文学的真正成就。因此，当国外的汉学家认为《狼图腾》是"法西斯主义"，《上海宝贝》是"垃圾"时，我们完全可以认为这样的作品根本就不代表中国当代文学，那样的作家和作品可以出现并混淆于任何国家的文学现象中。所以，我们为什么特别尊重并在意纯文学作家，因为他们代表了来源于现实、又与现实相区别的

① 阎连科：《我为什么写作》，王尧，林建法主编：《我为什么写作——当代著名作家讲演集》，郑州大学出版社2005年版，第205页。

② 陈忠实：《寻找属于自己的句子——〈白鹿原〉写作手记》，上海文艺出版社2009年版，第57页。

社会生活和精神生活，显示了思维与内心的质量。也因为这一原因，纯文学作家一旦显露出某种投机心态，人们便分外敏感。余华的《兄弟》被认为是“消费时代的儿子”，张炜的《刺猬歌》以暴力开头，也被怀疑是吸引读者的眼球。但有一种倾向我以为是比“消费时代”“读者”更隐蔽、也更令人深思的，这就是文学的取媚于外。

这种表现，最早出现在当代学界对20世纪50年代至70年代文学的研究上。这一时段的文学由于特殊的主题和表现形式，成为研究专制主义时代文艺生成和存在的范本。一些西方的汉学家主要是从这一角度，发掘着这些作品的意义。这些变形的、意识形态的载体，吸引着西方的目光，也使演绎着这一思路的研究，能够直接纳入西方的视野。无论是唐小兵的《再解读》，还是黄子平《“灰阑”中的叙述》，这些论著在进行文本分析时，都间接地选择了意识形态的批判。任何人都可以选择自己的立场，可以对思想领域内的任何一种认识发言，而意识形态的特殊性，使得人们在批判其中之一时，便会自觉不自觉地被归入另外一种相对立的意识形态。所以米兰·昆德拉才会为自己辩护：“我反对的不是共产主义，而是媚俗。”但无论西方还是东方似乎并不理会这么多，他们对苏联士兵占领下的布拉格，比对现实生活中的“媚俗”更感兴趣。

关于现当代文学研究中的“汉学心态”，温儒敏等人已经有专文指出，只是他的论点不止着眼于意识形态，而是从观点、方法论、格局等方面分析了国内学者对汉学家的马首是瞻。如果说在当前的文学研究中，“汉学心态”主要表现在学术思路和方法上，那么，在新时期以来的当代文学创作中，“汉学心态”则致力于如何引起“西方”和“汉学界”的注意，并获得其承认。

因为意识形态的作用，而促成了一部作品在西方的影响和销量，这并不是近几年才有的现象。卫慧的《上海宝贝》如果没有在国内被禁，它在西方不会卖得那么红火。明白了这个道理，也就不难理解一些作家如此渴望自己的作品能在国内犯禁，因为越禁卖得越火。但这些作家当中，有一部分其实与意识形态的立场无涉，而仅仅是道德上的狂欢无忌，宣扬了不值得提倡的人生观。也有一部分以“左倾”时代的历史背景，来抒写普通人的命运和遭遇，比如一部分海外华人的作品。这些写作策略，大体带着营销的动机，完全可以理解。尤其是，这种写作更像是一种生存上的手段，而大可不必将其郑重其事地作为文学现象来讨论。但是，有一种胸怀世界放眼全球却是不能不引起人们警惕的，因为它们是来自纯文学队伍中的严肃作家的。他们分别从小说的主题意图和语言策略寻找国际化的契机。

2001 年，阎连科以一部《坚硬如水》引起国内外文坛的重视。其实在此之前，阎连科的《年月日》为代表的对苦难的极端叙事已经使他进入了读者和批评家的视野，使他日渐成为国内的重要作家。王德威在分析《坚硬如水》时认为，“阎连科的近作之所以可观，还是来自它对自身所经历的共和国历史，提供了一个新的想象——和反省的角度”，“人民共和国的大叙事向来强调生生不息、奋斗不已的‘雄浑’（sublime）愿景。阎连科的革命历史故事却写出了一种缠绵凄厉的风格，才引人侧目。他的受欢迎和他的被争议足以说明一个以革命为号召的社会在过去、在现在所潜藏的‘历史的不安’”[①]。这篇文章标志着阎连科已经引起了国外汉学界的兴趣，并进入了其研究领域。王德威的论述是从“革命时代”与“人民共和国的大叙事”这些角度展开的，但这并不是说阎连科的作品刻意地为研究这提供了文本。《坚硬如水》描绘的虽然是革命时代的欲望，但它是一部非常严肃的作品。在作家看来，“革命”与“性”在某些本质上惊人的相似。它也是阎连科所有作品中在艺术上最有难度、但又表现得最为自然流畅的一部，从思想到形式都是一部独一无二的作品。但是，这部小说的主题确实引起了汉学界的注意，尽管作者可能并没有这样的意图。

随后推出的《为人民服务》却堪称恶劣。每一个作家都有自己的辉煌，也会有马失前蹄的低水准之作。但《为人民服务》绝非思考不当、才情不济的失手之作。如果一定要用一个词来评价这部作品，那就是“利令智昏”。当勤务员和首长夫人以“为人民服务”的牌子拉开偷欢的序幕，当激情中的男女把领袖瓷像砸得粉碎，这种政治讽喻已经沦为形式的作秀。作家可以嘲笑虚伪的政治教条，也可以打碎权威和偶像，他在小说的主题上完全可以这样做。但作品中那些浅薄粗俗的快乐，那些浮躁妄乱的举动，表明这只是一部直奔主题而去、

① 王德威:《革命时代的爱与死——论阎连科的小说》,《当代作家评论》2007 年第 5 期。

明显急功近利的作品。作者立意的明显、心气的浮躁，几乎无暇遮掩。作者不会想不到，这样一部明目张胆的诋毁之作，是不会受到主流意识形态的欢迎的。但是，在当下没有一个作家的辛苦创作是为了让它在“藏之名山、束之高阁”中沉寂的。每一部作品在写作时就已经面对潜在的读者，哪怕这个读者是自己、是苍茫不可知的人世。但《为人民服务》显然不是为作者自己而作的，如同当初惊世骇俗的《废都》是为了“安妥”作者“破碎的灵魂”。这部作品也显然不是为中国社会的受众准备的，因为它在发行上几乎是可以预测到的。那么，如此辛苦所为何来？它能引起来自哪一方面的兴趣和关注？所谓东方不亮西方亮。

但这部作品在思想上的浅薄、在艺术上的粗糙，使它只能是一部概念化、公式化的作品，甚至堪称恶俗。为什么说它是概念化、公式化的？因为对于任何理念或权威的否定，作家必须举出并阐述反对的理由。这些理由是让读者感受到的，而不是通过表面的戏谑、通过打砸抢来简单地表明姿态。作家的反对，应该能使读者感受到其中的理性思辨，感受到智慧、尊严和勇气。哪怕这些智慧、尊严和勇气是不彻底的，但它至少认真表现了人对外部世界的思考。一些众所周知的作品，用人物的性爱甚至纵欲来表现他们对自身处境、对外部环境的反应。但在这些人物当中，似乎没有一个是真正快乐并且能解脱的。只有勤务员和首长夫人是真的无所顾忌并且快乐忘形。从这个角度讲，他们蔑视的不仅仅是“为人民服务”的牌子，而可以是一切规范、教条、律令，一切指示和限制。作品在这个意义上，本是可以成立的。但男女主人公在登峰造极的欢乐和破坏中，将各种各样、大大小小的领袖像砸得粉碎，又化无形为有形，化抽象为具体了。它在小说的结尾又一次明确地告诉人们：这些就是要反对的。事实上，这部作品的粗糙肤浅，并没有赢得海外的好感。顾彬称它是“形式的、概念化的作品”①，而王德威则说“不管《为人民服务》如何闹得风风雨雨，小说的成绩只能说是平平”②。阎连科堪称是一个背负着沉重的精神负担写作的劳

① 顾彬，何映宇：《我和中国作家无话可说》，《文学报》2008年3月6日。

② 王德威：《革命时代的爱与死——论阎连科的小说》，《当代作家评论》2007年第5期。

苦型作家，但《为人民服务》却是轻佻粗率的。这意想不到的一面，不仅仅是令人失望。

2004年，阎连科推出了在文坛引起轩然大波的《受活》。在小说的“代后记”中，作者以触目惊心的文字，表明了他的文学理解。他称“现实主义正在强奸文学”，这番艺术姿态引起了广泛的争论。在后来一系列的访谈和创作谈中，阎连科称只想去表达他所感觉到的现实主义。但《受活》本身最突出的问题，不在于它是否运用了过度的夸张和荒诞来表现现实，而在于其中主要情节的设置是否具有基本的合理性，有些情节又是否必要。文学作品可以虚构，但情节的推进必须使人信服。文学作品也从不排斥夸张和荒诞，但要讲究起码的逻辑性。主人公飞上了天，中国人是让他（她）驾一朵祥云，异域文化则更具体，是一条飞毯，一张床单，甚至是一把扫帚，这才是飞起来的合理性。而在《受活》中，任它的手法如何荒诞，它的基本情节却是令人质疑的。来自河南的各种“绝活”表演，不少城镇都有过，阎连科没有夸张。他的想象任性、混乱的地方在于：其一，购买列宁遗体这样一个乡干部的异想天开，在现实中是否能一路畅通。任何一个稍有行政常识的人都知道，某些官员可能对国计民生都不敏感，但对于涉及政治的任何话题、言论、更何况是举措，是分外敏感和小心的。在这上面任何一步的不谨慎，都是在拿自己的政治生涯开玩笑。购买列宁的遗体，一个狂妄的村干部可能想得出来，但一个政治历练的乡长头脑是否会如此简单？他的上级是否会如此鲁莽？作者显然太爱购买列宁遗体这一情节了，其中寓意重大，显然不能舍弃。因此作者在生活逻辑基本不通的情形下，让这个故事兴兴头头一路发展下去。其二，关于茅枝婆“退社”。当年是茅枝婆带领逍遥自在的受活庄人找到行政领导要求“入社”的，而在经过了二十多年的政治灾难之后，茅枝婆屡屡要求“退社”，“退社”成了她风烛残年的唯一愿望。作者通过一系列情节来突出她为了“退社”付出的努力和代价。问题是，对人物来说，真有这个必要吗？小说中的正在进行时，是当代的商品社会，“人民公社”早已解体。农村行政区域的划分，早已不是“公社”“生产队”，而是乡、村（庄）、组。“公社”早已不复存在，“退社”还有必要吗？受活庄人走南闯北，又不是困守一隅，“不知有汉，无论魏晋”。如果说作者所渲染的“退社”只是为了强调对回到无拘无束自给自足状态的渴望，这种渴望应该是来源于人类久远的乌托邦幻想的，但作者所表现的对立面——“入社”后的种种遭遇，却不仅仅是有着严酷现实的反乌托邦。在“社”里，压力和钳制显然不是来自社会的干涉与约束，而是体现为政治灾难和迫害，从被迫交纳余粮到大炼钢铁、大兴水利、揪斗阶级敌人。在这一连串的灾难性事件中，起主要作用的，不是因为从前人的自在状态被管束了，而是因为意识形态把它荒谬的意图强加给了体制中的人们，而这些意图后来被证明是“左倾”的，是不符合人性与社会发展规律的。所以，茅枝婆所渴望摆脱的，只能是那样的扭曲残酷的意识形态，而不是约束。

作者无论站在什么立场上，他对意识形态的揭示和批判，都是无可指责的。作者对较为敏感的社会现象、历史问题的揭露和抨击，未必就有明确的政治目的和动机。即使当局者这样认定，那些有着大胸怀大见地的作家，一定会断然否定。如果一定要认为《古拉格群岛》《1984》《日瓦戈医生》（1957）的作者们是为了颠覆某项事业的，那么，这种怀疑不是对他们的诬陷，而是对他们的写作和思想的侮辱。布尔加科夫让魔鬼撒旦来考察莫斯科，他发现最重要的是“人心变了”，而不仅仅是有人在受政治迫害。那些优秀的大作家，从来都是从“人”、从“真理”的角度来看待和分析社会中的政治现象。在《日瓦戈医生》中，它的主人公在暴政面前几乎是软弱的、退守的。当他凝望着车窗外的乌拉尔山脉时，你能从他的沉静体会到他对生活有着一颗认认真真的心。

相比之下，《受活》对于历史的展示，在波澜壮阔、惊心动魄中，事件和人物都是骨角峥嵘的，无论是人物的态度，还是字里行间叙述者的态度，都是凌厉的。这种姿态反而显出审视的简单和强烈的主观性。批判亦是讲究策略的，先不论事实和见地如何，单就振臂高呼、再踏上一只脚的形象而言，恐怕是有失人心的。无论是现在还是从前，那些认认真真反思历史和现实的作品，都不是嚣张的、绝对的，而是在怀疑中审慎地探索。即使是愤怒，也不是咆哮的。如郭小川的《望星空》《团泊洼的秋天》、北岛的《一个人》、张贤亮的《邢老汉和狗的故事》、张炜的《古船》，这些能够流传下来的作品，没有一部是叫嚣的。即使历史已经证明了孰是孰非，也没有因为自己立场的正确而对谬误愈加讨伐。《受活》对历史运动中人们所受灾难的一一回顾，几乎与认识无关。作者对它们走过场般地描述，虽然骇人听闻，但更像是罗列历史事件以示众。

对于历史，人们更需要的是认知，而不仅仅是讨伐。一味地清算，并伴以挖苦和嘲弄，只能是较低级的表现，甚至可以说是另一种形式的文攻武斗。因为除了站队和批判之外，你并没有显出你的思考和见地。而且，面对那些沉重的事实，心绪仍然能够飞扬的，一定是和这些事实分离的，是它是它，我是我的，是作者和材料的关系。因此，外界通过作品看到的，只能是作者的姿态。在那些对历史事件剥皮揭疮式的展示中，汉学家能够看到他们所感兴趣的一些东西。对于汉学家所立足的西方而言，作者不同于或是敢于冒犯意识形态的态度，常常是第一个引起他们关注的因素。很多作家都明白这个道理。其中，像卫慧这样的作家，她（他）们以离经叛道的方式来赢得海内外的销量。而阎连科所追求的，则是个人的文学创作在更大范围内获得关注与承认。

除了意识形态上的定位，“汉学心态”还体现为作家们在语言上的考虑。在中国文学译介到国外的过程中，文化上的隔膜自不必说，主要的障碍也许还在语言。对于汉学家来说，“汉语的复杂性，以及汉语长篇小说的篇幅巨大，要让他下决心读一本当代汉语小说，更不用说下决心去翻译，肯定是极其困难的事。”在研究者看来，“余华多年前就参透了这本经”，因此他会越写越简单。“这就是汉语小说的命运，一是欧洲的纯文学观念；二是翻译的难度。”虽然“国际化”已经是“中国文学的软肋”，但人们还是希望“汉语文学要有点中国的立场”。[①]

“国际化”不是少数纯文学作家的梦想，它在当代那些重要作家中具有普遍性。

希望自己的文学创作获得更大范围的承认，是每一个有抱负的作家的追求，冲出国门、走向世界，从 20 世纪 80 年代中期以来就一直鼓舞着作家。贾

① 陈晓明：《回应批评：重新阐释中国当代文学的价值——答〈羊城晚报〉记者吴小攀问》,《文艺争鸣》2010 年第 2 期。

平凹曾将一句台词写成横幅来勉励自己："我的目标是奥林匹克运动会"。文学的"奥林匹克"冠军，是国内一些知名作家的理想，这种追求是值得尊敬的。但是，这种心目中的或潜意识里的世界性目标，对作家也可能成为一种妨碍。除了上文所分析过的意识形态领域里直接的投机，它还会使作家对艺术的理解发生偏差。以贾平凹为例，数年来他一直致力于在作品中将东西方文化完美结合，他认为理想中的作品应该是"作品是中国人写的，但精神内涵，作品的境界已经和西方接轨。这样，作品才有厚度，别人才会来看。"[①] 在这里，作品的思想境界是否"已经和西方接轨"，无形中已成为一个标准。贾平凹在文学境界上重视西方，是有原因的。在他看来，西方的作品中有一种"现代意识"，而"咱的作品老升腾不起来，没有翅膀，就缺乏这些"。他又认为"现代意识可以说是人类意识，地球上大多数人在想什么，思考什么，你得追寻那个东西"[②]。

关于"与西方接轨"和"中国化"，其实不仅仅是内涵和风格技巧的写作问题，它还是作品的阅读接受和影响问题，也就是作品怎样尽可能地被最广大的人群所接受。而关于作品的焦点和思想性，贾平凹关心的是"地球上大多数人在想什么，思考什么"。

这种放眼世界的"别人"将怎么看、怎么想，的的确确已经影响了当代作家的写作。相对而言，李锐的小说创作可能少世俗考虑和功利性，但他一样被某种文学图景、被自己的或他人的文学期待束缚住了手脚。李锐以对吕梁山农民深刻的体验，写出了具有地老天荒意味的《厚土》，其中对中国人和中国人的生活的理解，以及独特的文学表达方式，在当时引起了广泛的注意。他本人后来也一直在思索"本土中国与当代汉语写作"的问题[③]，认为"春色何必看

---

① 贾平凹，王尧：《我的血管里面没有贵族的血液——贾平凹访谈录》，王尧：《在汉语中出生入死》，春风文艺出版社 2005 年版，第 183 页。

② 贾平凹，黄平：《贾平凹与新时期文学三十年》，《南方文坛》2007 年第 6 期。

③ 李锐，王尧：《本土中国与当代汉语写作》，王尧：《在汉语中出生入死》，春风文艺出版社 2005 年版，第 67 页。

邻家”，应该积极建立“现代汉语的主体性”[①]，呼吁中国作家“用方块字深刻地表达自己”[②]。这些主张无疑是鼓舞人心的，但李锐竭力要在西方化或全球化的语境中彰显并坚持中国特色，并没有使他的创作更上层楼，他的“建立汉语主体性”的目标，似乎束缚住了他的表达，一板一式都显得郑重而拘谨。他的新作《太平风物》在评论家看来“写得不错，只是觉得太有意味了……有点‘做’”[③]。执着地追求“汉语”“方块字”，还是要使文学在世界范围内具有自己的身份和特色，这仍然是过于重视世界这个大舞台了。

第三节　“经典”的产生和“大师”的距离

先锋文学无疑是当代文学史上一次重要的文学思潮，它对当代文学进程产生了深刻的影响。阎连科在回顾20世纪80年代的先锋探索小说时，认为它“对中国文学来说太功不可没了”，它“给新时期文学注入了一种新的血液”[④]。像余华、格非、苏童这样的先锋作家，仍然是当今文坛上举足轻重的创作力量。在一定程度上可以这样说，先锋作家的创作成绩直接影响了对“新时期文学三十年”的价值评判。

从1978年到现在，新时期文学已经发展了三十多年。对这三十多年来的当代文学如何评价，已经成为一个颇有争议的话题。无论是认为现代文学三十年（1919—1949）的成就更为突出，还是强调当代文学早已超越了现代文学的辉煌，可能都是一种将问题简化的判断。2008年4月，在“新时期文学三十

---

① 李锐：《春色何必看邻家——从长篇小说文体的变化浅议当代汉语的主体性》，王尧，林建法主编：《我为什么写作——当代著名作家讲演集》，郑州大学出版社2005年，第14页。

② 李锐：《用方块字深刻地表达自己》，《今天》2005年夏季号。

③ 季进：《当代文学：评论与翻译——王德威访谈录》，《当代作家评论》2008年第8期。

④ 阎连科，黄平，白亮：《“土地”“人民”与当代文学资源》，《南方文坛》2007年第3期。

年”学术研讨会上，张清华先生提出了这样一个观点，他认为“现代文学有伟大的作家，但几乎没有伟大的作品，而当代文学虽然几乎没有伟大的作家，但却出现了伟大的作品。”① 不管这一论断是否能被大多数人所接受，它对人们全面地认识包括先锋文学在内的当代小说创作成就都是一个有益的提醒。

有没有“伟大的作家”或者“伟大的作品”？对当代小说艺术成就的争论其起点和焦点常常集中在对这两个基本概念的界定上，即什么样的作家、什么样的作品能够堪称“优秀”或者“伟大”。它们的标准和尺度分别是什么，应该包含哪些要素。对于这两个概念，虽然古今中外的大师、名家都根据自己的理解有所阐述，但从实际情形看，它们要么过于笼统，有些大而空泛，如哈金所定义的“伟大的中国小说”②，要么虽然深刻、独具见地，但却只是冰山的一角，如米兰·昆德拉所认为的“小说的精神是复杂性”③。而那种将所有的真知灼见和标准汇总起来的对“杰作”和“大师”的定义，已经类似于文学判断上的操作指南。也就是说，只有具备了一、二、三、四，甲、乙、丙、丁俱全，才能确定作家和作品的质量。这种技术层面的操作，看似科学严谨，实则机械乏味。文学分析和判断，当然要依靠逻辑和理性，那是最基本的思路。但是一部作品首先击中人们的，一定是心灵和情感，然后才是沉浸其中的思想。如果人们为了使头脑更加明晰和深刻，肯定不会首先选择小说。说这番话的意思是，文学（无论是作家还是作品）有它的特性，在借助典律、法则来进行判断时，不妨也相信一下我们的眼睛、心灵和直觉。就如同打量一匹马，你只要看到了它的奔跑，就能大致知道它是一匹什么样的马，而不需要去仔细检查一下它的牙口和腿脚，然后做一份鉴定报告。

研究者已经把太多的精力放在了对“伟大的小说”和“伟大的作家”的界

① 傅小平：《当代文学：有大作无大师？》，《文学报》2008 年 4 月 24 日。

② 哈金这样定义“伟大的中国小说”：“一部关于中国人经验的长篇小说，其中对人物和生活的描述如此深刻、丰富、准确并富有同情心，使得每一个有感情、有文化的中国人都能从故事中找到认同感。”（徐江：《我们需不需要“伟大的中国小说”？》，《北京日报》2005 年 7 月 5 日）这个定义稳妥而全面，但那只可能是一种想象中的完美。

③ ［捷克］米兰·昆德拉：《小说的艺术》，董强译，上海译文出版社 2004 年版，第 4 页。

定和争论上，各执一词者都认为自己在坚持真理，在捍卫文学的纯正和高贵。而大多数的情形是，判断一部作品的好坏，需要的往往是一些常识，这些常识几乎是不言而喻的，从而成为一种判断上的本能反应。一部作品的优劣，肯定不是通过别人的提示和解释而确认的，一定是阅读本身告诉我们的。

每个人都有自己心目中的“伟大的小说”,可以认为是文学史上的“经典”，如《古船》《九月寓言》《红高粱》《白鹿原》《活着》《许三观卖血记》，或者是备受争议的《废都》；也可以认为是大众喜爱、畅销不衰的《平凡的世界》。文学判断绝对不会有一个符合所有人愿望的统一标准，为什么要明晰出一个确定的名单呢？我相信对于某一些作品，大多数人认同它们是我们这个时代的优秀之作。这个大多数不仅是指专业的文学研究者，也应该包括读者在内。这些作品在人类精神领域探索的广度和高度，以及小说的形式之美，是令人难忘的，它们为我们提供了与现代文学完全不同的审美经验和感受。

这样的作品肯定是存在着某些共性的，它们在理论上的意义同时吻合人们的心灵感受。它们体现出的共性在哪里？王国维论词，认为“词以境界为最上，有境界则自成高格”。境界的生命，是真切自然。他眼中的“大家之作”，具有“其所见者真，所知者深”的特点。其中，“真”是基础，它不仅是指反映生活时的“正因写实，转成新鲜”，也指“以自然之眼观物，以自然之舌言情”①；“深”是思想认识，面对事物的理解之深，必然会引出境界的广博和苍茫。只有体会到了“前不见古人，后不见来者”的况味，才会“念天地之悠悠，独怆然而涕下”。由“真”而“深”而“广”，这应该是“伟大的小说”的基本特点。当代文学三十年中有没有这样的作品？根据我们的阅读体会，这样的作品肯定是存在的。

要回答这个问题，先从我们这个时代的作家谈起。当代文学三十年有没有“伟大的作家”？人们对此持保留的态度可能更多一些。王晓明在评价资深女作家王安忆时，也只肯小心地说：“她真有一点大作家的气象了”②。也只是

---

① 王国维：《人间词话》，上海古籍出版社 2004 年版，第 6 页。

② 王晓明：《从淮海路到梅家桥——从王安忆小说创作的转变谈起》，《文学评论》2002 年第 3 期。

“气象”而已。人们对当代的知名作家，始终不肯轻易地冠之以“大师”的称谓，这不是出于文学评价上的贵古贱今，而是当代作家确实存在着一些显而易见的问题。

同现代文学史上的作家相比，当代作家在文化修养、天分和精神世界的涵量上，显然不能与之同日而语。且不论徐志摩、闻一多、冯至等人深厚的西学功底，就中国古典文学的修养来说，当代作家中能否找出一人堪与茅盾、郁达夫、冰心等相提并论。而现代作家中的很多人又是学贯中西的，更有一批人集翻译家、编辑、作家的身份于一体，在文化的多个领域游刃有余、各有建树。今天的人们看到现代作家的肖像，能确切地体会到“腹有诗书气自华”的准确性。当代的大多数作家，则“术业有专攻”，是“割麦便割麦，舂米便舂米，撑船便撑船”的阿Q，论起城里乡下可以各有嘲笑，一旦握住毛笔便画不成一个圆，“一抖一抖的”“画成瓜子模样了”。除了文化修养上的不足，当代作家中具有大天分的并不多。沈从文所受教育有限，萧红的文字在勃勃生气中难掩其粗砺，但他们的天赋却无可比拟。同样成长于东北，萧红透视问题的深刻，其价值大于迟子建对人与自然的温情。善良与温情可能是一种精神气质，但观察和体会的深刻却是一种本领。最后一比，关于作家的精神世界，2005年4月，王蒙在中山大学演讲时，在回答记者的提问“中国作家为什么不够伟大”，他调侃道“是因为自杀的人太少了”。老舍算是自杀的当代作家，但他心灵世界的淳厚质朴，处世的热忱认真，都与现代作家更近。在当代作品中，我们很少能看到像《骆驼祥子》《月牙儿》《四世同堂》那样对人的处境的深刻理解与同情。老舍先生善良的天性与悲悯的情怀，甚至形成了他作品中特殊的气质与感染力。同样，如果没有曹禺先生对繁漪深刻的同情，便不会有压抑与爆发的《雷雨》；如果没有巴金先生对“大哥”和“鸣凤”的泪水，就不会有沉重悲愤的《家》。相比之下，当代作家似乎更多理性。除了张炜、张承志等作家容易在作品中热血沸腾之外，大部分作家的神经像钢铁一样坚强。他们中的一些也许并不缺乏悲悯，但却往往表现得稳重而得体。一个奇怪的现象是，现代作家几乎不怕在作品中流露出强烈的情感、脆弱或极端的天性，但当代作家的倾向却是将忧愤以人性的坚韧和高贵表现出来，成熟得体往往是以世故为代价的。

面对当代作家的种种不足，为什么当代文学三十年仍然出现了能够称之为“经典”的佳作？其中的一个重要原因是当代文学的资源问题。“文革”结束后，“解放思想”成为一个重要口号，但真正有解放思想的社会空气，要从20世纪80年代中后期开始。对于当代历史的反思，对于中国社会的再认识，成为知识分子不倦的话题。可以说，当代历史的复杂与沉重，造就了当代文学的深厚与广博。《芙蓉镇》《古船》《受活》，甚至是像《灵旗》《人面桃花》这样以现代革命史为背景的小说，也离不开当代目光对“革命历史”的再认识。对于一个世纪以来的历史生活，当代的大多数作家都是以批判的目光来再现与感受的。不管当代作家们是有意而为还是无意识地呈现，这都是一种充满了意识形态意味的写作。现代作家们虽然也同样生活在一个新旧交替的时代，封建帝制崩溃，资本主义民主初步确立。但从历史经验来看，封建主义同资本主义在意识形态领域的斗争，似乎远远没有“新民主主义”时期“民主与专制”之间的矛盾来得激烈。后一时期历史生活的残酷性堪比中世纪，而它的复杂性则在具有现代意味的同时，也引起人们更多的反思。在现代作家那里，对人的处境的思考，其实超过了对社会问题的解剖。深刻如鲁迅，他也只表现“皇帝坐了龙庭了”普通人的惊慌复归于平静；也只表现病人对于“人血馒头”的渴望，而并不给中国革命或民生问题开“药”。萧红也只表现中国人的“生死场”，说出“我恨日本人，更恨中国人”的大实话，但她也并不分析中国社会的来龙去脉，她呈现的是花开花谢的人生景观。而当代作家对于社会问题的关注，是超过了对“人”的。个人的命运总是和历史联结在一起，坚韧如《活着》、超逸如《长恨歌》，它们都是在历史的潮汐中，描述个人的浮沉，中国独特而复杂的历史生活是这些小说广阔的舞台。这种丰富性，正如余华所说：“一个西方人活四百年才能经历这样两个天壤之别的时代，一个中国人只需四十年就经历了。四百年间的动荡万变浓缩在了四十年之中，这是弥足珍贵的经历。”[①]这种历史生活的丰富性，成就了三十年来当代小说的基础和表现空间。而其中具有

① 余华：《活着·后记》，上海文艺出版社2005年版。

或者抛开意识形态色彩的历史呈现，都使小说具有厚重扎实的思想含量。现代作家中的大多数似乎更倚靠作家自身的感知，他们的表达和发现也更感觉化和个人化。这是当代小说与现代小说之间的明显不同，也是当代写作在资源上的优势。也可以这样说，当代小说更能以材料取胜，而材料本身所具有的思辨性质为作品的思想内容提供了复杂性。

当代文学的另一个优势，是它用西方现代哲学丰富了自己看问题的方法和角度。同时，它对外国文学艺术中的理念和表现技巧进行了借鉴。本土资源和民间经验当然是巨大的财富，但如果没有对西方现代哲学的吸收，当代文学的内涵会单薄许多。残雪、余华、格非至少他们早期相当一部分作品的意义，是借助于小说形式对某些哲学理念的演绎。当余华、格非将这些哲学理解同本土经验相结合的时候，才有了产生伟大作品的可能。鲁迅是个伟大的作家的前提,在于他首先是一个伟大的思想家。他也受外来哲学的影响,比如早期的“进化论”，但是他能以深刻的洞察力逐渐形成自己对人和世界的理解，形成自己复杂、矛盾的世界观。他的目光是辩证的、怀疑的，他无所依傍，卓尔不群。在当代那些重要的作家中，我们还看不到一位是在对外来经验毫无倚仗的情形下，逐步确立了自己的哲学的。当代作家的作品内涵，也因此更多人类哲学的普遍性，而少个人感受和思考的独特性。如格非的《人面桃花》将个人命运和中国历史表现得阔大、细致而优美，但在对革命、历史和乌托邦叙事中，我们仍能找到它们各自的哲学老家。同时，对于外国文学技巧的借鉴，也因为“有意味的形式”，而丰富了作品的内涵。《白鹿原》壮阔丰厚、含蓄从容，与魔幻现实主义在作品中的自在运用有直接的联系（魔幻现实主义似乎也特别适合表现古老土地上的沧桑动荡与文化的神秘）。对外来文化成果的吸收，有助于当代文学中的一些重要作品在思想性上深厚而强大，其中的一些理念无疑是人类精神探索的精华。它们的质量直接影响了这些作品的质量。在自然科学领域中牛顿的名言：“我是站在巨人的肩膀上的”，对于认识当代文学的成就，同样适用。但是这种登高而远，无损于当代文学的价值。只要是它融入了血液中的，我们就可以认为是与它自身一体的。它的成就一定是作为整体来完全体现出的，而不是从一个相对的高度。

每一个时代都有自己的特点，当代作家在文化修养上可能整体落后于现代作家，但他们凭借写作资源的优势，也可以创造自己的辉煌。一个世纪以来历史经验的独特性，以及对现代人类文明的吸纳，都足以形成当代文学在内容上的磅礴与深度，在形式上的别致和圆熟。

我们并不缺少文学事实，而是缺少面对现实的客观和直陈它的勇气。正像张清华先生所指出的那样："我总是担心，我们对最近三十年文学的评价过低了。但当代的批评家不敢，也没有勇气说最近十年，或者至少从 20 世纪 80 年代中期以后到新世纪初这二十年左右的时间，是中国文学的黄金时代，是汉语新文学诞生以后的最辉煌时代。"①

当代文学并不缺乏思想与才情兼备的作家，他们中的一些人不仅禀赋出众，而且勤勉过人，是严肃而认真的作家，但人们在承认他们的艺术成就、尊重他们的努力的同时，也很少能认为其中有大师存在。在对当代作家的认识上，汉学家顾彬对王安忆的评价可能具有代表性，"她是个好作家没有问题，但她是不是一个大作家就很难说"②，这与王晓明的观点不谋而合。

究竟什么是"大作家"，或者更甚一步"伟大的作家"？他们的标准和尺度是什么。这些问题同鉴定什么是"伟大的作品"一样足以众说纷纭、争论不休。关于当代写作出现的问题，也已经有不少研究者进行过分析和陈述，这些观点不可谓不精辟，但他们在面对问题时，所考察的对象往往是笼统而宽泛的。当代作家是一个很大的概念，从不同的目的地出发，是可以兵分几路的，诸如为市场写作、为奖项写作，包括严肃作家的职业化写作。这些虽然人数众多，但他们肯定不能代表当代文学真正的力量，若干年后留下的，也一定不是他们。当顾彬指责马原"他为什么不在上午写他真正要写的作品，下午和晚上写剧本"③的时候，正在写电视剧的马原其实已经不能算作当代写作之列了。只有在那些已经写下了重要的作品、同时值得人们期待的作家身上，他们所呈现的

① 傅小平：《当代文学：有大作无大师？》，《文学报》2008 年 4 月 24 日。

② 顾彬，何映宇：《我和中国作家无话可说》，《文学报》2008 年 3 月 6 日。

③ 顾彬，何映宇：《我和中国作家无话可说》，《文学报》2008 年 3 月 6 日。

问题和局限，才是最值得人们关注的。这些问题也才是当代文学的瓶颈所在。

离“大师”最近的称谓是“大家”，在能被人们尊之为“大家”的有限的人当中，贾平凹大概要算一个。他在传统文化领域兴趣广泛，修养较深，他的作品不仅内蕴沉厚，耐得住时间的打磨，而且他勤于琢磨，有一套自己的世界观与小说艺术观。从各方面来看，他都是最具有大师潜力与气度的。但是，他的创作又显然是有问题的。贾平凹身上的一个突出特点是，他在如何使小说这活儿做得漂亮上，下了比别人更多的功夫。他的颖悟使他比大多数作家更早也更深地参透了艺术的奥妙和规律。往往在别的作家所忽略的地方，他品出了价值；别人不屑一顾的，他视若珍宝。但在这位灵慧过人的作家那里，随之产生了一个问题，即贾平凹的创作美学是“实用”多于“无用”的。文学艺术除了陶冶性情之外，其实是最“无用”的，即便是面对“无限江山，流水落花春去也”，也只能慨叹一声：“天上人间！”但这就是绝唱。凡是以“隔江犹唱后庭花”来影射“亡国恨”的，凡是用字、韵律、布局重于直抒胸臆的，都不可能成为上乘之作。对于艺术创作而言，“抱负”和“技巧”只能是第二位的，作家个人的灵魂永远第一，而灵魂常常是无用的。

贾平凹在文学上的“实用主义”体现为两点，其一是创作动机，其二是表现技巧，而这两点是前因后果的关系。归结为一点，就是“为什么写作”的问题。人们毫不怀疑，贾平凹视文学为生命，写作对他而言就是日常的思考和说话，是存在的最根本意义。但贾平凹绝不是一个书生式的作家。他有俯仰宇宙之心，吞吐天地之志。在文学上，他是一个有着大追求、大抱负的作家。这直接影响到他对写作的认识。他认为当代的文学创作“在境界上一定要借鉴西方的东西，在行文表现上一定要有中国的做派”，“现代意识可以说是人类意识，地球上大多数人在想什么，思考什么，你得追寻那个东西”[①]。且不论“大多数人在想什么”的“人类意识”是否就是“现代意识”，只就一个作家而言，如果他不能听凭自己内心的召唤，去探究那些痛苦的、难解的、像梦魇一样纠缠着自己的问题，而去捕捉“大多数人在想什么”，那他只能是被自己的聪明

① 贾平凹，黄平：《贾平凹与新时期文学三十年》，《南方文坛》2007 年第 6 期。

误到了家，他充其量只能是一个投机的、附庸的作家。这样的评价对贾平凹并不过分。他写作《秦腔》时，旨在为日益凋敝的故乡“树一块碑子”，他用近乎原生态的描写呈现了日益衰败的乡村。但他宏大的文学意图显然超过了他的文学准备，他面对现状，“不知道是该赞颂还是该诅咒”，只能说一句“我不知道”[①]。虽然事实有时可能比看法重要，有时事实本身就是一种看法，但客观的目光同审视的目光之间，终究是能现出高低的。“宏大叙事”的愿望、“树一块碑子”的理想，使沉淀于思考根本就没有足够的时间和心态。

当人们惊讶于贾平凹写了一部以农民工进城为素材的《高兴》时，作者这样解释他的初衷：“在这个年代的写作普遍缺乏大精神和大技巧，文学作品不可能经典。那么，就不妨把自己的作品写成一份份社会记录留给历史”[②]，为此，作家几番去捡破烂的人群中体验生活，收集素材。这种敬业精神当然值得赞叹。但作家是否本末倒置了。书写历史记录是否是作家该干的活儿。我们也无法想象，一个有着丰富的精神世界的作家忽然去体验生活，以便能使他笔下的生活像真的一样。《秦腔》和《高兴》的写作反映出来的是同一个问题，它们都是作者用心打造出来的“史”，是作者立意要为故乡树起的一块“碑子”。这块“碑子”不仅记录了农民进城以及进城之后怎样，也是贾平凹在文学史上以作品的形式所能留下来的，它有太多“工作”“使命”“业绩”的含义。所以，它是“作文”。我们不否认作者在这两部作品中所付出的气力，所投入的思考和感受，但它们是“气力”和“构造”大于“心灵”的。无论是文学事业的需要，还是社会的需要，都不能成为文学的需要。唯一能成为写作的理由的，只能是“我”的“心灵”的需要。

通过以上分析，我们会有这样一个认识：在那些大家身上所反映出的缺陷，正是作家普遍状况更深层的反映。贾平凹在文学事业上的进取心、希望最大限度地被社会承认的心理，在一般作家那里只是表现为更世俗的市场意识和功利性。二者虽然有境界的大小和高低之分，但都可归于迎合的、有意而为的

---

① 贾平凹：《故乡啊，从此失去记忆——〈秦腔〉后记》，《收获》2005 年第 2 期。

② 贾平凹：《我和刘高兴》，《当代》2005 年第 6 期。

写作。

当代文学的其它问题，也能从别的优秀作家那里体现出来。比如，作品思想性的薄弱，这是以深刻著称的余华也无法避免的。余华被认为是“同时代作家中写作字数最少的作家之一，但他也是废品最少、被研究得最充分的作家之一”[①]。余华不仅以他的聪慧和颖悟，解决了中国当代小说的形式问题，《活着》《许三观卖血记》自然、优美、精巧，它们将先锋的精神与赏心悦目的形式完美地结合在一起，同时它们的内容和气质又是中国式的，这是当代文学最重要的成就之一。不仅如此，余华超出了众多作家的地方，在于他能在纷纭的世相当中一眼看到本质，也就是直接指向事物中心的能力。他所揭示的真相和事物的实质、他的准确、透彻和力度，常常是令人震惊的。如果说，贾平凹这样的作家能够代表当代文学的宽广和复杂，那么，像余华这样的作家则代表了当代文学的深度和高度。

余华具有透视事物本质的才能，他对自己的认识非常自信，表达得有力而强劲。但与此同时，他放弃了对事物复杂性的认知。余华迄今为止的所有作品，都传递出这样一种信息：他见识过人，但毫无困惑。他能够深刻地理解他看到的一切，没有什么能够纠缠着他，使他寝食难安。比如，余华的大多数作品都反映了人类巨大的灾难、人性的丑恶和存在的残酷，但是这一切都是可以化解的。面对灾难和不幸时，福贵用的是坚忍，许三观用的是苦中作乐，而到了《兄弟》则是煞有介事中的嘲讽，没有什么是不能被消解的。这成为解决问题的一种姿态和方式。世界真的是这样纯粹而绝对的吗？人们有必要想起福克纳的提醒，他说：“当今从事文学的男女青年已把人类内心冲突的问题遗忘了。然而，惟有这颗自我挣扎和内在冲突的心，才能产生杰出的作品，才值得为之痛苦和触动。”[②]如何使作品的思想性更深刻，使作品的精神境界更博大，这是当代作家最难解决的问题之一。

---

① 谢有顺：《余华的生存哲学及其待解的问题》，《先锋就是自由》，山东文艺出版社2004年版，第171页。

② 毛信德等译：《诺贝尔文学奖颁奖演说集》，百花洲文艺出版社1991年版，第374页。

第十一章　美学形态的多样化

第一节　"自由"的更高阶段与新的美学原则的确立

莫言在2017—2018年间发表了一系列新作，对于期待已久的读者可能极大地满足了他们的好奇心——获奖后的莫言其写作是什么样的面貌与水准？而对于批评家，则出了一道难题：该如何评价这些作品？评价的依据又是什么？在阅读的过程中，笔者时时感受到莫言的从容与睿智，也感受到莫言在写作时已经为文学批评预设的窘境。关于作品的评价，刘纳曾经提醒人们注意这样一个问题，即一部作品无论争议的焦点是"写什么"还是"怎样写"，最后都必须落实到一个根本性的不能回避的问题：它究竟"写得怎样"？[①]

在莫言新作问世后不久，国内重要的批评家与作家们纷纷发表了自己的看法。他们的意见可以归纳为以下几点：第一，普遍对莫言的戏剧《锦衣》深感兴趣，评价甚高。张清华认为"莫言在当代作家中，在文体方面是最无边界的一位，他对艺术形式的混合杂糅与创生再造的能力，实在是令人瞠目"；[②]格非直言《锦衣》是莫言新作当中"最震撼的"，它引发了格非对戏剧理论与文化传统的诸多思考；李敬泽认为莫言之所以"怀着如此大的兴趣致力于写戏曲"，是因为"他是看到了戏曲所蕴含的我们民族美学精神中、或者说我们这个民

① 刘纳：《写得怎样：关于作品的文学评价——重读〈创业史〉并以其为例》，《文学评论》2005年第4期。

② 张清华：《说不尽锦衣夜行警世真幻：莫言新作〈锦衣〉读记》，《光明日报》2017年9月4日。

间大地的美学精神中、大家非常熟悉但是很难进入我们的美学视野的某些根本特质”。第二，关于诗歌。余华认为“在《十月》发的三首诗，第一首诗一般（《高速公路上的外星人》，笔者注。），后面两首（《飞翔》《谁舍得死》，笔者注。）我很喜欢，写得非常好”。也就是说，对于莫言的诗歌创作，人们褒贬不一。第三，关于短篇小说。余华认为“虽然篇幅可能跟过去比不是那么大，但是内容更大了，他写得更随意了”；格非特别赞赏莫言“在细节方面的功夫”“整个过程里面每个小的节点都特别出色”。《天下太平》尤其备受赞誉，李敬泽称作品“浑然一体，这里面有乡村政治，也可以说这里面有新农村建设”“生态问题”“乡村的经济发展问题”“过去乡村历史的回声等等这么多的东西”，但在莫言那里却可以“几乎都不留什么痕迹”地放在一起，能够“融合在这样一个童年视角”，使人们看到了莫言“在处理当下这个复杂的经验的时候他的眼光、他的能力”。[①] 无论是作为当代优秀的作家还是批评家，他们的观察与分析都是切中肯綮而诚恳的，也因此可以作为对莫言新作的基本评价。

一、莫言小说新作带给文学批评的两重尴尬

尽管如此，在这些客观评价的背后仍然隐含着令批评界感到尴尬与困惑的问题。

尴尬之一在于，莫言作为诺奖获得者代表了中国当代作家最高的文学成就与世界声誉，但他的新作虽然大部分质量上乘，但亦有不尽如人意之作。没有一位作家能做到每篇都是佳作，这是人们完全可以理解的，但莫言使人困惑之处在于，他似乎并没有在万众瞩目的期待中束手束脚、谨小慎微，而是极其坦然地将可能不被所有人都认可的新作拿到众人面前来。比如《诗人金希普》《表弟宁赛叶》，这样的作品对某些无行文人的嘴脸和龌龊内心进行了生动的刻画，处处含有讥刺的锋芒，体现出《儒林外史》和《围城》的文化特点。但除此之外作品还有更多的意义吗？或者它们在写作上有其独特的艺术价值？如果作者是籍籍无名之辈，这两篇作品能否登上重要的文学期刊？聪慧如莫言，

① 李敬泽：《我们所熟悉的那个莫言又回来了》，《北京青年报》2018 年 5 月 22 日。

他不可能不知道这些事实，但他还是毫无避讳地将它们发表出来。这就使得文学批评面临一种尴尬的境地。

莫言发表这样的作品是因为盛名之后失于严谨吗？答案是否定的。莫言曾经谈到《地主的眼睛》《斗士》和《左镰》其实创作于 2012 年，“几乎每年都会拿出来改一改”，“最后一天还改了两个词”，① 作家的认真细致可见一斑。那么莫言为什么一定要写作使文学批评难以称赞的《诗人金希普》和《表弟宁赛叶》呢？而且这样的作品还是两篇。如果说“诗人金希普”只是某类人的无耻和无赖，那么到了“表弟宁赛叶”，文学投机者们则在不断地失意之后变得疯狂而狰狞。莫言执意要将其写出，到了不吐不快的地步，究竟是为何呢？这不禁使人想起莫言曾经感慨过的“鲸鱼”和“鲨鱼”的典故：“多年前，刘再复先生希望我做文学海洋的鲸鱼。这形象化的比喻，给我留下了深刻印象。我复信给他：‘在我周围的文学海洋里，没看到一条鲸鱼，但却游弋着成群的鲨鱼。’我做不了鲸鱼，但会力避自己成为鲨鱼。鲨鱼体态优雅，牙齿锋利，善于进攻；鲸鱼躯体笨重，和平安详，按照自己的方向缓慢地前进，即便被鲨鱼咬掉一块肉也不停止前进，也不纠缠打斗。虽然我永远做不成鲸鱼，但会牢记着鲸鱼的精神。”② “诗人金希普”和“表弟宁赛叶”很像“文学海洋里”“游弋着”的“成群的鲨鱼”，它们“牙齿锋利，善于进攻”；而“鲸鱼”虽然“被鲨鱼咬掉一块肉也不停止前进，也不纠缠打斗”，但记忆和伤痕却不会褪去。

作家对于周遭人事的伤害是否应当始终隐忍自己的愤怒？张洁有以婚姻伤痛为原型的《无字》，鲁迅也曾在《理水》中以“鼻尖涨得通红”的“鸟头先生”来讥讽顾颉刚。但这并非就是莫言可以写“金希普”和“宁赛叶”的力证，而需要回到文学创作的本身。写作是高尚的劳动，作家也有义务为社会和大众生产出高质量的精神文化产品。但作家本人的感受与苦乐是否就无足轻重呢？作家的愤怒、仇恨乃至偏激是否无法登上大雅之堂？对这些问题的回答将涉及文艺理论的多个层面，暂且不在这里一一论述，本文想要阐明的只是，文学艺

① 孙佳音：《莫言新作将发表，他说：反复改了五年了》，《新民晚报》2017 年 8 月 24 日。

② 彦火：《鲸鱼跃海　梦想与现实》，《明报月刊》2013 年 1 月号。

术家有权利将自己可能并不宽广的心灵感受通过作品表达出来，他们需要注意的只是是否有违生活的实质，是否把握住了艺术表现中的分寸感。如果艺术创作需要完全隐匿那些并不高大堂皇的个人好恶，那么对于艺术家而言，是否还有抒发与创造的真正快乐？

事实上，将“金希普”和“宁赛叶”这类人物放到日光下来，体现出莫言在行文多年后终于获得了写作上的自由。这种自由不是秋后算账的快意，而是精神上少了顾忌之后的舒展、自信与平实。人们普遍感受到了新作中的“从容”“坦荡”与“放松”，余华甚至更进一步认为：“他写得更随意了。”[①] 这个“随意”并非漫不经心，而是从某些束缚当中走出后的自在。

莫言带给文学批评的尴尬，除了他竟然花笔墨将“金希普”和“宁赛叶”亮相，还在于其小说新作呈现出的第二个特点——在小说书写中减少了一些非常醒目的元素。这些元素不仅是莫言文学世界的标签，也是学界上下从 20 世纪 80 年代中期以来就始终在研究分析的。现在它们正在减弱或者消失，那么一直以来莫言作品价值的衡量标准是否出现了问题？这些改变对他而言是否意味着新的美学标准的确立？要回答这些问题首先需要看一下同获得诺奖以前相比，莫言的小说新作到底减少了哪些元素。

第一，强烈的意识形态批判色彩。《天堂蒜薹之歌》的扉页上曾经有过这样一段话：“小说家总是想远离政治，小说却自己逼近了政治。小说家总是想关心人的命运，却忘了关心自己的命运。这就是他们的悲剧所在。”[②] 从《天堂蒜薹之歌》《酒国》《生死疲劳》到《蛙》，包括一些短篇小说如《倒立》，在这些作品中人物命运都同历史进程中的意识形态密切相关，有时甚至会给读者这样的印象——所有循环往复的磨难不过是在演示意识形态这一庞然大物是如何操纵、揉捏人们命运的。但是到了新作《地主的眼神》《斗士》《左镰》等作品，即使历史背景很容易释放出意识形态的时代内容，但作者不仅没有对此进行渲染，反而将问题的根源与分析的利刃指向了人性深处。正如作者在小说中

① 李敬泽：《我们所熟悉的那个莫言又回来了》，《北京青年报》2018 年 5 月 22 日。

② 莫言：《天堂蒜薹之歌 · 自序》，南海出版社 2005 年版。

写下的“我知道很多地主不是坏人，但我知道，这个孙敬贤的确不是一个好人。这其实跟他的地主身份没有关系”；而地主的孙子也这样总结家中长辈：“我爹与我爷爷一样，就喜欢打肿脸充胖子”，他们的命运与自身的内部世界有更直接的脱不了的干系。

第二，魔幻现实主义手法。在对莫言的分析和评价中，“魔幻现实主义”是一个出现频率极高的术语。魔幻现实主义不仅在情节和细节上被莫言灵活运用于笔端，有时甚至成为构建小说的最主要方法，如《酒国》《生死疲劳》等等。在中国作家对“魔幻现实主义”的运用上，莫言大概是最多的，在作品中也是最为密集的，这不仅源于他的家乡盛产传说，在漫长孤寂的夜晚人们围坐在一起说着奇闻逸事，还由于魔幻叙事更便于发挥莫言出众的想象力。但莫言的小说新作却多以写实的情节、细节以及显出了克制的语言进行叙述。即使是《天下太平》里那只因为河水污染而变异的老鳖，也没有闹出不可捉摸的神奇花样来，而只是闷狠狠地咬住人的手指不放，最后猪鬃插鼻一个喷嚏松口了事。至于从鳖壳上隐约的纹路看出了“天下太平”四个字，那是村民们的联想解读，不是老鳖自带灵异。

第三，奔放无羁的想象与虚构。这一点其实和上一部分是紧密相连的。汪洋恣肆的想象力一向是莫言迥异于众人的禀赋和创作中的利器。莫言曾经认为，“想象力是一个作家最重要、最宝贵的素质”[①]。他对想象与虚构的理解在当代作家中是很有代表性的，从最初写作时对诗意海军生活的杜撰（《春夜雨霏霏》），到构思《红高粱》时推论：“没有听过放枪放炮但我听过放鞭炮；没有见过杀人但我见过杀猪甚至亲手杀过鸡；没有亲手跟鬼子拼过刺刀但我在电影上见过。因为小说家的创作不是要复制历史……他所要表现的是战争对人的灵魂扭曲或者人性在战争中的变异。从这个意义上讲，即便没有经历过战争的

---

① 石一龙，莫言：《故乡、梦幻、传说、现实——著名作家莫言访谈录》，《小说的气味》，春风文艺出版社 2003 年版，第 164 页。

人，也可以写战争。”[①] 而且“一个作家不但可以虚构人物，虚构故事，而且可以虚构地理”，[②] “我把天南海北发生的凡是对我有用的事件全都拿到了我的高密东北乡来”；[③] “如果我要写城市，这个城市也应该是我自己创造出来的。……在地球上从来没有出现过、将来也不可能出现过的。……在我的城市里，酒吧里不喝酒，人们聚集在这里很可能喝的是洗脚水”。[④] 当有人问及《天堂蒜薹之歌》扉页上的那句引言“为什么查遍《斯大林全集》，也找不到出处”时，莫言的回答是“这段话是斯大林在我的梦中、用烟斗指点着我的额头、语重心长地单独对我说的……但我相信：斯大林是能够说出这些话的，他没说是他还没来得及说”。[⑤] 莫言在想象与虚构上的胆识是异乎寻常的。但在小说新作里，那些瑰丽雄奇的想象似乎都被严峻深刻的现实所代替，此时的莫言更注重观察现实生活本身的面貌，而很少发挥天马行空般的想象力。最典型的莫过于《等待摩西》，小说中的柳卫东命运起伏跌宕，走失三十年，中间可以穿插多少神秘莫测的经历以及不可思议的力量，但作者却没有出神入化地大做文章，而只是很平实地讲述，甚至按照人物原型的真实结局来讲述。“我写了家人的寻找和期盼。但后来找到了，故事也就发生了变化。”[⑥] 这种忠实于实际生活的创作方法，对于从前人们所熟悉的莫言来说是反差极大的。

第四，色彩、通感与意象。莫言的小说向来以视觉、嗅觉、味觉、触觉等的鲜明丰满、交融贯通而著称。他不仅使人们第一次真切地感受到小说是活生生的人写的，而且赋予某些景、物以特殊的艺术感觉与寓意。例如《透明的红

① 莫言：《我为什么要写〈红高粱家族〉——在〈检察日报〉通讯员学习班上的讲话》，《小说的气味》，春风文艺出版社 2003 年版，第 17 页。

② 莫言：《福克纳大叔，你好吗？——在加州大学伯克利校区的演讲》，《小说的气味》，春风文艺出版社 2003 年版，第 40—41 页。

③ 莫言：《我的〈丰乳肥臀〉——在哥伦比亚大学的演讲》，《小说的气味》，春风文艺出版社 2003 年版，第 64 页。

④ 莫言：《城乡经验和写作者的位置——在台北出版节“作家之夜”的发言》，《小说的气味》，春风文艺出版社 2003 年版，第 89 页。

⑤ 莫言：《天堂蒜薹之歌 · 自序》，南海出版社 2005 年版。

⑥ 孙佳音：《莫言新作将发表，他说：反复改了五年了》，《新民晚报》2017 年 8 月 24 日。

萝卜》中所表现出的少年的孤独、饥饿、压抑、竞争、性、渴望，都通过动人心弦的细节和大量朦胧而瑰奇的意象表现了出来。但到了最近的短篇新作，除了《天下太平》对河上风光、打鱼生活的书写具有浸润人心风俗画般的感染力，其它作品对于故事发生处景物的描写是非常简省的，更不必说通过景物氤氲般地营造意象。这些小说的注意力主要集中在人物的行动和语言上，它们清晰具体，层层递进，共同打造出绵密、质感很强的叙事内容。

需要说明的是，以上四方面元素的减少并不是绝对的，比如它们在莫言的诗歌中仍然被保留得较多。同时，民间美学依然是其丰厚的艺术底蕴，像《故乡人事》《天下太平》这样的作品呈现出活色生香的民间图景，元气淋漓，热闹非凡。由于短篇小说的容量可能并不适于充分使用魔幻现实主义等手法，不排除莫言在以后的中长篇小说创作中会继续运用它们的可能。但目前能够确定的是，对意识形态的批判、意象的营造以及魔幻现实主义等手法显然不是这一阶段莫言所感兴趣的。他的这些放弃或许会使一部分文学批评感到惊讶甚至尴尬，因为自 20 世纪 80 年代以来他们从各个层面反复阐释的莫言小说艺术上的诸多特质，到了获诺奖后的五年，已经被莫言自己放弃了。如果进一步追问其中的原因、追问被艺术家放弃的美学方法是否还是好的、真正有价值的，我们也许会触及到对莫言小说艺术的重新认识，而这些也是 20 世纪 80 年代以来中国小说美学变迁与评价的重要组成部分。

二、两次写作的“解放”与“自由”

莫言小说新作带给人们与从前不一样的冲击，他的创作状态与深层认知，事实上意味着在经历了三十余年的文学生涯之后，他的写作正在进入第二次“解放”和“自由”，也可称之为“自由”的更高阶段。

最初的那一次发生在 1980 年代初，即本书在前言中已经提到过的“川端康成的狗”。莫言曾将“按照我们小说教程上的方法来写小说”称作“真正的苦行”，[①] 这种写作对莫言来说是毫无出路的。而当他一旦在川端康成、福克纳等人的启示下走出来，便开始了在海阔天空中的大展手脚。从今天来看他在“解放”的程度上几乎是所有作家当中最高的，不但写作素材荤腥不忌、滔滔不绝源源不断，在写作中他还将所有的感官、知觉、触觉都调动起来，仿佛春回大地时的万物勃发。而在小说所要表达的思想观念上，他提出了“‘作为老百姓的写作’，也就是写自我的写作”。[②]1986 年，《红高粱》问世，在这部作品里莫言前所未有地释放了自己，以大地和历史间“土匪种”后代的口吻，酣畅淋漓地叙述了家乡的一段传奇：“高密东北乡是地球上最美丽，最丑陋；最超脱，最世俗；最圣洁，最龌龊；最英雄好汉，最王八蛋；最能喝酒，最能爱的地方”；“八月深秋，无边无际的高粱红成汪洋的血海。高粱高密辉煌，高粱凄婉可人，高粱爱情激荡。秋风苍凉，阳光很旺，瓦蓝的天上游荡着一朵朵丰满的白云，高粱上滑动着一朵朵丰满白云的紫红色影子”。当人们读到这样奔放恣肆的句子时，能够充分感觉到作家已经完全放开了，他的观点、他的情感、正确与荒谬、严谨与放纵，都百无禁忌地呈现无虞。写作不仅需要“那种讲述故事的语气和态度”，“旁若无人，只顾讲自己的”，还需要“编造故事的才能”，[③] 这就是上文提及过的莫言极其推崇的作家想象与虚构的才能。在莫言的小说中，也有历史和现实，他的大部分以“高密东北乡”为发生地的小说是以真实的历史事件为依托的，并以民间传奇和民间历史的面貌出现，如《红高粱》中的屠村与抗日、《檀香刑》中的修建胶济铁路、抗德与酷刑，《丰乳肥臀》则贯穿了中国近百年来的历史风云。但是在莫言那里，“所谓的历史事件只不过是小说家把历史寓言化和预言化的材料。历史学家是根据历史事件来思想，小说家是用思想来选择和改造历史事件。如果没有这样的历史事件，他就

---

① 莫言：《福克纳大叔，你好吗？——在加州大学伯克利校区的演讲》，《小说的气味》，春风文艺出版社 2003 年版，第 40 页。

② 莫言：《作为老百姓写作》，《小说的气味》，春风文艺出版社 2003 年版，第 13 页。

③ 莫言：《福克纳大叔，你好吗？——在加州伯克利校区的演讲》，《小说的气味》，春风文艺出版社 2003 年版，第 39 页。

会虚构出这样的历史事件”。①

无论是从对小说艺术的理解、还是从实际的创作来看，在新时期一路走来的当代作家当中，还有比莫言的“自由”程度更高的吗？当然，他的极具个人化和民间化的写作的“自由”是伴随着很高的艺术造诣而存在的。例如《酒国》中他对《药》的戏仿，其文笔其意境几乎能够以假乱真（但莫言并没有选择在鲁迅的文字风格上走下去）；再比如他的《檀香刑》，那些回旋往复一唱三叹的独白不但动人心魄，而且高度契合不同人物的文化背景与场景，整本书如同万斛泉涌又似繁花着锦，作者才气之盛令人纳罕。作家本身的悟性、才华与艺术创造的奔放自由之间相辅相成，彼此生发，共同构成了丰富壮阔的文学世界。从这一角度而论，莫言在当代作家中的盛誉是名副其实的。

当他的作品获得世界范围内的肯定之后，他却改变了以往的写作方式，他的同行余华称他写得“更随意了”，这种“随意”何尝不是云淡风轻后的“自由”呢？他像一个拼命朝前奔跑的孩子，为了生存和发展（比如他在演讲中从不隐讳的“吃上饺子”）、为了观众的瞩目和呐喊他使出了浑身解数。在阅读《酒国》的过程中，作品中那个精灵睿智的红衣小男孩会令人想到作者，他带着一帮被拘禁的“肉孩”同成人世界斗智斗勇，一路翻江倒海。莫言与红衣男孩的区别在于，突出重围之后，莫言是爱这个世界的，因为笔者发现莫言真的爱文学。在获奖后的五年间，他不仅没有停笔，而且一直在潜心思考什么是文学。若干年前，黄子平曾经发过一句广为人知的感慨：“创新的狗追得我们连撒尿的时间都没有。”当莫言有了相对平静充裕的时间之后，他对文学的思考完全尊重了自己内心的感受，在他新的美学原则中体现出了深度、诚实与魄力。

三、新的美学原则的确立及相关问题

莫言在当代小说的很多领域具有先锋性，这一次亦没有例外，他甚至走到了本应对创作起到引领作用的文学批评的前面。莫言将关注和表现力放在了现实生活本身，这并非简单的写作策略的转变，而是显示了此时莫言对于艺术创

① 莫言：《我的〈丰乳肥臀〉》，《小说的气味》，春风文艺出版社 2003 年版，第 65 页。

作的自信，同时还有新的美学原则的确立。也就是说，他认为自己可以不用借助于魔幻现实主义等令人目眩神迷的方法和手段，他对社会与人观察思考的程度，足以决定小说的广度和深度。他也相信作品所呈现出的现实具有平静而强大的说服力，无须技巧的添加。不过多地关注技巧，而更关注对表现内容的选择与呈现，在当代那些重要作家当中莫言走出了令人瞩目的一步。这种做法不仅是冒险的，也会受到一些质疑——难道那些使中国当代小说得以打破束缚、驰骋于广阔新天地的理念与方法都已经失去价值了吗？如果当代小说在今天的发展将剔除掉启示于西方和拉美的某些哲学思想与艺术技巧，那么小说的品质将如何决定？

回答这些问题需要一个非常复杂的过程，我们不妨先直接看结果，即莫言在新的美学原则的指引下究竟写出了怎样的作品？除了一吐为快地表达他对某些人和现象的厌恶与鄙薄之外，其他作品都用看似非常朴素的笔法努力探寻生活本来的面目。小说中的“我”大多是平和细致的旁观者，而文本叙述者在具有这一特点的同时，还体现出智慧、轻松与幽默感。叙述者不再龙腾虎跃、气势磅礴万变，在平静从容的状态中反而看得更多、更广、更细微。生活的本来面目，看似一句非常简单的话，难度却极大。中国人早就把“世事洞明”称之为学问，而生活的本来面目又远远不止我们日常所见所闻所感，生活充满了真相与真理，迄今为止我们所有的探索都是走在通往它们的路上。《故乡人事》和《天下太平》没有惊天风雨，但在其呈现的生活风貌中，那些情节和细节都不动声色地展示着现实的丰富性与人性的秘密，可观可怖可叹。作者的笔墨往往温和内敛，落处有时蕴藉有时则犀利入骨，作品具有耐人回味令人想一读再读的艺术魅力。

莫言的小说新作在内容上时间跨度大，风格也有明显的差别，但在主题上具有一致性。即使《天下太平》对时代生活的生动描写显示出更加广博的当下性和复杂性，它在对国民性的批判上与《故乡人事》《诗人金希普》《表弟宁赛叶》是一脉相通的。从这个意义上讲，莫言的美学原则虽然发生了变化，但其作品主题则一以贯之。莫言从 20 世纪 80 年代中期开始就“通过《酒国》《丰乳肥臀》等作品建立起了另一向度的启蒙观，在新的环境与压力下找回了与鲁迅和五四一代作家相似的文化立场，将他们的国民性批判的传统作了淋漓尽致的发扬光大，写出了更加直观精细和令人惊骇的‘吃人’‘嗜血’‘围观’以及‘精神胜利’的主题。尤其是在世纪之交推出的《檀香刑》中，这种国民性的思考与批判，可谓达到了前所未见的激烈程度”。现在，唯一明显的变化只是在小说的叙事风格上作者显示出了沉着克制，战场看似不再喧嚣，然而杀伐效果分毫未减。张清华曾经从新文学的整体观中全面阐述了莫言在几个方面的重要意义，其中“莫言传承了鲁迅和五四作家的国民性批判的主题，但是又将这一延续变得更为丰富和多维，这是百年新文学的精神脉系所在”。[①] 莫言的小说美学虽然在发生变化，但其文学主旨始终如一，他的爱、憎、同情、诙谐、思考始终都是有立场的。

现在也可以回答在本节开头提出的问题：“那些使中国当代小说得以打破束缚、驰骋于广阔新天地的理念与方法都已经失去价值了吗？”没有。莫言在短篇小说新作中对它们的放弃，只是表明当前他找到了他认为更适合、更扎实的艺术表现方法。“如果当代小说在今天的发展将剔除掉启示于西方和拉美的某些哲学思想与艺术技巧，那么小说的品质将如何决定？”答案我们已经从全文的分析中看到了，莫言的小说品质依旧，某些篇章与壮怀激烈的《檀香刑》《生死疲劳》相比甚至更令人掩卷而思、回味再三。

第二节　“反极端化写作”

一部长篇小说在问世之后引起了文学批评和读者的共同好评，评论家们于赞赏中进行分析阐述、在图书市场它被加印、数种年度好书榜也都在推荐，在这种情况下，它是一本受欢迎的好书无疑了。可是，它“好”到了什么程度呢？对于大多数作品而言，文学批评很少能在当时就对作品做出根本性质上的判断。当然，也有一些例外，比如在先锋文学鼎盛时期，余华、格非等人的作品，

① 张清华：《莫言与新文学的整体观》，《文学评论》2017年第1期。

如《现实一种》《河边的错误》《青黄》《迷舟》等等，几乎是一经亮相便获得了刊物与部分批评家们极高的赞誉；再比如莫言、贾平凹、王安忆等人在21世纪以来创作的长篇，几乎每一部在新鲜登场之际便得到了评论界郑重的期待与对待。文学经典本来是需要时间来淘选与检验的，但对于有些作家的作品却不是。同样，对于另外一些作家的作品，即使批评家们撰文说“好”，却不会点明它有成为经典的可能。在这些现象当中，固然包含着被人所诟病的当代文坛的“势利”[①]，但还有更深层面的原因一直以来被忽略、或者说即使有所感知却仍然被无视了。

本节将以王方晨的《老实街》为例，对开篇提出的问题进行具体分析。

一

为什么会选择《老实街》这样一部作品呢？首先，因为它是一部非常成熟、艺术精湛的用心之作。从不同的方面去考察，它都是经得起检验的。它在各个方面饱满而突出的表现，堪称典范。

文学批评的理念与方法尽管丰富而多样，但在衡量一部作品时，其实是有着一些似乎已经约定俗成的基本标准的。比如对于长篇小说而言，莫言曾经提出“长度、密度和难度，是长篇小说的标志，也是这伟大文体的尊严”；“把长篇写长，并不是事件和字数的累加，而是一种胸中的大气象，一种艺术的大营造。那些能够营造精致的江南园林的建筑师，那些在假山上盖小亭子的建筑师，当然也很了不起，但他们大概营造不来故宫和金字塔，更主持不了万里长城那样的浩大工程”；“万里长城，你为什么这样长？是背后壮阔的江山社稷要它这样长”[②]。莫言首先强调的长篇小说的“长度”，其实可以用另外一个字来概括，那就是“大”，是对“壮阔的江山社稷”的“大营造”以及最终的“大气象”。这并非莫言一人的见解，而是文学创作和文学批评不约而同的追求。在各种研讨和理论主张中，人们常常能看到“大时代呼唤大作品”“反映中国

① 毛志成：《文坛与“势利眼”》，《文学自由谈》2005年第5期。

② 莫言：《捍卫长篇小说的尊严》，《当代作家评论》2006年第1期。

社会的历史巨变”等铿锵之声。在本来应该充满个性化的创作中，长篇小说的作者会出奇一致地将他们的文学抱负首先建立在几乎完全相同的出发点上：“小说被认为是一个民族的秘史”(《白鹿原》)、“为故乡树一块碑子”(《秦腔》)、“四百年间的动荡万变浓缩在了四十年之中”(《兄弟》)，甚至年青的作家也没有例外，讲述的是“发生在京杭大运河之上几个家族之间的百年‘秘史’”(徐则臣《北上》)。这在无形之中已经成为长篇小说的基本标准，尤其是对那些希望实现大的美学理想的作品。按照这一标准，《老实街》不仅进入了达标线之内，而且超出了很多表面看来气势雄壮的著作。它以云淡风轻般的笔触呈现了济南这座历史名城自开埠以来的沧桑巨变，既有清末名医、民国传奇，又有20世纪80年代的改革开放、21世纪以来的城市变迁，全书扎实绵密、内蕴极为丰富。它的讲述却是以民间的日常生活徐徐展开，一幅幅图景各自成趣。在横向上人物相互勾连，纵向的岁月流逝则铺就了历史。叙述语调清新从容，仿佛只是在不经意间就已将一座城市的古往今来、人情世故、甚至街巷秘密都跃然纸上，是一卷动态的“清明上河图”。《老实街》的内容不仅是表面的广博，而且是脉络分明、精微具体的。它由这样几个方面组成：城市历史、个人命运、日常生活。无论是旧军门巷、狮子口街、丁宝桢故宅、高都司巷、七忠祠等后来被夷为平地的老城故里，还是曾经生活在老实街上的鹅、左门鼻、白无敌、小耳朵、老花头，都是生动可感、立体多样的。读者看见了济南城的老街巷、老建筑，看见了器物、手艺，也看见了“那些执迷于老词、老理的老济南人”，他们“是人类中的一员，既属于生者，也属于死者”[①]。整部小说的内容异常丰厚，不仅包罗万象，而且叙事疏密有致，在亲切平淡中暗藏锋芒，常常包含了生活与人性的微妙，耐人寻味处有时百思方得顿悟。

在小说的艺术表现形式上，《老实街》也可圈可点，即使将作者与大多数同时代的作家放在一起，他的优点也是分外突出的。

第一，作者体现出了深厚的中国古典文学与文化素养，全书格调清新，不少章节如同水墨画般，叙事简洁、优美、灵动，常给读者以遐想、回味的空间。

① 王方晨：《老实街上的济南往事》，《齐鲁周刊》2018年6月1日。

第二，对现代、后现代主义艺术技巧不着痕迹地运用。早在上个世纪末，王方晨就被一向以目光犀利著称的李敬泽称为“山野间的先锋”，认为“他使先锋这个词重新灌注血泪，他表明，生存的真正极限在都市，也在山野，本土经验中埋藏着最锐利的刀锋”[①]。与此同时李敬泽在2002年时也指出了他的问题：“王方晨由此为自己开拓了一种可能的方向：在生存的最底部探索我们的精神极限。但王方晨的危险是，他可能会不由自主地钻牛角尖，在极力往下钻的时候，他可能会失去对精神现象的大尺度的把握。”[②]而到了2017年的《老实街》，作者的进步是令人吃惊的，他依然在“生存的最底部探索我们的精神极限”，但显然这时他已经洞悉了答案，在了然于心的同时选择了深藏不露，字里行间都是波澜不兴的淡然与超逸。因此，《老实街》中的现代、后现代小说理念与技巧不是锋芒毕露，而是自然而然地融合于生动平实的叙述之中。例如其中一章《八百米下水声大作》，写老实街的异人小耳朵，他不仅能听到“幽深的地下，岂止八百米”清晰悦耳的流水声，而且还知道哪个街坊的家里会有一眼泉水，“水头就像一条条大蛇”，“大蛇在地下冲撞，滑溜溜。蛇头冲撞到谁家，谁家就会冒出一眼泉来。”也因为他的天赋异禀，“厂子几年来就没丢失过什么东西！剪子找不到了，问他。螺丝扳手找不到了，问他。不过是侧耳一听的事。在我们老实街，谁家丢了东西也找他”。因此，当人们认为“地下有的是银钱儿”的时候，也把“听宝”的指望投向了小耳朵。这样的描写很像民间传说，但作者叙述得如此确凿平常，又俨然是魔幻现实主义语境中才会发生的情形。再比如老实街上的奇异女子鹅，美貌聪慧、未婚得子，一条街上的人却相信她是去涤心泉汲水时践石而娠。通过日常叙事中的蛛丝马迹、草蛇灰线，读者逐渐能够猜出私生子的父亲是谁，但鹅身上的那层神秘光华分毫不减，反而更加令人眩惑。不仅如此，鹅这样一个脖颈修长曲线动人的女性，她在老实街上不仅高视阔步特立独行，而且以自身的勇气、智慧与担当，成为男性以至于整条街上人们的希望与救赎。鹅是女神，也是承载与包容的圣母和地

---

① 李敬泽：《山野间的“先锋”》，《东海》2000年第3期。

② 李敬泽：《乡土之路》，《文艺报》2002年9月10日。

母。这样一个以动物来命名的人物形象便有了内涵非常丰富的象征意义。凡此种种，读者不难感受到王方晨此时的“先锋”精神与笔法已经举重若轻，从容地化在了看似简约寻常的叙述当中。

《老实街》在艺术表现方法上的第三个显著特点，是向诗性小说与市井文化小说的致敬。《老实街》的诗性是由小说的语言与细节构成的，比如：

> 这回左门鼻把陈玉伋送出了院门。陈玉伋绕开上马石，走远，他才返身回到院子里，站在石榴树下，却又忘了进屋。次日，住东厢房的老王发现石榴树下落了一片石榴叶，树上一根半秃枝子向空挑着，揪的痕迹宛在。
>
> 老实街面目全非，终于静息下来。一个从城北来的捡破烂的老汉从废墟里翻捡到一只精致的小木匣，原以为盛着金的玉的，激动万分。
>
> 打开一看，只是一把剃刀。
>
> 刀刃上沾了根纤细优美的毛发。
>
> “猫毛。”
>
> 老汉鉴别后不满地嘀咕一声。
>
> 一股干风吹来，毛发倏然断为两截，好像轻盈的灵魂，在阳光下晶莹剔透，各自走失不见。

《老实街》对当代文学的贡献之一在于语言，它对现代汉语的运用纯粹、优雅、隽永，显示出精雕细琢又浑然天成的深厚功力。在当代作家作品中，可与格非“江南三部曲”的语言相媲美。语言对于写作的重要性是众所周知的，汪曾祺曾经说过“写小说就是写语言”。但真正在语言上用心、下足了功夫的作家却并不多见，大多数作家更加习惯于跟着自己的艺术感觉走，在需要着力之处才特别停顿、推敲。洋洋洒洒、汩汩滔滔甚至口若悬河、泥沙俱下，这些几乎是莫言、贾平凹、阎连科、王安忆等人共同的语言特点。尽管有一部分评论称赞这样的表述方式体现了作者磅礴鲜活的生命力，表达了包罗万象的生活，但是否可以实事求是地说，累赘就是累赘、渣滓就是渣滓。比如在《长恨歌》中，作者用数章的篇幅不厌其烦地描述上海的“弄堂”“流言”“鸽子”

“闺阁”等等，坦然无视读者进入故事的耐心，也几乎没有评论敢对这些繁琐的铺陈提出异议。但当《长恨歌》在海外出版时，译者则果断地将第一部略过，直接翻译第二、第三部。同样，在莫言发表的《天下太平》等小说新作中，可以明显地看出语言的提炼与节制。相较于文坛这些德高望重的作家，王方晨是后辈，但他对小说语言的尊重、他为之付出的努力与心血，却是走在很多人前面的。王方晨小说语言的审美追求值得专门著文论述，通篇读来只觉得清润上口、浑然天成，细细琢磨却是无一句不用心、无一字不讲究。小说中的对话更是在简捷之中尽显人物个性与心思：

> 夜深人静，他来到莫家大院。
>
> “左老先生，把我头剃了。”他说。
>
> 左门鼻没觉意外，摸着小瓜，悠悠问：
>
> “你不怕？”
>
> “不怕。”
>
> 小瓜眼里闪着绿莹莹的光。
>
> “我还从没给别人剃过。”左门鼻说。
>
> “割破，算我的。”
>
> “冒犯。”左门鼻神情自若，又转向小瓜，“瓜，去。”
>
> 小瓜应声从他手上跳到床头老老实实趴着，看他转身从柜子里拿出一只木匣。
>
> 陈玉伋剃了个光头。

以上这段文字，其意趣与韵味不禁令人想起了《世说新语》《浮生六记》和《项脊轩志》等文人经典；对话中简明含蓄的口语，则大有老舍、汪曾祺之风。王方晨的语言已经达到了现代白话小说的很高境界。《老实街》从整体上讲具有现实生活的斑斓、幽微、沧桑与烟火气，但由于其语言的独特性，它使读者在阅读过程中体会到的却首先是令人心旷神怡、仿佛翩然出尘的诗意。

最后，《老实街》还是一部在历史积淀中洋溢着活色生香的市井文化小说，它能在问世之后很快受到读者的钟爱，这是一个非常重要的缘由。当代文学中的市井文化小说在20世纪80年代曾经颇多收获，出现了像陆文夫、林斤澜、邓友梅、冯骥才等人各具地方色彩的作品，但后来却后继乏人，纯文学作家们更多地被时代的风云变幻、人性的曲折幽深所吸引，而淡忘了市井生活是中国小说叙事传统中重要而独具魅力的一部分。市井文化小说属于市民小说的一部分，市民小说在“三言二拍”时代就已经广受欢迎。市井文化小说的表现对象更集中于街巷人物，在地方文化的独特氛围中点染小人物的奇行轶事。近年来坚持这一风格的作家并不多见，比如湖南的聂鑫森与黑龙江的阿成。而用一部厚重的长篇来书写一座古城的市井众生，《老实街》堪称凤毛麟角。“老实街”上生活着极平凡的小人物：编竹匠、剃头匠、列车员、小学校长、仓库保管员、开小卖店的、说媒的，三教九流不一而足。他们的茶米油盐、爱怨情仇、生老病死，平淡重复却又滋味醇厚。济南人在这里重新触摸古城、联想起或久远或素朴的生活方式；外地读者则打开了眼界，不仅了解了济南的历史，更对书中提及的街道、建筑、风俗、生活方式、人情世故等等产生了兴趣，比如原来老济南人早晨起来是要去泉水边汲水的，“涤心泉那里，聚了三五街坊，或等着汲水，或汲了水也不走，无不神色悠闲，慢条斯理的”；“他们生来爱闻的就是泉水散发出来的那股子清气”；原来那里的门户庭院果真如沈从文当年所说：“济南给从北京来人印象极深的是清净”，“济南住家才真象住家，和苏州差不多，静得很。……有些人家门里边花木青青的，干净得无一点尘土，墙边都长了霉苔，可以从这里知道许多人生活一定相当静寂”[①]；原来《老实街》对上个世纪济南风物并未夸张，阿基米德兄弟所住的古朴幽静的院落是真的存在的，街巷的描写是属实的，“阿基走向他家的小院落，那就是走到了世外。……院里有什么，倒有人窥探过。能看到一架紫藤，生得极繁茂。这怎么叫窥探？逾过墙头，也能看到。每逢春夏之交，紫藤怒放，堆在院墙之上，好像云山崩落。除了这架紫藤，就是藤峡一个石桌两个石墩。……穆大阿基如不出门，你会感到他家没人。”至于济南日常生活中的地方美食，更是令人口舌生津，且

① 沈从文：《沈从文全集》（第20卷），北岳文艺出版社2002年版，第5—6页。

不论糖醋鲤鱼、活鱼三吃、银丝卷、燕喜堂的全家福奶汤、蒲菜奶汤、鱼肚奶汤等等，只说普通人家的家常菜，在《老实街》里就有合锦菜、酥锅、黄蘑鸡、熟藕、高粱饴，林林总总，不一而足。如数家珍还不够，还要将具体的配方与做法细细道来："有个老赵家，酥锅做得特别好。这酥锅是老济南人喜吃的名食，以白菜、藕、海带、豆腐、鸡、鱼、肉等为主料，入口酥烂"；"合锦菜当是一绝，用料不将就，水是来自前街口的涤心泉，杏仁儿、芝麻、黄姜，少一味也不成。平民百姓享用不起玉盘珍馐，这家常素朴的一口食，怎么着也得把味道做足了。味儿是什么？看不见，摸不着的，要说大，也真大，做好了就不定大过龙肝凤髓呢"。在王方晨笔下，济南这座城是活的，是能看见、听见、闻见、能让读者在想象中双眼放光、食指大动的。更不必说老城中的那些人情练达、世事洞明，一举手一投足三言两语的寒暄之间即有着细密的心思，其微妙与深意有时令人咀嚼再三方才恍然大悟，每一章节每一细节都值得反复玩味。这不正是被鲁迅称之为"市情小说"的《金瓶梅》和《红楼梦》所具有的特殊魅力吗？

《老实街》在思想与艺术上的优长不仅是多方面的，而且非常突出，达到了很高的造诣。但评论界给它一个发自内心而非客套话的评价是有难度的。这一难度的产生，源于当前的文学批评界已经习惯于纯文学领域中的极端化写作，而对于客观、平静、包容的叙事嫌其不足，从而产生思维定式与偏见。

二

什么是纯文学领域内的极端化写作？我们以当代那些重要作家的作品为例，就能够很清晰地理解这一普遍现象。

新时期以来当代文学中的经典与极端化写作之间常常有着直接的联系，像汪曾祺的《受戒》那样以地方风物及一双小儿女朦胧的情愫取胜的作品，是少数。像王小波那样以"有趣"为创作理念的作家，也只有在离世后获得某一类读者的拥趸，王小波自始至终都不是一个被广泛关注和研究的主流作家。那么，是哪一类作家和作品能够牢固地占领着文学批评和文学史最醒目最重要的位置呢？除了作家积年累月的声誉之外，作品的极端化叙事已经成为一个非常重要的因素。比如莫言，他的《红高粱》洋溢着生命解放的气魄与欢乐，但如果没有“活剥人皮”“撒尿酿酒”、没有在“最壮丽”也“最王八蛋”的高粱地里的“野合”，这篇小说对中外读者的冲击力就要大打折扣了。在他此后一系列的作品里，出现了走投无路的农民上吊（《天堂蒜薹之歌》）、“红烧婴儿”（《酒国》）、在阴间和阳世的“六道轮回”（《生死疲劳》）、清末各种惨绝人寰的酷刑（《檀香刑》），以及中止了成千上万生命的“计划生育”手术（《蛙》）。倘若去掉这些血淋淋的主要情节，我们甚至很难想象莫言在今天的巨大成就与声誉。而被诺奖评委们高度称赞的魔幻现实主义，作为一种表现手法也是要基于这些基本情节来发挥的。同样，余华最初闪耀文坛就以“血管里都是冰碴子”震惊了读者，“8 部短篇小说，里面非自然死亡的人物竟然多达 29 个。这都是我从 26 岁到 29 岁的三年里所干的事，我的写作在血腥和暴力里难以自拔。白天只要写作，就会有人物在杀人，就会有人物血淋淋地死去”。虽然余华后来的小说发生了一些变化，“血腥和暴力的趋势减少了”[①]，但相对于其他作家而言，其发生的频率、存在的密度依然是很高的，比如《兄弟》中宋凡平如何在历史浩劫中痛苦死去、为了把他那高大的身躯放进棺材里去不得不敲碎了他的腿骨、宋钢为了做整形广告胸前那一直化脓的巨大伤口。采用这种或原始粗暴或血腥残酷的表现方式，细致展现人物在绝境中的生存图景，在 20 世纪 80 年代以来成为一些作家非常突出的方法和技巧。比如阎连科，他因表现社会阴暗面的《夏日落》而受到关注，使他名动一时逐渐走向当代重要作家行列的却是《年月日》。天下大旱，全村逃荒，为了一棵玉蜀黍苗而独自留下的先爷，带着他的盲狗靠着吃鼠肉艰难地活了半年。濒死之际仍用自己的身体去养育旱地上的这根独苗。“那棵玉蜀黍棵的每一根根须，都如藤条一样，丝丝连连，呈出粉红的颜色，全都从蛀洞中长扎在先爷的胸膛上、大腿上、手腕上和肚子上。有几根粗如筷子的红根，穿过先爷身上的腐肉，扎在了先爷白花花的头骨、肋骨、腿骨和手骨上。有几根红白的毛根，从先爷的眼中扎进去，从先爷的后脑壳中长出来，深深地抓着墓底的硬土层。先爷身上的每一节骨头，

① 余华：《一个记忆回来了》，《文艺争鸣》2010 年第 1 期。

每一块腐肉，都被网一样的玉蜀黍根须网串在一起，通连到那棵玉蜀黍秆上去”。这样的叙述一旦打开便一发不可收拾，在阎连科笔下陆续出现了整个村庄卖血（《丁庄梦》）、男人卖皮女人卖身（《日光流年》）、“残疾人绝术团”（《受活》）等等。一大批受伤的、残缺的、畸形的人，他们形状古怪、凄惨可怖地蹒跚在当代文学日光下的长廊中。现实是绝境，而人不过是挣扎着的生物。这样的书写在使读者悚然而惊的同时，似乎也使评论界更容易发现作品在思想深度上的亮点，例如“生命悲歌”“本能压抑”“命运惨烈”“伦理颠覆”等等。其中一个耐人寻味的现象是，莫言在获得诺奖之后的数年未曾发表作品，直到2016年到2017年推出了一系列小说“新作”。这时人们发现，“新作”中血腥和残酷生死的内容已经极大地减少了。虽然其中不乏对某一类人的讽刺，比如《诗人金希普》《表弟宁赛叶》；也有对历史中人性的揶揄和批判，如《地主的眼神》《左镰》《斗士》等，但与之前的作品相比，小说叙述者的态度无疑温和包容了许多。这种转变的发生，是因为在作家眼中人们的生存状况已经发生了根本的变化？还是因为作者的心理认知改变了？抑或新形势下作者的叙事策略发生了调整？在莫言发生改变的这几年，阎连科小说的主旨则一如从前，《日熄》揭开了中原大地的“死亡仪式”，浓墨重彩书写“日头死掉，时间死掉”的末日奇观；而《炸裂志》描绘当下社会人们从政治崇拜到物质崇拜的“炸裂”状态。和阎连科一样的还有贾平凹，“读完《山本》之后，会让人觉得很绝望。这部作品中，人性愚昧，缺少信仰，所有人活在丛林社会里，既没有道义，也缺少光明的理想。几乎，贾平凹用五十万字的篇幅来展现一段藏污纳垢的秦岭生活简史”[①]；贾平凹最新出版的《极花》也在强调“城市吸农村的血”的前提下，通过解救后的被拐卖女性又自愿返回夫家讲述农村贫困男性的婚姻问题。如此看来，在这批重量级作家眼中，人们的生存状况应该并未发生明显的改善，那么为什么在他们中间莫言的叙事变得温和了呢？那个沉闷、压抑、被侮辱遭殴打、看着小铁匠的皮肉在冷水桶里被烧红的铁钎烙得嗞嗞作响的“黑孩”不见了，代之以一个目光依旧敏锐但心平气和的温厚大叔。显然，是

---

① 赵瑜：《〈山本〉暴露了贾平凹的前现代认知》，《经济观察报》2018年7月23日。

作者这几年间的心态已经发生了变化。至于其他作家，是什么样的心理顽疾才能使他们在十多年里都对“肮脏”和“仇恨”有执著的偏好？使得他们在一部部作品中反复写下这一类的细节：拣一块石头“把刚屙的一泡屎砸得四溅”“我的屎拉不到沟地里，谁也别拾去！”诚然，这一代作家在成长中经历过极端的物质贫困和卑微压抑的环境，但由此形成的特殊心理事实证明是可以随着后来生活境遇的逐步改变、甚至是极大提升而发生不同程度的变化的。除了残存的心理原因或是沿袭至今已经成为某种偏执的审美惯性，是否还有更为重要的叙事策略方面的原因呢？有文学批评指出，贾平凹数十年如一日沉醉在暴力和性描写的泥坑中始终不能自拔，是因为“他误以为，越是肮脏龌龊的东西，就越是具有艺术性；越是令人恶心呕吐的东西，就越是值得大写特写”①。同样，阎连科也有自己的叙事策略，他的一些长篇虽然在国内争议不断，但却引起西方浓厚的兴趣，比如王德威称赞道：“我以为阎连科的近作之所以可观，还是来自他对自身所经历的共和国历史，提供了一个新的想象和反省的角度。传统革命历史叙事打造了一群群出生入死、不食人间烟火的工农兵英雄，阎连科却要将他们请下神坛，重新体验人生”；他还认为《受活》是“后社会主义乐极生悲的寓言”②。国内的一些批评家则一针见血地指出：“政治波普是对阎连科的创作的‘艺术特色’及其在商业上取得成功的一种合理的解释……在 20 世纪 90 年代被西方收购，并且创造了金钱神话的中国政治波普艺术。”③

综上所述，在极端化的写作中，叙事策略占据了相当重要的原因。与此同时，也确实在一定范围内达到了作者预期的效果：在故事讲述和描写上的触目惊心使它们很容易从较为平实日常的书写中跳脱出来，不仅对读者产生了最初的吸引力，而且更能引起文学批评界去挖掘作品在“人性”“历史”“权力”“欲望”等方面的深意，并进行社会学、哲学等方面的解读，更不必提因为海外汉学界的不断关注而产生的世界性声誉与国际影响了。而在社会的某一时

① 唐小林：《贾平凹为何越写越差》，《文学自由谈》2018 年第 4 期。

② 王德威：《革命时代的爱与死——论阎连科的小说》，《当代作家评论》2007 年第 5 期。

③ 旷新年：《穿制服的“作家”：解读阎连科》，《文艺争鸣》2016 年第 2 期。

期，对文学经典的认定与以上因素是存在关联的。之所以定义为“在社会的某一时期”，是因为有些作品是经不起时间考验的，当时蜂拥而至对其大加阐发的理论批评可以奠定其一时的文学影响和地位，甚至造成文学经典的假象，但时间会还原它们真实的面目及价值。能检验出真伪的时间甚至不用很长，比如过了作品甫一问世时的社会关注期，《兄弟》《为人民服务》《受活》《古炉》《山本》这样的作品，在图书市场还有多少读者？对于已经一卷在手者，又有多少人愿意再读一遍呢？抛开作品所能产生的特殊的文学史价值，比如《欧阳海之歌》《金光大道》等等，判定一部作品是否能称之为经典，读者的反复阅读率是一个重要标准。路遥的《平凡的世界》正是在赢得了最广大的读者之后，才使当初普遍冷淡的评论界逐渐对其另眼相看。

三

比起极端化写作在瞬间引起的震悚与生理上的恐惧、恶心等反应，《老实街》这样的小说似乎除了“大马士革剃刀”一章中的悬疑，再没有可以一夺读者眼球的。小说的叙事虽然跨度自济南开埠以来的百年，但其中既没有“五四”风云，又没有“十年浩劫”，而只是日常的市民生活。朱小葵的为民除害和遇害身亡甚至没有直接描写，而是从街谈巷议中得知；鹅与高杰的酒店相会居然淡然收场，既无“人体”，亦无感官的“盛宴”；唯一让全书出现了鲜血迸溅的“小耳朵”，却是因为费尽了心力来曲折保全老实街的名声；而在小说最后，感受到人情淡薄、从满腔热忱跌落到心灰意冷的老锁匠，在失神落水后居然没有就此溺亡、从而以悲凉的结局给现实和人心一记响亮的耳光，小说的讲述居然是落水的人仰卧水面，在月光和淙淙泉流中享受了一场想象中的“大宴”后，从水中爬了起来，并在万家灯火中理解了世人和自已。这样放弃了一切走向极端叙述机会的作品，是否也断绝了成为文学经典的可能？答案是否定的。在当下，也许只有极少的文学批评敢于认为《老实街》将是一部经得起时间和读者考验的经典作品，它的艺术质量超越了那些信马由缰有意为之的“大动荡”“大悲剧”。

米兰·昆德拉曾经说：“要想通过一部小说去歌颂一个国家，甚至一支军队，会是多么无意义的事。”①反之，亦然。在昆德拉的思想中有一个非常著名的词语：媚俗。这里我们是否可以说上文中所言的“无意义的事”从根本上讲也是一种“媚俗”。尼采在《悲剧的诞生》中早就表达过这样的观点：朴实无华的风景是为大画家存在的，奇特而罕见的风景是为小画家而存在的。如果还不能因此而认为《老实街》体现了“大画家”的风格与素质，那么读者则反映出这样一个事实：《老实街》经得起一读再读、反复回味，甚至无论从哪一页开始读起都能津津有味，这是很少有作品能够达到的。真正优秀的艺术，总能告诉我们平凡人世中的生命真谛，更不必说它体现出的文字与意境之美以及中国传统文化之精深。

第三节　“现代现实主义”

严格来讲，在当前的文学领域，绝对传统的创作手法已经不存在了，在大多数作品中，很容易就能找到表现、抽象、变形、荒诞、黑色幽默、超现实、时空交错等现代派文学元素。因此，有创作者提出了“现代现实主义”的概念，并认为这种“现代现实主义”具备两大特点：“一，真实是它的基础；二，表现手法的不拘一格。”向生存的真实掘进，依靠那些传统的现实主义技巧，能否得以实现呢？不论是传统的现实主义文学，还是现代派，最终所要达到的目的，无过于突破事物表象，揭示生活本质。显然在表现形式上，现代派更趋向于多样化，在突破了外在的局限之后，也许这样的表现更能接近现实生活的真实。而事实上，现代派写作形式上看是少于一的写作，却是以少于一的写作而取得大于一的、全体的或者无限大的效果②。

提出“现代现实主义”概念的是作家王方晨，而这一概念的提出是在他的长篇小说《老实街》完成之后。这既是他的文学主张，亦是文学实践。这部作

① ［捷克］米兰·昆德拉：《帷幕》，董强译，上海译文出版社2004年版，第77页。

② 王方晨：《现代现实主义是一种必须的创作手法》，《时代文学》2019年第3期。

品在出版后尽管好评如潮，但在文学批评领域内，在当时就能率真地直陈利弊并敢于盖棺定论的，却并不多见。自小说问世后，评论界从作品的内容、艺术表现方式、审美追求、语言造诣等各个方面进行了分析论述，同时也在文学史研究的大框架内，以市民文学、日常生活叙事、城市文学的诗性传统等等为着眼点，进行了纵向与横向的比较研究。尽管发掘出了小说在多方面的意义和价值，例如它与《果园城记》这样的中国文学经典之间在精神与美学上内在的相近，但是无论是肯定性的赞赏还是暗示比拟，都不会出现像当年傅雷评价《金锁记》时那样铿锵明确的判断："我们文坛最美的收获之一。"也是有感于学术界对作品无穷的阐释而往往不去直面文学审美的基本问题，刘纳曾经忍不住提醒研究者应当回答《创业史》究竟"写得怎样"①？

在从根本上评价《老实街》时，似乎面临不小的难度，因为这是一部成熟作家完成的精心之作，无论是小说内容还是艺术表现形式，都在博采众长的同时又极具个人特色，真正做到了水乳交融，内蕴丰厚。在小说的表现内容上，作者不仅讲述了一条街上人们的生活故事，而且也将济南这座古老名城百年来的沧桑变化在看似不经意间徐徐道来，其中包括历史掌故、民间传奇、地理风物，此外如数家珍般的还有特色建筑、美食文化、传统工艺等等。小说内容的涉猎面之广、对济南历史与文化了解之深，都堪称是一部具有"百科全书"风格的全景之作。这也是本书深受读者喜爱、一版再版的重要原因：当地读者从中看到了亲切熟悉而又不尽了解的故乡；外地读者则对济南这座历史名城有了生动深入的认知，同时激起了关注它、进一步去认识它的兴趣。在小说的表现形式上，它取众家之长，随表现内容的不同而运用与之相宜的艺术方式，比如《歪脖子病不好治》《弃的烟火》这样的篇章是现实主义的，在并不显山露水的平静叙事中包含着批判的锋芒；《八百米下水声大作》有特异功能、不仅能看见地下泉水甚至能看见地下宝藏的"小耳朵"，则具有魔幻现实主义风格；小说的最后一章《大宴》，老锁匠为街坊们精心制作、用以留念的老式锁并没

① 刘纳：《写得怎样：关于作品的文学评价——重读〈创业史〉并以其为例》，《文学评论》2005 年第 4 期。

有如愿送出去，当他准备将它们抛入河中时，不小心身子一闪跌了进去。这时笼罩全书的，已是“悲凉之雾，遍披华林”，走向尾声的人物在心灰恍惚之际失足落水，小说走向一个明月照沟渠的批判现实的悲怆结局似乎是顺理成章的必然，但作者却将笔锋悠然而转，“河里的流水都是众泉汇聚而来，澄澈凉冽。他一点也不慌张，也不呼救，任在水中漂浮。水流脉脉漫过他的老脸，也缓缓漾进了他的嘴。他吞咽了几口，如啜甘醴。眼前悄然亮了，就看见皓皓白日下，真的排了一场流水席！大宴方兴未艾，美酒如同身下的护城河，潺湲流淌，各种美酒佳馔都盛在一只只白玉盘里，白玉盘自动在水上漂，连小二都省了。仔细听，远远的，似有节日欢快的丝竹，声声入耳。”这场景奇异美妙至极，宛若人间奇遇、世外仙缘，这分明是聊斋中的幻境与人物啊。如此看来，这部小说内容之广博、笔法之繁花着锦，似乎很难从某个主要特质进行纲举而目张的概括与评价。但事实是，在通读了全书各个独立而又相互关联的章节之后，掩卷之际仍然在读者眼前挥之不去的，除了老城烟云、古朴街巷中的人情世故，在他们眼前还有一道迫人的寒光：那把大马士革剃刀。这并不是因为《大马士革剃刀》是全书开始的第一章，也并非因为它作为极其精湛的短篇在读者中已经口耳相传、闻名遐迩，而是这整部小说真正是柄利刃，无情地剖开了现实、世道与人心。其精准、狠辣与批判的冷峻，唯有现实主义可以概括。《老实街》不仅是一部城市文化小说，它在最根本上是一部近年来少见的现实主义力作。尤其值得注意的是，它体现出了现实主义在当下所能达到的高度与艺术特点。

一

对于当代文艺中的现实主义，人们并不陌生。无论何种艺术思潮曾经风起云涌或者前后交替风云变幻，文化界对现实主义的重视都不曾中断。在各个时期的不同媒体上，人们时常能看到这样的标题或者主题：“呼唤贴近时代、反映当下生活的现实主义作品。”这种需求的产生是多方面的，其中，当艺术作品与社会现象和社会问题较为脱节、人们的心灵期待无法得到满足时，对它的渴求会更为迫切。但是，到底什么是现实主义作品？当现实主义主要作为一种创作精神时，它应该具有怎样的内涵与品质？如果要对以上问题进行严谨而系统的阐述，可能需要专门的论文甚至著述来探讨，而且一直以来中外文艺理论对此也颇多争议。但有一种认知是具有代表性的："现实主义作为创作的一个原则就是坚持了两个字：即'诗'与'真'"[①]。"诗"应当是诗性，而"真"是指本质的真实与真相。这与雨果的观点是一致的，"天才所能攀登的最高峰就是同时到达伟大和真实，像莎士比亚一样真实中有伟大"[②]。如果说这样的认知还是较为笼统和抽象的，那么我们也可以从另一个方向来反问，即什么不是现实主义的创作精神？如果将中国当代文学作为考察对象，那么某些被贴上"现实主义"标签的作品，抑或创作潮流，它们真的体现出了现实主义的美学精神吗？比如，1990年代后期的"现实主义冲击波"。当那一批作家面对工厂与乡村的困境时，他们笔下的主人公作为一方干部往往在竭尽所能中仍然捉襟见肘，无法圆满解决现实中层出不穷的难题。作品的主人公们常常是富于责任感而又疲惫的，小说的风格也在对人物与时代问题的理解中透出温馨、体贴甚至柔情，比如刘醒龙的《秋风醉了》，而当时著名的《分享艰难》更是传神地概括出了这一类作品的立意和主题。今天，当人们再回顾时，也许印象最深的只是作品塑造出了一批具有特点的基层干部形象，但是否还会把"现实主义"的评价赋予它们呢？"大厂"的危机、乡镇的难题，这些辛辛苦苦的干部们只是尽力去解决问题的中间人，而不是一个面对现实症候的深度思想者。这些作品的立场与用意在今天看来甚至是可疑的，它们以任劳任怨、已经尽了最大努力但仍无法让基层诸事圆满的人物，调和了现实中那些深刻的矛盾。而曾经名动一时的"新写实"也存在同样的倾向，只不过"新写实"的立场是站在底层的普通民众一边，以他（她）们琐碎艰难的日常生活，道出其坚忍与韧性，在力图表现庸常生活真相的同时，表达出对人物的理解与体谅，有时甚至是对其生活哲学的认同，比如《你以为你是谁》《冷也好热也好活着就好》。象方方的《风景》那样、在一定的理解与同情之中又带有深刻批判的作品是并不多见的。

---

① 张炜：《张炜名篇精选：散文精选》，山东友谊书社1993年版，第161页。

② ［法］维克多·雨果：《雨果论文学》，柳鸣九译，上海译文出版社1980年版，第110页。

进入 21 世纪之后，随着中国商品经济的不断繁荣，新的阶级差距、贫富差距也日益突出，金钱等因素所导致的畸形社会现象与社会悲剧引发了作家们的关注，曹征路等人的“底层写作”应运而生。《安阳婴儿》《那儿》等作品在引起社会反响的同时，特别获得了一批被称为“新左派”批评家的赞赏[①]。虽然“底层写作”作为一种文学现象或者一种流派在当代文坛存在的时间并不长，但“新左派”批评家作为理论界的一股不容小觑的力量却一直非常活跃，他们对文艺创作中“现实主义因素”的强调与发现，都带有明显的理论倾向性。2016 年随着石一枫《世间已无陈金芳》的发表，在评论界对其的高度赞扬中，“现实”与“现实主义”成为醒目的高频词，如《时代新人，中国故事，现实主义的新探索》[②]《现实感来自精准叙事》[③]《谁的现实,如何主义》[④] 等等。评论界除了看到这篇小说“从不同的角度深刻揭示了当下中国社会巨变背景下的道德困境，用现实主义的方法，塑造了这个时代真实生动的典型人物”，他们更感兴趣的关注点显然是如下感悟：“在陈金芳形象与命运的剧烈变化中，隐藏着我们这个时代最深刻的秘密，那就是在这个迅速发展的时代，尽管看上去似乎每个人都有机会，都有个人奋斗的空间，但为底层人打开的却只是一扇窄门，尽管他们一时可以获得成功与辉煌，但终将灰飞烟灭，被‘打回原形’。《世间已无陈金芳》塑造了一个当代的‘失败青年’形象。‘失败青年’的产生，当然首先与当前社会结构的固化相关，随着阶层分化与贫富两极化的加

---

① 郑闯琦曾以“中国现代思想传统中的《北方的河》”为题，对“新左派”这个问题做了梳理。他认为在中国“新左派”本身是一个尚未得到普遍认可、但是却被普遍使用的概念。被归于这一思想流派之下的代表人物当时有汪晖、李陀、韩毓海、陈燕谷等人。虽然这些学者的思想和学术水准参差不齐，但是在关于如何看待中国左翼思想、中国社会主义与现代性的关系问题上基本具有一致的立场和看法。（郑闯琦：《中国现代思想传统中的〈北方的河〉》,《文艺理论与批评》2003 年第 6 期。）

② 李云雷：《时代新人、中国故事与现实主义的新探索——重读石一枫的〈世间已无陈金芳〉》,《小说选刊》2018 年第 4 期。

③ 季亚娅:《现实感来自精准叙事》,《人民日报》2018 年 8 月 14 日。

④ 弋舟：《谁的现实，如何主义——〈世间已无陈金芳〉阅读断想》,《湖南文学》2016 年第 4 期。

剧，社会流动性减弱，一个人的人生价值更多地由其出身与身份决定，这让出身社会底层的当代青年看不到改变命运的可能与希望，在难以逾越的社会鸿沟面前，来自社会底层的有为青年看不到出头之日”[①]。这样的观点是否有些眼熟？它与21世纪之初对于“底层写作”的鼓与呼在精神内涵上是完全一致的。也就是说在近二十年间“新左派”的批评家们始终执着的现实主义的创作精神与方法，而其中的核心是——对时代和社会的批判，它们的弊病是造成普通人生活不幸、有梦难成的根源。从以上对20世纪80年代中期以来现实主义文学的简要梳理中，人们不难发现这样一个耐人寻味的现象：无论是“新写实”“现实主义冲击波”、还是近几年来“现实主义的新探索”，人物在这一时期的文学创作中处于被时代和社会问题折磨损害的一方。这种立场当然不无缘由和道理，因为人终归是环境的产物，按照马克思主义哲学的观点，“人的本质不是单个人所固有的抽象物，在其现实性上，它是一切社会关系的总和”。同时这一观察和思考问题的方式也是“五四”以来新文学的特点之一。在新文学发轫之初，“文学研究会”即主张“文学应该反映社会的现象，表现并且讨论一些有关人生一般的问题”。其中的重点是“反映社会的现象”，“人生一般的问题”常常是由前者造成的。这种文艺观在百年中国文学史中很普遍地存在着。从美学范畴来判断，它是现实主义的一种，也很容易让人想到在文学思潮史上名重一时的“批判现实主义”。但即便如此，这种由社会弊病或黑暗面出发来表现人生艰难或不幸的方式，并非现实主义的唯一正途。从人自身存在的问题入手、正视和剖析人性深处的复杂幽暗，这也是一种现实主义精神和视角。鲁迅在他的一系列小说中所深思的“国民性”以及沈从文在他致力于构建的“希腊小庙”中供奉的“人性”，更不必说张爱玲笔下那一个个经典的女性形象都飞蛾扑火般体现着何谓“自作孽不可活”，这些作家和作品的丰富驳杂当然不是用“现实主义”所能一言以蔽之的，但其中充满了真正的“现实主义”精神、并且达到了绝大多数作家难以企及的深度，这应该是毋庸置疑的。

---

① 李云雷：《时代新人、中国故事与现实主义的新探索——重读石一枫的〈世间已无陈金芳〉》，《小说选刊》2018年第4期。

二

在王方晨的《老实街》中，就包含着这种鲜明而彻底的现实主义精神，在批判对象上，有社会阴暗面，但更普遍更重要的是“老实街”上的那些以传统美德恬然自居的人。“若论起老西门城墙根下那些老街巷的声望，无有能与之相匹敌者。老实街居民，历代以老实为立家之本。老实街的巨大声望，当源于此”。乡谣称赞他们：“宽厚所里宽厚佬，老实街上老实人。”小说犹嫌不足，在故事的叙述中时常会以当事者的声音发话：“老实街居民向为济南第一老实，绝非妄也。若无百年老街的这点道德自信，岂不白担了‘济南第一’的盛名？”小说对老实街道德自信的屡次强调是否有讥刺之意呢？随着阅读的逐渐推展，在第一章《大马士革剃刀》结束之时，读者便开始了这样的狐疑和猜测。而当所有人物的生活轨迹和命运都被勾勒出来之后，读者的怀疑也似乎得到了证实。作者将《大马士革剃刀》作为开卷的第一篇是有着特别的用心的，“这些故事都是由一把剃刀引起的。美德遇到美德，并没人想象的那样简单。老实街的‘第一大老实’左老先生，把自己收藏的一把旧剃刀馈赠给外来‘老实人’剃头匠，却由此将自己的内心剖开了一道裂隙，并透露出淤积心底的幽暗。这道人性裂隙，一旦打开，就再也没有了边际”[①]。全书的一系列人与故事就是从这道裂隙开始的。这道裂隙并非不经意间暴露的人性，而是作者手持利刃直击要害劈开来的。当“老实人”以几乎天衣无缝的计谋逼走了另一个“老实人”，老实街上并没有从此消停，各色人物开始一一登场，仿佛潘多拉的魔盒打开了。里面走出的并非恶魔，而是在世俗烟火中司空见惯的人。小说的作者如同拉家常一般，将老实街上的人物娓娓道来，既为每一位人物立传，又在交叉的叙事场景中展现他们丰富完整的社会生活与作为。同小说叙事者温情脉脉的口吻截然相反的，是这些人物留给读者的最终印象。在整部作品中，除了朱小葵这个有着正义担当、与恶势力斗智斗勇、最后同归于尽的女性之外，大部分角色都是有道德瑕疵或者过失的，包括人见人爱的传奇美女鹅。社会黑恶势力和钱权

① 王方晨：《城里的地老天荒》，《老实街·后记》，作家出版社 2018 年版，第 291 页。

交易等在小说中作为时代背景只占很小的一部分，而在任何时代普通民众身上所潜藏的自私、贪婪以及由此衍生出的欺诈、倾轧和掠夺却是贯穿全书的，人们看到的是虚伪、利己和对他人真正的冷漠与损害。以小说中那些被邻里交口称赞的人物为例，且不说被誉为“第一大老实”的左门鼻，只论摄影师白无敌和做媒的老花头两人，前者在上海访客斯先生来到老实街青砖黛瓦的小院寻亲时，“镇定自若地当众撒了个弥天大谎：这里没有人”。左右街坊“当时也都惊了一霎，但诧异随之烟消云灭”，白无敌在那晚被一条街上的人们视为“义士”和“英雄”。原因何在？因为“在我们长久的意识中，穆大阿基绝对不该与人世有着过多的纠缠！他过去是那样的人，遗世独立，西装革履，一尘不染，而且还将保持下去，直至生命终了。”在这种看似“道德洁癖”中，老实街上的人们是绝对不愿承认“一尘不染”的穆大阿基是有私生子的。他们兼用“瞒和骗”的道德绑架不仅会持续到对象的“生命终了”，甚至死后依然不会放松。至于成全了对对佳偶的老花头，在人们心目中澹静从容、睿智通透。“多少年，说他有就有；说无，也就无，但是，时时的，还总被看到。不是老实街的，就可能小瞧了他”。这是《花事了》这一章的开头，在这恬淡当中，字里行间却隐隐透出杀气。原来这个看似可有可无的人物，实则掌握着老实街的命脉——有情人要经过老花头的说合才能终成眷属，他“这双眼总得看到人心深处去，还不能搅得沸反盈天的”。他确实成就了很多好姻缘，可围绕着老实街上的女神鹅，他也使张小三、大老赵、老常在毫不知情中误了终身。在《花事了》的结尾当张小三在断壁残垣下的那把大竹椅上骇然发现老花头对鹅的情愫，他在“心惊胆战”中眼睛“喷出炽烈的火苗”，“整个世界天崩地裂”。老花头还是第一个签下了同意拆迁协议的人，“不声不响地出卖了老实街”。《花事了》开始是风光旖旎的，不到最后，主角不会露出真面目。这一章也是最接近《聊斋》的，当喝到微醺的老花头由鹅搀扶着被一枝逾墙而出的独步春轻轻打了一下脸，老花头对着它呢喃细语，“那一刻，就像独步春成了精”。街坊们后来认为“老花头就已不再是老花头”。无论是花妖还是花精，在《聊斋》里大都是美的，但在《花事了》中却如同在暗夜的角落间逡巡的鬼魅，所行皆是阴森诡异之事。小说不仅将审视的目光投向个人幽晦曲折的内心，对于群体的真相也毫不留情。当人们得知有特异功能的“小耳朵”不仅能听见“八百米下水声大作”，而且能够听见“地下有的是银钱儿”，便开始想着办法“欺骗小耳朵在他家‘听宝’”。为了让一条街上的人们死心，“小耳朵”不惜假装失误、让自闭症的儿子剪掉了自己的一只耳朵。最令人发指的，还是当老实街面临拆迁危机时，人们利用地产商高杰对鹅的感情，暗示并鼓励鹅去豪华酒店找他。为了打动鹅，他（她）们“在她面前大讲老实街的美德、传统，讲老实街辉煌的历史”，更不忘“讲老竹编匠在世时的佳话，目的是唤起鹅对老实街的热情”。当鹅思忖再三终于完成了众人（也包括她自己）的心愿时，她的店门上却在夜间被人泼了屎尿，并且用石灰写了两个大字：破鞋。布尔加科夫当年为了揭示莫斯科的“人心坏了”，在《大师与马格丽特》中让撒旦为爱慕虚荣的女人们送上各色华服，然后在音乐会结束时魔法消失，使得只剩下内衣的女人们沦为全城的笑柄。《老实街》的作者并没有使用这种充满强烈戏剧性的手法，而是按照他所洞察到的世事真相与逻辑如实写来，原委清晰、分毫毕现，不曾冤枉一个人。作者在呈现时，语调是和谐自然的，但内容中的犀利冷酷，鞭挞之深、涵盖之广，是近年来当代文学中罕见的，让人想到鲁迅的临终遗言里的“一个都不宽恕”。

老实街上的人们并不老实。但如果仅仅看到了其中的讽喻，对小说的理解显然是不够的。李敬泽无疑敏锐地感受到了书中凛如冰雪的胆魄与洞察力，他说：“王方晨的写作生涯中贯彻着焦灼而隐忍的雄心。十年一剑，腰横秋水，他始终确信自己会抵达一种雄奇阔大的境界。”在李敬泽那里，王方晨具有独步文坛的豪气与侠气，“他只是在心中寻找那群人、那个地方、那个时代的经验与精神的交汇点。现在，他可能找到了，他的力量与锋刃于此尽展，这个地方就叫《老实街》”[①]。在王方晨的笔下，素以老实著称的老实人往往在看似不经意间就被剥皮见骨，凡是心中藏奸者无一逃脱，作者的犀利真正做到了“十步杀一人”。但是作者的功力与道行显然不限于此，最主要的是，他的目标与目的不限于单一的人与事，他手持利刃一心要去击破的，是一座庞然大物，

---

① 王方晨：《老实街》封底李敬泽所作评价，作家出版社 2018 年版。

它是凝缩于老实街上的传统文化、社会体系与世道人心。它包含了历史，更关乎当下庞杂的社会现实。王方晨所做的，则类于庖丁解牛，但闻“砉然向然，奏刀騞然，莫不中音”，“动刀甚微，謋然已解，如土委地。提刀而立，为之四顾，为之踌躇满志”。王方晨切中肯綮、游刃有余所解剖的，是包含了传统与现代文化的中国社会。

三

在“动刀甚微，謋然已解”的过程中，不仅有敏捷锋利，有从容优雅，还有深沉的理解与包容。“《老实街》书写一个城市的世道人心，我们可以从中看到一个个认老理的老济南人，他们生活在那些百年老宅和老街巷，在经历了漫长岁月而形成的民风民俗包围之下，像他们的祖辈一样安然惬意地承受着天地灵气、日月精华的滋养，有时也不免显得有些迂腐自封，但实际上，就连他们自己也不见得就一定相信那些玄幻的道德想象，因为世道的嬗变不仅是传说，更为他们所一次次亲身经历”[①]。正是在世世代代生命的磨炼和艰难中，人们不断增长着对世界的认识与智慧，这使很多人不会孤立和僵化地去看待道德。它作为一种准则、底线或者标杆在社会中是不可或缺的，但对它的执行则在实际生活中被人们不同程度地灵活处理着。谁能够想象一个都是彻头彻尾的真正的老实人的世界，那会是一个多么单调而枯燥的环境。弗兰克·梯利在《伦理学导论》中指出：“人类及其理想要比道德的目标更为宽广和丰富”。[②]现在我们也可以回答在前文中提出的问题：即小说几乎在每一章节都会像居民的口头禅似的强调老实街的信仰和美德，其中是否有讥刺之意？这层用意肯定是有的，但并非全部。作者深深明白，人们未必完全相信那些作为教诲的“道德想象”。“世道的嬗变”和“亲身经历”更能使他们体会到生活的复杂性。这种不带预设的意识形态倾向性、不带对人物或憎或爱的感情偏颇、既锐利又客

① 王方晨：《城里的地老天荒》，《老实街·后记》，作家出版社 2018 年版。

② ［美］弗兰克·梯利：《伦理学导论》，何意译，广西师范大学出版社 2001 年版，第 183 页。

观的现实主义，在当代文学中是少见的。理解了这一点，便能很好地理解小说的结尾：老实街的住户们在风流云散之前，曾经兴致勃勃地商量筹划着要举办一次离别的大宴，不同特点的酒楼、各色美味佳肴已经呼之欲出了，但到了搬迁时却是各走各的，“别说是开大宴，就连老锁匠的那些老式锁也没能如愿送出”。这种大热闹之后的大冷落已经把所有那些心口不一都展示尽净了，但这并不是小说的主旨。作者这样安排全书的结尾：心灰意冷的老锁匠失足落水，泉水的清润使他“一点也不慌张”，“就那样面朝星空，一无恐惧地顺着水流，一直向下游漂去。到了大明湖西水门不远，就从水面上轻轻一翻身，爬了起来。”小说专门写到他攥着那个装满了锁的皮包一直没松手，上了岸之后“本打算将那些老式锁丢到泉池里，却担心堵了泉眼，也就随之打消了主意”。潜意识中对这些锁的感情，何尝不是一个人对美好事物的留恋、对善的坚守呢？这样的人是孤独的。

> 在泉边出了一会儿神，竟又想到这个夜晚，这个时辰，断乎每个老实街居民，都在跟家人围坐一起，安享一罐朴素的合锦菜。
>
> 于是，从古今幽明，从天上人间，我们一起目光炯炯地看着一个正派人，仿佛了去了一桩大心事，拽动渐趋疲懈衰迈之躯，夜幕下踽踽行去，一步步离却了最终发现自己无比卑微的幸许之地。

人们在历经沧桑之后会发现自己其实“无比卑微”，而在月涌大江流的辽阔里，生活依旧。那些可能令“正派人”失望的大众正在夜色里“跟家人围坐一起，安享一罐朴素的合锦菜”。天地包容，万物无言。这是一个令人感慨不尽、引发绵延深思的结尾。

法国评论家朗松曾将当时的现实主义作家同莎士比亚进行比较，他指出为什么有些作家看起来“有点狭隘而平庸”，“莎士比亚之所以超过他们，就是因为他在作品中除了简单的、肯定的、可以认识的真实以外，还放进了点别的什么东西”[①]。对于《老实街》而言，作者不仅发现了真实，而且用准确、客观与智慧进行了表达。他运用的不是情绪，而是感情和理性，他思考的不仅是人与社会，还是我们这个世界的哲学。更不用说构思之匠心、从现代到后现代派各种艺术表现手法之纯熟自然，尤其是语言和意境之美，在同时代作家当中都是出类拔萃的。

① ［美］昂利·拜尔:《方法、批评及文学史》，徐继曾译，中国社会科学出版社 1992 年版，第 116 页。

参考文献

一、著作类

1.［意］卡尔维诺著，吕同六，张洁主编：《卡尔维诺文集》，译林出版社 2001 年版。

2.［英］弗吉尼亚·伍尔夫：《论小说与小说家》，瞿世镜译，上海译文出版社 1986 年版。

3.［法］加缪：《哲学和小说·西西弗的神话》，沈志明译，北京：三联书店 1998 年版。

4.［法］维克多·雨果：《雨果论文学》，柳鸣九译，上海译文出版社 1980 年版。

5.［捷克］米兰·昆德拉：《小说的艺术》，董强译，上海译文出版社 2004 年版。

6.［美］埃丽卡·琼（Erica Gong）：《我挡不住我》，国安、毛羽译，时代文艺出版社 1998 年版。

7.［美］昂利·拜尔：《方法、批评及文学史》，徐继曾译，中国社会科学出版社 1992 年版。

8.［美］马泰·卡林内斯库：《现代性的五副面孔》，周宪译，商务印书馆 2010 年版。

9.［美］海登·怀特：《后现代历史叙事学》，陈永国、张万娟译，中国社会科学出版社 2003 年版。

10.［美］布鲁姆：《影响的焦虑》，徐文博译，三联书店 1989 年版。

11.［美］弗兰克·梯利：《伦理学导论》，何意译，广西师范大学出版社 2002

年版。
12.［美］詹姆逊：《后现代主义与文化理论》，唐小兵译，北京大学出版社1997年版。
13.［美］勒内·韦勒克，奥斯汀·沃伦：《文学理论》（新修订版），刘象愚等译，浙江人民出版社2017年版。
14.［美］凯特·米利特：《性的政治》，钟良明译，社会科学文献出版社1999年版。
15.［美］赛义德：《知识分子论》，北京：三联书店2007年版。
16.［美］李欧梵：《上海摩登》，毛尖译，北京大学出版社2001年版。
17.［美］李欧梵：《现代性的追求》，北京：三联书店2000年版。
18.［美］王德威：《抒情传统与中国现代性——在北大的八堂课》，北京：三联书店2010年版。
19.［美］王德威：《想象中国的方法：历史·小说·叙事》，北京：三联书店2003年版。
20.［美］王德威：《当代小说二十家》，北京：三联书店2006年版。
21. 鲁迅：《中国小说史略》，百花文艺出版社2002年版。
22. 沈从文：《沈从文批评文集》，珠海出版社1998年版。
23. 张爱玲：《张爱玲文集》，安徽文艺出版社1996年版。
24. 莫言：《小说的气味》，春风文艺出版社2003年版。
25. 王安忆：《重建象牙塔》，上海远东出版社1997年版。
26. 路遥：《早晨从中午开始》，北京十月文艺出版社2012年版。
27. 陈忠实：《寻找属于自己的句子》，上海文艺出版社2009年版。
28. 李长之：《李长之批评文集》，珠海出版社1998年版。
29. 梁宗岱：《诗与真·诗与真二集》，外国文学出版社1984年版。
30. 李敬泽：《读无尽岁月》，百花文艺出版社2004年版。
31. 张颐武：《从现代性到后现代性》，广西教育出版社1997年版。
32. 查建英：《八十年代访谈录》，北京：三联书店2007年版。
33. 李辉：《绝响：八十年代亲历记》，北京：三联书店2013年版。

34. 张海鹏主编：《中国近代通史第一卷·近代中国历史进程概说》，江苏人民出版社2009年版。
35. 何传启：《现代化科学：国家发达的原理和方法》，德国Springer出版社2012年版。
36. 张京媛：《当代女性主义文学批评》，北京大学出版社1992年版。
37. 董健，丁帆，王彬彬主编：《中国当代文学史新稿》（修订本），人民文学出版社会2005年版。
38. 洪子诚：《中国当代文学史》，北京大学出版社1999年版。
39. 王晓明：《二十世纪中国文学史论》，东方出版中心1997年版。
40. 钱理群：《1948：天地玄黄》，中华书局2008年版。
41. 赵园：《小说十家》，北京：三联书店2011年版。
42. 陈晓明：《无边的挑战》，时代文艺出版社1993年版。
43. 程光炜：《文学想象与文学国家》，河南大学出版社2005年版。
44. 张清华：《文学的减法》，吉林出版集团有限责任公司2009年版。
45. 张清华：《中国当代先锋文学思潮论》，江苏文艺出版社1997年版。
46. 张清华：《境外谈文》，花山文艺出版社2004年版。
47. 张柠：《中国当代文学与文化研究》，北京师范大学出版社2008年版。
48. 王宁：《比较文学与当代文化批评》，人民文学出版社2000年版。
49. 朱寨：《中国当代文学思潮史》，人民文学出版社1987年版。
50. 王尧，林建法主编：《我为什么写作——当代著名作家讲演集》，郑州大学出版社2005年版。
51. 王尧：《在汉语中出生入死》，春风文艺出版社2005年版。
52. 洪治纲：《守望先锋——兼论中国当代先锋文学的发展》，广西师范大学出版社2005年版。
53. 谢有顺：《先锋就是自由》，山东文艺出版社2004年版。
54. 程永新：《一个人的文学史》，天津人民出版社2007年版。
55. 陆建华：《汪曾祺的春夏秋冬》，河南人民出版社2005年版。
56. 费孝通：《乡土中国 生育制度》，北京大学出版社2006年版。

57. 刘豪兴主编:《农村社会学》，中国人民大学出版社 2004 年版。
58. 孟悦，戴锦华:《浮出历史地表》，河南人民出版社 1989 年版。
59. 陈顺馨:《中国当代文学的叙事与性别》，北京大学出版社 1995 年版。
60. 徐岱:《边缘叙事:20 世纪中国女性小说个案批评》，学林出版社 2002 年版。
61. 张丽军编:《写实与抒情——中国乡土文学思潮文献史料辑》，人民出版社 2014 年版。
62. 南帆:《文本生产与意识形态》，暨南大学出版社 2002 年版。
63. 刘小枫:《现代性社会理论绪论——现代性与现代中国》，上海三联书店 1998 年版。
64. 黄子平:《“灰澜”中的叙述》，上海文艺出版社 2001 年版。
65. 陈仲庚:《现代性与中国当代文学转型》，云南人民出版社 2003 年版。
66. 王岳川:《文化话语与意义踪迹》，四川人民出版社 1997 年版。
67. 高小康:《中国古代叙事观念与意识形态》，北京大学出版社 2005 年版。

二、论文类

1. 余华，潘凯雄:《新年第一天的文学对话》,《作家》1996 年第 2 期。
2. 余华，杨绍斌:《我只要写作，就是回家》,《当代文学评论》1999 年第 1 期。
3. 余华，张英:《文学不衰的秘密》,《大家》2001 年第 1 期。
4. 格非:《废名的意义》,《文艺理论研究》2001 年第 1 期。
5. 格非:《中国小说的两个传统》,《小说评论》2008 年第 6 期。
6. 格非:《先锋文学的幸与不幸》,《文艺争鸣》2015 年第 12 期。
7. 格非，李建立:《文学史研究视野中的先锋小说》,《南方文坛》2007 年第 1 期。
8. 王中忱，格非:《“小说家”或“小说作者”》,《当代作家评论》2007 年第 5 期。
9. 苏童:《短篇小说，一些元素》,《当代作家评论》2005 年第 1 期。
10. 刘震云:《整体的故乡与故乡的具体》,《文艺争鸣》1992 年第 1 期。
11. 莫言:《我的故乡与我的小说》,《当代作家评论》1993 年第 2 期。

12. 王安忆:《自述》,《小说评论》2003 年第 3 期。
13. 王安忆，张旭东:《成长 · 启蒙 · 革命——关于〈启蒙时代〉的对话》,《文艺争鸣》2007 年第 12 期。
14. 王安忆，周新民:《好的故事本身就是好的形式——王安忆访谈录》,《小说评论》2003 年第 3 期。
15. 马原:《作家与书或我的书目》,《外国文学评论》1991 年第 1 期。
16. [美] 王德威:《革命时代的爱与死——论阎连科的小说》,《当代作家评论》2007 年第 5 期。
17. [土耳其] 帕穆克:《书与读书》, 杨卫东、宗笑飞译,《世界文学》2008 年第 3 期。
18. 黄子平:《关于"伪现代派"及其批评》,《北京文学》1988 年第 2 期。
19. 季红真:《文化"寻根"与当代文学》,《文艺研究》1989 年第 2 期。
20. 李庆西:《寻根文学再思考》,《上海文化》, 2009 年第 5 期。
21. 温儒敏:《现代文学传统及其当代阐释》,《中国现代文学研究丛刊》(京), 2008 年第 2 期
22. 朱寿桐:《论中国现代文学的伟大传统》,《中国社会科学》2002 年第 1 期
23. 张清华:《肯定近三十年文学的理由》,《上海文学》2008 年第 6 期。
24. 张清华:《从这个人开始——追论一九八五年的扎西达娃》,《南方文坛》2004 年第 2 期。
25. 张清华:《先锋的终结与转化——关于近三十年来文学演变的一个视角》,《文艺研究》2016 年第 4 期。
26. 张清华:《莫言与新文学的整体观》,《文学评论》2017 年第 1 期。
27. 李敬泽:《1976 年后的短篇小说：脉络辨——〈中国新文学大系 1976——2000 · 短篇小说卷〉导言》,《南方文坛》2009 年第 5 期。
28. 张新颖、刘志荣:《"内在于"时代的实感经验及其"冒犯性"——谈〈兄弟〉触及的一些基本问题》,《文艺争鸣》2007 年第 2 期。
29. 王彬彬:《全维罗纳响起了晚祷的钟声——由〈乌托邦与反乌托邦：对峙与嬗变〉想到的》,《文艺争鸣》, 2007 年第 8 期。

30. 吴亮，李陀：《八十年代的先锋文学和文学批评》，《南方文坛》2008年第6期。
31. 南帆：《先锋文学的多重影像》，《文艺争鸣》2015年第10期。
32. 陈晓明：《先锋文学三十年：辨析与反思》，《南方文坛》2015年第3期。
33. 陈晓明：《先锋派的历史、常态化与当下的可能性》，《文艺争鸣》2015年第10期。
34. 孟繁华：《九十年代：先锋文学的终结》，《文艺研究》2000年第6期。
35. 洪治纲：《启蒙意识与先锋文学的遗产》，《文艺争鸣》2015年第10期。
36. 洪治纲：《先锋文学：概念的缘起与文化的流变》，《当代作家评论》2005年第4期。
37. 洪治纲：《无边的迁徙：先锋文学的精神问题》，《文艺研究》2000年第6期。
38. 孙甘露：《先锋文学与外国文学》，《文艺争鸣》2007年第10期。
39. 李陀，李静：《漫说"纯文学"——李陀访谈录》，《上海文学》2001年第3期。
40. 程光炜：《在故乡的神话坍塌之后——论刘震云九十年代的小说创作》，《文学评论》1999年第5期。
41. 程光炜：《重评"先锋文学"》，《文艺研究》2005年第10期。
42. 程光炜：《如何理解"先锋小说"》，《当代作家评论》2009年第2期。
43. 郜元宝：《汪曾祺论》，《文艺争鸣》2009年第8期。
44. 郜元宝：《三十年：进化与退化》，《上海文学》2008年第6期。
45. 吴义勤：《告别"虚伪的形式"》，《文艺研究》2000年第1期。
46. 李美皆：《从苏童看中国作家的中产阶级化》，《文学自由谈》2004年第6期。
47. 王晓明：《从"淮海路"到"梅家桥"——从王安忆小说创作的转变谈起》，《文学评论》2002年第3期。
48. 陈思和：《营造精神之塔：论王安忆九十年代初的小说创作》，《文学评论》1998年第6期。
49. 李锐：《春色何必看邻家——从长篇小说的文体变化浅议当代汉语的主体

性》,《当代作家评论》2002 年第 2 期。

50. 李洁非 :《实验和先锋小说(1985—1988)》,《当代作家评论》1996 年第 5 期。

51. 海波:《我所认识的路遥》,《十月》2012 年第 4 期。

52. 阎连科,黄平,白亮 :《“土地”、“人民”与当代文学资源》,《南方文坛》2007 年第 3 期。

53. 刘纳:《写得怎样:关于作品的文学评价——重读〈创业史〉并以其为例》,《文学评论》2005 年第 4 期。